차라투스트라는
이렇게 말했다

KB053088

■ 일러두기

저자가 의도적으로 원문에서 철자를 띄어 쓴 대목은 굵은 글씨로 표기했으며, 인용부호로 강조한 대목은 작은따옴표로 구분했습니다.

차라투스트라는
이렇게 말했다

차 례   Also sprach
        Zarathustra

1부

2부

3부

4부

Also sprach Zarathustra

/

1부

/

차라투스트라의 서문

I

차라투스트라는 서른이 되었을 때 고향 마을과 호수를 떠나 산으로 갔다. 거기서 그는 십 년의 세월 동안 끊임없이 자신의 영혼과 공감하며 고독을 즐기며 살았다. 그러나 결국 그의 마음에 변화가 일어났다. 어느 날 아침 동이 트자 그는 자리에서 일어나 태양 앞으로 걸어갔다. 그리고 태양을 향해 이렇게 말했다.

"그대 위대한 별이여! 그대가 빛을 발한다 하여도 그것을 비출 상대가 없다면 그대의 행복은 어디에 있겠는가!

지난 십 년간 그대는 내가 머무는 동굴을 비추어주었다. 내가 존재하지 않았다면, 그리고 나의 독수리와 뱀이 없었다면 그대는 빛과 그 빛이 가는 길이 만족스럽지 않았을 것이다.

우리들은 매일 아침 그대를 기다렸고 그대의 빛을 넘치게 받으며 당신을 축복했다.

보아라! 나는 너무 많은 꿀을 저장해놓은 벌처럼 넘치는 나의 지혜에 권태를 느끼고 있다. 그래서 이제는 나에게 손을 내밀어줄 사람이 필요하다. 나는 현명한 인간들이 다시 그들의 어리석음을, 가난한 자들이 언젠가 그들의 풍족함을 기뻐할 때까지 베풀며 나누고 싶다.

그래서 나는 저 심연으로 내려가야 한다. 매일 저녁 바닷속으로 사라져 그곳의 지하세계를 환히 비추는 그대여!

내가 심연으로 내려가 만날 사람들이 말하듯이 나는 그대처럼 **몰락**해야만 한다.

엄청난 행운도 시기하지 않고 바라보는 고요한 눈이여! 나를 축복해다오.

이 잔을 축복해다오, 금빛 물결이 흘러넘쳐 온 사방을 축복하고 황홀한 여운을 선사하는 이 잔을!

보아라! 이 잔은 다시 비워지기를 바라고 있다. 차라투스트라는 다시 인간이 되고자 한다.”

이렇게 차라투스트라의 몰락은 시작되었다.

2

차라투스트라는 홀로 산을 내려가는 동안 아무도 마주치지 않았다. 그러나 숲속에 이르렀을 때 한 노인이 갑자기 그의 앞에 나타났다. 숲에서 풀뿌리를 캐기 위해 자신의 성역과도 같은 오두막을 떠난 자였다. 노인이 차라투스트라에게 말했다.

"이 나그네는 낯설지가 않군. 몇 해 전에 이곳을 지나간 적이 있는 게로군. 이름이 차라투스트라라고 했던가. 많이 변했구먼.

그때 그대는 잿더미를 지고 산을 올랐지. 그런데 이제는 불덩이를 산골짜기로 가져가려 하는가? 방화범이 받을 처벌이 무섭지 않다는 말인가?

그래, 나는 차라투스트라를 잘 알고 있네. 그의 눈은 순수하고 입가에 걸려 있던 꺼림칙한 기운도 사라졌어. 그래서 저렇게 무용수처럼 걸어가는 게 아니겠는가?

차라투스트라는 변했군. 아이에서 이제는 깨달은 자가 되었어. 그런데 지금 잠든 자에게 무엇을 하려는 것인가?

그대는 마치 바닷속과 같은 고독 속에 살았고 그 바다는 자네를 품어주었네. 아아, 그러나 슬프게도 그대는 육지로 올라오려는가? 아아, 자네는 그 몸을 짐처럼 짊어지고 다닐 텐가?"

차라투스트라가 대답했다. "나는 인간을 사랑합니다."

성자가 말했다. "그럼 나는 왜 숲과 황야를 헤매고 다녔겠는가? 나도 인간을 너무나 사랑했기 때문이 아닌가? 하지만 이제 나는 신을 사랑하게 되었네. 인간은 사랑하지 않아. 인간은 불완전한 존재야. 인간을 사랑하는 것은 나를 파멸시킬 거야."

차라투스트라가 대답했다. "사랑에 대해 내가 무슨 할 말이 있겠습니까. 그저 그들에게 선물을 주고 싶을 뿐입니다."

성자가 말했다. "인간에게는 아무것도 주어서는 안 되네. 차라리 그들에게서 조금이라도 가져와서 같이 나누는 것이 낫겠군. 그게 바로 인간에게 가장 큰 도움이 될 것이야. 그대가 좋기만 하다면 말이네! 그래도 무언가를 주고 싶다면 그들로 하여금 구걸하게 하여 적선을 하게나."

"아닙니다." 차라투스트라가 대답했다. "나는 적선을 할 만큼 가난해본 적이 없으니 그렇게는 하지 않을 것입니다."

성자는 차라투스트라의 말에 웃으며 말했다. "그 사람들이 자네의 그런 선물을 받을지 한번 보세나! 그들은 은둔자를 의심하고 우리가 선물을 주기 위해 왔다는 사실을 받아들이지 않을 것이네. 골목을 울리는 우리의 발자국 소리는 그들에게 외롭게 들리지. 해도 뜨지 않은 한밤중에 잠자리에서 어떤 사람의 발소리를 듣는다면 '도둑이 어디로 가려는 거지?'라고 중얼거리는 것처럼 말이네.

인간에게 가지 말고 숲에 있게나! 아니 차라리 동물에게 가는 것이 좋겠군! 자네는 왜 나처럼 곰 무리 속의 한 마리 곰이나 새 떼 중에 한 마리 새가 되려 하지 않는 것인가?"

"그럼 성자인 당신은 숲에서 무엇을 하고 계십니까?" 차라투스트라가 물었다.

성자가 대답했다. "나는 노래를 만들어 부른다네. 그리고 그 노래를 만들며 웃기도 하고 울기도 하며 중얼거리듯 노래를 부르며 신을 찬양하지. 노래와 눈물, 웃음으로 나는 신을, 나의 신을 찬양하네. 그래, 자네는 우리에게 어떤 선물을 가져왔는가?"

이 말을 들은 차라투스트라는 성자에게 작별 인사를 하며 말했다. "제가 드릴 것은 없습니다! 여러분의 것을 빼앗지나 않도록 저를 보내주시지요!"

이렇게 노인과 사내는 소년처럼 웃으며 헤어졌다. 그러나 차라투스트라는 혼자가 되자 마음속으로 말했다. "어떻게 이런 일이! 저 늙은 성자는 숲속에서 지내느라 **신이 죽었다**는 소식을 듣지 못했구나!"

3

차라투스트라가 숲에서 가장 가까운 도시로 들어섰을 때, 시장에 군중이 모인 것을 보았다. 그들은 줄타기 재주꾼의 공연을 기다리고 있었다. 차라투스트라는 군중을 향해 말했다.

나는 그대들에게 초인을 가르치려 한다. 인간이란 이겨내야만 하는 존재이다.

그대들은 자신을 극복하기 위해 무엇을 했는가? 인간에게 원숭이는 무엇을 의미하는가? 웃음거리이거나 몹시 부끄러운 존재이다. 인간은 자신을 넘어선 초인이 되어야 한다. 그것은 웃음거리이거나 몹시 부끄러운 존재이다.

그대들은 벌레로부터 인간에 이르는 길을 걸어왔으며 아직 많은 부분에서 벌레의 특성을 지니고 있다. 이전에는 그 어떤 원숭이보다 자연스러운 한 마리의 원숭이었다.

그대들 중에 가장 현명하다 일컬어지는 자도 식물과 유령과 사이에서 난 잡종에 불과하다. 하지만 그렇다고 해서 내가 그대들에게 유령이나 식물이 되라고 하겠는가? 보아라, 나는 그대들에게 초인을 가르치고 있다!

초인은 곧 대지의 뜻이다. 그대들의 의지로 말하라. 초인이 이 대지의 뜻이 **되어야 한다고!**

형제들이여 간곡히 바라노니 **대지에 충실해라.** 그리고 이 세상의 것이 아닌 희망을 말하는 자들을 믿지 마라! 그들은 스스로 인식하는 것과 상관없는 독살자들이다.

그들은 삶을 경멸한다. 그리고 스스로 독에 중독된 자들로 죽어가는 자들이다. 대지는 이들에게 지쳐버렸다. 그러니 그렇게 살도록 내버려두어라!

지난날에는 신에 대한 모독이 가장 큰 불경이었다. 그러나 신이 죽었으므로 그 오만방자함도 함께 죽었다. 이제는 대지를 모독하는 것이 가장 두려운 것이 되었다. 미지의 것의 속내를 대지의 뜻보다 더 존중하는 것이다!

일찍이 영혼은 몸을 경멸의 눈으로 바라보았다. 당시에는 그것이 최고의 경멸이었다. 영혼은 육체가 깡마르고 끔찍한 모습으로 굶주림에 시달리기를 바랐다. 이런 생각을 가진 영혼은 육체와 대지로부터 달아나버리려 했다.

아, 그러나 정작 바로 이 영혼 자체가 깡마르고 끔찍하였으며 굶주렸었던 것이다. 그리고 잔인함이 이 영혼이 가진 쾌락이었다!

그러나 형제들이여 내게 말해다오. 그대들의 육체는 그대들의 영혼에 대해 무엇을 말하는가? 그대들의 영혼은 가난함과 더러움, 그리고 가련한 만족감이 아닌가?

진실로 인간은 더러운 물결이다. 혼탁해지지 않으면서도 더러운 물결을 받아들이기 위해서 우리는 먼저 바다가 되어야 한다.

보아라, 나는 그대들에게 초인을 가르친다. 초인은 바로 이 바다이며, 그대들이 가진 극도의 경멸감은 사라져버린다.

그대들의 인생에서 가장 큰 경험은 무엇인가? 그것은 극도의 경멸의 감정을 느끼는 때이다. 그대들의 행복, 이성 그리고 덕이 혐오스러워지는 순간이다.

그대들이 이렇게 말하고 있다. "나의 행복이란 무엇인가! 그것은 가난과 더러움, 가련한 만족감이다. 그러나 나의 행복은 존재함 그 자체를 받아들이는 것이다."

그대들이 이렇게 말하고 있다. "나의 이성이란 무엇인가! 나의 이성은 사자가 먹이를 탐내듯 지식을 원하는 것이 아닌가? 그것은 가난과 더러움, 가련한 만족감이다!"

그대들이 이렇게 말하고 있다. "나의 덕이란 무엇인가! 아직까지 나는 그것에 격렬히 반응한 적이 없다. 나는 선과 악 사이에서 얼마나 힘겨웠나! 모든 것은 가난과 더러움, 가련한 만족감이다!"

그대들이 이렇게 말하고 있다. "나의 정의란 무엇인가! 나는 내가 불길도 숯도 아니라는 것을 알고 있다. 그러나 정의로운 사람은 타오르는 불길이고, 숯이다!"

그대들이 이렇게 말하고 있다. "나의 동정심이란 무엇인가! 인간을 사랑한 자를 못박은 십자가가 아닌가? 그러나 나의 동정심은 십자가에 매다는 행위가 아니다."

그대들은 일찍이 이와 같이 말한 적이 있나? 일찍이 이와 같이 외친 적이 있는가? 아, 그대들의 외침을 내가 들었더라면!

그대들의 죄가 아니라 그대들의 만족감이 하늘을 향해 외쳤다. 그대들의 죄악 속에 있는 욕망이 하늘을 향해 외친 것이다!

그대들을 혀로 핥아줄 번개는 어디 있는가? 그대들에게 백신 역할을 해줄 그 광기는 어디 있는가?

보아라, 나는 그대들에게 초인을 가르친다. 초인이 바로 번개이고 광기이다!

차라투스트라가 이렇게 말했을 때 군중 속에서 한 사람이 소리를 질렀다. "우리는 줄 타는 광대에 대해 질릴 만큼 들었소. 그러니 이제 그자를 보여주시오!" 그러고 나서 모든 사람들이 차라투스트라를 비웃었다. 그러나 줄 타는 광대는 이 말을 자신에게 했다고 생각하여 곡예를 시작했다.

4

하지만 군중을 바라보던 차라투스트라는 깜짝 놀라 말했다.

인간은 동물과 초인 사이에 놓인 밧줄이다. 그리고 이 밧줄은 심연 위에 놓인 밧줄이다.

이 줄을 건너는 것도 위험하고 줄 가운데 있는 것도 위험하며, 뒤돌아보는 것과 벌벌 떨면서 거기에 서 있는 것도 위험하다.

인간의 위대함은 그가 다리이며 목적은 아니라는 것에 있다. 인간이 사랑받는 존재일 수 있는 이유는 그가 하나의 과정이며 몰락하기 때문이다.

나는 사랑한다, **몰락하는** 자로 살아가는 삶 이외의 삶은 알지 못하는 자를. 그는 저편으로 **건너가는** 자이기 때문이다.

나는 사랑한다, 위대한 경멸자들을. 그는 위대한 숭배자이자 저 강 건너편을 향한 동경의 화살이기 때문이다.

나는 사랑한다, 몰락하고 희생자가 된 이유를 별들의 뒤에서 찾지 않고, 그 대신 대지에게 자신을 바쳐 언젠가 대지가 초인의 것이 되도록 하는 자를.

나는 사랑한다, 깨닫기 위해 살고 언젠가는 초인으로 살아가기 위해 깨달음을 얻으려는 자를. 이 사람은 기꺼이 몰락하려 한다.

나는 사랑한다, 초인에게 집을 지어주고 대지, 동물 그리고 식물을 준비해주기 위해 일하고 연구하는 자를. 왜냐하면 이 사람은 기꺼이 몰락하려 하기 때문이다.

나는 사랑한다, 자신의 덕을 사랑하는 자를. 덕이야말로 몰락을 향한 의지이며 동경의 화살이기 때문이다.

나는 사랑한다, 한 방울의 정신도 자신을 남기지 않고 온전히 자신의 덕의 정신이 되고자 하는 자를. 이렇게 하여 그 사람은 정신으로 다리를 건너간다.

나는 사랑한다, 자신의 덕으로부터 자신의 성품과 운명을 만들어내는 자를. 이렇게 하여 그 사람은 자신의 덕을 위해 살거나 죽고자 한다.

나는 사랑한다, 너무 많은 덕을 소유하려 하지 않는 자를. 하나의 덕은 두 개의 덕보다 나은 것이다. 왜냐하면 덕이란 운명을 묶어주는 매듭이기 때문이다.

나는 사랑한다, 자신의 영혼을 아낌없이 주고 답례를 받기 위해 주는 것이 아닌 자를. 그는 언제나 베풀기만 하고 자신을 위해 쌓아두지 않기 때문이다.

나는 사랑한다, 주사위를 던져 얻은 행운을 부끄러워하며 "내가 혹시 사기꾼인가?" 하고 반문하는 자를. 왜냐하면 이 사람은 기꺼이 파멸하려 하기 때문이다.

행동에 앞서 황금 같은 말을 던지고는 항상 자신이 약속한 것 이상으로 행동하는 자를. 왜냐하면 이 사람은 기꺼이 몰락하려 하기 때문이다.

나는 사랑한다, 미래 세대에게 정당함을 부여하고 과거의 세대를 구원하는 자를. 그는 현재 세대와 씨름하면서 파멸하려 하기 때문이다.

나는 사랑한다, 자신의 신을 사랑하기 때문에 신을 징벌하는 자를. 그는 자신이 믿는 신의 분노로 인해 파멸할 것이기 때문이다.

나는 사랑한다, 상처를 입을 때 그 영혼의 깊이를 잃지 않고 사소한 경험만으로 파멸할 수 있는 자를. 그는 이렇게 기꺼이 다리를 건너간다.

나는 사랑한다, 자기 자신을 잊어버린 채 만물을 내면에 간직할 정도로 넘쳐흐르는 영혼을 가진 자를. 이렇게 만물은 그가 몰락하는 이유가 된다.

나는 사랑한다, 자유로운 정신과 가슴을 가진 자를. 그에게 있어 머리는 심장의 오장육부일 뿐이지만 그의 심장은 그를 몰락으로 몰아넣는다.

나는 사랑한다, 인간의 머리 위에 걸쳐진 먹구름에서 한 방울씩 떨어지는 무거운 빗방울 같은 자들을. 그들은 번개가 칠 것임을 알리고 예언자로서 파멸한다.

보아라, 나는 번개의 예언자이며 구름에서 떨어지는 무거운 빗방울이다. 이 번개야말로 바로 초인이다.

5

차라투스트라는 이렇게 말하고 다시 군중을 바라보며 침묵에 잠겼다. '저들은 그저 서 있기만 하는구나.' 차라투스트라는 속으로 중얼거렸다. "그저 웃기만 하고 나의 말을 이해하지도 못하는구나. 나는 이런 자들의 귀를 위해 말하는 입이 아니다.

일단 그들의 귀를 없애버리고 눈으로 듣는 법을 가르쳐야 할까? 마치 북이나 참회를 설교하는 자처럼 큰 소리를 내야 하나? 아니면 그들은 말더듬이의 말만을 믿는 것일까?

그들은 나름대로 자랑스러워하는 것이 있다. 그 자랑스러운 것을 무엇이라 하는가? 그들은 그것을 교양이라고 부르며, 이것이 바로 그들을 염소지기와 구분 지어준다.

그래서 그들은 '경멸'이라는 단어를 듣기 싫어한다. 그러면 나는 그들의 자존심에 대고 말한다.

이렇게 나는 그들에게 가장 경멸스러운 존재에 관해 이야기한다. 그것은 바로 **종말의 인간**이다."

그리고 차라투스트라는 군중을 향해 이렇게 말했다.

지금이야말로 인간이 자신의 목표를 세워야 할 때이다. 이
제 가장 큰 희망의 싹을 틔워야 할 때인 것이다.

대지는 아직 싹을 심기에 충분할 만큼 비옥하다. 그러나 이
대지는 언젠가 메마르고 황폐해질 것이다. 그리고 큰 나무가
더 이상 이 대지에서는 자라지 못할 것이다.

안타깝구나! 인간은 더 이상 동경의 화살을 인간의 너머로
쏘지 못하고, 활시위가 울리는 소리도 잊게 될 날이 올 것이다!

그대들에게 이르노니, 인간이 춤추는 별을 잉태하기 위해서
는 내면에 혼돈을 간직하고 있어야 한다. 그대들에게 이르노
니, 그대들은 아직 그 안에 혼돈을 간직하고 있다.

안타깝구나! 인간이 더 이상 별을 잉태하지 못하는 때가 오
겠구나! 안타깝구나! 자기 자신을 더 이상 스스로 경멸할 줄도
모르는 가장 경멸스러운 인간의 시대가 오리라.

보아라! 나는 그대들에게 **종말의 인간**을 보여주겠다.

"사랑이란 무엇인가? 창조란 무엇인가? 동경이란 무엇인가?
별이란 무엇인가?" 종말의 인간은 이렇게 질문하며 눈을 깜박
거린다.

그러자 대지는 작아지고 그 대지 위에서는 모든 것을 작게
만들어버리는 종말의 인간들이 날뛰고 있다. 그 종족은 벼룩

과 같아 근절할 수가 없다. 종말의 인간이 가장 수명이 길다.

"우리는 행복을 발견했다." 종말의 인간들은 이렇게 말하며 눈을 깜박거린다.

그들은 살기 힘든 지방을 떠났다. 왜냐하면 그들에게는 온정이 필요했기 때문이다. 인간은 여전히 이웃을 사랑하고 그들과 몸을 맞대고 살아간다. 왜냐하면 그들에게는 온정이 필요했기 때문이다.

병에 걸리는 것과 의심하는 것은 그들에게 죄악이다. 그들은 걸음도 조심하며 걷는다. 돌이나 인간에게 채여 비틀거리는 자는 바보일 뿐이다!

이따금 소량의 독을 마시며 행복한 꿈을 꾸기도 한다. 그리고 결국 다량의 독을 마시고 평온한 죽음을 맞이하기도 한다.

사람은 여전히 일을 하고 있다. 일은 그들에게 있어 소일거리이기 때문이다. 그러나 그들은 이 일이 몸을 해치지 않도록 조심한다.

그들은 더 이상 가난해지지도 않고 부자가 되지도 못한다. 두 가지 모두 너무 번거롭기 때문이다. 누가 아직도 지배하려 하는가? 아직도 복종하려는 자가 있는가? 두 가지 모두가 번거로운 일이기 때문이다.

양치기는 없는 양떼만 있을 뿐이다! 모두가 같은 것을 원하고 모두가 평등하다. 자기 자신이 다르다고 느끼는 사람은 스스로 정신병원으로 들어간다.

"예전에는 온 세상이 미쳤었다." 가장 총명하다는 자들이 이렇게 말하며 눈을 깜박거린다.

사람들은 지혜로워 모든 일에 대해 알고 있다. 그래서 그들의 비웃음은 끝이 없다. 그들은 여전히 다투기도 하지만 곧 화해한다. 그렇지 않으면 소화불량에 걸리기 때문이다.

그들에게는 낮에는 낮대로 밤에는 밤대로의 소소한 쾌락이 있다. 그러면서도 건강을 소중히 여긴다.

"우리는 행복을 발견했다." 종말의 인간들은 이렇게 말하며 눈을 깜박거린다.

여기에서 사람들이 '서문'이라고 부르기도 하는 차라투스트라의 첫 번째 연설이 끝났다. 왜냐하면 이 대목에서 군중의 고함 소리와 환호가 그의 말을 가로막았기 때문이다. "아, 차라투스트라여, 우리에게 그 종말의 인간을 주시오." 군중은 외쳤다. "우리를 그 종말의 인간으로 만들어주시오! 그러면 우리는 그대에게 초인을 선사하겠소이다!" 그러면서 모든 군중은 환호성을 지르고 혀를 찼다. 그러나 차라투스트라는 서글프게 마음속으로 이렇게 중얼거렸다.

저들은 내 말을 이해하지 못하는구나. 나는 이런 자들의 귀를 위해 말하는 입이 아니다.

내가 너무 오랫동안 산속에 살면서 시냇물과 나무들의 이야기에만 귀를 기울였나 보다. 이제는 내가 저들에게 마치 염소지기에게 말하듯이 그들에게 말하고 있구나.

내 영혼은 굳건하고 마치 아침나절의 산처럼 밝다. 그러나 저들은 나를 냉정하고 끔찍한 농담을 하는 조롱꾼이라고 생각한다. 이제 그들은 나를 바라며 웃는다. 그리고 웃으면서 나를 여전히 증오한다. 그들의 웃음은 얼음처럼 차갑구나.

6

바로 그때 모든 사람의 말문을 막히게 하고 그들의 시선을 붙잡는 일이 일어났다. 그동안에 줄 타는 광대가 재주를 부리기 시작한 것이다. 그는 작은 문에서 걸어 나와 두 개의 탑 사이에 걸쳐져 시장과 군중의 머리 위를 가로지르는 줄을 타기 시작했다. 막 그가 줄 한가운데에 이르렀을 때 다시 작은 문이 열리며 광대같이 알록달록한 옷을 입은 남자가 뛰어나와 재빨리 줄을 타고 있는 자에게 갔다. "빨리 가! 이 절름발이야." 그는 앞사람에게 사납게 외쳤다. "이 느려터진 놈, 밀수범, 창백한 낯짝아, 빨리 가지 않고 뭘 꾸물거리는 거냐! 내 발꿈치로 간질여버리기 전에 어서 움직이란 말이다! 탑들 한가운데서 뭘 하고 있는 거냐? 넌 여기 탑 속에 있는 게 낫겠어. 널 탑 속에 가둬뒀어야 하는 건데. 넌 너보다 나은 사람의 앞길을 가로

막고 있단 말이야!" 이렇게 소리를 지를 때마다 그는 점점 앞선 자에게로 더 가까이 다가갔다. 그러나 그가 한 걸음 차이로 가까워졌을 때, 모든 사람의 말문을 막히게 하고 그들의 시선을 붙잡는 끔찍한 일이 일어났다. 그는 악마처럼 고함을 지르며 자신을 가로막은 자를 뛰어넘었다. 앞서 가던 자는 경쟁자의 승리를 보고는 제정신을 잃고 줄도 놓쳐버렸다. 그는 들고 있던 장대를 내던졌는데, 그러고는 팔다리를 휘저으며 그 장대보다 더 빠르게 아래로 떨어지고 말았다. 시장 바닥은 순간 폭풍우가 몰아치는 바다처럼 되었다. 모든 사람들이 뿔뿔이 흩어지고 서로 짓밟으면서 달아났다. 특히 줄타기 광대의 몸이 떨어진 주변은 더욱 심했다.

그러나 차라투스트라는 그 자리에서 움직이지 않았다. 그리고 줄타기 광대의 몸은 차라투스트라의 바로 옆에 떨어졌는데 끔찍한 상처를 입고 뼈가 부러졌으나 아직 목숨이 붙어 있었다. 얼마 후 온몸이 부서진 자는 의식이 되찾았다. 그리고 자신의 옆에 무릎 꿇고 있는 차라투스트라를 보았다. "거기서 뭘 하고 있는 겁니까?" 마침내 남자가 말했다. "나는 이미 오래전부터 악마가 다리를 걸어 나를 넘어뜨리리라는 것을 알고 있었습니다. 이제 악마가 나를 지옥으로 끌고 가려 하니 당신이 막아주지 않겠습니까?"

"벗이여, 내 명예를 걸고 말하건대." 차라투스트라가 대답했다. "그대가 말하는 것은 이 세상에 존재하지 않는다. 악마도 지옥도 없다. 그대의 영혼은 그대의 육신보다 빨리 죽을 것이다. 그러니 이제 더 이상 아무것도 두려워하지 마라!"

남자는 믿을 수 없다는 듯 차라투스트라를 바라보았다. "당신의 말이 진실이라면 나는 목숨을 잃더라도 아무것도 잃는 게 없다는 말입니다. 그럼 매를 맞고 약간의 음식으로 연명하며 춤추는 것을 학습한 동물이나 다를 게 없지 않습니까."

"그렇지 않다." 차라투스트라가 말했다. "그대는 위험한 일을 천직으로 삼았으니 그것은 조금도 경멸받을 일이 아니다. 이제 그대는 그 천직으로 인해 파멸을 맞았다. 그러니 내 손으로 그대를 묻어주겠다."

차라투스트라가 이렇게 말했을 때 죽어가는 사람은 더 이상 아무런 대답을 하지 않았다. 그러나 그는 감사를 표시하려고 차라투스트라의 손을 잡으려는 듯이 손을 움직였다.

7

어느덧 저녁이 되어 시장은 어둠 속에 묻혔다. 그리고 호기심과 두려움도 시들해져버려 군중도 흩어졌다. 그러나 차라투스트라는 땅에 누워 있는 죽은 자 옆에 앉아 깊은 생각에 잠겼다. 그는 시간이 가는 것도 잊었다. 그러나 마침내 밤이 되어 찬바람이 이 고독한 자의 머리 위를 지나갔다. 그때 차라투스트라가 몸을 일으키며 마음속으로 말했다.

진실로 차라투스트라는 오늘 멋진 것을 낚았구나! 사람도
아닌 시체를 낚았구나. 인간이라는 존재는 괴이하고도 무의미
한 것이다. 한 명의 어릿광대라도 인간에게 재앙이 될 수 있다.

나는 인간에게 그들이 존재하는 의미를 가르치려 한다. 그
의미란 초인이며 인간이라는 먹구름 속에서 번쩍거리는 번개
이다.

그러나 나는 아직도 그들로부터 멀리 떨어져 있고 나의 뜻은
그들에게 이르지 못한다. 인간에게 나는 아직도 바보와 시체
의 중간에 있는 자에 지나지 않는다.

밤은 어둡고 차라투스트라의 길도 어둡다. 오라, 싸늘하게
굳어버린 내 길동무여! 내가 나의 손으로 그대를 묻을 곳으로
그대를 짊어지고 가겠다.

8

차라투스트라는 마음속으로 이렇게 말하고 시체를 등에 짊
어지고 길을 떠났다. 그리고 채 백 걸음도 떼지 않았을 때 누군
가 슬그머니 다가와서 차라투스트라의 귀에 속삭였다. 그런데
보아라! 그는 아까 탑에서 나왔던 바로 그 줄타기 광대였다.

"아, 차라투스트라여, 이 도시를 떠나시오." 광대가 말했다.
"이곳의 많은 사람들이 당신을 증오하고 있소. 선한 자와 의로

운 자들도 당신을 증오하며 당신을 원수이자, 경멸하는 자라고 부르고 있소. 올바른 신앙을 가진 신자들조차 당신을 증오하며 위험한 자라 칭하고 있소. 사람들이 그 정도로 당신을 비웃기만 한 것을 다행으로 여기시오. 진실로 당신은 실제 광대처럼 말을 했소이다. 당신이 저 죽은 개와 친구가 된 것도 행운이었소. 당신이 그처럼 몸을 낮추었기 때문에 오늘 목숨을 구했던 것이오. 그러나 곧 이 도시를 떠나시오. 아니면 내일은 내가 당신을, 즉 산 자가 죽은 자를 뛰어넘게 될 것이오." 광대는 이렇게 말하고 사라졌다. 그러나 차라투스트라는 어두운 골목을 계속 걸어갔다.

도시의 성문 입구에서 차라투스트라는 무덤 파는 자들과 마주쳤다. 그들은 횃불로 차라투스트라의 얼굴을 비추어보고는 그가 차라투스트라임을 알아보고 조롱했다. "차라투스트라가 죽은 개를 짊어지고 가는군. 차라투스트라가 무덤 파는 사람이 되다니, 잘되었군! 우리의 손은 이런 고깃덩어리를 만지기에 너무 깨끗하거든. 차라투스트라는 악마에게서 먹을 것을 훔쳐낼 생각인가? 아무래도 좋은 일이다! 맛있게 먹도록 하게나! 악마가 차라투스트라보다 더 교활한 도둑은 아니기만 하다면야! 악마가 당신네 둘 다 훔쳐다가 먹어치울 거니 말이네!" 그러면서 그들은 머리를 맞대고 웃어재꼈다.

차라투스트라는 아무런 말도 하지 않고 자신의 길을 갔다.

숲과 늪을 지나 두 시간쯤 걸었을 때 굶주린 늑대들이 요란하게 울부짖는 소리를 듣고 자신도 허기를 느꼈다. 그래서 그는 불빛이 새어 나오는 어느 외딴집 앞에 멈추어 섰다.

"허기가 도둑처럼 갑자기 나를 덮치는구나." 차라투스트라가 말했다. "숲과 늪이 있는 곳에서 허기가 나를 이 깊은 밤중에 덮쳐오다니.

나의 허기는 변덕스럽기도 하구나. 보통은 식사 시간이 지나고 찾아오는데 오늘은 종일 배가 고프지 않더니 이 허기는 어디에 있었는가?"

이렇게 말하고 차라투스트라는 그 집의 문을 두드렸다. 한 노인이 나왔는데 그는 손에 등불을 들고 있었다. 그가 물었다. "누가 나를 찾아와 겨우 잠든 나를 깨우는 건가?"

"산 사람 하나와 죽은 사람 하나입니다." 차라투스트라가 말했다. "먹고 마실 것 좀 주십시오. 하루 종일 먹고 마시는 것을 잊고 있었습니다. 허기진 자를 먹이는 사람은 자신의 영혼을 맑게 한다고 현자들이 말하지 않습니까."

노인은 안으로 들어갔다가 곧바로 나와 차라투스트라에게 빵과 포도주를 주었다. "이곳은 허기진 사람들에게는 좋지 않은 곳이네." 노인이 말했다. "그래서 나는 여기에 살고 있다네. 동물과 사람이 이 은둔자인 나를 찾아온다네. 그나저나 자네의 길동무에게도 먹고 마실 것을 주게나. 자네보다 더 지쳐 보이는군." 차라투스트라가 대답했다. "나의 길동무는 죽었습니다. 그러니 먹고 마실 것을 권하기는 힘들게 되었습니다." "그건 내가 상관할 바 아니지." 노인이 퉁명스럽게 말을 말했다. "내 집 문을 두드린 사람은 모두 내가 주는 것을 받아야 하네. 그럼 배불리 먹고 잘들 가게나!"

그 후 차라투스트라는 길과 별빛에 의지하여 다시 두 시간을 더 걸어갔다. 그는 밤길을 걷는 것에 익숙했고 잠자는 것들의 얼굴을 보기를 좋아했다. 그러나 동틀 무렵이 되자 차라투스트라는 깊은 숲속에서 더 이상 길을 찾을 수가 없었다. 그래서 그는 죽은 자를 속이 텅 빈 나무속에 내려놓고 늑대로부터 죽은 자를 보호하기 위해 자기 머리를 나무 쪽에 두었다. 그리고 그는 이끼가 낀 땅 위에 누워 곧 잠이 들었다. 육체는 지쳐 있었지만 영혼은 평온했다.

9

차라투스트라는 오랫동안 잠을 잤다. 아침노을과 오전의 햇살까지 그의 얼굴 위를 지나갔다. 그리고 마침내 눈을 뜬 차라투스트라는 놀라운 눈으로 숲과 숲속의 정적을 바라보았고 자신의 내면 또한 들여다보았다. 그리고 마치 육지를 발견한 선원처럼 벌떡 일어나 환성을 질렀다. 왜냐하면 새로운 진리를 깨달았기 때문이었다. 그는 마음속으로 이렇게 말했다.

한 줄기 빛이 내게 떠올랐다. 내게는 내가 원하는 곳으로 같이 갈 살아 있는 길동무가 필요하다. 지금 내가 짊어지고 가는 죽은 길동무나 시체가 아니라.

나를 따라올 살아 있는 길동무가 필요하다. 그들이 자진하여 내가 가려는 곳으로 나를 따르려는 길동무가 필요하다.

한 줄기 빛이 내게 떠올랐다. 차라투스트라는 이제 군중이 아닌 길동무에게 말하려 한다! 차라투스트라는 동물 무리를 지키는 목자나 개가 되어서는 안 된다!

무리 중에서 많은 동물을 꾀어내기 위하여 내가 왔다. 군중과 가축 무리는 내게 화를 낼 것이다. 그러나 차라투스트라는 목자들에게 강도라고 불리기를 바란다.

나는 그들을 목자라고 부르지만 그들은 스스로를 선하고 의로운 자라고 지칭한다. 나는 그들을 목자라고 부르지만 그들은 스스로를 올바른 신앙을 가진 신자라고 자처한다.

보아라, 저 선하고 의로운 자들을! 그들이 가장 증오하는 자는 누구인가? 그들이 존중하는 가치가 적힌 흑판을 부수는 자, 그 파괴자와 범죄자들이다. 사실은 그가 바로 창조하는 자인데도 말이다.

보아라, 저 온갖 믿음의 신자들을! 그들은 누구를 가장 미워하는가? 그들이 존중하는 가치들을 적어놓은 서판을 부수는 자, 그 파괴자와 범죄자를 가장 미워한다. 그러나 그가 바로 창조자이다.

창조자는 길동무를 찾지 시체나 가축 무리 내지는 신자들을 찾는 것이 아니다. 또한 창조자는 새로운 가치를 새로운 흑판에 써 넣으며 함께 창조할 자를 찾는다.

창조자는 길동무이자 함께 수확할 자를 찾는다. 창조자에게는 만물이 무르익어 수확을 기다리고 있기 때문이다. 그러나 그에게는 수확에 필요한 백 개의 낫이 없어 손으로 이삭을 쥐어뜯으며 화를 낸다.

창조자는 길동무이자 자신의 낫을 갈 줄 아는 동반자를 찾는다. 사람들은 그를 파괴자, 선과 악을 경멸하는 자라고 부를 것이다. 그러나 그들이야말로 수확하는 자요, 축제를 벌이는 자들이다.

차라투스트라는 함께 창조하고 수확하며 축제를 벌일 자를 찾고 있다. 그가 가축 무리나 목자, 시체와 무엇을 창조할 수 있겠는가!

그리고 그대, 나의 최초의 길동무여, 편안히 잠들어라! 나는 그대를 텅 빈 나무속에 잘 묻어주고 늑대로부터 잘 숨겨두었다.

하지만 이제 그대와 이별할 때가 되었다. 아침노을과 또 다른 아침노을 사이에 새로운 진리가 나를 찾아왔기 때문이다.

나는 양치기가 되어서도 무덤 파는 자가 되어서도 안 된다. 다시는 군중에게도 말하지 않을 것이다. 죽은 자와 말하는 것도 이번이 마지막이다.

나는 창조자, 수확하는 자, 축제를 벌이는 자와 친구가 될 것이다. 그들에게 무지개를 보여주고 초인에게 이르는 모든 계단을 보여줄 것이다.

홀로 있는 은둔자와 둘이서 지내는 은둔자에게 내 노래를 들려줄 것이다. 그리고 이제까지 들어보지 못했던 것을 듣는 귀를 가진 자의 마음을 나의 행운으로 가득 채워줄 것이다.

나는 나의 목표를 향해 걸음을 옮길 것이다. 망설이는 자와 게으른 자는 뛰어넘어버릴 것이다. 그리하여 내가 딛는 걸음이 그들에게는 몰락이 되리라!

10

차라투스트라가 마음속으로 이렇게 말했을 때 정오의 태양이 머리 위에서 빛나고 있었다. 그때 머리 위에서 날카로운 새의 울음소리 들려왔고 차라투스트라는 의아한 시선을 들어 하늘을 보았다. 그러자, 보아라! 한 마리의 독수리가 커다랗게 원을 그리며 공중을 날고 있고, 뱀 한 마리가 독수리의 목을 감고 매달려 있었는데 그 모습이 먹이가 아닌 마치 여자 친구가 매달려 있는 것처럼 보였다.

"나의 동물들이로구나" 하고 말하며 차라투스트라는 진심으로 기뻐했다.

"태양 아래서 가장 자존심이 세고 가장 영리한 동물들이 정찰을 나온 것이다. 차라투스트라가 아직 살아 있는지 알아보려 한다. 진실로 나는 아직 살아 있는가?

나는 인간들 사이에 있는 것이 동물 가운데 있는 것보다 더 위험하다는 것을 깨달았다. 차라투스트라는 위험한 길을 가고 있다. 나의 동물들이여, 나를 이끌어다오!"

차라투스트라는 이렇게 말하며 숲속의 성자가 한 말을 떠올리고는 한숨을 쉬며 마음속으로 말했다.

"더 현명해지고 싶다! 나의 뱀처럼 온전히 현명해지고 싶다!

그러나 나는 불가능한 것을 바라고 있구나. 그래서 나는 내 자존심이 현명함과 항상 함께하기만을 바란다!

언젠가 나의 현명함이 나를 저버린다면, 이런, 현명함이란 언제나 달아나려고만 하는구나! 그러면 나의 자존심도 내 어리석음과 함께 날아가버리기를!"

차라투스트라의 몰락은 이렇게 시작되었다.

차라투스트라의 가르침

세 가지 변화에 대하여

나는 그대들에게 정신의 세 가지 변화에 대해 말하고자 한다. 정신이 어떻게 낙타가 되고, 낙타는 어떻게 사자가 되며, 마침내 사자는 어떻게 아이가 되는지를.

내면에 경외심을 가지고 있으며 강력하고 견딜 수 있는 힘을 가진 정신은 무거운 짐을 잔뜩 지고 있다. 이 정신의 강인함은 더 무거운 짐을, 가장 무거운 짐을 요구한다.

무엇이 무거운가? 견딜 수 있는 힘을 가진 정신은 이렇게 물으며 낙타처럼 무릎을 꿇고 짐을 가득 실으려 한다.

그대 영웅들이여, 가장 무거운 짐은 무엇인가? 견딜 수 있는 힘을 가진 정신은 내가 짊어지고 있으며 나의 강인함에 기쁨을 느끼게 될 가장 무거운 짐은 무엇인지 묻는다.

자신의 교만에 고통을 주려고 자신을 낮추는 것이 가장 무거운 짐인가? 자신의 지혜를 조롱하기 위해 자신의 어리석음을 드러내는 것이 가장 무거운 짐인가?

아니면 승리를 자축할 때 거기에서 한발 물러나는 것이 가장 무거운 짐인가? 유혹하는 자를 유혹하기 위해 높은 산으로 올라가는 것이 가장 무거운 짐인가?

아니면 깨달음의 도토리와 풀로 연명하며 진리를 위해 영혼의 굶주림을 견디는 것이 가장 무거운 짐인가?

아니면 병석에 누워 문병하러 오는 사람을 돌려보내고 그대가 바라는 것을 절대 듣지 못할 귀머거리와 우정을 맺는 것이 가장 무거운 짐인가?

아니면 진리의 연못이라면 더러운 것과 상관없이 뛰어들어 차가운 개구리도 뜨거운 두꺼비도 물리치지 않는 것이 가장 무거운 짐인가?

아니면 우리를 경멸하는 자들을 사랑하고 우리를 경멸하고 위협하는 유령에게 손을 내미는 것이 가장 무거운 짐인가?

견딜 수 있는 힘을 가진 정신은 이렇게 가장 무거운 짐을 모두 짊어진다. 그는 마치 짐을 싣고 사막을 달리는 낙타처럼 그의 사막을 가로질러 달린다.

그러나 가장 고독한 사막에서 두 번째 변화가 일어난다. 여기에서 정신은 사자가 된다. 정신은 자유를 약탈하고 사막의 주인이 되려 한다.

정신은 여기에서 그의 최후의 지배자를 찾는다. 정신은 최후의 지배자에게 맞서 거대한 용과 싸워 승리를 거두려 한다.

정신이 더 이상 지배자이자 신으로 여기지 않으려는 거대한 용은 무엇인가? '너는 해야 한다.' 이것이 그 거대한 용의 이름이다. 그러나 사자의 정신은 이에 대항하여 "나는 할 것이다"라고 말한다.

'너는 해야 한다'는 황금빛으로 번쩍이며 정신의 가는 길을 가로막는다. 이 비늘 달린 동물은 그 비늘 하나하나마다 '너는 해야 한다!'라는 명령이 금빛으로 빛나고 있다.

수천 년 동안 이어져 온 가치가 이 비늘에서 빛난다. 그리고 가장 힘센 용이 말한다. "만물의 모든 가치가 나에게서 빛난다."

"모든 가치는 이미 창조되었으며 모든 창조된 가치는 바로 나다. 진실로 '나는 할 것이다'라는 요구는 더 이상 있어서는 안 된다!" 용은 이렇게 말한다.

형제들이여, 정신에게 사자가 왜 필요한가? 어째서 무거운 짐을 지고 체념한 채 경외심으로 가득 찬 동물로는 만족하지 못하는가?

새로운 가치의 창조는 사자도 아직 못 하는 일이다. 그러나 새로운 창조를 위해 스스로 자유를 창조하는 것은 사자의 힘이 할 수 있다.

자유를 쟁취하고 의무 앞에서도 신성한 부정을 하기 위해 사자가 되어야 한다, 나의 형제들이여.

새로운 가치에 대한 권리를 스스로 획득하는 것은 견딜 수 있는 힘을 가지고 경외심을 가진 정신이 가질 수 있는 가장 두려운 것이다. 진실로 그 정신에게는 약탈이나 진배없으며 맹수가 하는 것과 다름이 없다.

정신도 한때는 '너는 해야 한다'를 가장 신성한 것으로 사랑했다. 그러나 이제 그 정신은 그 사랑에게서 자유를 탈취해내기 위해 가장 신성한 것 속에서 망상과 자의를 찾아내야 한다. 그리고 바로 이 약탈 행위를 하려면 사자가 필요하다.

그러나 말해보아라, 나의 형제들이여, 사자도 못 한 일을 어떻게 아이가 할 수 있단 말인가? 약탈하는 사자가 이제는 왜 아이가 되어야만 하는가?

아이는 순진이며 망각이고, 새로운 출발, 유희, 스스로 굴러가는 수레바퀴, 최초의 움직임이며 신성한 긍정이다.

그렇다, 나의 형제들이여, 창조의 유희를 위해서는 신성한 긍정이 필요하다. 이제 정신은 **자신의** 의지를 원하고 세계를 잃어버린 자는 **자신의** 세계를 쟁취한다.

나는 그대들에게 세 가지 변화에 대해 말했다. 정신이 어떻게 낙타가 되었고, 낙타는 어떻게 사자가 되었으며, 마침내 사자는 어떻게 아이가 되었는가를.

차라투스트라는 이렇게 말했다. 당시 그는 '얼룩소'라는 도시에 머물고 있었다.

덕의 가르침에 대하여

차라투스트라는 잠과 덕에 대하여 뛰어난 설교를 한다는 어느 현자에 대해 들었다. 그는 큰 존경을 받고 강연으로 보수도 받으며, 모든 젊은이들이 그의 강의를 경청했다. 차라투스트라도 그에게 가서 젊은이들과 함께 그의 강의를 들었다. 현자는 이렇게 말했다.

잠에 대한 존경과 부끄러움! 이것이 첫 번째이다! 그러므로 잠을 못 자고 밤에 깨어 있는 모든 자들을 멀리하라!

도둑조차도 잠 앞에서는 얌전해진다. 그래서 밤마다 항상 조용히 돌아다닌다. 그러나 뻔뻔한 야경꾼은 부끄러운 줄도 모르고 호각을 가지고 다닌다.

잠을 자는 것은 결코 하찮은 기술이 아니다. 잠을 자기 위해서는 하루 종일 그것을 기다리며 깨어 있어야 한다.

낮 동안 열 번, 그대는 자신을 극복해야 한다. 그것은 적당한 피곤함을 주고 영혼에게는 마취제가 된다.

낮 동안 열 번, 그대는 자신과 다시금 화해해야만 한다. 왜냐하면 이겨낸다는 것은 괴로운 일이며, 자신과 화해하지 못한 자들은 잠을 제대로 잘 수 없기 때문이다.

낮 동안 그대는 열 가지 진리를 찾아내야 한다. 그렇지 않으면 그대는 밤에도 진리를 찾고 헤맬 것이고 그대의 영혼은 굶주릴 것이다.

낮 동안 열 번, 그대는 웃으며 명랑하게 지내야 한다. 그렇지 않으면 밤이 되어 슬픔의 아버지인 위장이 그대를 괴롭힌다.

단잠을 이루기 위해서는 모든 덕을 갖추고 있어야 한다는 사실을 아는 자는 드물다. 내가 거짓 증언을 하게 된다면? 내가 간음을 한다면 어떻게 될까?

내가 이웃집 하녀에게 욕정을 품게 된다면? 이런 것들이 모두 잠을 이루는 데 방해가 된다.

그리고 스스로 모든 덕을 갖추고 있더라도 한 가지를 더 알아두어야 한다. 제때 잠을 자도록 해야 한다.

얌전한 아가씨 같은 이러한 덕이 서로 다투지 않도록 하라! 그것도 불행한 그대 때문에 말이다!

신과 더불어 이웃과도 화목하게 지내라! 단잠이 원하는 것은 바로 이것이다. 그리고 이웃의 악마와도 화목하게 지내라! 그렇지 않으면 악마는 밤중에 그대 곁으로 찾아올 것이다.

상사를 존경하고 복종하라. 비록 그들이 부정하더라도! 그래야만 단잠을 잘 수 있다. 권력이 구부러진 다리로 돌아다닌다고 해도 내가 무엇을 할 수 있겠는가?

나는 자신의 양을 가장 푸른 초원으로 이끄는 자를 언제나 가장 훌륭한 목자라고 부른다. 그것이 단잠과 어울리기 때문이다.

나는 큰 명예도 많은 재물도 바라지 않는다. 그것은 비장에 염증만 일으킬 뿐이다. 그러나 좋은 평판과 어느 정도의 재물이 없다면 단잠을 자기는 힘들어진다.

나는 소규모의 모임을 나쁜 모임보다 환영한다. 그러나 모임이란 것도 알맞은 때에 생겼다가 끝내야 한다. 그래야만 편히 잠들 수 있다.

나는 마음이 가난한 자들을 좋아한다. 그들은 잠을 재촉하기 때문이다. 특히 사람들이 그들에게 동조하면 행복해한다.

덕이 있는 사람에게 이렇게 하루가 지나간다. 이윽고 밤이 되면 나는 잠을 부르지 않도록 조심한다! 덕의 지배자인 잠은 자기를 부르는 소리를 원치 않기 때문이다!

그러면 나는 낮 동안에 했던 일과 생각한 것들을 되새겨본다. 되새김질하는 한 마리 암소처럼 이렇게 묻는다. 그대가 극복한 열 가지는 무엇인가?

그리고 나를 기쁘게 한 열 가지의 화해, 열 가지의 진리, 열 가지의 웃음은 무엇이었나?

이런 것을 헤아리며 마흔 가지 생각에 이리저리 흔들리다 보면 갑자기 덕의 지배자인 잠이 부르지도 않았어도 나를 덮쳐 온다.

잠이 내 눈을 두드린다. 그러면 눈꺼풀이 감기고 잠이 내 입을 만지면 입이 벌어진다.

진실로 도둑 중에서 가장 사랑스런 도둑인 잠은 발끝으로 살그머니 걸어와서 내 생각을 훔쳐낸다. 그러면 나는 이 강단처럼 멍하니 서 있게 된다.

그러나 오래 서 있지도 못하고 곧 드러누워버린다.

차라투스트라는 현자의 이러한 말을 듣고 속으로 웃었다. 그의 마음속에서 한 줄기 빛이 떠올랐기 때문이다. 그는 마음속으로 이렇게 말했다.

마흔 가지 생각을 가지고 있다는 저 현자는 나에게는 바보로 보인다. 그러나 잠에 대해서는 잘 알고 있다는 생각이 든다.

이 현자 곁에 머무르는 자들은 이미 행복하다! 이런 잠은 전염되기 마련이다. 두꺼운 벽도 뚫어버릴 것이다.

그의 강단에도 마력이 깃들어 있다. 그래서 젊은이들이 이 덕의 설교자 앞에 앉아 있는 것만으로도 헛된 일이 아니다.

그의 지혜는 단잠을 이루기 위해 깨어 있어야 한다는 것이다. 진실로 삶이 무의미하고 내가 무의미를 택할 수밖에 없다면, 나에게도 이것이 가장 선택할 만한 가치가 있는 무의미함이다.

이제 나는 덕의 스승을 찾아간 자들이 가장 갈망했던 것이 무엇이었는지 분명히 알겠다. 그들은 단잠과 더불어 게다가 마취제 같은 덕을 구했었다! (지금에 만족하게 만드는 환각 상태를 표현하기 위해 원문에는 '마취제'가 마약 성분이 있는 '양귀비꽃'으로 표현됨 – 옮긴이)

명망 높은 이 강단의 모든 현자들에게 있어서 지혜란 꿈이 없는 잠이었다. 그들은 좀 더 깊은 인생의 의미를 알지 못했다.

오늘날까지도 이러한 덕의 설교자와 같은 사람들이 더러 있다. 그러나 그들이 늘 정직한 것은 아니다. 이제 그들의 시대는 갔다. 그들은 더 이상 서 있지 못하여 이미 누워 있는 상태이다.

이렇게 잠에 취한 자들은 행복하다. 곧 꾸벅꾸벅 졸며 잠들게 될 것이기 때문이다.

차라투스트라는 이렇게 말했다.

배후 세계를 믿는 자들에 대하여

차라투스트라도 한때는 배후 세계를 믿는 모든 사람과 마찬가지로 인간의 내세에 대한 망상을 가진 적이 있었다. 당시 세계는 고통스럽고 번민에 시달리는 신의 작품으로 보였다.

그때의 세계는 나에게 꿈이자 신이 만들어낸 허구로 보였다. 만족을 모르는 신 앞에 피어오르는 알록달록한 연기 같았다.

선과 악, 쾌락과 고통 그리고 나와 너. 이것이 나에게는 창조자의 눈앞에서 피어오르는 알록달록한 연기처럼 보였다. 창조자는 자신에게서 눈길을 돌리고자 했다. 그래서 그때 세계를 창조했던 것이다.

자신의 고통을 외면하고 자기 자신을 잃어버리는 것이 고뇌하는 자에게는 바로 도취적 쾌락이다. 일찍이 나에게는 세계가 이러한 도취적인 쾌락과 자기 망각으로 보였다.

이 세계, 영원히 불완전한 세계, 영원한 모순의 모사 판이며 그것조차 불완전한 모조품. 나에게는 한때 세계가 이런 세계를 만든 불완전한 창조자의 도취적 쾌락으로 보였다.

이렇게 나는 배후 세계를 믿는 자들처럼 일찍이 인간의 내세에 대한 망상을 가졌었다. 진실로 인간의 내세에 대해서였을까?

아, 형제들이여, 내가 창조한 이 신은 다른 모든 우상과 마찬가지로 인간이 만든 작품이자 인간의 망상이었다!

이 신은 인간이었고 그것도 인간과 자아에서 떨어져 나온 한 조각에 불과했다. 진실로 이 유령은 참으로 자신의 재와 열기에서 나에게 온 것이었다! 내세에서 나에게 온 것이 아니었다!

형제들이여, 그리고 무슨 일이 일어났는가? 나는 고통받는 나 자신을 극복했다. 나는 나의 재를 산으로 가져가 더 밝은 불꽃을 피워내었다. 보아라! **그때 유령이 나에게서 달아났다!**

이제 회복기에 접어든 나에게 이러한 유령을 믿는다는 것은 고통이자 고뇌가 된다. 이제 그것이 나에게 고통이고 굴욕이 되리라. 그래서 나는 내세를 믿는 자들에게 이렇게 말한다.

고뇌와 무능함이 모든 배후 세계를 창조했다. 그리고 그것은 가장 고통받는 자만이 경험할 수 있는 찰나간의 행복의 광기였다.

단 한 번의 도약, 그 필사의 도약으로 궁극에 도달하려는 데서 오는 피로, 이제 더 이상 아무것도 바라지 않는 불쌍하고 무지한 피로감. 그것이 모든 우상과 배후 세계를 창조한 것이다.

나의 형제들이여, 내 말을 믿어라! 육체에 절망한 것은 다름 아닌 육체였다. 그 육체가 현혹된 정신의 손가락으로 궁극의 벽을 더듬었다.

나의 형제들이여, 내 말을 믿어라! 이 대지에 절망했던 것은 다름 아닌 육체였다. 존재의 뱃속이 하는 말을 들은 것은 바로 육체였다.

그때 육체는 머리로 궁극의 벽을 뚫고 '내세'로 넘어가려 했다. 물론 머리만은 아니었겠지만 말이다.

그러나 저 '내세'란 세상은 비인간적이고 천상의 무(無)의 세계로서 인간 앞에는 교묘하게 숨겨져 있다. 그리고 존재의 뱃속은 인간의 모습이 아니고서는 절대 인간에게 말을 걸지 않는다.

진실로 모든 존재는 증명하기도, 말을 걸어보기도 어렵다. 그대 형제들이여, 나에게 말해다오. 만물 중에 가장 오묘한 것이 가장 잘 증명된 것이 아니겠는가?

그렇다. 이 자아와 자아의 모순 그리고 혼돈이 그나마 자신의 존재에 대해 가장 정직하게 말하고 있다. 이런 창조하고 의욕이 넘치며 평가하는 자아가 바로 사물들의 척도이자 가치이다.

이렇게 가장 정직한 존재인 자아는 육체에 대해 말하고자 한다. 자아는 시를 짓고 우글거리며 몰려다니거나 부러진 날개를 퍼덕일 때에도 육체를 원한다.

자아는 점점 더 정직하게 말하는 법을 배운다. 그리고 정직해질수록 자아는 육체와 대지에 합당한 말과 찬양을 찾아낸다.

나의 자아는 나에게 새로운 자존심을 가르쳤다. 나는 그것을 인간들에게 가르친다. 더 이상 그들의 머리를 천상의 것인 모래에 파묻지 말고 자유롭게 고개를 들어 대지에게 의미를 창조하라고!

나는 인간에게 새로운 의지를 가르친다. 그들이 맹목적으로 걸어온 길을 바라고 이 길을 선한 것으로 부르도록 가르친다. 그리고 병자와 죽어가는 자들처럼 그 길에서 도망치려 하지 말라고 가르친다!

병자와 죽어가는 자들은 육체와 대지를 경멸하고 천상의 것과 구원의 핏방울을 만들어낸 자들이었다. 그러나 이 달콤하고 음산한 독조차 그들은 육체와 대지에서 만든 것이었다!

그들은 자기들의 불행에서 벗어나려 했으나 별은 그들에게서 너무 먼 곳에 있었다. 그래서 그들은 탄식했다. "다른 존재와 행복 속으로 몰래 들어갈 수 있는 천상의 길이 있다면!" 이때 그들은 샛길과 핏빛의 음료를 만들어내었다!

이 배은망덕한 자들은 자신의 육체와 이 대지에서 벗어났다는 착각에 빠졌다. 그러나 그들이 탈출을 위한 투쟁, 환희는 누구의 덕인가? 바로 그들의 육체와 이 대지였다.

차라투스트라는 병자들에게 너그럽다. 진실로 그는 병자들만이 가진 위로법과 은혜를 모르는 태도에도 화를 내지 않는다. 그저 그들이 나아서 극복하는 자가 되어 더 건강한 육체를 창조하길 바란다!

또한 차라투스트라는 병에서 회복 중인 자가 과거의 환상에 사로잡혀 한밤중 몰래 자신의 신의 무덤을 서성거려도 노여워하지 않는다. 그러나 이런 자의 눈물은 나에게 아직도 병이자 병든 육체로 보인다.

허구를 만들어내고 신을 갈구하는 자들 안에는 항상 병자들이 많았다. 그들은 깨닫는 자들을 증오하며 덕 중에 가장 새로운 덕인 정직을 가장 증오한다.

그들은 언제나 까마득한 과거의 시간을 되돌아본다. 그때에는 망상과 신앙이 현재와는 그 모습이 달랐다. 이성의 광기는 신과 비슷하고 의심은 죄악이었다.

나는 신과 유사한 이러한 자들을 아주 잘 알고 있다. 그들은 사람들이 자신을 믿어주기를 바라며 의심은 죄악이 되기를 바란다. 게다가 나는 그들 스스로 가장 잘 믿는 것이 무엇인지 잘 알고 있다.

진실로 그들이 가장 잘 믿는 것은 배후 세계와 구원의 핏방울이 아닌 바로 육체였다. 그들 스스로의 육체가 그들에게는 사물 자체이다.

그러나 그들에게 육체는 병든 사물이고 거기에서 벗어나려 한다. 그래서 죽음의 설교자를 따르고 스스로 배후 세계를 설교한다.

형제들이여, 차라리 건강한 육체의 소리에 귀를 기울여라. 보다 정직하고 보다 순수한 목소리에 귀를 기울여라.

건강하고 온전하며 반듯한 육체는 정직하고 보다 순수하게 말한다. 그리고 이 육체가 대지의 의미에 대하여 말한다.

차라투스트라는 이렇게 말했다.

육체를 경멸하는 자들에 대하여

나는 육체를 경멸하는 자들에게 말하고자 한다. 나는 그들이 새로 배우고 또 가르치라고 하지 않는다. 대신 자신의 육체와 이별하고, 그것으로 침묵하기를 바란다.

"나는 육체이며 영혼이다." 아이는 이렇게 말한다. 그럼 우리는 어째서 아이들처럼 말해서는 안 되는 것인가?

그러나 각성한 자, 아는 자는 이렇게 말한다. "나는 오로지 육체일 뿐, 그 외에는 아무것도 아니다. 그리고 영혼은 육체에 속한 어떤 것을 표현하는 말에 지나지 않는다."

육체는 하나의 커다란 이성이며 한 가지 의미를 가진 다양성이고 전쟁이자 평화이며 가축 떼이고 목자이다.

형제여, 그대가 '정신'이라고 부르는 그대의 자그마한 이성도 그대 육체의 도구이며 커다란 이성의 작은 도구이자 장난감이다.

그대는 **자아**를 말하는 것을 자랑스러워한다. 그러나 더 위대한 것은 믿고 싶지 않겠지만 그대의 육체이고 커다란 이성이다. 이 커다란 이성은 자아를 말하지 않고 자아를 행한다.

감각이 느끼고 정신이 깨닫는 것은 그것만으로는 절대 결말이 될 수 없다. 그러나 감각과 정신은 그들이 만물의 목적이라는 것을 설득하고자 한다. 이 정도로 감각과 정신은 허영심이 강하다.

감각과 정신은 도구이자 장난감에 지나지 않는다. 그들의 뒤에는 '자기'가 있다. 자기는 감각의 눈으로 찾고 정신의 귀로 듣는다.

자기는 항상 귀를 기울이며 찾는다. 그것은 비교하고 억압하며 정복하고 파괴한다. 그것은 지배하며 또한 자아의 지배자이기도 하다.

나의 형제여, 그대의 생각과 감정의 배후에는 강력한 명령자, 알려지지 않은 현자가 있다. 그것은 바로 자기이다. 그것은 그대의 육체 안에 있으며 바로 그 육체이기도 하다.

자기는 항상 귀를 기울이며 찾는다. 그것은 비교하고 억압하며 정복하고 파괴한다. 그것은 지배하며, 또한 자아의 지배자이기도 하다.

나의 형제여, 그대의 사상과 감정의 배후에는 강력한 명령자이자 알려지지 않은 현자가 있다. 그것은 바로 자기이다. 그것은 그대의 육체 안에 있으며 곧 그대의 육체이기도 하다.

그대의 육체에는 그대의 가장 훌륭한 지혜보다 더 많은 이성이 들어 있다. 그대의 육체가 하필이면 그대의 가장 훌륭한 지혜를 꼭 필요로 하는지 누가 알 것인가?

그대의 자기는 그대의 자아와 그 자아의 자랑스러운 도약을 비웃는다. "나에게 사상의 도약과 비상은 무엇인가?" 그는 이렇게 자문한다. "그것은 나의 목적에 닿는 일종의 우회로이다. 나는 자아를 이끄는 끈이며 자아의 개념을 귀띔해주는 자이다."

자기가 자아에게 말한다. "자, 고통을 느껴보아라!" 그러면 자아는 고통스러워하며 더 이상 고통을 받지 않기 위해 깊이 생각한다. 그래서 자아는 생각을 **해야만** 하는 것이다.

자기가 자아에게 말한다. "자, 쾌락을 느껴보아라!" 그러면 자아는 기뻐하며 더 자주 기뻐할 수 있는 방법을 깊이 생각한다. 그래서 자아는 깊이 생각을 **해야만** 하는 것이다.

육체를 경멸하는 자들에게 한마디 하겠다. 경멸하는 것은 본래 존경에서 우러나오는 것이다. 무엇이 존경과 경멸, 가치와 의지를 창조하였는가?

창조하는 자기가 스스로 존경과 경멸, 쾌락과 고통을 창조했다. 창조하는 육체가 자신이 가진 의지의 손으로 정신을 창조했다.

육체를 경멸하는 자들이여, 그대들은 어리석음과 경멸 속에서도 자기를 섬기고 있다. 그대들에게 말하건대 그대들의 자기는 스스로 죽기를 원하고 있으며 삶을 외면하고 있다.

그대들의 자기는 스스로 갈망하는, 즉 자신을 초월하여 창조하는 일을 더 이상 할 수 없다. 그것이야말로 자기가 가장 원하는 일이며 그것이 가진 열정의 전부이다.

이제 그 일을 하기에는 때가 너무 늦었다. 그래서 그대들 육체를 경멸하는 자들이여, 그대들의 자기는 몰락을 원한다.

그대들의 자기는 몰락을 원한다. 그래서 그대들은 육체를 경멸하는 자들이 되었다! 왜냐하면 그대들은 더 이상 자신을 초월하여 창조할 수 없기 때문이다.

이런 이유로 그대들은 이제 삶과 대지에 분노한다. 그대들의 경멸스러운 시선 속에 자신도 미처 깨닫지 못한 일종의 질투가 담겨 있다.

나는 그대들의 길을 가지 않는다. 그대들 육체를 경멸하는 자들이여! 그대들은 나에게 있어 결코 초인을 향해 나아가는 다리가 아니다!

차라투스트라는 이렇게 말했다.

기쁨과 열정에 대하여

나의 형제여, 그대가 하나의 덕을 가지고 있으며 그것이 그대의 덕이라면 그대는 이 덕을 아무하고도 공유하지 않는다.

물론 그대는 그 덕에 이름을 붙여주고 아껴주고 싶을 것이다. 덕의 귀를 잡아당기며 장난도 치고 싶을 것이다.

그러나 보아라! 이제 그대는 덕의 이름을 군중과 공유하고 그대는 그대의 덕과 함께 군중이자 가축의 무리가 되었다!

그러니 이렇게 말하는 것이 더 나았을 것이다. "내 영혼에 고통이 되기도 하며 달콤함이 되기도 하며 내 배 속의 굶주림이기도 한 이것은 말로 표현할 수도 없고 그 이름도 없다."

　그대의 덕은 친숙한 이름보다 높은 곳에 있어야 한다. 그리고 그대가 이 덕에 대해 반드시 말해야 하는 때가 온다면 더듬거린다 하여도 부끄러워하지 마라.

　더듬거리며 이렇게 말하라. "그것은 **나의** 선이며, 나는 그것을 사랑한다. 그것은 온전히 내 마음에 들고 나는 이러한 선만을 원한다.

　나는 그 덕을 신의 율법이나 인간의 규칙 내지는 인간의 필수품으로 바라는 것이 아니다. 그 덕은 나를 대지 너머의 곳이나 천국으로 인도하는 이정표가 아니다.

　내가 사랑하는 것은 지상에서의 덕이다. 그 덕은 영리하지도 않고 누구나 가진 이성도 가장 적게 가지고 있다.

　그러나 이 새는 나의 옆에 둥지를 틀었다. 그래서 나는 이 새를 사랑하고 감싸준다. 이 새는 지금 내 옆에서 자신의 황금알을 품고 있다."

　이렇게 그대는 더듬거리며 그대의 덕을 칭송해야 한다.

　한때 그대는 정열을 가지고 있었으며 그것을 악이라 불렀다. 그러나 지금은 그대는 오로지 그대의 덕만을 가지고 있다. 그 덕은 그대의 열정에서 자라난 것이다.

그대는 그대의 목표를 이 열정의 심장에 두었다. 그래서 이 열정은 그대의 덕이 되고 기쁨이 되었다.

그대가 다혈질적인 자, 음탕한 자, 광신자 또는 복수심에 불타는 자의 후손이라고 가정하자. 결국에 그대의 열정은 모두 덕이 되고 그대의 악마는 모두 천사가 되었다.

일찍이 그대는 지하실에 들개를 키웠었다. 그러나 결국 그 들개들은 새와 사랑스러운 노래를 부르는 어여쁜 가수로 변했다.

그대의 독에서 향유를 제조하였다. 그대는 슬픔이라는 암소의 젖을 짰다. 그리고 그대는 그 달콤한 젖을 마시고 있다.

이제부터는 그대에게서 아무런 악도 자라나지 않을 것이다. 그대가 가진 여러 덕 사이의 갈등에서 생겨나는 악을 제외하면 말이다.

나의 형제여, 그대가 운이 좋다면 그대는 하나의 덕 외에는 가지고 있지 않는다. 그래야만 가볍게 다리를 건너간다.

많은 덕을 지니는 것은 훌륭한 일이지만 막중한 것이다. 그리고 많은 사람들이 여러 덕 간의 싸움과 전쟁터에 지쳐 사막으로 가 스스로 목숨을 끊었다.

나의 형제여, 전쟁과 싸운 악한가? 그러나 이러한 악은 필요하다. 그대의 여러 덕 사이에서 일어나는 질투와 불신과 비방은 피할 수 없다.

보아라, 그대의 덕이 각자 최고의 위치를 차지하여 욕심내고 있는지를. 그대의 여러 덕은 제각기 그대의 정신 전체를 요구한다. 그대의 정신을 **자신들의** 전령으로 가지려 한다. 그래서 그대의 덕은 분노와 증오, 사랑에서 그대의 모든 힘을 원한다.

모든 덕은 저마다 다른 덕을 질투하는데, 이 질투가 무서운 것이다. 여러 덕이 질투 때문에 파멸할 수 있다.

질투의 불꽃에 휩싸인 자는 결국 전갈처럼 방향을 돌려 자신을 독 묻은 침으로 쏜다.

아, 형제여, 그대는 어떤 덕이 자신을 비난하고 찔러 죽이는 것을 본 적이 없는가?

인간은 극복되어야 할 어떤 것이다. 그러므로 그대는 그대의 여러 덕을 사랑해야 한다. 왜냐하면 그대는 그 덕들로 인해 파멸할 것이기 때문이다.

차라투스트라는 이렇게 말했다.

창백한 낮의 범죄자에 대하여

그대 재판관들 그리고 제물을 바치는 자들이여, 그대들은 제물로 바치는 동물이 고개를 끄덕이기 전에 죽이지 않을 것인가? 보아라, 창백한 낮을 가진 범죄자가 고개를 끄덕였다. 그의 눈빛은 커다란 경멸을 말하고 있다.

"나의 자아는 극복되어야 할 어떤 것이다. 나의 자아는 인간에 대한 커다란 경멸이다." 그의 눈은 이렇게 말하고 있다.

그가 본인을 심판한 것은 그의 최고의 순간이었다. 이 초연한 사람을 다시 낮은 상태로 돌려보내지 마라!

자기 자신 때문에 고통스러워하는 이런 자는 빨리 죽음을 맞이하는 것 이외에 구원받을 방법이 없다.

재판관들이여, 그대들은 복수심이 아닌 동정으로 죽음을 선고하도록 해야 한다. 그리고 그대들이 죽음을 행하며 그대들 자신의 삶을 정당화하도록 노력하라!

그대들이 사형수와 화해하는 것만으로는 충분하지 않다. 그대들의 슬픔이 초인에 대한 사랑이 되게 하라! 그래서 그대들이 계속해서 살아가고 있다는 것을 정당화하라!

그대들은 '원수'라고 말하고 '악인'이라고 하지 마라. '병자'라고 말하고 '무뢰한'이라고 하지 마라. 그리고 '바보'라고 말하고 '죄인'이라고 하지 마라.

그리고 그대 붉은 재판관이여, 만일 그대가 생각 속에서 한 일을 크게 떠든다면 모두가 이렇게 소리칠 것이다. "이 더러운 독을 가진 해충을 없애버려라!"

그러나 생각과 행동 및 그 행동의 모습은 서로 다른 것이다. 그것들 사이에는 인과라는 수레바퀴가 돌아가지 않는다.

어떤 모습이 이 창백한 낯을 가진 인간을 창백하게 만들었다. 그가 행동을 취했을 때에는 스스로 자신의 행동을 감당할 수 있었다. 그러나 행동을 취한 후에는 그 행동의 모습을 감당하지 못했다.

그는 항상 자신을 행하는 사람으로 인식했다. 나는 이것을 광기라고 부른다. 그에게는 예외라는 것이 본질로 변했다.

줄 하나가 암탉을 묶었는데 이 줄은 가련한 이성을 구속하였다. 나는 이것을 행위 **이후**의 광기라고 부른다.

들어라, 그대 재판관들이여! 또 다른 광기가 있으니 그것은 행위 이전의 광기이다. 아, 내가 볼 때 그대들은 이 광기의 영혼 속으로 깊이 들어가지 못했다!

붉은 재판관은 이렇게 말한다. "이 범죄자는 왜 살인을 했는가? 약탈하려 했기 때문이다." 그러나 나는 그대들에게 말한다. 그의 영혼은 약탈보다 피를 원했다. 그는 칼이 가진 행복을 갈망했다!

그러나 나약한 이성은 이 광기를 이해하지 못하고 그것을 설득했다. "피가 무슨 소용인가! 이성이 말한다. 최소한 그대는 약탈이라도 하지 않겠는가? 복수하지 않겠는가?"

그는 자신의 나약한 이성의 말을 들었고 이성의 말은 그를 납덩이처럼 짓눌렀다. 그래서 범죄자는 살인을 하며 약탈까지 했다. 그는 자신의 광기를 부끄럽게 여길 마음이 없었다.

그리고 다시금 그의 죄악의 납덩이가 그를 짓눌렀다. 그리고 그의 나약한 이성은 다시 굳어지고 마비된 데다가 무거워졌다.

만약에 그가 머리를 흔들 수만 있었다면 그의 짐은 굴러 떨어졌을 것이다. 그러나 누가 그의 머리를 흔들 수 있겠는가?

이 사람은 누구인가? 정신을 통해 세상을 향하여 손을 뻗치려는 질병 덩어리이다. 질병은 자신의 몫을 찾으려 한다.

이 사람은 누구인가? 서로 간에 사이좋을 일이 없는 야생 뱀의 무리이다. 이 뱀 무리는 각자 흩어져 이 세상에서 자신의 몫을 찾는다.

이 나약한 육체를 몸을 보아라! 이 육체가 고통받고 열망했던 것을 나약한 영혼이 마음대로 해석했다. 그것을 살인의 쾌락과 칼이 주는 행복에 대한 갈망으로 해석했다.

이제 악이 병자를 기습한다. 그는 자신이 받은 고통을 통해 다른 사람에게 고통을 주려 한다. 그러나 과거에는 이와 달리 다른 악과 다른 선이 존재했었다.

한때 의심과 자기 자신에 대한 의지는 악이었다. 당시의 병자는 이교도이자 마녀였다. 이교도이자 마녀로 몰린 자는 고통을 받았고 타인에게 고통을 주려 했다.

그러나 그대들의 귀는 이런 말을 들으려 하지 않는다. 그대들은 이런 말이 선한 자들에게 해가 된다고 말한다. 그러나 선한 자들이 나와 무슨 상관이란 말인가!

내게는 그대들이 말하는 선한 자들의 많은 점이 역겹다. 그러나 진실로 그들의 악은 그렇지 않다. 나는 저 창백한 낯빛의 범죄자처럼 그들도 자신을 파멸시킬 광기를 가지기를 바란다!

진실로 나는 그들의 망상이 진리 내지는 성실함, 또는 정의라고 불리기를 바란다. 그러나 그들은 가련한 안락함 속에서 되도록 오랜 생을 유지하기 위해 자신의 덕을 가지고 있다.

나는 강가에 있는 난간이다. 나를 붙잡을 수 있는 자는 나를 붙잡아라! 그러나 나는 그대들의 지팡이가 아니다.

차라투스트라는 이렇게 말했다.

읽기와 쓰기에 대하여

모든 글 중에서 나는 피로 쓰인 것만 사랑한다. 피로 쓰도록 하라. 그러면 그대는 피가 정신임을 알게 될 것이다.

남의 피를 이해하는 것은 쉽지 않다. 그래서 나는 편하게 책을 읽는 자들을 증오한다.

독자를 잘 아는 사람은 독자를 위해서 더 이상 아무것도 하지 않는다. 독자가 한 세기를 살아간다면 정신이 악취를 풍길 것이다.

모든 사람이 읽는 것을 배울 수 있게 되면 그것이 지속되어 쓰는 것뿐만 아니라 생각까지 썩을 것이다.

일찍이 정신은 신이었다가 인간이 되었고 이제는 마침내 하층민이 되었다.

피로 저술하며 격언을 쓰는 자는 읽혀지기를 바라는 것이 아니라 암송되기를 바란다.

산을 가로지르는 가장 가까운 길은 봉우리에서 봉우리로 가는 것이다. 그러나 이를 위해서는 기다란 다리를 가지고 있어야 한다. 격언은 봉우리가 되어야 한다. 그리고 격언을 듣는 자들은 거대하고 높아져야 한다.

공기는 희박하고 순수하고 위험은 가까이에 있으며 정신은 기쁜 악의로 가득 차 있다. 이런 것들은 서로 잘 어울린다.

나는 내 주위에 요정들이 있기를 바란다. 왜냐하면 나는 그만큼 용감하기 때문이다. 유령을 쫓아내는 용기는 자신을 위해 요정을 창조한다. 용기는 큰 소리로 웃고 싶다.

내가 느끼는 것은 그대들이 느끼는 것과 다르다. 내 발밑에 보이는 구름, 내가 비웃는 저 검고 무거운 구름이 바로 그대들의 번개를 일으키는 구름이다.

그대들은 높이 올라가고자 할 때는 위를 바라본다. 그러나 나는 이미 높은 곳에 있기 때문에 아래를 내려다보는 것이다.

그대들 중에 그 누가 웃음과 동시에 높은 곳에 있을 수 있는가?

가장 높은 산을 오르는 자는 모든 비극과 비극적인 진중함을 비웃는다.

지혜는 우리가 용감해지고 냉담하며 조롱하고 난폭해지기를 바란다. 지혜는 한 명의 여인이다. 그리고 오로지 용사만을 사랑한다.

그대들이 나에게 말한다. "인생은 감당하기 힘들다." 그러나 그대들은 어째서 아침에는 긍지를 가졌다가 저녁이 되면 단념하는가?

인생은 감당하기 힘들다. 그러나 나에게 그렇게 유약하게 행동하지 마라! 우리는 모두 무거운 짐을 지고 갈 힘을 가진 수나귀들이자 암나귀들이다.

한 방울의 이슬이 육체에 떨어지기만 해도 흔들리는 장미꽃 봉오리와 우리는 어떤 공통점을 가지고 있는가?

그렇다. 우리가 삶을 사랑하는 것은 삶 자체가 아닌 사랑에 익숙해졌기 때문이다.

사랑은 항상 어느 정도의 광기를 내포하고 있다. 그러나 그 광기 가운데에도 언제나 어느 정도의 이성을 가지고 있다.

그리고 삶을 잘 살아가고 있는 나에게도 나비와 비눗방울, 그리고 인간 사이에 나비와 비눗방울 같은 자들이 행복에 대해 가장 잘 알고 있는 것으로 보인다.

이렇게 경솔하고 어리석고 사랑스러우며 활발한 작은 영혼들이 날아다니는 것을 보면 차라투스트라는 홀린 듯이 눈물을 흘리고 노래 부른다.

나는 춤추는 것을 이해하는 신을 믿을 것이다.

그리고 내가 나의 악마를 보았을 때 나는 그를 진지하고 철두철미하며 깊은 속내를 가지고 있고 또한 격식을 차린다는 것을 깨달았다. 그것은 무거운 정신이었다. 이것으로 인해 만물이 몰락한다.

사람은 분노가 아닌 웃음으로 죽인다. 자, 무거운 정신을 죽여버리자!

나는 걷는 법을 배웠다. 그때부터 나는 계속 달리고 있다. 나는 날아가는 법을 배웠다. 그때부터 나는 떠밀려 움직이는 일이 사라졌다.

이제 나의 몸은 가볍고 나는 날아다니고 있다. 이제 나는 스스로를 내려다보고 있다. 이제 나를 통하여 어떤 신이 춤을 추고 있다.

차라투스트라는 이렇게 말했다.

언덕의 나무에 대하여

차라투스트라의 눈에 한 청년이 자신을 피해 달아나는 것을 보았다. 어느 날 저녁에 그가 '얼룩소'라는 도시를 에워싸고 있는 산을 홀로 걸어가고 있었다. 보아라, 차라투스트라가 가는 길에 이 청년이 나무에 기대앉아 지친 눈으로 골짜기를 바라보고 있었다. 차라투스트라는 청년이 앉아 있는 나무를 잡으며 이렇게 말했다.

"이 나무를 내 손으로 흔들고 싶어도 나에게는 그럴 힘이 없네. 그러나 우리 눈에 보이지 않는 바람은 이 나무를 괴롭히고 마음대로 구부러뜨릴 수 있지. 우리도 이처럼 보이지 않는 손에 의해 가장 괴롭힘을 당하고 심하게 구부러지는 것이라네."

이때 청년이 깜짝 놀라 일어나 말했다. "차라투스트라의 목소리가 들린다. 마침 나는 그를 생각하고 있었다." 차라투스트라가 대답했다.

"어째서 그렇게 놀라는 것인가? 인간 역시 나무와 같다네.

인간이 좀 더 높고 밝은 곳으로 올라가려 하면 할수록 그 뿌리는 더 강하게 땅속으로 뻗어들지. 아래로, 어둠 속으로, 심연 속으로, 악 속으로 뻗어나가는 것이네."

"그렇습니다, 악 속으로!" 청년이 외쳤다. "어떻게 제 영혼을 꿰뚫어 볼 수 있습니까?"

차라투스트라가 웃으며 말했다. "수많은 영혼은 먼저 발견하지 않으면 꿰뚫어 볼 수가 없네." "그렇습니다, 악 속으로!" 청년이 다시 외쳤다.

"차라투스트라여 당신은 진리를 말씀하셨습니다. 나는 높은 곳으로 오르려고 한 이후로 스스로를 믿지 못하게 되었고, 더 이상 아무도 나를 믿지 않습니다. 대체 왜 이런 일이 생긴 것입니까?

나는 너무 빨리 변하고 있습니다. 나의 오늘은 어제를 부정합니다. 나는 내가 오르는 계단을 뛰어넘습니다. 그러나 나의 어떤 계단도 이것을 용서하지는 않습니다.

높은 곳에서는 나는 항상 혼자입니다. 아무도 나와 말하지 않고 외로움이라는 혹한이 나를 떨게 합니다. 도대체 나는 이 높은 곳에서 무엇을 하려는 것입니까?

나의 경멸과 동경은 함께 자라납니다. 내가 높이 올라갈수록 나는 오르고 있는 자를 더 경멸합니다. 도대체 그는 이 높은 곳에서 무엇을 하려는 것입니까?

올라가며 비틀거리는 내 모습이 얼마나 부끄러운지! 헐떡거리는 내 숨소리는 얼마나 경멸스러운지! 날아다니는 자는 또 얼마나 증오스러운지 아십니까! 높은 곳에서는 왜 이렇게 지쳐버리는 것입니까!"

청년은 이렇게 말하고 입을 다물었다. 그리고 차라투스트라는 자신과 청년의 옆에 있는 나무를 바라보며 이렇게 말했다.

"이 나무는 여기 산 위에 외롭게 서 있네. 이 나무는 인간과 동물을 굽어보며 높이 자라났다네.

그리고 이 나무가 말을 하고 싶을 때는 아무도 그의 말을 알아듣지 못했을 것이네. 그래서 이 나무는 이렇게 높다랗게 자랐다네.

이제 이 나무는 기다리고 또 기다리고 있군. 도대체 무엇을 기다리는 것일까? 이 나무는 구름이 머무는 곳에서 가까운 곳에 살고 있네. 혹시 최초의 번개를 기다리고 있는 게 아닐까?"

차라투스트라가 이렇게 말하자 젊은이는 격한 몸짓을 하며 외쳤다. "그렇습니다, 차라투스트라여. 당신은 진리를 말하고 있습니다. 내가 높이 오르고자 할 때 사실 나는 내가 몰락하기를 바랐습니다. 당신은 내가 기다리던 번개입니다! 보십시오, 당신이 우리 앞에 나타난 이후로 내가 어떻게 되었습니까? 당신을 향한 나의 **질투심**이 나를 파멸시켰습니다!" 젊은이는 이렇게 말하고 비통하게 울었다. 그러나 차라투스트라는 그를 감싸 안고 함께 길을 떠났다.

한동안 나란히 걸어가던 차라투스트라가 이렇게 말하기 시작했다.

가슴이 찢어지는 것 같구나. 그대의 말보다 그대의 눈이 그대가 처한 위험을 나에게 말해주고 있다네.

그대는 아직 자유롭지 못하며 아직 자유를 찾아서 **헤매고** 있네. 이러한 탐색이 그대를 잠 못 이루게 하고 감시하게 한 것이라네.

그대는 자유가 있는 높을 곳으로 올라가려 하는군. 그대의 영혼은 별을 갈망하고 있네. 게다가 그대의 못된 충동도 자유를 갈망하고 있군.

그대의 들개는 자유를 바라고 있네. 그대의 정신이 모든 감옥을 벗어나려 할 때 들개는 지하에서 쾌락을 원한다는 울부짖음을 내뱉고 있네.

나에게 그대는 아직도 자유를 바라는 죄수라네. 아, 이런 죄수의 영혼은 현명해지기도 하지만 이와 동시에 교활하고 사악해지기도 한다네.

정신이 자유로워진 자는 자신을 정화시켜야 하네. 아직도 많은 감옥과 부패한 것이 남아 있기 때문이지. 그의 눈은 더 순수해져야만 하네.

그렇다네, 나는 그대가 처한 위험을 잘 알고 있다네. 그러나 나의 사랑과 희망을 걸고 그대에게 간청하건대, 부디 그대의 사랑과 희망을 버리지 말게나!

그대는 아직 자신을 고귀함을 믿고 있으며 그대를 원망하고 악의적으로 바라보는 다른 사람들도 그대를 고귀하다고 느끼고 있네. 그러나 고귀한 자 하나가 모든 사람의 길에 방해가 된다는 사실을 알아두게나.

고귀한 자는 착한 자에게도 방해가 된다네. 그를 선한 자로 부르면서 그를 제거하려 하는 것이라네.

고귀한 자는 새로운 것과 새로운 덕을 창조하고자 하네. 반면 선한 자는 옛것을 원하고 그것이 보존되어지기를 바라네.

그러나 위험한 점은 고귀한 자가 선한 자가 되는 것이 아니라 고귀한 자가 파렴치한 자, 조롱하는 자, 파괴자가 될 수도 있다는 것이네.

아, 나는 최고의 희망을 상실한 고귀한 자들을 알고 있었다네. 그들은 이제 모든 높은 희망을 비방하였다네.

그들은 순간의 쾌락에 빠져 파렴치한 삶을 살았고 오늘을 살아가는 것을 제외하고는 아무런 목표가 없었네.

"정신 또한 쾌락이다." 그들은 이렇게 말했네. 그렇게 그들이 가진 정신의 날개는 부러지고 말았다네. 이제 그들의 정신은 이리저리 기어서 돌아다니고 이것저것을 갉아 더럽힌다네.

그들은 한때 영웅이 되고 싶었지만 이제는 호색한이 되었네. 그들에게 영웅이란 원망과 공포의 대상이 되었네.

나의 사랑과 희망을 걸고 그대에게 간청하건대, 부디 그대 영혼 속의 영웅을 버리지 말게! 그대가 가진 최고의 희망을 신성한 것으로 간직하게나!

차라투스트라는 이렇게 말했다.

죽음의 설교자들에 대하여

죽음을 설교하는 자들이 있다. 이 대지는 삶을 떠나버리라는 이 설교를 들어야 할 자들로 가득 차 있다.

대지는 쓸모없는 자들로 가득하며 삶은 너무 많은 자들로 인해 부패했다. 그들을 '영생'으로 꾀어내어 버린다면 좋을 것을!

'노란 빛깔을 가진 자들.' 사람들은 죽음의 설교자를 이렇게 부른다. 또는 '검은 빛깔을 가진 자들'이라고도 부른다. 그러나 나는 그들을 또 다른 색으로 보여주겠다.

마음속에 맹수를 품은 채 돌아다니는 무서운 자들이 있다. 그들은 쾌락에 빠지거나 자학을 일삼는 일 외에는 다른 선택을 하지 못한다. 그리고 쾌락이라고 부르는 것도 결국은 자학이다.

이 무서운 자들은 아직 한 번도 인간이 되어보지 못했다. 그들이 나서서 삶을 포기하는 것을 설교하며 그들 스스로 사라져버린다면 좋을 것을!

여기에 영혼에 결핵을 앓고 있는 자들이 있다. 그들은 태어나는 순간부터 이미 죽어가기 시작하며 피로와 체념의 가르침을 동경한다.

그들은 죽어 있는 상태를 즐긴다. 그러니 우리도 그들의 의지를 존중해야 한다! 이러한 죽은 자들을 깨우지 않고 이 살아 있는 관들에 상처를 입히지 않도록 감시하자!

그들은 환자나 노인 또는 시체를 맞닥뜨리자마자 말한다. "삶은 모순덩어리이다!"

그러나 모순적인 것은 그들 자신이며 존재의 단면만을 보는 그들의 눈밖에 없다.

깊은 우울감에 사로잡혀 죽음을 가져올 작은 우연을 갈망한다. 이렇게 그들은 이를 악물고는 기다리고 있다.

아니면 그들은 달콤한 것을 잡으려 하면서도 자신의 어린 아이 같은 행동을 비웃는다. 그들은 지푸라기 같은 자신의 삶에 집착하는 동시에 아직도 지푸라기 가닥에 매달려 있는 것을 비웃는다.

그들의 지혜는 이것이다. "살아 있는 자는 어리석다. 그러나 우리도 그 바보이다! 그리고 이것이야말로 삶에서 가장 어리석은 것이다!"

"삶은 고통일 뿐이다." 어떤 사람은 이렇게 말하는데 이는 거짓이 아니다. 그러므로 **그대들**은 삶을 끝내버려라! 고통뿐인 삶을 끝내버리는 것이다!

그리고 그대들의 덕에 대한 가르침은 이래야 한다. "그대는 스스로 목숨을 끊어버려야 한다! 그대는 삶에서 몰래 도망쳐야 한다!"

"성적 쾌락은 죄악이다." 죽음을 설교하는 자들은 이렇게 말한다. "성적 쾌락을 내려두고 아이를 낳지 마라!"

"아이를 낳는 건 힘든 일이다." 어떤 사람은 이렇게 말한다. "이렇게 힘든 일을 감수하며 왜 아이를 낳는가? 불행한 아이들만 태어날 뿐이다!" 그들 또한 죽음을 설교하는 자들이다.

"아직도 동정심은 쓸모가 있다." 제삼자는 이렇게 말한다. "내 소유물을 가져가라! 있는 그대로의 나를 가져가라! 가져가면 갈수록 나는 그만큼 삶의 구속에서 벗어난다!"

진심으로 동정하는 자들이라면 그들은 이웃의 삶을 고통스럽게 만들 것이다. 사악해지는 것은 그들의 진정한 선일 것이기 때문이다.

그러나 그들은 삶에서 벗어나려 한다. 그들이 자신의 쇠사슬과 선물로 다른 사람을 단단하게 구속하는 것이 무슨 상관이란 말인가!

그리고 삶을 힘겨운 노동이자 불안이라고 생각하는 그대들 역시 삶에 몹시 지치지 않았는가? 그대들도 죽음의 설교를 들을 만큼 성숙하지는 않은가?

힘겨운 노동을 즐기며 빠른 것, 새로운 것, 낯선 것을 사랑하는 그대들은 자신을 견디기 힘들다. 그대들의 근면함은 일종의 도피이고 자신을 잊고자 하려는 의지이다.

그대들이 삶에 더 믿음을 가졌더라면 그렇게 순간적으로 자신을 내맡겨버리는 일도 적었을 것이다. 그러나 그대들 내면에는 기다림을 충족시켜줄 만한 실속이 없다. 심지어 게으름을 피우기에 충분하지도 않다!

죽음을 설교하는 자들의 목소리가 곳곳에서 울려 퍼진다. 그리고 대지는 죽음의 설교를 들어야 할 자들로 가득하다.

아니면 '영생'에 대한 설교라도 나에게는 같은 것이다. 그들이 빨리 사라져버리는 한은!

차라투스트라는 이렇게 말했다.

전쟁과 군대에 대하여

우리는 우리의 가장 강력한 적이 우리를 소중히 여긴다고 생각하고 싶지 않다. 그리고 우리가 진심으로 사랑한다고 생각하는 사람들도 마찬가지이다. 그러므로 나는 그대들에게 진리를 말하고자 한다!

전쟁에 나가 싸우고 있는 나의 형제들이여! 나는 그대들을 진심으로 사랑한다. 나는 예전부터 그대들과 같은 존재였다. 그리고 나는 그대들의 가장 강력한 적이다. 그러므로 그대들에게 진리를 말하고자 한다!

나는 그대들 가슴속의 증오와 질투를 잘 알고 있다. 그대들은 증오와 질투를 알지 못할 정도로 위대하지 않다. 그렇다면 증오와 질투를 부끄러워하지 않을 정도로 위대해져라!

그리고 그대들이 깨달음의 성인이 될 수 없다면 적어도 깨달음의 전사가 되어라! 깨달음의 전사는 성스러움의 동반자이며 선구자이다.

나에게는 많은 병사들이 보인다. 내가 정말 보고 싶은 것은 전사들의 모습이다! 사람들은 병사들이 하나같이 입고 있는 옷을 가리켜 "제복"이라고 부른다. 그들이 제복 안에 감추어진 것이 그렇게 획일적이지 않기를 바랄 뿐!

그대들은 눈은 항상 **그대들**의 적을 찾아야 한다. 그리고 그대들 중 몇몇은 한눈에 증오를 느낄 수 있다.

그대들은 적을 색출하여 그대들의 사상을 지키기 위한 전쟁을 치러야 한다! 만약 그대들의 사상이 패배하더라도 그대들의 정직함만은 승리를 외쳐야 한다!

그대들은 새로운 전쟁을 위한 수단으로 평화를 사랑해야 한다. 그리고 오랜 평화보다는 잠깐의 평화를 사랑해야 한다.

그대들에게 나는 노동이 아닌 투쟁을 권한다. 그대들에게 나는 평화가 아닌 승리를 권한다. 그대들의 노동이 투쟁이며 그대들의 평화가 승리이기를!

인간은 활과 화살을 지녔을 때에만 가만히 있을 수 있다. 그렇지 않으면 인간들은 떠들어대며 부딪히기 마련이다. 그대들의 평화가 승리이기를!

그대들은 좋은 명분이 전쟁조차 신성하게 만든다고 말하는가? 내가 그대들에게 말하노니, 좋은 전쟁이 어떤 명분도 신성하게 만드는 것이다.

전쟁과 용기는 이웃 사랑보다 위대한 일을 더 많이 이루었다. 그대들의 동정이 아닌 용기가 지금까지 위험에 처한 자들을 구해냈다.

선이란 무엇인가? 그대들은 묻는다. 용감한 것이 바로 선한 것이다. 어린 소녀들이 이렇게 말한다. "선은 아름답고 감동적이다."

사람들은 그대들을 비정하다고 한다. 그러나 그대들의 마음은 순수하다. 나는 그대들 가슴속의 부끄러움을 사랑한다. 마음이 순수한 그대들은 밀물이 되는 것을 부끄러워하고 다른 자들은 썰물이 되는 것을 부끄러워한다.

그대들이 추악하다는 것인가? 좋다, 나의 형제들이여! 그렇다면 추악함의 외투인 숭고함을 걸쳐라!

그리고 그대들의 영혼이 위대해지면 그 영혼은 오만해지고 그대들의 숭고함 속에는 사악함이 깃든다. 나는 그대들을 잘 알고 있다.

악에 있어 오만한 자와 허약한 자는 일치한다. 그러나 그들은 서로를 오해한다. 나는 그대들을 잘 알고 있다.

그대들은 증오할 적들은 가지되 경멸할 적은 가져서는 안 된다. 그대들은 자신의 적을 자랑스럽게 여겨야 한다. 그러면 적의 성공이 그대들의 성공이 된다.

반항은 노예가 가진 숭고함이다. 그대들의 숭고함이 복종이 되기를! 그대들의 명령이 단 하나의 순종이기를!

훌륭한 전사는 '나는 할 것이다'보다 '너는 해야 한다'라는 말을 듣기를 더 좋아한다. 그러므로 그대들은 자신이 좋아하는 모든 것의 명령에 따라야 한다.

삶에 대한 그대들의 사랑이 최고의 희망에 대한 사랑이 되게 하라. 그리고 그대들의 최고의 희망이 삶에 대한 최고의 사상이기를!

그러나 그대들은 최고의 사상을 나에게서 명령받아야 한다. 인간은 극복되어야 할 어떤 존재라는 것이 바로 그것이다.

그러므로 그대들은 복종과 투쟁의 삶을 살아라! 오래 사는 것이 무슨 의미가 있는가! 소중히 여김을 받으려는 자가 어떻게 전사가 되겠는가!

나는 그대들을 소중히 여지기 않고 진정으로만 사랑한다. 전쟁에 나가 싸우고 있는 나의 형제들이여!

차라투스트라는 이렇게 말했다.

새로운 우상에 대하여

지금도 어딘가에는 민족과 군중이 있을 것이다. 그러나 나의 형제들이여, 우리 이야기는 아니다. 우리에게는 국가가 있다.

국가? 그것은 무엇인가? 자! 이제 내 말에 귀를 기울여라. 이제 그대들에게 민족의 죽음에 대한 말하고자 한다.

국가는 모든 냉혹한 괴물들 가운데서도 가장 냉혹하다. 이 괴물은 냉혹한 거짓을 말한다. 그것의 입에서 거짓말이 기어 나온다. "나, 즉 국가는 곧 민족이다."

그것은 거짓말이다! 민족을 창조하고 그 머리 위에 믿음과 사랑을 걸어둔 것은 창조하는 자들이었다. 이렇게 그들은 삶의 기여했다.

많은 자를 잡기 위해 그 앞에 덫을 놓고 그것을 국가라고 하는 것은 파괴자들이다. 그들은 그 덫 위에 한 자루의 칼과 백 가지 욕망을 걸어둔다.

지금까지 민족이 존재하는 곳이 있다면 그들은 국가를 이해하지 못한다. 그리고 그것을 사악한 눈길로 바라보면서 관습과 법률에 어긋나는 것으로 여겨 증오한다.

나는 그대들에게 이런 민족의 징표를 보여주겠다. 모든 민족은 선과 악에 대하여 자신만의 언어로 말하며 다른 민족은 그것을 이해하지 못한다. 민족은 관습과 법률로 자신만의 언어를 만들어내었다.

그러나 국가는 선과 악에 대하여 모든 언어를 동원하여 거짓을 말한다. 국가가 하는 모든 말은 거짓이며 국가가 소유한 모든 것은 훔친 것이다.

국가의 모든 것은 가짜이다. 물어뜯기를 즐기는 국가는 훔친 이빨로 물어뜯는다. 심지어 그의 오장육부조차 가짜이다.

나는 그대들에게 선과 악에 관한 언어의 혼란이 국가의 표식이라고 말한다. 진실로 이 표식은 죽음에 이르는 의지를 나타낸다! 진실로 이 표식은 죽음의 설교자들에게 눈짓을 보낸다!

수많은 자들이 태어난다. 국가는 이런 쓸모없는 자들을 위해 만들어졌다!

보아라, 국가가 수많은 자들을 어떻게 꾀어내는지! 국가가 어떻게 그들을 삼키고 씹고 또다시 되씹는지를!

"이 땅 위에서 나보다 더 위대한 것은 없다. 나는 질서를 부여하는 신의 손가락이다." 괴물은 이렇게 울부짖는다. 그리고 그 앞에 무릎 꿇는 것은 기다란 귀를 가진 자나 시력이 나쁜 자들만이 아니다.

아, 그대 위대한 영혼을 가진 자들이여, 그대들에게도 국가는 음산한 거짓을 속삭인다! 아, 국가는 기꺼이 스스로를 낭비하는 마음을 가진 자들을 꿰뚫어 본다!

그렇다, 국가는 낡은 신을 이겨낸 그대들도 꿰뚫어 본다! 그대들은 전투에 지쳤고, 이제는 새로운 우상을 섬기고 있다!

국가라는 이 새로운 우상은 영웅이나 명예로운 자들을 주위에 거느리려 한다! 이 냉혹한 괴물은 양심의 햇볕을 쬐기 좋아한다!

그대들이 이 새로운 우상을 숭배한다면 국가는 **그대들**에게 모든 것을 줄 것이다. 이렇게 국가는 그대들이 가진 덕의 광채와 그대들의 긍지 높은 눈빛을 매수해버린다.

국가는 그대들을 이용하여 수많은 자를 꾀어낸다! 그렇다, 이를 위해 지옥이라는 예술품이 발견되었다. 신의 영광으로 장식되어 짤랑거리는 소리를 내는 죽음의 말이!

그렇다, 수많은 자들의 죽음을 발견했다. 그 죽음을 삶으로 주장하며 찬양한다. 진실로 이것은 죽음을 설교하는 모든 자들을 충족시켜주는 봉사이다!

선한 자나 악한 자 모두 독을 마시는 곳을 나는 국가라고 부른다. 선한 자나 악한 자 모두 자신을 잃어버리는 곳을 나는 국가라고 부른다. 모든 사람이 자신을 죽여가며, 그것을 '삶'이라고 부르는 곳을 나는 국가라고 부른다.

이 쓸모없는 자들을 보아라! 그들은 창조하는 자들의 작품과 현자들의 보물을 훔친다. 그리고 도둑질을 교육이라 부른다. 이렇게 그것들은 모두 그들의 질병이자 재난이 된다!

이 쓸모없는 자들을 보아라! 그들은 항상 병들어 있고 담즙을 토하며 그것을 신문이라 부른다. 그들은 서로를 집어삼키지만 제대로 소화시키지 못한다.

이 쓸모없는 자들을 보아라! 그들은 많은 재물을 모으지만 그 때문에 점점 더 가난해진다. 그들은 권력에 집착하고 무엇보다 권력의 지렛대인 많은 돈을 탐한다. 이런 무능한 자들아!

재빠른 원숭이들이 기어오르는 것을 보아라! 그들은 서로 앞 다투어 기어오르다가 진흙탕과 심연 속으로 떨어진다.

그들은 모두가 왕좌에 오르고 싶어 한다. 마치 행복이 왕좌 위에 앉아 있다고 여기는 듯, 이것은 그들의 광기이다! 대개 왕좌 위에 앉아 있는 것은 진흙탕이며, 반대로 왕좌가 진흙탕이 왕좌 위에 앉아 있기도 하다.

내 눈에는 그들 모두가 광기에 사로잡혔고 기어오르는 원숭이이자 과열된 자들이다. 냉혹한 괴물인 그들의 우상과 그 우상을 숭배하는 자들도 모두 악취를 풍기고 있다.

나의 형제들이여, 그대들은 그 주둥이와 욕망의 환영 속에 숨이 막혀 죽고 싶은가? 창문을 깨고 자유를 찾아 탈출하는 것이 나을 것이다!

악취에서 벗어나라! 쓸모없는 자들이 벌이는 우상 숭배로부터 벗어나라!

악취에서 벗어나라! 이 인간 제물들이 내뿜는 연기에서 벗어나라!

위대한 영혼들에게 대지는 아직 열려 있다. 고요한 바다 냄새가 감도는 곳이 홀로 내지는 둘이서 은둔하는 자들에게 많이 남아 있다.

위대한 영혼에게는 아직 자유로운 삶이 열려 있다. 진실로 말하건대 적게 가진 자는 그만큼 적게 지배당한다. 소박한 가난을 찬양하라!

국가가 멸망하는 곳에 이르러서야 쓸모없는 자가 아닌 인간들의 삶이 시작된다. 그곳에서 꼭 필요한 자들의 노래, 대체 불가하며 유일한 노래가 시작된다.

국가가 **멸망하는** 곳을 바라보아라, 나의 형제들이여! 그대들에게 이 무지개, 초인에 다다르는 다리가 보이지 않는가?

차라투스트라는 이렇게 말했다.

시장의 파리 떼에 대하여

도망가거라, 친구여, 그대의 고독 속으로! 내 눈에는 그대가 위대한 자들의 소음 때문에 귀머거리가 되고 작은 자들의 가시에 온몸이 찔리는 것이 보인다.

숲과 바위는 그대와 함께 기품 있게 침묵하는 법을 알고 있다. 그대가 사랑하는 울창한 나무와 같아져라. 그 나무는 고요하며 바다 위로 귀를 기울이듯 하고 있다.

고독이 끝나는 곳에서 시장이 열리기 시작한다. 그리고 그곳에서 유명 배우의 소란이 일어나고 독을 가진 파리 떼의 윙윙거리는 소리가 나기 시작한다.

이 세상의 가장 좋은 것조차 그것을 무대에 세우는 사람이 없다면 아무런 의미가 없다. 군중은 이 사람들을 두고 위대한 자라 부른다.

군중은 위대한 것, 즉 창조하는 것에 대해 아는 것이 별로 없다. 그러나 위대한 것을 표현하는 자들과 그 배우들에 대해서는 충분히 자각하고 있다.

세계는 새로운 가치를 발견한 자를 중심으로 돌아간다. 그것은 눈에 보이지 않으며 돌고 있다. 그러나 배우의 주변에는 군중과 명성이 돌아간다. 이것이 바로 세상이 돌아가는 과정이다.

배우는 정신을 가지고 있지만 그 정신에 대한 양심은 부족하다. 배우는 자신에게 항상 강한 믿음을 주는 것을 믿는다. 그것은 바로 **자기 자신**에 대한 믿음이다!

내일이면 그는 새로운 믿음을 가질 것이고 모레는 또 다른 새로운 믿음을 가질 것이다. 그는 마치 군중처럼 재빠른 감수성과 변덕스러운 날씨와 같은 성격을 가지고 있다.

그에게 내동댕이치는 행위는 증명하는 것을 뜻한다. 그에게

광분하게 만드는 것은 확신을 주는 행위이다. 그리고 피는 그에게 있어 가장 최고의 근거이다.

그는 섬세한 귀에만 들리는 진리를 거짓이자 아무것도 아닌 것으로 말한다. 진실로 그는 이 세상에서 큰 소란을 일으키는 우상만을 믿는다!

시장에는 화려하게 치장한 어릿광대들이 가득하다. 그리고 군중은 그들만의 위대한 자들을 자랑한다! 군중에게는 그들이 이 시간을 지배하는 자이기 때문이다.

그러나 시간이 그들을 몰아세운다. 그래서 그들은 그대를 몰아세운다. 그리고 그대에게서 **"예"** 또는 **"아니오"** 하는 답을 듣고자 한다. 가슴 아프다, 그대는 찬성과 반대 사이에 자리를 잡으려는 것인가?

그대 진리를 사랑하는 자여, 이렇게 무조건 몰아세우기만 하는 자 때문에 시기심을 느끼지 마라! 지금까지 진리는 몰아세우기만 하는 자의 팔에 매달린 적이 단 한 번도 없다.

급작스러운 자들을 피해 안전한 곳으로 가라. 오로지 시장에서만이 '예'인가? '아니오'인가? 사이에서 선택하라는 식으로 사람을 덮치는 것은 시장에서뿐이다.

깊은 샘물 전체에서 생기는 경험은 천천히 일어난다. 심연을 향하여 **무엇이** 떨어졌는가를 알게 되려면 우리는 오랜 시간이 필요하다.

위대한 것은 모두 시장과 명성을 떨어진 곳에서 일어난다. 일찍이 새로운 가치를 발견하는 자들은 시장과 명성을 떠나 있었다.

도망가거라, 친구여, 그대의 고독 속으로! 내 눈에는 그대가 독을 가진 파리 떼에게 온몸을 찔리는 것이 보인다. 도망가거라, 거칠고 사나운 바람이 부는 곳으로!

그대의 고독 속으로 도망가거라! 그대는 작고 가엾은 자들과 너무 가까운 곳에 살고 있다. 그들의 눈에 보이지 않는 복수에게서 도망가거라! 그들은 그대의 반대편에서 복수 외에는 어떤 것도 염두에 두지 않는다.

그들에게 더 이상 팔을 들어 올리지 마라! 그들의 수는 너무 많고 파리채 따위가 되는 것이 그대의 운명은 아니다.

이렇게 작고 가엾은 자들은 셀 수 없을 만큼 많고, 수많은 거대한 건축물들이 빗방울과 잡초들로 인해 파괴되는 것을 보았다.

그대는 돌이 아니지만 그대는 수없이 떨어진 빗방울 때문에 이미 구멍이 뚫려버렸다. 앞으로 수없이 떨어지는 빗방울 때문에 더욱더 부서지고 깨질 것이다.

나의 눈에는 그대가 독을 가진 파리 떼에 지쳐버린 것이 보인다. 수백 군데가 긁히고도 그대의 자존심은 노하는 일이 없다.

독을 가진 파리 떼는 죄 없는 그대의 피를 원할 뿐이다. 그들의 영혼에 피가 없기 때문에 피를 원한다. 그래서 죄도 없는 그대를 찔러댄다.

그러나 그대 심오한 자여, 그대는 작은 상처에도 심하게 고통을 받는다. 그리고 상처가 낫기도 전에 똑같은 독충이 그대의 손을 기어 올라온다.

이렇게 군것질거리를 즐기는 자들을 죽이기에는 그대의 자존심이 너무 강하다. 그러나 그들의 독성 어린 부당함을 견디는 것이 불운이 되지 않도록 자신을 보호하라!

그들은 그대의 주변을 윙윙거리며 찬사를 보낸다. 참으로 넉살이 좋기도 하다. 그들은 그대의 살과 피 가까이 접근하려고 하는 것이다.

그들은 신이나 악마에게 아부하듯이 그대에게 아부한다. 그들은 신이나 악마 앞에서 애걸하듯 그대 앞에서도 애걸한다. 그것이 어떻다는 말인가! 그들은 아부하고 애걸하는 자 외에는 아무것도 아니다.

또한 그들은 때때로 그대에게 친절한 모습을 가장하기도 한다. 그러나 그것은 비겁자들이나 항상 써먹는 얕은 술수이다. 그렇다, 비겁한 자는 영악하다!

그들은 소심한 영혼을 가지고 그대에 관한 생각을 끊임없이 하고 있다. 그들에게 그대란 존재는 항상 생각을 하게 만드는 것이다! 생각을 너무 많이 하도록 만드는 존재도 의심스러운 일이다.

그들은 그대의 모든 덕 때문에 그대를 처벌한다. 그들이 진심으로 용서해주는 것은 그대의 실수에 한해서뿐이다.

그대는 온화하고 바른 마음을 지니고 있기 때문에 이렇게 말한다. "그 존재가 미미한 자들은 순수하다." 그러나 그들의 좁은 영혼은 이렇게 생각한다. "위대한 존재는 모두 죄악이다."

그대가 그들을 온화하게 대할 때에도 그들은 오히려 그대가 자신들을 경멸하고 있다고 생각한다. 그래서 그들은 그대의 은혜를 몰래 해악을 끼치는 것으로 보답한다.

그대의 말없는 자부심 그들의 심사를 언제나 거스른다. 그대가 무가치할 만큼 자신을 낮추면 그들은 기뻐한다.

우리가 어떤 사람에 대해 깨닫게 되면 그 마음을 격분하게 만들 수도 있으니 소인들을 조심하라!

그들은 그대 앞에서 자신을 소인이라 느낀다. 그래서 그들의 저급함은 감춰진 복수심으로 희미하게 타오른다.

그대가 그들에게 가까이 다가가면 매번 입을 다물어버리는 것을, 꺼지는 불꽃의 연기와 같이 그들의 힘이 빠져나가는 것을 알아차리지 못하였는가?

그렇다, 친구여, 그대의 이웃에게 그대라는 존재는 양심의 가책이다. 그대에게는 그들이 아무런 가치도 없기 때문이다. 그래서 그들은 그대를 증오하고 그대의 피를 빨아먹으려 한다.

그대의 이웃은 평생을 독을 가진 파리로 살아갈 것이다. 그대의 위대함이 그들을 더 독하게 만들며 파리 외에는 아무것도 되지 못하게 한다.

도망가거라, 친구여, 그대의 고독 속으로. 그리고 거칠고 사나운 바람이 부는 곳으로. 파리채가 되는 것은 그대의 운명이 아니다.

차라투스트라는 이렇게 말했다.

순결에 대하여

나는 숲을 사랑한다. 도시에서는 살기가 힘들다. 도시에는 음란한 자들이 너무 많다.

살인자의 손아귀에 잡히는 편이 음란한 여인이 나오는 꿈속으로 빠져드는 것보다 낫지 않은가?

그리고 저 남자들을 보아라. 그들의 눈이 세상에서 여자와 자는 것보다 더 좋은 것은 없다고 말하고 있다.

그들 영혼의 밑바닥은 진창이다. 그리고 그 진창에게 정신이 있다면 가슴 아픈 일이다!

최소한 그대들이 동물로서라도 온전했다면! 동물에게는 순진함이 있기 때문이다.

내가 그대들에게 욕망을 누르라고 하고 있는가? 나는 그대들에게 욕망이 순진해야 한다고 권한다.

내가 그대들에게 순결하라고 하고 있는? 순결은 몇몇 사람에게는 미덕이나 대부분에게는 악덕이다.

이렇게 많은 사람들은 금욕한다. 그러나 그들이 하는 모든 일에는 육망이라는 암캐가 질투의 눈빛을 번쩍인다.

그들이 가진 덕의 가자 높은 곳, 심지어 차가운 정신의 속까지 동물과 이 동물이 가진 불만이 따라온다.

그리고 욕망이라는 이름의 암캐는 한 조각의 고깃덩이를 구할 수 없을 때는 그것을 어떻게 구걸할지를 얼마나 잘 알고 있는가!

그대들은 비극을 사랑하고 가슴 아픈 그 모든 것을 사랑하는가? 그러나 나는 그대들의 암캐를 믿지 못한다.

그대들의 잔인한 눈을 하고 있고 고통받는 자들을 음란하게 바라본다. 그대들의 성적인 쾌락을 위장하여 스스로 동정이라고 부르지 않는가?

나는 이런 비유를 그대들에게 말한다. 적지 않은 자들이 내면의 악마를 내쫓으려다가 오히려 암퇘지 무리에 빠져들었다.

순결을 지키기 어려운 자에게는 순결을 포기하도록 권하라, 그들이 지옥으로 이르는 길에 서지 않도록. 그것은 영혼의 진창과 욕망의 길이다.

내가 지금 더러운 것에 대해 말하고 있는가? 나에게는 이것이 최악은 아니다.

깨달은 자가 진리의 물속에 들어가기를 꺼려하는 것은 그 물이 더러울 때가 아니라 얕을 때이다.

진실로 근본부터 순결한 자들이 있다. 그들은 그대들보다 마음이 더 온화하고 더 자주 웃으며 환하게 웃는다.

또한 그들이 순결에 대해 질문을 받으면 웃으며 묻는다. "순결이란 무엇인가?

순결이란 어리석음이 아닌가? 그러나 이 어리석음이 우리에게 온 것이지, 우리가 다가간 것은 아니다.

우리는 이 손님에게 머물 거처를 주고 마음을 주었다. 지금 그는 우리와 살고 있다. 그가 원하는 만큼 머물기를!"

차라투스트라는 이렇게 말했다.

친구에 대하여

"내 곁에는 항상 한 사람이 더 있다." 은둔자는 이렇게 생각한다. "하나에다 하나를 곱하면 늘 하나이지만 언젠가는 둘이된다!"

아, 나는 자신과의 대화에 언제나 너무 열중한다. 만약 나에게 친구가 하나도 없다면 그것을 어떻게 견디어낼 것인가?

은둔자에게 친구는 언제나 제삼자이다. 제삼자는 둘 사이의 대화를 심연으로 가라앉지 않도록 막아주는 코르크 마개이다.

아, 모든 은둔자들은 너무 많은 심연을 가지고 있다. 그래서 그들은 친구 한 사람을 그리워하고 더 높은 세상을 그리워한다.

다른 사람에 대한 우리의 믿음은 우리가 믿고 싶어 하는 바가 무엇인지 나타낸다. 친구를 그리워하는 것이 우리 자신을 드러내는 일이기도 하다.

사람들은 종종 사랑으로 질투를 극복하기를 원한다. 그리고 때때로 사람들은 자신이 공격당할 수 있다는 것을 감추기 위해 다른 사람을 공격하여 적을 만드는 경우도 있다.

"최소한 나의 적이라도 되어다오!" 감히 우정을 요구하지 못하는 진정한 경외심은 이렇게 말한다.

친구를 원한다면 그 친구를 위해 전쟁까지 치를 수 있어야 한다. 그리고 전쟁을 치르기 위해서는 적이 **되는 것**도 감수해야 한다.

자신의 친구 내면의 적도 존경해야 한다. 그대는 친구 사이의 선을 넘지 않으면서 가까이 다가갈 수 있는가?

자신의 친구 안에 자신의 가장 강한 적을 가져야 한다. 그대가 친구와 맞설 때 그대의 마음은 친구의 가장 가까운 곳에 있어야 한다.

그대는 친구 앞에서 실오라기 하나 걸치지 않을 것인가? 있는 그대로의 자신을 친구에게 보여주는 것이 그대의 친구에 대한 존중의 의미라고 생각하는가? 그러나 그 때문에 친구는 그대를 악마에게 내주고 싶어질 것이다!

자신을 전혀 숨기지 않는 자는 오히려 다른 사람을 불쾌하게 만든다. 그래서 그대들은 자신의 적나라함이 드러나는 것에 대해 두려워할 이유가 있다! 그렇다, 그대들이 만약 신이라면 그때는 그대들이 걸친 옷을 부끄러워해도 될 것이다!

그대가 친구를 위해 아무리 아름답게 꾸며도 부족하다. 왜냐하면 그대라는 존재는 친구에게 있어 초인에게 날아가는 화살이며 초인을 그리워하는 동경이어야 하기 때문이다.

그대는 친구가 어떤 모습을 하고 있는지 알아보기 위해 잠든 친구를 바라본 적이 있는가? 그 친구의 얼굴에 어떤 특별한 점이 있던가? 그것은 바로 거칠고 완전하지 못한 거울에 비친 나 자신의 얼굴이다.

그대는 친구가 잠들어 있는 모습을 본 적이 있는가? 친구의 모습을 보고 깜짝 놀란 적은 없었나? 오, 친구여, 인간이란 일종의 극복되어야 할 존재이다.

친구란 추측과 침묵의 대가여야 한다. 모든 것을 보려고 해서는 안 된다. 그대의 친구가 깨어 있는 동안 하는 일을 그대의 꿈을 통해 알아내야 한다.

먼저 그대의 친구가 동정을 원하는지 원하지 않는지를 알기 위해 그대의 동정은 추측이 되어야 한다. 어쩌면 그대의 친구가 원하는 것은 그대의 꺾이지 않는 눈과 영원의 눈빛일 것이다.

친구에 대한 동정은 단단한 껍질 속에 감추어두어라. 이 동정을 잘못 물어 이가 부러진다. 이렇게 하여 동정이 섬세함과 달콤함을 지니게 될 것이다.

그대는 그대의 친구에게 맑은 공기이고 고독이자 빵이며 약물이 되는가? 많은 사람들이 자신의 쇠사슬은 풀지 못하면서 친구의 사슬을 풀어내 그에게 구원자가 될 수 있다.

그대는 노예인가? 그렇다면 그대는 친구가 될 수 없다. 그대는 폭군인가? 그렇다면 그대는 친구를 가질 수 없다.

여성의 내면에는 너무 오랫동안 노예와 폭군이 숨겨져 있었다. 그래서 그들은 아직 우정을 맺을 수 없다. 여성은 오로지 사랑만을 알고 있다.

여성의 사랑에는 자신이 사랑하지 않는 모든 것에 대한 불공평함과 무지함이 들어 있다. 그리고 여성의 지적인 사랑 속에도 여전히 빛과 함께 불의의 기습, 그리고 번개와 밤이 들어 있다.

여성은 아직 우정을 맺을 수 없다. 여성은 아직 고양이며 새이다. 아니면 고작 암소에 불과하다.

여성은 아직 우정을 맺을 수 없다. 그러나 말해보아라, 그대 남성들이여, 그대들 중 누가 우정을 맺을 수 있는가?

오, 그대 남성들이여, 그대들 영혼의 가난함과 탐욕이여! 그대들이 친구에게 주는 만큼 나도 나의 적에게 줄 것이다. 그리고 이것 때문에 내가 더 가난해지지는 않을 것이다.

동료애라는 것은 존재한다. 진정한 우정이 존재하기를!

차라투스트라는 이렇게 말했다.

수천 가지와 하나의 목표에 대하여

차라투스트라는 수많은 나라와 수많은 민족을 보았다. 이렇게 그는 수많은 민족의 선과 악을 발견했다. 차라투스트라는 이 세상에서 선과 악보다 더 강한 힘을 보지 못하였다.

우선 가치를 인정받지 못하는 민족은 생존할 수 없다. 민족이 존속하기를 원한다면 이웃 민족이 하는 방식대로 가치를 평가해서는 안 된다.

나는 어떤 민족에게 선으로 간주되는 많은 것들이 다른 민족에게는 조롱거리와 굴욕이 되는 것을 발견했다. 여기서는 많은 것이 악하다고 불리는 것이 다른 곳에서 보랏빛 영광으로 (제왕이나 종교 지도자의 권위를 나타내기 위해 자주색, 보라색 의상을 착용한 것 – 옮긴이) 장식된 것을 보았다.

지금까지 이웃 민족끼리 상대방을 이해하려 한 적은 결코 없었다. 각각의 민족이 가진 영혼은 이웃 민족의 망상과 악의를 기이하게 생각하였다.

모든 민족은 선에 대해 적힌 서판을 내걸어두었다. 보아라, 그것은 각 민족이 극복해야 할 것을 기록해두었다. 보아라, 그것은 그 민족의 힘을 향한 의지의 목소리이다.

어떤 민족은 힘든 일이라고 생각되는 것을 찬양할 만하다고 부른다. 반드시 필요하고도 어려운 일을 선이라 부른다. 그리고 가장 급박한 위기에서 구하는 것, 가장 희귀한 것, 가장 어려운 것을 신성하게 여기고 찬양한다.

어떤 민족으로 하여금 지배하고 승리하며 빛나게 해주고 이웃 민족에게 공포와 질투를 불러일으키는 것, 가장 드높은 것, 가장 좋은 것, 만물의 척도가 되는 것, 그리고 만물의 의미로 간주하는 것이다.

진실로 나의 형제여, 그대가 어떤 민족의 고난과 그 땅과 하늘, 그리고 그 이웃 민족을 먼저 알게 된다면 그대는 분명 이 민족이 극복할 수 있었던 규칙을 짐작할 수 있을 것이다. 그리고 왜 이 민족이 그 사다리를 타고 그들의 희망을 향해 올라가는지를 추측할 수 있을 것이다.

"그대는 언제나 일인자가 되어야 하며 다른 자보다 뛰어나야 한다. 질투가 심한 그대의 영혼은 친구 외에 아무도 사랑하면 안 된다." 이것이 그리스인들의 영혼을 전율하게 했다. 그래서 그들은 위대함에 이르는 그들만의 길을 갔다.

"진리를 말하고 활과 화살을 능숙하게 다루어라." 차라투스트라라는 나의 이름이 유래한 저 민족은 이것을 소중하고도 어려운 일로 여겼다. 나에게도 나의 이름은 소중하고도 어렵게 느껴진다.

"부모를 공경하고 영혼의 깊은 곳에서부터 부모의 뜻에 따라라." 어떤 민족은 극복의 서판을 걸어두어 이로 인해 강력하고 영원하게 되었다.

"충성을 다하고 충성을 위해서는 악하고 위험한 일에도 명예와 생명을 걸어라." 어떤 민족은 이 가르침을 통해 자신을 극복했고 그렇게 자신을 극복하여 큰 희망을 품었으며 커지게 되었다.

진실로 인간은 모든 선과 악을 자신에게 부여했다. 진실로 인간의 선과 악은 어딘가에서 받아들인 것도, 찾아낸 것도, 하늘의 소리로 인간에게 갑자기 떨어진 것도 아니다.

인간은 자신을 보존하기 위해 사물들에게 가치를 부여했다. 먼저 인간은 사물에 그 의미를, 그 인간의 의미를 창조하였다! 그러므로 인간은 스스로를 '인간', 즉 평가하는 자라고 한다.

가치 평가란 곧 창조이다. 들으라, 그대 창조하는 자들이여! 평가하는 행위 자체가 평가받은 모든 사물의 가치이자 귀중품이다.

평가하는 행위를 통하여 가치가 생겨난다. 평가하는 행위가 없는 존재는 알맹이 없는 견과에 불과하다. 이 말을 들으라, 그대 창조하는 자들이여!

가치의 변화는 창조하는 자의 변화를 의미한다. 창조자가 반드시 되려는 자는 항상 파괴하는 데에 집중했다.

처음에는 여러 민족이 창조하는 자들이었고 나중에 개인이 창조자가 되었다. 진실로 개인 스스로는 아직 최근의 창조물이다.

일찍이 여러 민족은 선의 서판을 내걸어두었다. 지배하려는 사랑과 복종하려는 사랑이 함께 이런 서판을 창조했었다.

군중 속에서 기쁨이 자아 속에서의 기쁨보다 먼저 생겨났다. 그래서 떳떳한 양심을 가진 자들이 군중으로 불리는 한 자아는 양심의 가책으로만 남을 것이다.

진실로 다수의 이익을 구실로 자신의 이익을 꾀하려는 영악한 자아는 군중의 근원이 아닌 몰락이었다.

선과 악을 창조한 자는 언제나 사랑하는 자들이며 창조하는 자들이었다. 모든 덕의 이름으로 사랑과 분노의 불길이 타오르고 있다.

차라투스트라는 수많은 나라와 수많은 민족을 보았다. 차라투스트라는 이 세상에서 사랑하는 자들이 이루어놓은 일보다 더 강한 힘을 보지 못하였다. 그것의 이름은 바로 '선'과 '악'이다.

진실로 이러한 칭찬과 비난의 위력은 괴물과 같다. 말해보아라, 그대 형제들이여, 누가 나를 위해 이 괴물을 제압하겠는가? 말해보아라, 누가 천 개의 목을 가진 동물에게 족쇄를 채우겠는가?

지금까지는 천 개의 민족이 있었기 때문에 천 개의 목표가 있었다. 다만 천 개의 목에 채울 족쇄가 없다. 그 족쇄는 단 한 개의 목표이다. 인류에게는 아직도 목표가 없다.

그러나 말해 보아라, 나의 형제들이여, 인류에게 아직도 목표가 없다는 것은 인류 자체도 아직 없는 것이 아니겠는가?

차라투스트라는 이렇게 말했다.

이웃 사랑에 대하여

그대들은 이웃 사람 주위로 몰려가 듣기 좋은 말을 한다. 그러나 그대들에게 말하건대 그대들의 이웃 사랑은 그대들 자신에 대한 그릇된 사랑이다.

그대들은 자신을 피해 이웃에게 달아난다. 그리고 이것을 덕으로 만들고자 한다. 그러나 나는 그대들의 '자기 상실'을 꿰뚫어 보고 있다

'너'라는 존재는 '나'보다 더 오래되었다. '너'라는 말은 신성

하게 불리지만 '나'는 아직 그렇지 못하다. 그래서 사람들이 이웃에게로 몰려가는 것이다.

내가 그대들에게 이웃에 대한 사랑을 권하는가? 그보다 나는 그대들에게 이웃을 벗어나 가장 멀리 있는 자를 사랑하기를 권한다!

이웃에 대한 사랑보다는 가장 멀리 있는 자, 미래에 오게 될 자들에 대한 사랑이 더 고귀하다. 인간에 대한 사랑보다는 사물과 유령에 대한 사랑이 더욱 고귀하다.

나의 형제여, 그대 앞에서 달리고 있는 이 유령은 그대보다 아름답다. 그대는 왜 이 유령에게 그대의 살과 뼈를 주지 않는가? 대신에 그대는 두려워하며 이웃에게 달려가는가?

그대들은 자신을 견딜 수 없고 그대들 스스로를 충분히 사랑하지 않는다. 지금은 그대들 이웃을 현혹하여 사랑하게 하고 이웃의 착각을 이용하여 자신을 미화시키고자 한다.

나는 그대들이 모든 이웃과 또 그 이웃의 이웃을 견뎌내지 못하기를 바란다. 그러면 그대들은 자신의 내면에서 그대들의 친구와 그 친구의 넘쳐흐르는 마음을 창조하게 될 것이다.

그대들은 자신에 대하여 좋은 말을 하게 할 목적으로 증인을 불러들인다. 그리고 증인을 현혹시켜 그대들에 대해 좋게 생각하게 만들고 그대들 스스로도 자신에 대해 좋은 생각을 가진다.

자신이 아는 것과 반대로 말하는 자만이 거짓말을 하는 것이 아니라, 자신이 알지 못하는 것을 잘못 말하는 자도 거짓말을 하는 것이다. 그리고 그대들은 이렇게 이웃과 교류하며 자신과 그대들의 이웃도 함께 속이는 것이다.

멍청한 자는 이렇게 말한다. "사람들과 교류하면 성격이 나빠진다. 특히 뚜렷한 성격을 가진 사람이 아닐 때는 더욱 그러하다."

어떤 사람은 자신을 찾으려고 이웃에게 가고 또 다른 사람은 자신을 잃어버리려고 이웃에게로 간다. 그대들 자신에 대한 잘못된 사랑은 고독을 감옥으로 만든다.

그대들의 이웃 사랑에 대한 대가를 치르는 자들은 보다 멀리 있는 자들이다. 그대들이 다섯 명 모이면 여섯 번째 사람은 언제나 희생되고 만다.

나는 그대들의 축제도 좋아하지 않는다. 그곳에는 너무 많은 배우들이 있고 관객들마저 배우처럼 움직였기 때문이다.

나는 그대들에게 이웃이 아닌 친구를 가지라고 가르친다. 친구라는 존재는 그대들에게 이 대지의 축제이자 다가올 초인에 대한 예감이다.

나는 그대들에게 친구와 그 친구의 넘쳐흐르는 마음을 가르친다. 그러나 이 넘쳐흐르는 마음의 사랑을 받기 위해 먼저 스펀지처럼 그것을 빨아들일 수 있어야 한다.

나는 그대들에게 친구를 가르친다. 그는 껍질로 싸인 선한 것과 같은 친구이다. 그는 언제나 완성된 세계를 선물할 준비가 된 창조하는 친구이다.

그리고 일찍이 세계가 친구의 앞에서 펼쳐진 것처럼 이제 세계는 다시 원의 형태로 되돌아온다. 악을 통해 선이 태어나듯, 우연으로부터 여러 목적이 태어나듯이.

미래와 가장 먼 것이 오늘 그대가 존재하는 이유가 되어야 한다. 그대는 친구의 내면에 있는 초인을 그대가 존재하는 이유로 여기고 사랑해야 한다.

나의 형제들이여, 나는 그대들에게 이웃을 사랑하라고 권하지는 않는다. 나는 그대들에게 가장 멀리 있는 자들을 사랑하라고 권한다.

차라투스트라는 이렇게 말했다.

창조하는 자의 길에 대하여

나의 형제여, 그대는 고립되기를 원하는가? 그대는 자신에게 가는 길을 찾으려는가? 잠시 멈추고 내 말을 들어보아라.

"찾고자 하는 자는 길을 잃기 쉽다. 고립되는 것은 죄악이다." 군중은 이렇게 말한다. 그리고 그대도 오랫동안 군중에

속해 있었다.

군중의 목소리는 아직도 그대의 마음속에서 울리고 있을 것이다. 그리고 만약 그대가 이렇게 말한다고 가정해보자. "나는 이제 더 이상 너희들과 같은 양심을 갖고 있지 않다." 그러면 그대는 한탄하고 고통을 느낄 것이다.

보아라, 이 고통 자체도 역시 같은 양심에서 나왔다. 그리고 이 양심의 마지막 희미한 불빛이 아직 그대의 슬픔에서 빛나고 있다.

그러나 그대는 자신에게 향하는 슬픔의 길을 가려는가? 그러면 나에게 그렇게 할 수 있다는 그대의 권리와 힘을 보여다오!

그대는 새로운 힘이고 정의인가? 최초의 움직임인가? 스스로 돌아가는 수레바퀴인가? 그대는 별들까지도 그대 주위를 강제로 돌게 할 수 있는가?

아, 높은 곳으로 가려는 욕망은 엄청나다! 발버둥치는 야심가들은 또 얼마나 많은가! 그대가 욕망에 사로잡힌 자나 야심가도 아니라는 것을 나에게 보여다오!

아, 세상에는 요란한 풀무보다도 못한 일을 하는 위대한 사상들이 많다. 그것들은 그저 부풀리기만 하면서 내부를 더욱 공허하게 만든다.

그대는 스스로 자유롭다고 생각하는가? 나는 그대가 멍에를 벗어났다는 말을 듣는 것보다 그대를 지배하는 사상에 대해 듣고 싶다.

그대는 멍에를 **벗어날 만한** 사람인가? 매인 상태에서 벗어날 때 자신의 마지막 가치까지 버린 자들이 많다.

무엇에서 자유로워졌는가? 그것이 차라투스트라와는 무슨 상관인가! 그러나 그대는 밝은 눈으로 나에게 **무엇을** 위한 자유인지 말해야 한다.

그대는 스스로 선과 악을 부여하고 그대의 의지를 머리 위에 율법처럼 걸어둘 수 있는가? 그대는 스스로 그대의 재판관이자 복수하는 자가 될 수 있는가?

재판관이자 복수하는 자가 되어 혼자 머무는 것은 무서운 일이다. 말하자면 그것은 황량한 공간에 차가운 외로움의 호흡 속에 내던져진 하나의 별과 같다.

오늘도 그대는 많은 자들로 인해 괴로워한다. 그대 홀로 있는 자여, 오늘도 그대는 충분한 용기와 희망을 가지고 있다.

그러나 고독은 언젠가 그대를 지치게 할 것이다. 언젠가 그대의 자부심은 구부러지고 그대의 용기는 삐걱댈 것이다. 그리고 그대는 언젠가 이렇게 외칠 것이다. "나는 혼자이다!"

언젠가 그대는 내면의 고귀함을 더 이상 보지 않고 자신의 천한 것만을 너무 가까이 보게 될 것이다. 그대의 숭고함 자체는 유령처럼 그대를 두렵게 할 것이다. 그리고 언젠가는 이렇게 외칠 것이다. "모든 것은 거짓이다!"

고독한 자를 죽이려는 감정이 있다. 만약 감정이 성공하지 못한다면 스스로가 죽어야만 한다! 그러나 그대가 살인자가 될 수 있는가?

나의 형제여, 그대는 '경멸'이라는 단어의 뜻을 이미 알고 있는가? 그리고 그대를 경멸하는 자들까지도 공정하게 대할 때, 정의가 가진 번민을 알고 있는가?

그대는 수많은 자들이 가진 그대에 관한 생각을 바꾸기를 강요한다. 그들은 그대의 이런 행동을 좋지 않게 보았다. 그대는 그들에게 가까이 다가갔지만 다시 지나쳐버렸다. 그대의 이러한 행동은 그들에게 절대 용납될 수 없다.

그대는 그들을 넘어 지나간다. 그러나 그대가 높이 올라갈수록 시기하는 자들의 눈에 그대는 더 작게 보인다. 그중에서 가장 미움받는 자는 날아서 가는 자이다.

"그대들이 어떻게 나에게 공정할 수 있는가!" 그대는 이렇게 말할 수밖에 없다. "나는 그대들의 부정을 나의 몫으로 선택한다."

그들은 고독한 자를 향하여 부정과 더러운 것을 던진다. 그러나 나의 형제여, 그대가 하나의 별이 되려면 충분히 비춰야 한다.

그리고 착하고 의로운 자들을 조심하라! 그들은 스스로 덕을 만들어내는 자들을 십자가에 매달기를 즐긴다. 그들은 고독한 자를 증오한다.

신성한 천진함 또한 조심하라! 단순하지 않은 모든 것은 성스러운 것이 아니다. 이들은 불놀이를 즐기고 화형용 장작더미를 가지고 놀기를 좋아한다.

또한 그대가 가진 사랑의 감정이 폭발하지 않도록 조심하라! 고독한 자는 자신이 마주치는 누구에게나 쉽게 손을 내민다.

그대가 손을 내밀어도 되는 사람보다 그렇지 않은 자들이 더 많다. 그들에게 그대는 앞발만 내보이면 된다. 그리고 그대의 앞발에 발톱이 있기만을 강력히 바란다.

그러나 그대가 마주칠 수 있는 최악의 적은 언제나 그대 자신이다. 그대 자신이 동굴과 숲에 숨어서 기다린다.

고독한 자여, 그대는 스스로를 향한 길을 간다! 그리고 그 길은 그대 자신과 그대의 일곱 악마 곁을 지나쳐 간다!

그대는 자신에게 이단자가 되고 마녀, 예언자, 멍청한 자, 의심하는 자, 불경스러운 자, 악한이 될 것이다.

그대는 그대 자신의 불로 스스로를 불에 태워야 한다. 먼저 재가 되지 않고 어떻게 다시 태어나겠는가!

고독한 자여, 그대는 창조하는 자의 길을 가고 있다. 그대는 그대의 일곱 마리 악마로부터 하나의 신을 창조하려고 한다!

고독한 자여, 그대는 사랑하는 자의 길을 가고 있다. 그대는 마치 사랑하는 자들이 경멸하는 것처럼 자기 자신을 사랑하기 때문에 자신을 경멸하기도 한다.

사랑하는 자는 경멸하기 때문에 창조하려고 한다! 자신이 사랑한 것을 경멸해보지도 않은 자가 사랑에 대하여 무엇을 알겠는가!

나의 형제여, 그대의 사랑 그리고 창조와 함께 그대의 고독 속으로 들어가라. 그리고 정의가 절뚝거리는 걸음으로 그대를 따를 것이다.

나의 형제여, 나의 눈물과 함께 그대의 고독 속으로 들어가라. 나는 자신을 극복하여 창조하려는 자와 그로 인해 파멸하는 자를 사랑한다.

차라투스트라는 이렇게 말했다.

늙은 여자와 젊은 여자에 대하여

"차라투스트라여, 그대는 왜 남의 눈을 피해 어둠 속을 걷는 가? 그대가 외투 속에 경계하는 태도로 숨긴 것은 무엇인가?

선물로 받은 보물인가? 아니면 그대가 낳은 아이인가? 아니면 그대 악한 자의 친구가 되어 도둑이 되려 하는가?"

진실로, 나의 형제여! 차라투스트라가 말했다. 그것은 선물로 받은 보물이다. 그것은 내가 가지고 다니는 작은 진리이다.

그러나 이 진리는 아이처럼 행동한다. 그래서 내가 그 입을 막아두지 않으면 아주 큰 소리로 떠들어댄다.

오늘 나는 해질 무렵 혼자 길을 가다가 한 노파를 만났다. 그 노파는 나의 영혼에게 이렇게 말했다.

"차라투스트라는 우리 같은 여자들에게도 많은 것을 말해주었으나 여자에 대해서는 한 번도 말한 적이 없다오."

그리고 나는 노파에게 대답했다. "여자에 대해서는 남자들에게만 하면 됩니다."

"나에게도 여자에 대하여 말해주시오." 노파가 말했다. "나는 이미 너무 늙어버려 무슨 말을 들어도 곧 잊어버리니까."

그래서 나는 그 노파의 청을 받아들이고 이렇게 말했다.

여자의 모든 것은 수수께끼나 다름없다. 그리고 여자에 관련된 것은 바로 '임신'이라는 단 하나의 해결책을 갖고 있다.

여자에게 남자란 하나의 수단이다. 목적은 언제나 아이이다. 그렇다면 남자에게 여자는 무엇인가?

진짜 남자는 위험과 유희, 두 가지를 원한다. 그래서 남자는 여자를 가장 위험한 장난감으로 원한 것이다.

남자는 전쟁을 위해 자라나고 여자는 전사의 휴식을 위해 교육받는다. 그 외의 것들은 모두 어리석은 일이다.

전사는 지나치게 달콤한 과일을 좋아하지 않는다. 그래서 전사는 여자를 좋아한다. 가장 달콤한 여자라도 쓴맛을 지니고 있기 때문이다.

여자는 남자보다 아이를 잘 이해한다. 그러나 남자는 여자보다 더 아이 같다.

진짜 남자의 내면에는 아이가 숨어 있다. 이 아이는 놀기를 좋아한다. 자, 여자들이여, 일어나 남자의 내면에 있는 아이를 발견하여라!

여자는 지금까지 존재한 적이 없는 세계의 여러 가지 덕을 받아 반짝이는 보석처럼 순수하고 섬세한 장난감이어야 한다.

그대들의 사랑 속에서 한 줄기 별빛이 빛나기를! 그대들의 희망이 바로 이것이 되게 하라. "나는 초인을 낳고 싶다!"

그대들의 사랑에 용기가 있기를! 그대들에게 두려움을 느끼게 하는 남자에게 사랑으로 다가가야만 한다.

그대들의 사랑에 명예가 있기를! 그렇지 않으면 여자는 결코 명예를 이해하지 못한다. 그러나 사랑을 받기보다 더 사랑하려고 항상 노력하라. 그리고 절대로 두 번째가 되지 않도록 하라. 이것이 그대들의 명예가 되게 하라.

남자는 사랑에 빠진 여자를 두려워하라. 여자는 사랑을 할 때 어떤 희생도 감수하며 그 외의 모든 것은 아무런 가치가 없다.

남자는 증오하는 여자를 두려워하라. 왜냐하면 남자는 영혼의 기본이 악할 뿐이지만 여자는 질이 나쁘기 때문이다.

여자는 누구를 가장 증오하는가? 쇳덩이가 자석에게 이렇게 말했다. "내가 너를 가장 증오하는 이유는 네가 끌어당기기만 하고 나를 붙잡을 정도는 아니기 때문이다."

남자의 행복은 '나는 원한다'에 있고 여자의 행복은 '그가 원한다'에 있다.

"보아라, 이제 막 세계가 완성되었다!" 여자는 온 사랑을 다하여 복종하고는 이렇게 생각한다.

그래서 여자는 순종하는 것을 통하여 자신의 표면에 대한 깊이를 반드시 발견해야 한다. 표면이란 여자의 성향을 나타낸다. 그것은 얕은 수면에서 쉼 없이 격렬하게 움직이는 피부와 같다.

그러나 남자의 성향은 깊고 그 흐름은 지하 동굴 속의 물과 같이 빠르다. 여자는 남자의 이런 힘을 느끼지만 이해하지는 못한다.

이때 노파가 내게 대답했다. "차라투스트라는 좋은 말을 많이 해주는구나. 특히 젊은 여자들을 위한 말을.

이상하게도 차라투스트라는 여자에 대해 거의 아는 것이 없는데 여자에 대한 그의 이야기가 이렇게나 맞아떨어지다니! 여자에게는 무슨 일이든 일어날 수 있기 때문인가?

자, 이제 감사의 표시로 주는 작은 진리를 받으시오! 나는 이 진리를 깨달을 만큼 나이를 먹었으니!

이것을 천으로 감싸 입을 막으시오. 그렇지 않으면 이 작은 진리는 아주 큰 소리로 떠들어댈 것이오."

"노파여, 내게 당신의 작은 진리를 주시오!" 내가 말했다. 그 노파는 이렇게 대답했다.

"여자들에게 간다는 말이오? 그렇다면 회초리를 잊지 마시오!"

차라투스트라는 이렇게 말했다.

독사에게 물린 상처에 대하여

어느 무더운 날 차라투스트라는 무화과나무 아래에서 두 팔로 얼굴을 덮고 잠이 들었다. 그때 독사 한 마리가 그의 목을 물었고 차라투스트라는 고통스러운 비명을 질렀다. 그는 얼굴에서 팔을 내리고 뱀을 바라보았다. 그러자 뱀이 차라투스트라의 눈빛을 보고 어색하게 몸뚱이를 돌려 달아나려 했다. "도망가지 마라." 차라투스트라가 말했다. "너는 아직 내가 감사하다고 말하는 것을 듣지 않았다! 나는 가야 할 길이 멀다. 네가 나를 제때 깨워주었다."

"그대의 갈 길은 얼마 남지 않았다." 독사가 슬프게 말했다. "나의 독은 치명적이다." 차라투스트라가 미소 지었다. "용이 뱀의 독에 죽은 적이 있는가?" 그가 말했다. "너의 독을 다시 돌려주겠다! 너는 내게 독을 줄 만큼 넉넉하지는 않다." 그러자 독사는 다시 그의 목을 감고 차라투스트라의 상처를 핥았다.

언젠가 차라투스트라가 제자들에게 이 이야기를 했을 때 제자들이 물었다. "오오, 차라투스트라여, 이 이야기가 주는 교훈은 무엇입니까?" 그러자 차라투스트라는 이렇게 대답했다.

선하고 의로운 자들은 나를 도덕의 파괴자라고 부른다. 나의 이야기는 비도덕적이다.

그대들에게 적이 있다면 그 적의 악에 대해 선으로 보답하지 마라. 왜냐하면 그것은 적을 부끄럽게 만들기 때문이다. 그보다 적이 그대들에게 어떤 선한 일을 행하였는지 입증하라.

그리고 부끄러워하기보다 화를 내라! 그리고 누가 그대들을 저주할 때 축복하는 것이 싫다. 차라리 조금이라도 저주하라!

그리고 그대들에게 커다란 불의가 생겨나면 재빨리 다섯 개의 작은 불의로 대응하라! 홀로 불의에 짓눌리는 자는 끔찍한 모습이다.

그대들은 이것을 이미 알고 있었는가? 나누어진 불의는 절반의 정의를 의미한다. 그리고 불의를 감당할 자가 불의를 받아들이도록 한다.

아예 복수를 하지 않는 것보다는 작은 복수라도 하는 것이 더 인간적이다. 그리고 처벌이 불의를 행한 자에게 정의와 명예를 의미하는 것이 아니라면 나는 그대들의 처벌을 좋아하지 않는다.

정의를 지키는 것보다 자신의 잘못을 인정하는 사람이 더 귀하다. 진실로 자신이 정당한 경우에는 더욱 그렇다. 다만 그렇게 하려면 풍요로워야 한다.

나는 그대들의 냉정한 정의를 좋아하지 않는다. 그대들의 재판관의 눈에서 사형 집행인과 그가 가진 차가운 칼이 번쩍인다.

말해보아라, 제대로 볼 수 있는 눈을 가진 사랑 같은 정의는 어디에 있는가?

그러므로 모든 처벌과 죄악을 감당할 사랑을 창조하라!

그러므로 재판관을 제외한 모든 사람에게 무죄를 선고하는 정의를 창조하라!

그대들은 더 들을 말이 있는가? 철저하게 정의로워지려는 자에게는 거짓말도 인간을 향한 호의가 된다.

그러나 내가 어떻게 철저하게 정의로워지기를 바라겠는가! 어떻게 내가 모두에게 이미 그들에게 속해 있는 것을 나누어줄 수 있는가! 나는 그저 모든 사람들에게 나의 것을 나누어주는 것으로 만족한다.

마지막으로 나의 형제들이여, 모든 은둔자들에게 불의를 행하지 않도록 조심하라! 은둔자가 어떻게 잊겠는가! 은둔자가 어떻게 보복할 수 있겠는가!

은둔자는 깊은 우물과 같다. 그 속으로 돌을 던지기는 쉽다.

그러나 그 돌이 바닥에 가라앉고 나면 말해보아라, 누가 그것을 다시 꺼낼 것인가?

은둔자를 모독하지 않도록 조심하라! 그러나 이미 모독했다면 차라리 그를 죽여라!

차라투스트라는 이렇게 말했다.

아이와 결혼에 대하여

나의 형제여, 그대에게만 묻고 싶은 것이 한 가지 있다. 나는 그대의 영혼의 깊이를 알아보기 위해 이 물음을 다림추(수직 여부를 확인할 때 사용하는 추 – 옮긴이)처럼 그대의 영혼 속으로 던지겠다.

그대는 젊고, 결혼하여 아이를 갖기를 원한다. 그러나 나는 그대에게 묻는다. 그대는 아이를 **가질 만한** 자격이 있는 인간인가?

그대는 승리자, 자기를 극복한 자, 관능의 지배자, 그대 자신의 덕의 주인인가? 나는 그대에게 이렇게 묻는다.

아니면 그대의 소원에는 동물 같은 욕구가 있는 것인가? 아니면 고독 때문인가? 그것도 아니면 자신에 대한 불만족 때문인가?

나는 그대의 승리와 자유가 아이를 그리워하기를 바란다. 그대는 승리와 해방의 살아 있는 기념비를 만들어야 한다.

그대는 자신을 극복하여 자신을 세워야 한다. 이를 위해 그대는 무엇보다 그대 육체와 영혼을 똑바로 세워야 한다.

그대는 후손을 만드는 것뿐만 아니라 높여가야 한다! 이때 혼인이라는 정원이 도움이 될 것이다!

그대는 더 높은 육체, 최초의 움직임, 스스로 굴러가는 수레바퀴를 창조해야 한다. 그대는 한 사람의 창조자를 창조해내야 한다.

결혼이란 창조한 자들보다 더 나은 것을 창조하려는 두 사람의 의지라고 부른다. 이러한 의지를 실천하려는 상대에 대한 경외심을 결혼이라 이름 붙인다.

이것이 그대의 결혼의 의미이자 진리가 되도록 하라. 그러나 수많은 쓸모없는 인간들이 결혼이라고 부르는 것을, 아, 나는 이것을 무엇으로 불러야 하는가?

아, 두 영혼의 빈곤이여! 아, 두 영혼의 더러움이여! 아, 두 영혼의 가련한 만족감이여!

그들은 이 모든 것을 결혼이라고 부른다. 그리고 그들은 하늘이 맺어준 것이라고 한다.

그러나 나는 쓸모없는 자들이 말하는 이 하늘을 좋아하지 않는다! 나는 천국의 그물에 걸린 동물을 좋아하지 않는다!

자신이 짝지어주지 않은 자들을 축복하기 위해 절뚝이며 다가오는 신도 나에게서 멀리 떨어지기를!

이 결혼을 비웃지는 마라! 세상에 어떤 아이가 자신의 부모를 위해 울어야 할 이유가 없겠는가?

나에게는 어떤 남자는 품위 있고 대지의 의지를 잘 아는 성숙한 자로 보였다. 그러나 그의 아내를 보는 순간 대지는 나에게 정신병원으로 보였다.

그렇다, 나는 성자와 거위가 한 쌍이 될 때 대지가 경련하고 진동하기를 바란다.

남자는 영웅처럼 진리를 찾아 길을 떠났다. 그리고 결국 꾸며진 작은 거짓만 손에 넣었다. 그리고 이것을 결혼이라고 한다.

어떤 자는 조심스럽게 사람을 사귀고 까다롭게 골랐다. 그러나 그는 순식간에 자신의 인간관계를 영원히 망쳐버렸다. 이것을 결혼이라 부른다.

어떤 자는 천사의 덕을 가진 하녀를 찾았었다. 그러나 그는 순식간에 그는 한 여자의 하인이 되고 말았다. 그리고 지금은 스스로 천사가 되어야 하는 위기이다.

나는 요즘의 고객들이 모두 신중하고 약삭빠른 눈을 가졌다는 사실을 알았다. 그러나 가장 약삭빠르다는 자도 자기 아내를 구매할 때는 내용을 보지도 않고 산다.

그대들은 잠깐 동안 일어난 수많은 어리석은 행동을 사랑이라고 부른다. 그리고 그대들의 결혼은 잠깐 동안 일어난 수많은 어리석은 행동을 끝내는 하나의 긴 어리석음이다.

여자를 향한 그대들의 사랑과 남자를 향한 여자의 사랑, 아, 그것이 고통받으며 숨어 있는 신들에 대한 동정이기를! 그러나 대부분의 경우 두 마리의 동물이 상대를 짐작하는 행위이다.

그러나 그대들의 최고의 사랑도 황홀한 비유이고 고통스러운 열기이다. 사랑은 그대들의 길을 밝게 비추어 보다 높은 길을 인도하는 횃불이다.

그대들은 언젠가 자신을 극복하여 사랑해야 한다! 그러므로 사랑하는 법을 먼저 **배우도록 하라!** 그리고 이것을 위하여 그대들은 사랑의 쓴잔을 마셔야 했다.

쓴 맛은 가장 최고의 사랑이라는 잔 속에도 있다. 그래서 사랑은 초인을 향한 동경을 불러일으키며 창조하는 자인 그대에게 갈증을 느끼게 한다!

창조하는 자의 갈증, 초인을 향한 화살과 동경. 말해보아라, 나의 형제여, 이것이 결혼에 대한 그대의 의지인가?

나는 이 의지와 이런 결혼을 신성하다고 한다.

차라투스트라는 이렇게 말했다.

자유로운 죽음에 대하여

많은 사람은 늦게 죽음을 맞이하지만 몇몇 사람들은 너무 일찍 죽는다. '적당한 때에 죽어라!'라는 가르침은 아직도 낯설게 들린다.

'적당한 때에 죽어라'라고 차라투스트라는 가르친다.

적당한 때에 살아본 적이 없는 자가 어떻게 적당한 때에 죽을 수 있는가? 차라리 태어나지 않는 것이 나을 뻔하였다! 나는 쓸모없는 인간들에게 이렇게 충고한다.

그러나 쓸모없는 인간들조차도 자신의 죽음을 중요하게 여기고 속이 비어있는 호두라 해도 '딱' 소리를 내며 깨지기를 바란다.

이렇게 누구나 죽음을 중요하게 여긴다. 그러나 죽음은 아직 축제가 되지 못하였다. 인간은 가장 아름다운 축제를 여는 방법을 배우지 못하였다.

살아 있는 자에게는 일종의 자극이 되고 맹세가 될 죽음을 그대들에게 보여주고자 한다.

자신의 삶을 완성시킨 자는 승리감에 도취되어 희망을 가진 자들과 찬양하는 자들에게 둘러싸여 죽음을 맞는다.

인간은 이렇게 죽는 법을 배워야 한다. 그리고 이렇게 죽어가는 자가 살아 있는 자들의 서약을 더럽히는 축제라는 것은 절대 있어서는 안 된다!

이것이 최선의 죽음이다. 그러나 그다음으로 훌륭할 죽음은 싸우다가 죽어 위대한 영혼을 아낌없이 쓰는 것이다.

그러나 투쟁하는 자 또는 승리자에게 볼품없이 다가오는 죽음은 마치 히죽대며 도둑처럼 몰래 기어 들어온다.

나는 그대 앞에서 나의 죽음을, **나의 의지로** 찾아오는 자유로운 죽음을 찬양한다.

나는 언제 죽기를 바라야 할까? 뚜렷한 하나의 목표와 상속인을 가진 자는 그 목표와 상속인을 위해 가장 적당한 때에 죽기를 원한다.

그리고 목표와 상속인에게 경외심으로 그는 인생의 성전에 말라비틀어진 꽃다발을 두지는 않을 것이다.

진실로 나는 밧줄 꼬는 자들처럼 되고 싶지 않다. 그들이 꼬는 밧줄은 계속 길어지지만 그것을 꼬는 사람은 뒤로 물러나기만 한다.

진리와 승리를 가지기에는 너무 늙은 자들이 많다. 이가 다 빠져버린 입은 어떤 진리도 말할 권리를 잃었다.

그리고 명예를 얻으려는 자는 누구나 적당한 때에 명예를 떠나야 한다. 제때에 떠나는 어려운 기술을 익혀야 하는 것이다.

사람은 자신이 가장 맛이 좋을 때 먹히지 않도록 해야 한다. 오랫동안 사랑받고자 하는 자들은 그것을 잘 알고 있다.

물론 가을의 마지막 날까지 기다려야만 하는 신 사과들도 있다. 이 사과들은 익음과 동시에 노랗게 되어 쪼글쪼글해진다.

어떤 자는 마음이 먼저 늙고 어떤 자는 정신이 먼저 늙는다. 그리고 또 어떤 자는 젊을 때 백발의 노인이 된다. 그러나 뒤늦게 젊어진 자는 그 젊음을 오래 유지한다.

많은 자들이 인생에서 실패를 경험하고 독을 가진 벌레가 그의 심장을 갉아먹는다. 이런 자들은 자신의 죽음을 멋있게 맞이하도록 더 노력해야 한다.

끝내는 단맛을 내지 못하는 자들이 많다. 이자들은 이미 여름에 썩어버린다. 이들이 가지에 계속 매달려 있으려고 하는 것은 비겁하기 때문이다.

세상에는 수많은 자들이 살아 너무나 오랫동안 가지에 매달려 있다. 폭풍이 와서 썩고 벌레 먹은 과실을 나무에서 떨어뜨려버리기를 바랄 뿐!

빠르게 죽음을 맞이하는 법을 설교하는 자들이 오기를! 내 눈에는 이들이 생명의 나무를 제때에 뒤흔드는 폭풍이다! 그러나 내 귀에 들리는 것은 느린 죽음을 설교하는 소리뿐이고 '지상의' 모든 것을 참고 견디라는 말뿐이다.

아, 그대들은 이 세상에서 인내하라는 설교를 하는가? 이 땅이 그대들을 너무나 인내하고 있다, 그대 중상자들이여!

진실로 느린 죽음을 설교하는 자들이 존경하는 저 히브리인은 너무 일찍 죽어버렸다. 그리고 그가 너무 일찍 죽은 것이 수 많은 자들에게 재난이 되었다.

히브리인 예수가 알고 있던 것은 히브리인들의 눈물과 우울 감, 그리고 선하고 의로운 자들의 증오뿐이었다. 그래서 그는 죽음에 대한 동경에 사로잡혔다.

그가 사막에 머물며 선하고 의로운 자에게서 멀리 떨어져 있 었더라면 좋았을 것을! 그랬더라면 아마도 그는 사는 법을 배 우고 대지를 사랑하고 종국에는 웃는 법까지 배웠을 것이다!

내 말을 믿어라, 나의 형제들이여! 그는 너무 일찍 죽었다. 만약 그가 내 나이만큼만 살았더라도 그는 자신의 가르침을 철회했을 것이다! 그는 그럴 수 있을 만큼 고귀한 자였다!

그러나 그는 미숙한 자였다. 미숙한 젊은이는 사랑도 인간 과 대지에 대한 증오도 미숙했다. 그의 마음과 정신의 날개는 아직도 묶여 있어 무거웠다.

그러나 성인 남자의 내면에는 더 어린 아이다운 점이 들어 있으나 우울감은 젊은이보다는 덜하다. 성인 남자는 삶과 죽 음에 대해 더 잘 이해한다.

자유롭게 죽고 죽을 때 자유로울 것, 더 이상 긍정할 수 없을 때 신성하게 부정을 말할 수 있는 자는 비로소 죽음과 삶을 잘 이해하였다.

나의 친구들이여, 그대들의 죽음이 인간과 이 대지에 대한 모독이 되지 않게 하라. 내가 그대들이 가진 영혼에 간절히 바라는 것이다.

죽음 앞에서 그대들의 정신과 덕이 대지를 둘러싼 저녁노을과 같이 불타야만 한다. 아니면 그대들의 죽음은 실패한 것이다.

나도 이렇게 친구인 그대들이 나 때문에 대지를 더 사랑하도록 죽고 싶다. 그리고 나를 낳은 대지에게로 돌아가 다시 대지가 되어 그곳에서 휴식하고 싶다.

진실로 차라투스트라는 하나의 목표를 가지고 있었다. 그는 자신의 공을 던졌다. 그대 친구들은 내 목표의 상속인이 되어라. 나는 그대들에게 황금 공을 던진다.

나의 친구들이여, 나는 그 무엇보다 그대들이 황금 공을 던지는 것을 보고 싶다! 그래서 나는 이 대지에 더 머물 것이다. 나를 용서해달라!

차라투스트라는 이렇게 말했다.

나누는 덕에 대하여

I

차라투스트라가 마음에 들어 했던 '얼룩소'라는 도시를 떠날 때 그의 제자가 되기를 원하는 많은 자들이 그를 따랐다. 이렇게 그들이 어느 사거리에 이르렀을 때 차라투스트라는 그들에게 이제부터 혼자서 가겠다고 말했다. 왜냐하면 그는 혼자 가기를 좋아하는 사람이기 때문이었다. 그러자 그의 제자들이 작별의 의미로 그에게 지팡이를 주었다. 그 지팡이의 손잡이에는 한 마리 뱀이 태양을 휘감고 있는 모습이 조각되어 있었다. 차라투스트라는 지팡이를 받고 기뻐하며 그것을 짚고 제자들에게 이렇게 말했다.

이제 말해보아라, 황금이 어떻게 최고의 가치를 지니게 되었는가? 희귀하고 딱히 쓸모는 없으나 빛이 나며 그 빛이 부드럽기 때문이다. 황금은 언제나 이렇게 자신을 나누어준다.

황금은 최고의 덕의 형상을 가졌기 때문에 최고의 가치를 가졌다. 나누는 자의 눈길은 황금처럼 빛난다. 황금의 빛은 달과 태양 사이에 평화를 주었다.

최고의 덕은 귀하고 딱히 쓸모는 없으나 빛이 나며 그 빛이 부드럽다. 나누는 덕이 바로 최고의 덕이다.

진실로, 나의 제자들이여, 나는 그대들을 잘 안다. 그대들 또한 나처럼 나누는 덕을 찾고 있다. 그대들이 고양이나 늑대와 어떻게 같을 수 있겠는가?

그대들은 자신을 제물로 바쳐 선물이 되려 한다. 이를 통해 그대들은 영혼 속에 온갖 부유함을 쌓으려 한다.

그대들의 영혼은 끊임없이 재물과 보석을 얻기 위해 노력한다. 그대들의 영혼이 가진 나누어주려는 의지는 지치지 않기 때문이다.

그대들은 만물이 그대들을 향해 그대들의 내면으로 흘러들어 오도록 다그친다. 그리고 만물이 그대들의 샘에서 사랑의 선물로 다시 흘러 나가게 한다.

진실로 이렇게 나누는 사랑은 모든 가치의 강도가 되어야 한다. 그러나 나는 이런 이기심을 건전하고 성스럽게 여긴다.

이것과는 다른 이기심이 있다. 그것은 너무 가난하고 굶주려서 훔치는 일에 혈안이 되어 있는 병자들의 병든 이기심이다.

이 이기심은 반짝이는 모든 것을 도둑의 눈으로 바라본다. 먹을 것이 풍성한 자들을 굶주린 자의 탐욕을 가지고 부러워하며 나누는 자들의 식탁을 맴돈다.

이러한 탐욕을 보면 질병과 눈에 보이지 않는 퇴화가 보인다. 이러한 이기심의 도둑 같은 탐욕은 육체가 쇠약해진 것을 의미한다.

말해보아라, 나의 형제들이여, 가장 나쁜 것은 무엇인가? **퇴화**가 아닌가? 나누는 영혼이 없는 곳에서는 언제나 퇴화가 일어나기 마련이다.

우리의 길은 저 위를 향한다. 종족을 초월하여 나아가는 것이다. 그러나 '모든 것은 나를 위해 있다'라는 퇴화된 말은 우리에게 혐오의 대상이다.

우리의 마음은 위를 향해 날아간다. 우리의 마음은 우리 육체의 비유이고 상승에 대한 비유이다. 이런 상승의 비유는 여러 덕의 이름이다.

이렇게 육체는 성장하고 싸우는 존재로 역사 속에서 살아간다. 그리고 정신은 육체에게 무엇인가? 정신은 전투와 승리를 알리는 전령이며 동료이고 메아리이다.

선과 악을 나타내는 모든 이름은 비유이다. 이름은 암시만 하고 분명하게 말하지는 않는다. 그러므로 이러한 이름들로부터 지식을 얻으려는 자는 멍청이다!

주의하라, 나의 형제들이여, 그대들의 정신이 비유를 들어 말하는 때에. 그때가 그대들의 덕의 근원이 생기기 시작한다.

이 순간 그대들의 육체는 상승하고 생동한다. 그대들의 육체는 기뻐서 정신을 황홀하게 만들고 그 정신이 바로 창조자, 평가하는 자, 사랑하는 자, 만물에 선행하는 자가 되게 한다.

그대들의 마음이 강물처럼 휘몰아쳐서 강 주변에 사는 자들에게 축복이자 위험이 되면 바로 그때 그대들의 덕의 근원이 생기기 시작한다.

그대들이 칭찬과 비난에 담담해지고 그대들의 의지가 사랑하는 자의 의지로 만물에게 명령할 때 그대들의 덕의 근원이 생기기 시작한다.

그대들이 편안함과 부드러운 침대를 거부하고 마음이 약한 자에게서 충분히 떨어져 있지 않으면 그대들의 덕의 근원이 생기기 시작한다.

그대들이 하나의 의지를 원하는 자라면 모든 곤경의 전환점을 맞이하는 것이 필수이다. 이때 그대들의 덕의 근원이 생기기 시작한다.

진실로 그대들의 덕은 새로운 선이자 악이다! 진실로 새롭고 깊은 물소리이자 새로운 샘물의 소리이다!

이 새로운 덕은 곧 힘이다. 그것은 지배하는 사상이고 지혜로운 영혼이 그 주위를 둘러싸고 있다. 그대들의 덕은 황금빛이 나는 태양이며 깨달은 뱀이 그 주위를 휘감고 있다.

2

여기에서 차라투스트라는 잠시 말을 멈추고 애정 어린 눈길로 그의 제자들을 바라보았다. 그리고 입을 열었다. 그 목소리는 지금까지와 다르게 변해 있었다.

나의 형제들이여, 그대들의 덕이 가진 힘으로 대지에 충실하라! 그대들의 나누는 사랑과 그대들의 깨달음이 대지의 뜻을 받들게 하라! 이렇게 내가 그대들에게 빌며 간청한다.

그대들의 덕이 지상에서 날아가 날개가 영원의 벽에 부딪치는 일이 없게 하라! 아, 얼마나 많은 덕이 부질없이 날아가버렸던가!

날아가버린 덕을 나처럼 다시 이 대지로 데려오라. 그렇다, 이 덕이 대지에 인간적인 의미를 부여하도록 육체와 몸과 삶이 있는 곳으로 다시 데려오라!

지금까지 정신도 덕과 마찬가지로 수백 번이나 날아가버렸다. 아, 우리의 육체에는 아직도 이런 망상과 오류가 들어 있다. 그래서 망상과 오류는 그곳에서 육체와 의지가 되었다!

정신도 덕과 마찬가지로 수백 번을 날아가버렸고 길을 잃었다. 그렇다, 인간이란 하나의 시도였다. 아, 수많은 무지와 오류가 우리의 육체가 되었구나!

수천 년 이어온 이성뿐만 아니라 수천 년 된 망상도 우리 내부에서 폭발해버린다. 그래서 상속인이 되는 것은 위험하다.

아직도 우리는 우연이라는 거인과 한 걸음 한 걸음씩 싸우고 있다. 전 인류는 지금까지 무의미와 무지가 지배당한다.

나의 형제들이여, 그대들의 정신과 덕이 하여금 대지의 뜻을 받들게 하라. 만물의 가치는 그대들에 의해 새로 정립되게 하라! 그래서 그대들은 투쟁하는 자가 되어야 한다! 그래서 그대들은 창조하는 자가 되어야 한다!

육체는 앎을 통해 자신을 정화한다. 앎으로 인해 육체는 스스로를 드높인다. 깨달은 자에게는 충동이란 모두 성스러운 것이 되고 높아진 자들의 정신은 기쁘다.

의사여, 자기 자신부터 고쳐라. 그러면 그대의 환자도 도울 것이다. 스스로 치유하는 자를 직접 보여주는 것이 환자에게 가장 큰 도움이다.

아직까지도 사람의 발길이 닿지 않은 천여 갈래의 길이 있고 건강을 위한 천여 개의 방법이 있으며 숨겨진 삶의 섬들도 천여 개나 된다. 인간과 인가의 대지는 아직 무궁무진하고 발견되지 않은 것이 많이 남아 있다.

깨어나 귀를 기울여라, 그대 고독한 자들이여! 미래로부터 조용히 날개를 퍼덕이는 바람이 불어온다. 그리고 섬세한 귀에는 좋은 소식이 들려온다.

그대 오늘의 고독한 자들이여, 그대 이탈자들이여, 그대들은 언젠가 한 민족이 되어야 한다. 자신 스스로를 선택한 그대들에게서 선택된 한 민족이 자라나야 한다. 그리고 이 민족 안에서 초인이 나와야 한다.

진실로 대지는 앞으로 치유하는 곳이 되어야 한다! 그리고 이미 대지의 주변으로는 새로운 향기, 치유를 가져오는 향기와 새로운 희망까지 감돌고 있다!

3

차라투스트라는 여기까지 말하고 입을 다물었다. 그는 아직 마지막 말을 하지 못한 사람 같았다. 그는 손을 지팡이에 댄 채 한동안 그대로 있었다. 그리고 이렇게 말하는 그 목소리는 지금까지와 다르게 변해 있었다.

나의 제자들이여, 나는 이제 홀로 가겠다! 그대들도 이제 나를 떠나 홀로 길을 가라! 나는 그러기를 바란다.

진실로 그대들에게 권하건대, 나를 떠나 차라투스트라에게 맞서라! 그리고 차라투스트라를 부끄럽게 여기면 더욱 좋다! 그는 그대들을 속였을지도 모른다.

깨닫는 인간은 적을 사랑하고 친구를 미워할 줄도 알아야 한다.

계속해서 제자로만 머무르는 것은 스승에 대한 예의가 아니다. 어째서 그대들은 나의 월계관을 빼앗으려고 하지 않는가?

그대들은 나를 존경한다. 그러나 어느 날 그대들이 존경하는 대상이 무너진다면 어떻게 하겠는가? 무너지는 그 대상에 깔려 죽지 않도록 하라!

그대들은 차라투스트라를 믿는다고 말하는가? 그러나 차라스트라가 도대체 무엇이란 말인가! 그대들은 나의 신자이다. 하지만 신자가 대체 무엇이란 말인가!

그대들이 아직 자신을 찾지 못했기 때문에 나를 찾은 것이다. 신자의 행동은 언제나 이렇다. 신앙은 하찮은 것이다.

나는 그대들이 나를 버리고 자신을 찾기를 명령한다. 그대들 모두 나를 부정하면 그때는 내가 다시 그대들에게 돌아오리라.

진실로 나의 형제들이여, 그때에는 나는 지금과 다른 눈으로 잃어버렸던 자들을 찾을 것이다. 그리고 지금과는 다른 사랑으로 그대들을 사랑하겠다.

그대들은 언젠가는 나의 친구가 되고 내 희망의 아이가 되어야 한다. 그러면 나는 세 번째로 그대들과 함께하면서 위대한 정오를 축복할 것이다.

위대한 정오란 인간이 동물과 초인 사이의 길 한가운데에 서 있을 때이며, 저녁을 향한 자신의 길을 최고의 희망으로 축제를 벌이는 때이다. 왜냐하면 그 길은 새로운 아침을 향해 가는 길이기 때문이다.

이때 몰락하는 자는 자신이 저 너머로 건너가는 자가 되기 위해 스스로를 축복한다. 그리고 그의 깨달음의 태양은 정오의 태양이다.

"모든 신은 죽었다. 이제 우리는 초인이 살아가기를 바란다."
이것이 언젠가 찾아올 위대한 정오에 나타나는 우리의 최후의 의지가 되기를!

차라투스트라는 이렇게 말했다.

Also sprach Zarathustra /

2부

그대들 모두 나를 부정하면 그때는 내가 다시 그대들에게 돌아오리라.

진실로 나의 형제들이여, 그때에는 나는 지금과 다른 눈으로 잃어버렸던 자들을 찾을 것이다. 그리고 지금과는 다른 사랑으로 그대들을 사랑하겠다.

- 차라투스트라, 「나누는 덕에 대하여」 중에서

거울을 가진 아이

그 다음 차라투스트라는 다시 산에 있는 동굴의 고독 속으로 들어가 머물면서 사람을 멀리하였다. 씨를 파종하고 수확을 기다리는 자처럼 기다리고 있었다. 그의 영혼은 아주 조급해지고 차라투스트라가 사랑했던 사람들에 대한 갈망도 깊어졌다. 왜냐하면 그들에게 줄 것이 아직도 많이 남아 있었기 때문이다. 사랑하기 때문에 뻗었던 손을 거두고 나누는 자로 있으며 부끄러움을 가지고 있기란 힘든 일이다.

이렇게 고독한 자의 시간에 달이 가고 해가 바뀌었다. 그사이 그의 지혜는 성숙해졌고 이제는 그것이 그를 고통스럽게 했다.

어느 날 아침 동이 트기도 전에 깨어난 그는 잠자리에서 오랫동안 생각에 잠겨 있다가 마침내 마음속으로 말했다.

"나는 왜 꿈속에서 그렇게 놀라 잠이 깨었나? 거울을 가진 아이 하나가 내게 다가오지 않았던가?

'아, 차라투스트라여.' 아이가 내게 말했다. '이 거울에 비친 당신을 보십시오!'

거울을 들여다본 나는 비명을 질렀다. 나의 마음은 떨리고 있었다. 거울 속에서 내가 본 것은 악마의 추한 얼굴과 조롱하는 웃음이었기 때문이다.

진실로 이 꿈의 징조와 경고를 잘 이해하고 있다. 나의 **가르침**이 위기에 놓여 있고 잡초가 자신을 일컬어 밀이라고 하고 있다!

나의 적들이 강력해져서 내 가르침의 본모습을 왜곡했다. 그래서 내가 가장 사랑하는 자들도 내가 그들에게 나누어준 것을 부끄럽게 여긴다.

나는 친구를 잃었다. 이제 잃어버린 친구를 찾을 때가 왔다!"

차라투스트라는 이렇게 말하고 자리에서 벌떡 일어났다. 그러나 그는 불안하여 공기를 마시려는 자보다는 영감을 받은 예언자나 노래하는 자의 모습을 하고 있었다. 그의 독수리와 뱀은 그를 놀라운 듯이 바라보았다. 미래의 행복이 아침 햇살처럼 그의 얼굴에서 빛났기 때문이다.

내게 무슨 일이 일어났는가, 나의 동물들이여? 차라투스트라가 말했다. 나는 변하지 않았나! 행복이 폭풍처럼 나에게 오지 않았나?

나의 행복은 어리석어서 그 입으로 어리석은 말을 할 것이다. 나의 행복은 아직 젊다. 그러니 인내를 가져라!

나는 나의 행복 때문에 상처를 받았다. 고통스러워하는 모든 자들은 내 의사가 되어라!

나의 다시 나의 친구들과 나의 적들에게 내려가도 된다! 차라투스트라는 말하고 나누고 사랑하는 자들에게 다시 사랑을 행할 수 있게 되었다.

나의 조급한 사랑은 흘러넘치는 물결이 되어 동쪽과 서쪽으로 흘러간다. 침묵의 산에서 고통의 뇌우에서 나의 영혼은 골짜기로 흘러간다.

나는 너무 오랫동안 고독에 빠져 머나먼 곳을 바라보고 있었다. 그래서 나는 침묵하는 방법을 잊었다.

나의 모든 것은 입이 되었고 높은 바위에서 시냇물이 떨어지는 소리가 되었다. 나의 말이 저 골짜기 아래로 떨어져 흐르게 하고 싶다.

그리고 내 사랑의 흐름이 길 없는 곳으로 떨어져도 좋다! 물줄기는 결국 바다로 통하는 길을 찾을 것이다!

나의 내면에는 호수가 하나 있다. 그 호수는 은둔하고 있으며 스스로 만족한다. 그러나 내 사랑의 물줄기는 휩쓸어 바다를 향해 흘러간다!

나는 새로운 길을 가고 새로운 설교가 나에게 온다. 나는 창조하는 모든 자들과 마찬가지로 낡은 설교에 지쳤다. 나의 정신은 낡아버린 신발을 신고 다니기를 원하지 않는다.

나에게는 모든 이야기의 흐름이 너무 느리다. 폭풍이여, 나는 그대의 마차에 뛰어오르겠다! 그리고 나의 악함으로 그대를 채찍질하리라!

함성이나 환호성 같이 나는 넓은 바다를 건너갈 것이다. 나의 친구들이 머무는 행복의 섬을 발견할 때까지.

친구들 중에는 나의 적들도 있을 것이다! 내가 말을 걸 수 있으면 누구라도 사랑할 것을! 나의 적들 또한 내 행복의 한 부분이다.

그리고 내가 가장 사나운 말에 올라타려 할 때 나의 창이 나를 가장 잘 도와줄 것이다. 그것은 언제라도 준비된 내 발의 하인이다.

내가 나의 적들을 향하여 던지는 창이여! 드디어 내가 창을 던질 때가 온 것이 내 적들에게 얼마나 고마운 일인가!

나의 구름은 심하게 팽창되어 있다. 번갯불의 큰 웃음 사이에서 나는 우박비를 심연을 향하여 쏟아부을 것이다.

나의 가슴은 힘차게 부풀어 오르고 폭풍이 산 너머로 힘차게 불어가면 나는 다시 안도할 것이다.

진실로 나의 행복과 자유는 폭풍처럼 다가온다! 그러나 나의 적들은 **악함**이 그들의 머리 위에서 미쳐 날뛴다고 생각하리라.

그렇다, 나의 친구여, 그대들도 나의 야성적인 지혜에 놀랄 것이다. 그리고 아마도 그대들 역시 나의 적들처럼 달아나고 말 것이다.

아, 나는 그대들을 양치기의 피리로 꾀어 되돌아오게 하고 싶다! 아, 나의 지혜의 암사자가 온순하게 부르짖는 법을 알았더라면! 우리는 이미 많은 것을 함께 배웠다!

나의 야성적인 지혜는 고독한 산 위에서 잉태되고 거친 바위에서 어린 아이를 낳았다.

이제 나의 지혜는 어리석게도 황량한 사막을 뛰어다니며 부드러운 풀밭을 찾아 헤매고 있다. 나의 늙고 야성적인 지혜가!

나의 친구여, 그대들의 마음의 부드러운 풀밭 위에 그리고 사랑 위에 나의 야성적인 지혜는 자신의 사랑스러운 아이를 재우려 한다!

차라투스트라는 이렇게 말했다.

행복의 섬에서

무화과 열매가 나무에서 떨어진다. 그 열매는 맛있고 달콤
하다. 열매가 떨어져 붉은 껍질이 터진다. 나는 무화과 열매에
부는 북풍이다.

나의 친구들이여, 이 무화과 열매처럼 나의 가르침 또한 그
대들에게로 떨어진다. 이제 그 과즙과 달콤한 과육을 맛보아
라! 주위의 계절은 가을이고 하늘은 맑으며 오후의 시간이다.

보아라, 우리의 주위는 가득 차 있다! 이런 풍요 속에서 먼
바다를 보는 것이 즐겁다.

일찍이 사람들은 먼 바다를 바라보며 신을 이야기했다. 그
러나 이제 나는 그대들에게 초인을 가르치려 한다.

신은 가상의 존재이다. 그래서 나는 그대들의 추측이 그대
들의 창조적 의지를 벗어나지 않기를 바란다.

그대들은 신을 **창조**할 수 있는가? 그렇지 않다면 모든 신들
에 대해서 부디 침묵하라! 그러나 그대들은 초인을 창조할 수
있다.

나의 형제들이여, 그대들 자신이 초인이 될 수 없을지 모른
다! 그러나 그대들은 자신을 초인의 아버지나 선조로 만들 수
는 있다. 그리고 이것이 그대들의 가장 훌륭한 창조가 된다!

신은 가상의 존재이다. 그래서 나는 그대들의 추측이 생각

이 가능한 범위 안에 있기를 바란다.

그대들은 신을 **생각**할 수 있는가? 그러나 진리에 대한 그대들의 의지는 만물을 인간의 생각으로 느끼도록 변화시키는 의지이다. 그대들은 자신의 감각을 끝까지 추구해야만 한다!

그리고 그대들이 세계라고 부르는 것은 그대들에 의해 먼저 창조되어야 한다. 이 세계는 그대들의 이성, 심상, 의지, 사랑 안에서 만들어져야 한다! 깨닫는 자들이여, 그대들의 행복이 될 것이다!

그대 깨닫는 자들이여, 이러한 희망 없이 어떻게 삶을 견디겠는가? 그대들은 이해할 수 없는 것이나 비이성적인 것 속에서 머물러서는 안 된다.

그대 친구들이여, 그러나 나는 그대들에게 내 마음을 전부 털어놓겠다. **만일** 신들이 존재한다면 내가 신이 아니라는 사실을 어떻게 견딜 것인가! **그러니** 신은 존재하지 않는다.

이 결론은 분명 내가 내렸지만 이제는 이 결론이 나를 이끌어간다.

신은 가상의 존재이다. 그러나 누가 추측에서 비롯된 모든 고통을 마시고도 죽지 않을 것인가? 창조하는 자로부터 그 믿음을 빼앗고, 독수리에게서 높은 하늘을 빼앗으란 말인가?

신은 곧게 뻗은 모든 것을 구부리고 서 있는 모든 것을 비틀거리게 한다. 그렇다면 어떻게? 시간은 사라지고 과거의 모든 것은 허상이라는 말인가?

이것을 생각하면 인간의 사지는 소용돌이치며 어지럽고, 위장은 구역질을 일으킨다. 진실로 그렇게 추측하는 일을 나는 현기증이라 부른다.

나는 유일한 것, 완전한 것, 확고한 것, 충만한 것, 변하지 않는 것에 대한 모든 가르침을 사악하고 염세적이라고 한다.

변하지 않는 것은 하나의 비유에 불과하다! 시인은 너무 많은 거짓을 말한다.

그러나 가장 훌륭한 비유라면 시간과 생성에 대해 이야기할 수 있어야 한다. 그것은 모든 무상함을 찬양하고 변호해야 한다.

창조하는 것이야말로 고통에서 구원받는 위대한 것이고 삶을 구제하여 준다. 그러나 창조하는 자가 되는 것에는 고통과 많은 변화가 필요하다.

그렇다, 그대 창조하는 자들이여. 그대들의 삶 속에는 수많은 고통스런 죽음이 있어야 한다! 그래서 그대들은 모든 무상한 것의 대변인이자 인정하는 자가 되어야 한다.

창조하는 자 자신이 새로 태어나기 위해서는 그 역시 산모가 되어 산고를 겪어봐야 한다.

진실로 나는 백여 개의 영혼을 거치고 백여 개의 요람과 산고를 겪으며 나의 길을 갔다. 수많은 작별을 하고 가슴이 찢어지는 듯한 최후의 순간들을 잘 알고 있다.

그러나 나의 창조적 의지, 나의 운명이 이것을 바라고 있다. 더 정직하게 말하면 나의 의지가 이 운명을 바라고 있다.

나의 감정은 모두가 괴로워하며 감옥에 갇혀 있다. 그러나 나의 의지는 언제나 나를 해방시키고 나에게 기쁨을 주는 자로 나에게 온다.

의지는 해방시키는 힘이 있다. 이것이 의지와 자유에 대한 진정한 가르침이며, 차라투스트라는 이것을 그대들에게 가르친다.

더 이상 의지가 없고 더 이상 평가하지 않으며 더 이상 창조하지 않는 것! 아, 이 거대한 권태가 영원히 나에게서 떨어져 있기를!

또한 깨달음에서도 나는 오직 의지를 생성하는 것만을 느낀다. 그리고 나의 깨달음에 순수함이 있다면 그것은 나의 깨달음 안에 생성하려는 의지가 있기 때문이다.

이 의지가 나를 유혹하여 신들을 떠나게 했다. 만일 신들이 존재한다면 창조할 것이 뭐가 남아 있다는 말인가!

그러나 나의 불타는 창조 의지는 끊임없이 나를 인간으로 향하게 한다. 마치 망치가 돌을 향하는 것처럼 말이다.

아, 그대 인간들이여, 돌 속에는 하나의 형상이 잠들어 있다. 그것은 내가 바라는 형상들 중에서 가장 뛰어나다! 아, 그 형상이 가장 견고하고 못생긴 돌 속에서 잠들어 있어야 하다니!

이제 나의 망치가 그 형상을 가둔 있는 감옥을 무섭게 쳐부순다. 돌의 파편이 사방으로 튄다. 그러나 그것이 나와 무슨 상관인가!

나는 이 형상을 완성시키겠다. 그림자 하나가 나에게 왔기 때문이다. 만물 중에 가장 고요하고 가벼운 것이 나에게 왔다!

초인의 아름다움이 그림자의 모습으로 내게 왔다. 아, 나의 형제들이여! 이제 와서 신들이 나와 무슨 상관인가!

차라투스트라는 이렇게 말했다.

동정하는 자들에 대하여

나의 친구들이여, 그대들의 친구인 나는 이렇게 조롱을 들었다. "차라투스트라를 보아라! 그는 마치 동물 사이를 거닐듯 우리들 사이를 돌아다니고 있지 않은가?"

그러나 이렇게 말하는 편이 더 좋았을 것이다. "저 깨닫는 자는 동물이 된 인간 사이를 돌아다닌다."

깨닫는 자에게는 인간 자체란 붉은 뺨을 가진 동물이다.

왜 인간의 뺨은 붉어졌는가? 그가 너무 자주 부끄러워해야 했기 때문은 아닐까?

오, 나의 친구들이여! 깨닫는 자는 이렇게 말한다. 수치, 수

치, 수치. 이것이 인간의 역사이다!

그래서 고귀한 자는 남에게 수치를 주지 않도록 스스로 자제한다. 고귀한 자는 고통받는 자들 앞에서 스스로 수치를 느낀다.

진실로 나는 동정을 베풀며 행복해하는 자들을 좋아하지 않는다. 그들에게는 수치심이 부족하다.

내가 동정해야 한다고 해도 나는 동정하는 자라고 불리고 싶지 않다. 내가 동정을 베풀어야 할 경우에는 되도록 멀리 떨어져서 하고 싶다.

그리고 다른 사람이 나를 알아보기 전에 얼굴을 가리고 도망친다. 그대들도 그렇게 하라, 나의 친구들이여!

다만 나의 운명이 그대들처럼 고통받지 않는 자들이 있는 곳으로 나를 이끌어주기를! 내가 희망과 식사와 꿀을 **같이할** 자들과 만나게 해주기를!

진실로 나는 고통받는 자들을 위해 여러 가지 좋은 일을 했다. 그러나 내가 스스로 더 즐거워하는 법을 배웠을 때 나는 오히려 더 좋은 일을 할 수 있었다.

인간이 존재한 후로 인간은 스스로 즐길 줄을 몰랐다. 나의 형제들이여, 그것만이 우리의 원죄이다!

우리가 더 즐겁게 된다면 다른 사람에게 고통을 주거나 고통을 꾸며내려는 생각도 쉽게 잊을 것이다.

그러므로 나는 고통받는 도왔던 손을 씻으며 나의 영혼도 깨끗이 씻는다.

내가 고통받는 자의 고통을 보았을 때 부끄러워하는 것은 그의 수치심으로 인해서이다. 그리고 내가 그를 도와주었을 때도 나는 그의 자존심에 심한 상처를 입혔다.

너무 과한 친절은 감사의 마음이 아닌 복수심을 일으킨다. 그리고 작은 선행이 잊히지 않으면 마음을 갈아먹는 벌레가 생긴다.

"받는 것을 삼가라! 받는 것이 특별한 일이 되게 하라!" 나는 나누어줄 것이 없는 자들에게 이렇게 권한다.

그러나 나는 나누어주는 자이다. 친구의 입장에서 기꺼이 나눈다. 그러나 낯선 자들과 가난한 자들은 자신의 손으로 직접 나의 나무에서 열매를 따게 한다. 그 편이 그들을 덜 부끄러울 것이다.

그러나 거지들은 모두 쫓아버려야 한다! 진실로 그들에게는 주어도 화가 나고 주지 않아도 화가 난다.

죄인과 자와 양심에 가책을 느끼는 자들도 이와 같다! 나의 친구들이여, 나의 말을 믿어라, 양심의 가책은 남을 물어뜯는다.

그러나 가장 나쁜 것은 쓸모없는 생각들이다. 그런 생각을 하는 것보다는 악을 행하는 것이 더 낫다!

물론 그대들은 이렇게 말한다. "사소한 악을 즐기는 것은 우리를 더 큰 악에서 보호해준다." 그러나 이것은 보호가 아니다.

악한 행동은 마치 종기와 같다. 그것은 간지럽고 쑤시며 결국 터지고 만다. 악행은 정직하게 말한다.

"보아라, 나는 병에 걸렸다." 악행은 이렇게 말한다. 이것이 악행의 정직함이다.

그러나 쓸모없는 생각은 세균이나 다름없다. 숨어서 기어다니고 제 모습을 드러내지 않는다. 이것은 온 육체가 작은 세균 때문에 썩어 문드러지고 시들 때까지 계속된다.

악마에게 사로잡힌 자의 귀에 나는 이렇게 속삭인다. "그대의 악마를 거대하게 키워라! 그대에게는 아직 위대함에 이르는 길이 남아 있다!"

아, 나의 형제들이여! 우리는 모든 사람들에 대해 너무 많이 알고 있다! 많은 사람들을 꿰뚫어 보지만 그렇다고 그들을 완전히 아는 것은 아니다.

사람들과 함께 사는 것은 어려운 일이다. 침묵을 지키기 어렵기 때문이다.

우리가 부당하게 대하는 것은 우리에게 거역하는 자들이 아니라 우리와 전혀 관련 없는 자들이다.

그러나 그대에게 고통받는 친구가 있다면, 그대는 그 고통을 내려놓을 수 있는 휴식처가 되어라. 동시에 딱딱한 침대, 즉 간이 침대 같은 휴식처가 되어라. 그러면 그대는 그 친구에게 가장 필요한 자가 될 것이다.

그리고 그대에게 악한 일을 행하는 친구가 있다면 이렇게 말하라. "나는 그대가 나에게 한 짓을 용서한다. 그러나 그대가 **그대 자신에게** 저지른 행동은 내가 어떻게 용서할 수 있을 것인가!"

모든 위대한 사랑은 이렇게 말한다. 사랑은 용서와 동정조차도 극복한다고.

우리는 자신의 감정을 잘 조절할 수 있어야 한다. 만약 감정이 가는 대로 내버려두면 자신의 머리마저 달아나버리기 때문이다!

아, 이 세상에 동정하는 자들의 어리석음보다 더 바보짓을 하는 자들이 있었는가? 그리고 동정하는 자들의 어리석음보다 더 큰 고통을 주는 것이 어디에 또 있었는가?

동정을 초월하지 못하는 드높은 것을 가진 자들은 모두 슬픈 자들이다!

일찍이 악마가 나에게 이렇게 말했다. "신에게도 지옥이 있다. 그것은 인간에 대한 그의 사랑이다."

그리고 최근에 나는 악마가 이렇게 말하는 것을 들었다. "신은 죽었다. 인간에 대한 동정 때문에 신은 죽었다."

그러므로 그대들은 동정하지 않도록 조심하라. **동정에서** 시작되는 한 덩어리 먹구름이 인간에게 몰려올 것이다! 진실로 나는 기상의 징후를 잘 알고 있다!

그러나 이 말 또한 명심하라. 모든 위대한 사랑은 동정도 극복한다. 위대한 사랑은 사랑의 대상가지 창조하기 때문이다!

"나는 자신을 나의 사랑에 바친다. 그리고 **나처럼 이웃들도** 나의 사랑에 바친다." 모든 창조하는 자들은 이렇게 말한다.

그러나 모든 창조하는 자들은 냉정하다.

차라투스트라는 이렇게 말했다.

성직자들에 대하여

언젠가 차라투스트라는 제자들을 손짓으로 불러 이렇게 말한 적이 있다.

"여기 성직자들이 있다. 그들은 나의 적이지만 조용히 칼을 잠재우고 그들 곁을 지나쳐 가라!

그들 가운데에도 영웅은 있다. 그들 대부분은 심한 고통을 받았다. 그래서 이제는 다른 사람들에게 고통을 주고 싶어 한다.

그들은 악독한 적이다. 그들의 겸손보다 더 복수심에 차 있는 것은 없다. 그래서 그들을 공격하는 자는 오히려 자신을 더럽히게 될 것이다.

그러나 나의 피는 그들의 피와 통하고 있다. 그래서 나는 나의 피가 그들의 피 속에서도 존중받는지를 알고 싶다."

그들이 지나가버리자 차라투스트라에게 고통이 덮쳐왔다. 그는 한동안 이 고통과 싸우고는 이렇게 말했다.

나는 저 성직자들은 가엾게 생각한다. 그들은 또한 나의 취향에는 맞지 않다. 그러나 이런 일은 내가 인간들 사이에 있은 후 겪은 일 중에 가장 사소한 일이다.

나는 그들과 고통을 나누고 있고 또 나누어왔다. 내 눈에는 그들이 죄수이고 낙인찍힌 자들이다. 그들이 구원자라고 칭하는 자가 그들을 쇠사슬로 묶어두었다.

그릇된 가치와 망상의 언어의 쇠사슬이다! 아, 누군가 그들을 구원자에게서 구할 것인가!

일찍이 바다가 그들에게 거세게 휘몰아쳤을 때 그들은 한 섬에 상륙했다고 믿었다. 그러나 보아라, 그것은 잠들어 있는 괴물이었다!

그릇된 가치와 망상의 언어는 언젠가 죽을 인간들에게는 가장 사악한 괴물이다. 그리고 이 괴물 가운데 오래된 운명이 긴 시간을 잠자며 기다리고 있다.

그러나 마침내 이 운명은 잠에서 깨어 나타나 자신의 위에 오두막을 지은 자들을 덮쳐 삼킨다.

오, 성직자들이 지은 오두막들을 보아라! 그들은 달콤한 향기를 풍기는 그 동굴을 그들은 교회라고 부른다!

오, 거짓의 빛이여, 눅눅한 공기여! 이곳은 영혼이 높이 날아오르지 못하는 곳이다!

오히려 그들의 신앙은 이렇게 명령한다. "무릎을 꿇고 계단을 올라가라, 그대 죄인들이여!"

진실로 나는 수치와 신앙이 깃든 그들의 사팔눈을 보기보다는 차라리 수치를 모르는 자들을 보겠다!

누가 이 동굴과 속죄의 계단을 창조했는가? 맑은 하늘 아래 자신을 숨기고 부끄러워했던 자들이 아닌가?

맑은 하늘이 무너진 천장 사이로 다시 보이고 허물어진 담벼락 주위에 풀과 양귀비꽃이 내려다보일 때가 돼서야 나는 내 마음을 다시 이 신의 거처로 돌리겠다.

그들은 자신을 거부하고 고통스럽게 하는 존재를 신이라 불렀다. 그리고 진실로 그들의 숭배 속에는 영웅 같은 종류가 가득했다!

그리고 그들은 인간을 십자가에 못박는 것 말고는 신을 사랑하는 법을 몰랐다!

그들은 시체처럼 살기 위해 자신의 시체를 검은 옷으로 감쌌다. 나는 그들의 설교에서 여전히 시체 안치소의 냄새를 맡는다. 그리고 그들의 이웃은 두꺼비가 달콤하고도 심오한 노래를 불러대는 검은 연못가에 산다.

나에게 그들의 구원자를 믿게 하려면 그들은 좀 더 나은 노래를 들려주어야 한다. 구원자의 제자들은 더 구원을 받은 것처럼 보여야 한다!

나는 그들의 벌거벗은 모습을 보고 싶다. 왜냐하면 아름다움만이 참회를 설교해야 하기 때문이다. 그러나 이런 가짜 슬픔으로 누구를 설득할 수 있겠는가!

진실로 그들의 구원자는 자유로부터, 자유의 일곱 번째 천국에서 온 것이 아니다! 진실로 그들의 구원자 스스로도 깨달음의 양탄자 위를 걸어본 적이 없다!

이런 구원자들의 정신은 허점투성이다. 그러나 그들은 틈새마다 자신들이 신이라고 부르는 대용품을 채워 넣었다.

그들의 정신은 동정심에 빠져 죽었다. 그리고 그들의 동정심이 넘칠 때 그 표면에는 언제나 커다란 어리석음이 떠올랐다.

그들은 소리를 치며 그들의 가축 떼를 몰아 그들의 외나무다리 위로 건너가게 했다. 마치 미래로 가는 길에는 단 '한 개'의 외나무다리만 있는 것처럼! 진실로 이 목자도 가축 떼의 일부였다!

이 목자들은 작은 정신과 넓은 영혼을 가지고 있었다. 그러나 나의 형제들이여, 지금까지 넓은 영혼이란 것이 사실은 얼마나 작은 땅이었던가!

그들은 자신이 걸어온 길을 피로 표시했고 그들의 어리석음은 진리를 피로 증명해야 한다고 가르쳤다.

그러나 피는 진리에게 있어 가장 나쁜 증인이다. 피는 가장 순수한 가르침도 중독시켜 마음의 망상과 증오로 만들기 때문이다.

그리고 자신의 가르침을 위해 불 속으로 뛰어든다 하더라도 그것이 무슨 증명이 되겠는가! 진실로 자신을 불에 태워 그 속에서 자신의 가르침이 생겨나는 편이 낫다!

눅눅한 가슴과 냉정한 머리, 이 둘이 서로 만나는 곳에 '구원자'라는 광풍이 일어난다.

진실로 민중이 구원자라고 부르는 저 황홀한 광풍보다 더 위대하고 더 귀한 태생의 사람들이 있었다!

나의 형제들이여, 그대들이 자유에 이르는 길을 찾기를 바란다면 그대들은 이제까지 존재한 모든 구원자보다 더 위대한 자들에게 구원받아야 한다.

지금까지 초인은 한 번도 존재한 적이 없었다. 나는 가장 위대한 인간과 가장 보잘것없는 인간 모두의 벌거벗은 몸을 보았다.

그 둘은 아직 너무나 닮아 있다. 진실로 나는 가장 위대한 인간도 너무나 인간적이라는 것을 알았다!

차라투스트라는 이렇게 말했다.

덕 있는 자들에 대하여

우리는 게으른 태도로 잠든 의식에게 천둥과 하늘의 불꽃으로 말해야 한다.

그러나 아름다움의 목소리는 나직하게 이야기하며 가장 깨어 있는 영혼 속으로만 스며든다.

오늘 나의 방패는 나를 향해 가볍게 몸을 떨며 웃었다. 그것은 아름답고 신성한 웃음이자 떨림이었다.

그대 덕 있는 자들이여, 오늘 나의 아름다움이 그대들에게 웃어주었다. 그 목소리는 내게 이렇게 말했다. "그대들은 아직도 대가를 바라고 있다!"

덕 있는 자들이여, 그대들은 아직 대가를 원하고 있다! 덕에 대가로 보수를, 대지에서 사는 것을 대가로 천국을, 그리고 그대들의 오늘에 대해서는 대가로 영원을 얻기를 바라는가?

그대들은 내가 대가나 보수를 지불할 자가 없다고 가르친다고 하여 나에게 화를 내는가? 진실로 나는 덕에 대한 보답이 덕이라고 가르친 적이 없다.

아, 이는 나의 슬픔이다. 사람들은 사물의 밑바탕에 대가와 형벌이라는 거짓을 끌어들였다. 그리고 지금은 그대들의 영혼의 밑바닥에도 같은 것을 끌어들였다, 그대 덕 있는 자들이여!

그러나 나의 말은 멧돼지의 코처럼 그대들 영혼의 밑바닥을 파헤칠 것이다. 나는 그대들이 나를 쟁기 날로 부르기를 바란다.

그대들 밑바닥의 모든 비밀은 밝은 빛 아래 드러나야만 한다. 그리고 그대들이 파헤쳐지고 부서져 햇빛에 드러날 때, 그대들의 거짓도 진실에게서 떨어져 나간다.

왜냐하면 이것이 그대들의 진실이기 때문이다. 그대들은 **너무나 순결하여** 복수와 형벌, 대가나 보복이라는 불순한 말과 어울리지 않는다.

그대들은 어머니가 아이를 사랑하듯 자신의 덕을 사랑한다. 그러나 어떤 어머니가 자식에게 사랑의 대가를 바라는가?

그대들의 덕이란 바로 그대들이 가장 사랑하는 자신이다. 그대들 속에는 순환하는 고리를 향한 갈망이 있다. 자기 자신에게 한 번 더 닿으려 끝없이 움직이며 돌아간다.

그대들의 덕이 하는 모든 일은 빛을 잃은 별과 같다. 그 빛은 영원히 떠돌아다닌다. 그 빛은 언제 그 방랑을 멈출 것인가?

이렇게 그대들의 덕의 빛은 그 일이 끝나도 여전히 떠돌고 있다. 덕이 잊히고 죽어 없어져도 빛은 여전히 살아남아 떠돌게 된다.

그대들의 덕은 그대들의 자신이며 외부의 것이나 껍데기, 꾸며낸 허상이 아니다. 덕 있는 자들이여, 이것이 그대들 영혼의 밑바탕에 있는 본래의 모습이다!

그러나 채찍 아래에서 몸부림치는 것을 덕이라고 부르는 자들도 있다. 그대들은 이런 외침을 너무 많이 들었다!

그리고 본인 죄악의 무기력함을 덕이라고 말하는 자들도 있다. 그들의 증오와 그들의 질투의 사지가 늘어지면 그들의 '정의'가 활기차게 일어나 졸린 눈을 비빈다.

그리고 밑으로 끌려 내려가는 자들도 있다. 그들의 악마가 끌고 가는 것이다. 그러나 그들이 밑으로 가라앉을수록 두 눈은 번쩍거리고 신에 향한 갈망은 더욱 불타오른다.

아, 그대 덕 있는 자들이여, 그들의 외침도 그대들의 귀에 들려온다. "내가 **아닌** 것, 그것이 나에게는 신이며 덕이다!"

그리고 돌을 싣고 비탈길을 내려오는 수레처럼 무거운 듯이 덜컹거리며 다가오는 자들도 있다. 그들은 위엄과 덕에 대해 많은 말을 하고 수레의 바퀴를 멈추는 장치를 가리켜 덕이라고 부른다!

그리고 태엽을 감는 평범한 시계 같은 자들도 있다. 그들은 똑딱똑딱 소리를 내면서 똑딱거리는 소리를 덕이라고 불러주기를 바란다.

진실로 나는 이런 자들이 재미있게 느껴진다. 내가 이런 시계를 발견할 때마다 나는 비웃어주면서 태엽을 감을 것이다. 그러면 그 시계는 내 앞에서 달그락거리며 돌아갈 것이다!

그리고 어떤 자들은 자신이 가진 한 줌의 정의를 자랑하며 그 정의 때문에 온갖 불법을 저지른다. 이렇게 세계는 그들의 불의에 빠져 죽는다.

아, **덕**이라는 말이 그들의 입에서 나올 때면 얼마나 역겨운지! 그들이 "나는 정의롭다"라고 말하는 것이 내게는 언제나 "나는 복수심에 차 있다!"라는 말로 들린다. 그들은 자신의 덕을 사용하여 적의 눈을 도려내려 한다. 그리고 오직 남을 낮추기 위해서만 그들은 자신을 높인다.

그리고 또한 그들의 늪 한가운데 앉아 갈대 사이로 이렇게 말하는 자들도 있다. "덕, 그것은 조용히 늪에 앉아 있다.

우리는 아무도 물지 않고 물려는 자를 피한다. 그리고 매사에 우리는 남의 의견을 받아들인다."

그리고 몸단장을 좋아하여 덕을 일종의 겉치장으로 생각하는 자들도 있다.

그들의 언제나 무릎을 꿇고 경배하며 그들의 손은 항상 덕을 찬양하지만 그들의 마음은 덕에 대해서는 아무것도 모른다.

그리고 "덕은 반드시 필요하다"라고 말하는 것을 덕으로 여기는 자들도 있다. 그러나 그들은 근본적으로 경찰이 꼭 필요하다고 믿는다.

그리고 인간의 고귀함을 보지 못하는 수많은 자들은 인간의 저열함을 아주 가까이서 보고는 그것을 덕이라고 부른다. 이렇게 그들은 자신의 악한 시선을 덕이라고 부른다.

그리고 어떤 자들은 높아지기를 원하며 그것을 덕이라고 부른다. 그리고 또 어떤 자들은 쓰러뜨려지기를 바라며 그것을 덕이라고 부른다.

이와 같이 거의 모든 자들은 자신이 덕의 한 부분을 차지하고 있다고 믿는다. 그리고 최소한 자신이 '선'과 '악'에 모든 것을 알고 있다고 주장한다.

그러나 차라투스트라는 이런 거짓말쟁이와 멍청이 모두들에게 **"그대들이** 덕에 대해서 무엇을 아는가! 그대들이 덕에 대해서 무엇을 **알 수 있겠는가!"**라고 말하려고 온 것은 아니다.

나의 친구들이여, 그 대신 나는 그대들이 멍청이와 거짓말쟁이에게서 배운 낡은 단어에 싫증이 나도록 하기 위해 온 것이다.

'대가', '복수', '형벌', '정의로운 복수' 같은 말이나, "하나의 행위가 선이 되는 것은 그것에 사사로운 것이 없을 때이다"라는 말에 싫증이 나도록 하기 위해서이다.

아, 나의 친구들이여! 마치 어린 아이가 어머니가 속에 있는 것처럼 **그대들의** 행위 속에 그대들 자신이 들어 있는 것이 덕에 대한 **그대들의** 언어가 되게 하라!

진실로 나는 그대들에게서 백 가지의 말과 그대들의 덕이 가장 사랑하는 장난감들을 빼앗았다. 그래서 그대들은 아이처럼 내게 화를 낸다.

아이들은 바닷가에서 놀고 있었다. 그때 파도가 밀려와 아이들의 장난감을 바다 깊숙이 휩쓸어갔다. 그래서 지금 아이들이 울고 있는 것이다.

그러나 바로 그 파도가 아이들에게 새 장난감을 가져다주고 알록달록한 빛깔의 조개들을 쏟아놓을 것이다!

이렇게 아이들은 위로를 받을 것이다. 그리고 아이들처럼, 나의 친구들이여, 그대들도 위로받을 것이다. 그리고 알록달록한 빛깔의 새로운 조개들도 얻을 것이다!

차라투스트라는 이렇게 말했다.

천민에 대하여

삶은 쾌락의 샘물이다. 그러나 천민과 함께 마시는 샘물은 모두 독이 들어 있다.

나는 순수한 모든 것에 호의를 품는다. 그러나 불결한 자들이 이를 보이며 웃는 모습이나 그들의 갈증은 보고 싶지 않다.

그들이 샘물 속으로 그 시선을 던진다. 이제 그 역겨운 미소가 샘물에서 나에게 반사된다.

그들은 이 신성한 샘물에 그들의 탐욕의 독을 탔다. 그리고 그들의 더러운 꿈을 쾌락이라고 부르며 그 말 역시 중독시켰다.

그들이 자신의 물에 젖은 심장을 불에 던지면 불꽃도 달가워하지 않는다. 천민이 불 가까이 접근하면 정신 자체가 부글부

글 끓어오르며 연기를 내뿜는다.

열매는 그들의 손에서 흐물흐물해진다. 그들의 시선이 닿는 과일나무는 바람에 힘없이 흔들리고 가지 끝은 시들어간다.

삶을 등진 수많은 자들은 그저 이 천민에게서 등을 돌렸을 뿐이다. 그들은 샘물과 불꽃과 열매를 천민들과 나누고 싶지 않았다.

그리고 사막으로 가서 맹수들과 함께 갈증을 겪은 수많은 자들은 단지 낙타를 끄는 더러운 자들과 함께 물통 주위에 앉고 싶지 않았다.

그리고 파괴자처럼, 곡식밭에 떨어지는 우박처럼 나타난 수많은 자들은 자신의 발을 천민들의 목구멍에 넣어 틀어막고 싶어 했다.

삶 자체에는 적의와 죽음, 고난의 십자가가 필요하다는 사실을 깨닫는 것이 내가 가장 힘들게 삼켰던 음식은 아니었다.

오히려 나는 이렇게 묻고는 내 질문에 질식할 뻔했던 적이 있다. 뭐라고? 천민들도 삶에 **필요**하다는 것인가?

중독된 샘물, 악취를 내뿜는 불, 더러운 꿈, 그리고 생명의 **빵** 속에 있는 구더기까지 모두 필요하다는 뜻인가?

나의 증오가 아니라 나의 구역질이 나의 생명을 걸신처럼 먹어치웠다! 아, 나는 천민들의 정신도 풍요롭다는 것을 알았을 때 내 정신의 피로를 느꼈다.

그리고 나는 지배자들이 무엇을 가리켜 지배라고 하는지 알고 나서는 그들에게서 등을 돌렸다. 그들의 지배란 천민과 권력을 놓고 흥정하고 거래를 하는 것이었다!

민중 사이에서 나는 말이 통하지 않는 자로 귀를 막고 살았다. 그들의 흥정하는 혀나 권력을 위한 거래에서 멀리 떨어져 있기 위해서였다.

그리고 코를 쥐고는 불쾌한 마음으로 어제와 오늘을 지나왔다. 진실로 어제와 오늘 모두는 글을 쓰는 천민의 악취를 풍기고 있다!

나는 권력의 천민, 작가라는 천민, 쾌락의 천민과 같이 살지 않기 위해서 오랫동안 귀머거리, 장님, 벙어리처럼 살아왔다.

힘겹게 그리고 조심스럽게 나의 정신은 계단을 올라갔다. 적선하듯 주어지는 쾌락이 내 정신에게는 청량음료와 같았다. 지팡이에 의지한 눈먼 자의 삶이 느리게 지나갔다.

나에게는 대체 무슨 일이 일어났는가? 어떻게 나는 구역질에서 벗어났는가? 누가 나의 눈을 다시 뜨게 해주었는가? 어떻게 나는 천민이 단 하나도 샘가에 앉아 있지 않은 드높은 곳으로 날아올랐는가?

나의 구역질이 스스로 날개를 만들어 샘물로 다가가는 힘을 만든 것인가? 진실로 나는 쾌락의 샘을 다시 찾기 위해 가장 높은 곳으로 날아가야만 했다!

아, 나의 형제들이여, 나는 그 샘을 찾았다! 여기 가장 높은 곳에서 나를 위해 쾌락의 샘물이 솟고 있다! 이곳에는 천민들이 절대 함께 샘물을 마시지 않는 삶이 있다!

그대 쾌락의 샘이여, 그대는 지나치게 솟고 있구나! 그리고 그대는 자주 잔을 비워 잔을 다시 채우려는구나!

나는 아직 더 겸손하게 그대에게 가는 법을 배워야 한다. 내 마음이 그대를 향해 너무 지나치게 흘러가고 있기 때문이다.

내 마음 위에서 여름이 타오른다. 짧고 뜨겁고 우울하고 행복에 넘치는 나의 여름이다. 너무 뜨거운 이 여름의 심장은 그대의 서늘함을 얼마나 갈망하고 있는지!

머뭇거리던 내 봄의 슬픔은 지나갔다! 6월에 날리는 눈에 담긴 악함도 지나갔다. 나는 완전한 여름이자 그 여름의 정오가 되었다!

차가운 샘물과 축복 같은 고요함이 있는 가장 높은 곳의 여름, 아, 오너라, 친구들이여, 이 고요함이 더 행복해질 수 있도록! 이곳이야말로 **우리가** 닿은 높이며 우리의 고향이기 때문이다. 우리는 여기, 모든 불결한 자들과 그들의 갈증이 도달하기에는 너무나 높고 가파른 곳에 살고 있다. 그대 친구들이여, 그대들의 맑은 눈을 나의 쾌락의 샘 속에 던져라! 그렇다고 그 샘이 탁해지겠는가! 샘은 자신의 순수함으로 그대들에게 웃어 줄 것이다.

우리는 미래라는 나무 위에 둥지를 짓고 독수리는 고독한 우리에게 그 부리로 음식을 날라다주리라!

진실로 불결한 자들은 함께 먹을 수 없는 음식이다! 그들이 만약 이 음식을 먹는다면 불을 삼킨 듯이 그 입이 불타오를 것이다!

진실로 우리는 이곳에 불결한 자들을 위한 집을 준비하지 않는다! 우리의 행복은 그들의 육체와 정신에게 얼음 동굴처럼 보인다!

그리고 우리는 거센 바람처럼 그들 머리에서 살고 싶다. 독수리와 흰 눈, 그리고 태양의 이웃으로 이렇게 거센 바람으로 살고 싶다.

그리고 나는 언젠가 한 줄기 바람처럼 그들 사이로 불어가서 나의 정신으로 그들 정신의 숨결을 거둘 것이다. 나의 미래는 이것을 바라고 있다.

진실로 차라투스트라는 낮은 모든 곳을 향해 부는 거센 바람이다. 그리고 그는 그의 적들과 침을 뱉는 자들에게 이렇게 경고한다. "바람을 **향해** 침을 뱉지 않도록 조심하라!"

차라투스트라는 이렇게 말했다.

타란툴라에 대하여

보아라, 이것이 타란툴라가 사는 구멍이다! 그대는 직접 보고 싶은가? 여기 그 거미줄이 걸려 있으니, 건드려 흔들어보아라!

저기 타란툴라가 스스로 기어 나오는구나. 어서 오너라, 타란툴라여! 너의 등에는 검은 삼각무늬가 있다. 그리고 나는 그대의 영혼 속에 무엇이 숨어 있는지 알고 있다.

네 영혼에는 복수가 숨어 있다. 네가 무는 곳에 검은 딱지가 생긴다. 너의 독은 복수심으로 영혼을 혼란스럽게 한다.

평등을 설교하는 자들이여, 나는 영혼에 혼란스럽게 하는 그대들에게 비유를 들어 말한다! 그대들은 타란툴라이며 숨어서 복수를 노리는 자들이다!

그러나 나는 이제 그대들이 숨은 곳을 폭로하려 한다. 나는 그대들의 얼굴을 향하여 높은 곳에서 크게 웃으려 한다.

나는 그대들의 거미줄을 찢어 분노한 그대들이 허위의 동굴 밖으로 나오게 할 것이다. 그리고 그대들의 '정의' 뒤에서 그대들의 복수심이 튀어나오리라.

인간을 복수심으로부터 구제하는 것이 나에게는 최고의 희망으로 나아가는 다리이며 오랜 폭풍우 뒤의 무지개이다.

그러나 물론 타란툴라는 다른 것을 원한다. "세상이 우리들 복수의 폭풍우로 가득 차는 것이야말로 우리들의 정의이다."

그들은 서로 이렇게 말한다.

"우리와 같지 않은 모든 자들에게 복수하고 모욕을 줄 것이다." 타란툴라의 마음을 가진 자들은 이렇게 다짐한다.

"그리고 '평등에의 의지', 이것 자체가 앞으로는 덕을 나타내는 이름이 되어야 한다. 그래서 우리는 힘을 가진 모든 것에 맞서 소리를 높인다!" 타란툴라의 마음을 가진 자들은 이렇게 다짐한다.

그대 평등을 설교하는 자들이여, 무력한 폭군의 망상은 이렇게 그대들의 마음속으로부터 '평등'을 외친다. 그대들의 가장 은밀한 폭군 같은 욕망이 덕이라는 말로 변장하고 있다!

분노한 자부심, 억눌린 질투, 그대들의 선조로부터 물려받은 것일지 모르는 자부심과 질투, 이것들이 불꽃이 되고 복수의 광기로 그대들의 마음속에서 터져 나온다.

아버지가 침묵한 것이 아들에게서 말로 나타난다. 그래서 나는 아버지의 비밀 폭로자가 아들인 것을 자주 발견했다.

그들은 마치 열광하는 자들과도 같다. 그러나 그들을 열광케 하는 것은 심장이 아니라 복수심이다. 그리고 그들이 섬세하고 냉정해지더라도 그렇게 만드는 것은 정신이 아니라 질투심이다.

그들의 질투심은 사상가의 길로 이끈다. 그리고 이 질투의 특징은 언제나 너무 멀리 간다는 것이다. 그래서 그들은 결국 지친 나머지 흰 눈 위에 누워 잘 수밖에 없다.

그들이 비탄할 때마다 복수의 소리가 들리고 찬양할 때마다 악의가 들어 있다. 그리고 그들은 재판관이 되는 것을 최고의 행복으로 여긴다.

나의 친구들이여, 나는 그대들에게 이렇게 충고한다. 남을 처벌하려는 충동이 가장 큰 자는 믿지 마라!

이 종족은 비천하고 나쁜 피를 가진다. 그들의 얼굴에는 사형 집행인과 사냥개의 모습이 있다.

자신의 정의로움을 과시하려 많은 말을 하는 자는 아무도 믿지 마라! 진실로 그들의 영혼에는 꿀만 없는 것이 아니다.

그리고 그들이 '선하고 의로운 자들'임을 자칭할 때 그들이 바리새인이 되는 데 있어서 모자라는 것은 다만 권력뿐이라는 사실을 잊지 마라!

나의 친구들이여, 나는 내가 아닌 다른 사람으로 혼동되고 싶지 않다.

삶에 대한 나의 가르침을 전하는 설교자들이 있다. 동시에 그들은 '평등'의 설교자이며 타란툴라이다.

이 독거미들이 동굴에 앉아서 삶에서 등을 돌리면서도 삶에 대해 말하는 것은 남에게 해를 입히기 위해서이다.

그들은 지금 권력자들에게 해를 끼치려 한다. 그들에게는 죽음의 설교가 아직도 가장 익숙하기 때문이다.

만약 그렇지 않다면 타란툴라들은 다른 것을 가르쳤을 것이다. 바로 타란툴라들이 일찍이 가장 심하게 세상을 비난하고 이교도를 화형시킨 자들이었기 때문이다.

나는 이런 평등의 설교자와 혼동되기를 바라지 않는다. 정의가 **내게** 이렇게 말하기 때문이다. "인간은 평등하지 않다."

인간은 평등해질 수 없다! 내가 다르게 말한다면 초인에 대한 나의 사랑은 도대체 무엇인가?

인간은 천 개의 다리와 판자 나무를 건너 미래를 향해 나아가야 하고 더 많은 전쟁과 불평등이 인간들 사이에 존재해야 한다. 나의 위대한 사랑이 나에게 이렇게 말하게 한다!

인간은 서로 적대하는 가운데 그들의 형상과 유령을 만들어 내고 또한 그들의 형상과 유령을 이용하여 서로 가장 치열한 전쟁을 벌여야 한다!

선과 악, 부유함과 가난, 귀한 것과 천한 것, 모든 가치의 이름, 이들은 무기가 되어야 하며 삶은 매번 자신을 끊임없이 극복해야 한다고 소리 내 말해주는 표시가 되어야 한다!

삶은 스스로 기둥과 계단을 만들어 자신을 높이 세우려고 한다. 삶은 아득한 곳을 바라보고 최고로 행복한 아름다움을 원한다. **그래서** 삶에는 높이가 필요하다!

그리고 삶에는 높이가 필요하기 때문에 계단이 필요하고 이 계단을 올라가는 자들 사이의 모순이 필요하다! 삶은 오르기를 원하고 오르면서 자신을 극복하려고 한다.

보아라, 나의 친구들이여! 여기 타란툴라가 사는 동굴에 폐허가 된 한 사원이 하늘을 향해 솟아 있다. 밝은 눈으로 그것을 바라보아라!

진실로 여기에 자신의 사상을 돌로 높이 쌓아 올린 자는 최고의 현자처럼 삶의 모든 비밀을 알고 있었다!

아름다움 속에도 투쟁과 불평등이 있으며 권력과 지배하기 위한 투쟁이 있다는 사실을 그는 우리에게 여기에서 가장 분명한 비유를 들어 가르친다.

여기 둥근 천장과 아치는 얼마나 거룩하게 서로 맞서고 있는가. 이 거룩한 전사들은 빛과 그림자처럼 얼마나 서로에 맞서 잘 싸우고 있는가.

나의 친구들이여, 우리도 이들처럼 서로에게 당당하고 아름다운 적이 되자! 우리도 서로 맞서 거룩하게 싸우자.

아, 아프구나! 나의 오랜 적인 타란툴라가 방금 나를 물었다. 그것은 거룩하고도 당당하며 아름답게 나의 손가락을 물었다!

"형벌과 정의가 있어야 한다." 타란툴라는 생각했다. "여기서 적의를 찬양하는 노래를 부르도록 그냥 두어서는 안 된다!"

그렇다, 타란툴라가 복수를 한 것이다! 그리고 타란툴라는 이제 복수를 하여 나의 영혼에도 혼란을 줄 것이다!

그러니 나의 친구들이여, 내가 혼란스러워지지 **않게** 이곳의 기둥에 나를 단단히 묶어다오! 나는 복수의 소용돌이가 되느니 기둥에 묶인 성자가 되겠다!

진실로 차라투스트라는 돌풍이나 소용돌이 바람이 아니다. 그리고 춤추는 자이지만 결코 타란튤라의 춤을 추지는 않는다!

차라투스트라는 이렇게 말했다.

유명한 현자들에 대하여

유명한 현자들이여, 그대들은 모두 민중과 민중의 미신을 섬겨왔다! 진리를 섬긴 것이 **아니다!** 그래서 민중들이 그대들에게 경외심을 나타냈다.

그리고 그대들이 신앙이 없는 것을 사람들이 묵인한 것도 그 때문이다. 왜냐하면 그대들이 신앙이 없는 것은 익살이자 민중에게로 가는 우회로였기 때문이다. 이렇게 주인은 노예들이 하고 싶은 것을 하도록 내버려두고 그들의 방종까지 즐긴다.

그러나 개들에게 쫓기는 늑대처럼 군중의 미움을 받는 자는 자유로운 정신, 속박에 맞서는 자, 숭배를 모르는 자, 그리고 숲속에 있는 자이기 때문이다.

이런 자를 사냥하여 그 은신처에서 몰아내는 것을 군중은 언제나 '정의감'이라고 불렀다. 민중은 가장 날카로운 이빨을 가진 개가 이자의 뒤를 쫓게 한다.

"진리는 이곳에 있다, 군중이 여기에 있다! 그것을 찾는 자들에게 재앙이 닥칠 것이다!" 예부터 사람들은 이렇게 말해왔다.

유명한 현자들이여, 그대들은 민중의 그러한 숭배를 정당화하려 했으며 그것을 '진리를 향한 의지'라고 불렀다!

그리고 그대들의 마음은 언제나 자신에게 이렇게 말했다. "나는 민중에게서 왔다. 신의 목소리도 그들을 통해 나에게 들려온다."

민중의 대변자인 그대들은 늘 나귀처럼 집요하고 영리했다. 그리하여 군중을 자기 뜻대로 몰아가려는 많은 권력자들은 자기 말 앞에 한 마리의 귀여운 나귀를, 유명한 현자 한 사람을 매어놓았다.

유명한 현자들이여, 나는 그대들이 이제 스스로 사자의 가죽을 완전히 벗어버리기를 바란다!

맹수의 가죽, 얼룩덜룩한 가죽, 그리고 탐구하는 자, 찾는 자, 정복자의 가죽을 벗어던져라!

아, 나로 하여금 그대들의 '진실성'을 믿게 하려면 우선 그대들의 숭배의 의지부터 깨뜨려야 한다.

진실 된 자, 신이 없는 사막으로 가서 숭배하는 마음을 깨뜨린 자를 나는 이렇게 부른다.

그는 타오르는 태양 아래 누런 모래밭에서 무성한 나무그늘 아래 생명체들이 쉬고 있는, 물이 풍부한 섬을 갈망하며 엿보고 있다.

그러나 그의 갈증은 그를 설득하여 그렇게 안락한 생명체들처럼 되게 하지 않는다. 오아시스가 있는 곳에 우상도 있기 때문이다.

굶주리고, 난폭하고, 고독하고, 신을 부정하는 것, 사자의 의지는 스스로 이렇게 되기를 원한다.

노예의 행복에서 벗어나고, 신들과 숭배에서 해방되고, 두려워하지 않고 남에게 두려운 존재가 되고, 위대하고도 외로운 것, 이것이 진실 된 자들의 의지이다.

진실 된 자들과 자유로운 정신을 가진 자들은 예로부터 사막의 주인으로 사막에서 살았다. 그러나 도시에는 좋은 음식으로 잘 사육된 유명한 현자들이 산다. 그들은 수레를 끄는 가축들이다.

그들은 나귀가 되어 **민중**의 짐수레를 끌고 있다!

내가 그들에게 화를 내는 것은 아니다. 그들은 비록 황금 마구로 치장하고 있어도 나에게는 주인을 섬기는 하인으로밖에 보이지 않고, 마구에 매인 자일뿐이기 때문이다.

그리고 그들은 때때로 선량하고 칭찬을 들을 만한 하인이다. 왜냐하면 그들의 덕이 이렇게 말하기 때문이다. "만약 네가 하인이 되어야 한다면 네 봉사가 가장 필요한 사람을 찾아라! 네 주인의 정신과 덕이 네가 그의 하인이 됨으로써 성장해야 한다. 그러면 네 주인의 정신과 덕과 더불어 너도 성장할 것이다!"

진실로 그대 유명한 현자들이여, 그대 민중의 하인들이여! 그대들은 군중의 정신과 덕과 더불어 스스로 성장했다. 그리고 군중은 그대들 덕분에 성장했다! 그대들의 명예를 위해 나는 이 말을 한다!

그러나 나에게 그대들은 아직 그 덕에 있어서 민중일 뿐이다. **정신**이 무엇인지 모르는 시력이 약한 민중이다!

정신은 스스로 삶 속으로 파고들어가는 삶이다. 그것은 자신의 고통을 이용하여 자신의 지식을 확대한다. 그대들은 이것을 알고 있었는가?

그리고 정신의 행복이란 향유를 바르고 눈물로 정화되어 희생의 제물이 되는 것이다. 그대들은 이것을 알고 있었는가?

장님의 무지함과 탐색, 그리고 더듬어가는 행위는 그가 바라보았던 태양의 위력을 증명해야 한다. 그대들은 이것을 알고 있었는가?

그리고 깨닫는 자는 산으로 건물을 **지을** 줄 알아야 한다! 정신이 산을 들어 옮기는 것은 큰 일이 아니다. 그대들은 이것을 알고 있었는가?

그대들은 정신의 불꽃만을 알고 있다. 정신 그 자체인 탄피의 밑면(중앙에 뇌관이 있음 – 옮긴이)을 보지 못하고 망치의 잔인함도 모른다!

진실로 그대들은 정신의 자존심을 모른다! 그러나 정신이 일단 겸손하게 말하면 그대들은 그 겸손함을 견딜 수 없을 것이다!

그대들은 정신을 눈구덩이에 던져본 적이 한 번도 없다. 그대들은 그만큼 뜨겁지 못하기 때문이다! 그래서 그대들은 눈의 차가움이 가진 황홀함도 모른다.

그리고 내 눈에 그대들은 만사에 있어 정신을 지나치게 믿는다. 그리고는 그대들은 종종 지혜를 가지고 삼류 시인들을 위한 구호소와 병원을 만들었다.

그대들은 독수리가 아니다. 그러므로 그대들은 공포 속에서 느낄 수 있는 정신의 행복을 경험하지 못했다. 새가 아닌 자는 심연 위에 둥지를 틀어서는 안 된다.

그대들은 내가 보기에 미지근한 자들이다. 그러나 깊은 깨달음은 모두 차갑게 흐른다. 정신의 가장 깊은 샘은 얼음처럼 차갑다. 그것은 뜨거운 손을 가지고 행동하는 자들의 청량제가 된다.

그대들은 점잖고 뻣뻣하게 등을 세우고 서 있다. 그대 유명한 현자들이여! 어떤 거센 바람이나 의지도 그대를 몰아내지 못한다.

그대들은 둥그렇고 크게 부풀어 올라 격렬한 바람 앞에 떨면서 바다를 항해하는 돛을 본 적이 없는가?

돛과 같이 나의 지혜는 정신의 격렬한 바람에 떨면서 바다를 항해한다. 나의 거친 지혜여!

그러나 그대 민중의 하인들이여, 그대 유명한 현자들이여, 그대들이 어떻게 나와 **동행할 수** 있겠는가!

차라투스트라는 이렇게 말했다.

밤의 노래

밤이 되었다. 솟아오르는 샘은 이제 모두 외친다. 나의 영혼도 하나의 솟아오르는 샘물이다.

밤이 되었다. 사랑하는 자들의 모든 노래가 이제 깨어난다. 나의 영혼도 사랑하는 자의 노래이다.

진정되지 않은 것, 진정될 수 없는 것이 내 마음속에 있다. 그것이 이제 소리를 높인다. 사랑의 열망이 내 마음속에 있고 이 열망 스스로 사랑의 말을 한다.

나는 빛이다. 아, 내가 밤이라면! 그러나 내가 빛으로 둘러싸여 있다는 것이 나의 고독이다!

아, 내가 어두운 밤이라면! 내가 빛의 젖가슴을 빨기를 얼마나 바랐는가!

그대들에게도 축복을 내리고 싶었다. 그대 빛나는 작은 별들이여, 하늘의 반딧불들이여! 나는 그대들이 내리는 빛의 선물에 행복했을 것이다.

그러나 나는 나의 빛 속에 살면서 나에게서 솟아나는 불꽃을 다시 내 안으로 삼킨다.

나는 받는 자의 행복을 알지 못한다. 그리고 이따금 훔치는 것이 받는 것보다 더 행복하다는 꿈을 꾸었다.

나의 손이 끊임없이 베풀고 있다는 것이 나의 가난이다. 어디를 보아도 보이는 것은 기대에 찬 눈들과 환한 동경의 밤들뿐이라는 것이 나의 질투이다.

오, 모든 베푸는 자들의 불행이여! 오, 나의 태양의 어둠이여! 오, 욕망을 향한 열망이여! 오, 포만감 속의 극심한 굶주림이여!

그들은 나에게서 받는다. 그러나 과연 나는 그들의 영혼에 닿고 있는가? 베푸는 것과 받는 것 사이에는 틈새가 있다. 작은 틈은 가장 나중에 다리를 놓아야 한다.

나의 아름다움에서 굶주림이 자라난다. 내가 빛을 비추어주는 자들에게 고통을 주고 싶고 내가 나누어준 자들에게서 빼앗고 싶다. 나는 이렇게 악에 굶주려 있다.

그들이 나에게 손을 뻗으면 나는 내 손을 거둔다. 세차게 떨어지며 머뭇거리는 폭포처럼 망설인다. 나는 이렇게 악에 굶주려 있다.

나의 충만함이 그러한 복수를 생각해낸다. 이러한 간계는 나의 고독으로부터 솟아난다.

나누는 데서 오는 나의 행복은 나누는 행위 안에서 죽었다. 나의 덕은 너무 충만하여 자기 자신에게 싫증이 났다!

끝없이 나누는 자의 위험은 수치심을 잃는다는 데에 있다. 항상 나누어주고 있는 자의 손과 마음은 끊임없이 나누어주는 것으로 못이 박힌다.

나의 눈은 더 이상 구걸하는 자들의 수치 때문에 눈물을 흘리지는 않는다. 나의 손은 가득 채워진 손의 떨림을 느끼기에는 너무 굳어버렸다.

내 눈의 눈물과 마음의 부드러운 솜털은 어디로 사라졌는가? 오, 나누는 모든 자들의 고독이여! 오, 빛을 비추는 모든 자들의 침묵이여!

많은 태양이 황량한 공간을 돌고 있다. 이 태양은 모든 어두운 것을 향해 빛으로 말하지만 나에게는 입을 다문다.

오, 이것이 빛을 나누는 자에 빛의 적대감이다. 빛은 냉정하게도 자신의 궤도를 따라 돌기만 한다.

가장 깊은 마음으로 빛을 나누어 주는 자에게는 부당하고 다른 태양에게는 냉정하게 모든 태양은 각자 돌고 있다.

태양들은 폭풍처럼 자신의 궤도를 따라 날아간다. 이것이 태양의 운명이다. 그들은 그들의 꺾이지 않는 의지만을 따른다. 이것이 태양의 냉정함이다.

오, 그대 어두운 자들이여, 그대 밤과 같은 자들이여, 그대들이 빛나는 것에서 자신의 온기를 만들어낸다! 오, 그대들이 빛의 젖가슴에서 젖과 청량제를 빨아 마신다!

아, 얼음이 나를 둘러싸고 있다. 나의 손은 이 차가운 것에 동상이 걸린다! 아, 내 안에 갈증이 있고 그 갈증은 그대들의 갈증을 그리워한다!

밤이 되었다. 아, 내가 빛이어야 하다니! 어두운 것에 대한 갈증이여! 그리고 고독이여!

밤이 되었다. 나에게서 이제 열망이 샘물처럼 솟아오른다. 나는 말하기를 열망한다.

밤이 되었다. 솟아오르는 모든 샘물은 이제 모두 외친다. 나의 영혼도 솟아오르는 샘물이다.

밤이 되었다. 사랑하는 자들의 모든 노래가 이제 깨어난다. 나의 영혼도 사랑하는 자의 노래이다.

차라투스트라는 이렇게 노래했다.

춤의 노래

어느 날 저녁 차라투스트라는 제자들과 함께 숲속을 지나고 있었다. 그가 샘물을 찾기 위해 나무들과 숲으로 둘러싸인 푸른 풀밭에 이르렀을 때, 거기에는 소녀들이 함께 춤을 추고 있었다. 소녀들은 차라투스트라를 보자 춤을 멈추었다. 그러나 차라투스트라는 다정하게 소녀들 곁으로 다가가서 말했다.

"춤을 멈추지 마라, 사랑스런 소녀들이여! 그대들에게 다가온 나는 사악한 시선으로 놀이를 망치는 자나 소녀들의 적이 아니다.

나는 악마 앞에서 신을 대변하는 자이다. 악마는 중력의 정신이다. 그대 경쾌한 소녀들이여, 내가 어떻게 신성한 춤의 적이 되겠는가? 어떻게 아름다운 발목을 가진 소녀들의 적이 되겠는가?

진실로 나는 숲이며 어두운 나무들이 이루고 있는 밤이다. 그러나 나의 어둠을 두려워하지 않는 자는 나의 측백나무 아래에 있는 장미의 언덕을 발견할 것이다.

또한 그는 소녀들이 가장 사랑하는 어린 신(큐피드 – 옮긴이)도 발견할 것이다. 신은 샘가에서 조용히 눈을 감고 누워 있다.

진실로 이 신은 밝은 대낮에 잠이 들었다, 이 빈둥거리는 게으름뱅이! 나비를 쫓아 너무 뛰어다녔기 때문일까?

그대 아름다운 무희들이여, 내가 이 어린 신을 혼내더라도 놀라지 마라! 이 신은 아마 소리를 지르며 울 것이다. 그러나 우는 모습조차 보는 사람을 웃길 것이다!

이 신은 눈에 눈물이 글썽하여 그대들에게 춤을 청할 것이다. 그러면 나도 그가 춤을 추도록 노래를 부르겠다.

그것은 중력의 정신을 비웃는 조롱의 노래이다. '세상의 지배자'라고 부르는 최고로 강한 악마를 위한 노래이다."

큐피드와 소녀들이 함께 춤을 출 때 차라투스트라는 노래를 불렀다.

얼마 전, 나는 그대의 눈을 들여다보았다. 아, 삶이여! 나는 깊이를 모르는 심연으로 가라앉는 것 같았다.

그러나 그대는 황금 낚싯대로 나를 끌어올렸다. 그리고 내가 그대를 보고 깊이를 모르는 심연이라고 부르니 그대는 나를 비웃었다.

그대는 말했다. "모든 물고기들은 그렇게 말한다. **물고기**는 깊이를 잴 수 없을 때 바닥이 없다고 말한다.

그러나 나는 변덕스럽고, 길들여지지 않았으며, 속 좁은 여자이고, 덕도 없다.

그대들 남자들이 나를 '심오한 자', '성실한 자', '영원한 자', '신비로운 자'라고 부를지라도.

그대 남자들은 우리들에게 언제나 덕을 나누어준다. 아, 그대 덕이 있는 자들이여!"

이 미덥지 못한 여자는 이렇게 말하며 웃었다. 그러나 나는 자신에 대해 나쁘게 말하는 그녀의 말이나 웃음을 결코 믿지 않는다.

그리고 내가 나의 사나운 지혜와 마주앉아 대화를 할 때 지혜는 화를 내며 나에게 말했다. "그대는 원하고 갈망하고 사랑하며, 오직 그 때문에 그대는 삶을 **찬양**하는 것이다!"

그때 나는 화를 내는 지혜에게 하마터면 심술궂게 대답하고 진실을 말할 뻔했다. 인간은 자신의 지혜에게 '진실을 말할 때' 가장 심술궂어진다.

우리 셋의 사이는 이러하다. 내가 온전히 사랑하는 것은 오직 삶이고 내가 삶을 증오할 때가 정말 삶을 사랑하는 때이다!

그러나 내가 지혜를 좋아하고 때로는 지나칠 정도로 호의를 가지는 것은 지혜가 나에게 삶을 상기시키기 때문이다!

지혜는 나름의 눈과 웃음이 있고 자그마한 황금 낚싯대도 있다. 삶과 지혜, 이 둘이 이렇게 닮은 것은 나도 어쩔 수 없는 것을 어찌하겠는가?

그리고 언젠가 삶이 나에게 "지혜란 도대체 무엇인가?"라고 물었을 때, 나는 열성적으로 대답했다. "아 그렇다! 지혜란 그런 것이다!

사람들은 지혜를 갈망하고 만족을 모른다. 그들은 지혜를 몇 겹의 베일을 뚫고 보기 위해 그물로 붙잡아두려고 한다.

지혜는 아름다운가? 내가 어떻게 알겠나! 그러나 가장 노련한 잉어도 지혜를 미끼로 물 수 있다.

지혜는 변덕스럽고 고집이 세다. 가끔 나는 지혜가 입술을 깨물며 머리를 거꾸로 빗질하는 것을 보았다.

지혜는 악하고 거짓투성이며, 경솔한 여자이다. 그러나 지혜가 자신에 대해 나쁘게 말할 때가 가장 많은 자를 유혹한다."

내가 삶에게 이렇게 말하자, 삶은 심술궂게 웃으면서 눈을 감았다. 삶이 말했다. "그대는 누구 이야기를 하고 있는가? 분명 나를 두고 말하는 것이겠지?

비록 옳은 말이라도 그것을 대놓고 말하다니! 그러면 이제 그대의 지혜에 대해서도 말해다오!"

아, 이제 그대가 다시 눈을 떴다. 오, 사랑스런 삶이여! 그리고 나는 다시 깊이를 알 수 없는 심연 속으로 가라앉는 것 같았다.

차라투스트라는 이렇게 노래했다. 춤이 끝나고 소녀들이 가버리자 그는 슬퍼졌다.

"해가 벌써 졌구나." 그가 마침내 이렇게 말했다. "풀밭은 축축해지고 숲에서는 냉기가 몰려온다.

미지의 것이 나를 둘러싸고 깊은 생각에 잠겨 바라본다. 이런! 그대 아직도 살아 있는가, 차라투스트라여?

어째서? 무엇을 위해서? 무엇에 의해서? 어디를 향해서? 어디에서? 어떻게? 아직도 살아 있는 것은 어리석은 일이지 않은가?

아, 친구들이여, 나의 내면에서 이런 물음을 던지는 것은 저녁이다. 나의 슬픔을 용서해다오!

저녁이 되었다. 저녁이 온 것을 용서하라!"

차라투스트라는 이렇게 말했다.

무덤의 노래

"저기에 무덤의 섬, 말 없는 섬이 있다. 저곳엔 내 청춘의 무
덤들도 있다. 그곳으로 나는 삶의 푸르른 꽃다발을 저쪽으로
가져간다."

이렇게 나는 마음으로 결심하고 바다를 건너갔다.

오, 그대 나의 청춘의 얼굴과 형상들이여! 오, 그대들 사랑의
모든 눈길이여! 그대 성스러운 순간이여! 그대들은 왜 그렇게
빨리 죽었는가? 나는 오늘 죽은 친구들을 생각하듯 그대들을
회상한다.

이제는 죽어버린 나의 가장 사랑스런 친구들에게서 달콤한
향기가 풍긴다. 마음을 녹이고 눈물을 자아내는 향기가 풍긴
다. 진실로 이 향기는 외롭게 항해하는 자의 마음을 뒤흔들어
녹여주는구나.

나는 가장 고독하지만 여전히 가장 부유하고 가장 선망을 받
는 자이다! 나는 그대들을 **소유했었고** 그대들도 아직 나를 소

유하고 있기 때문이다. 말해보아라, 나무에서 장밋빛 사과가 나 말고 어느 누구에게 떨어진 적이 있는가?

나는 아직도 그대들 사랑의 상속인이고 그대들의 추억을 위한 다채로운 야생의 덕이 꽃피는 곳이다. 오, 그대 가장 사랑하는 자들이여!

아, 우리는 서로 가까이 있도록 만들어졌다. 그대 사랑스럽고 낯선 기적들이여. 그리고 그대들은 겁쟁이 새처럼 나와 나의 소망을 찾아온 것이 아니다. 신뢰하는 자의 입장으로 신뢰하는 자인 나를 찾아왔다!

그렇다, 그대들은 나처럼 성실과 다정한 영원을 위해 만들어졌다! 그러나 나는 지금 그대들을 불성실하다고 말할 수밖에 없다. 그대 거룩한 시선과 순간들이여, 나는 아직도 그대들을 다르게 부를 만한 이름을 찾지 못했다.

진실로 그대들은 너무 일찍 죽었다, 그대 도망자들이여. 그러나 그대들이 나에게서 달아난 것도 아니고 내가 그대들에게서 달아난 것도 아니다. 우리 불성실함에 대한 책임이 우리에게 있는 것은 아니다.

나를 죽이려고 사람들이 그대들의 목을 졸랐다, 그대 나의 희망을 노래한 새들이여! 그렇다, 그대 가장 사랑하는 자들이여, 악의는 언제나 가장 사랑하는 자들인 그대들을 향하여 화살을 쏘았다. 나의 심장을 꿰뚫기 위하여!

그리고 화살은 명중했다! 그대들은 언제나 내가 진심으로 사랑한 자였고 나의 소유였으며 나를 사로잡은 자들이었다. **그래서** 그대들은 젊어서 죽어야 했다. 그것은 너무나 빨랐다!

내가 가진 중에 가장 상처 입기 쉬운 것을 향해 사람들은 활을 쏘았다. 그것이 바로 그대들이었다. 그대들의 피부는 솜털 같았고 한 번만 눈길을 주어도 죽어버리는 미소와 같았다!

나는 나의 적들에게 이렇게 말한다. 그대들이 나에게 한 짓에 비하면 살인은 아무것도 아니다!

그대들은 나에게 살인보다 더 악한 짓을 했다. 그대들은 나에게서 다시는 되찾을 수 없는 것을 빼앗아 갔다. 이렇게 나는 그대들에게 말한다, 나의 적들이여!

그대들은 내 청춘의 얼굴과 가장 사랑스러운 기적을 죽였다! 그대들은 나의 놀이 친구인 행복한 정령들을 빼앗아 갔다. 이들을 추모하며 나는 이 꽃다발과 저주를 여기에 바친다.

나의 적들이여, 이 저주는 너희를 향한 것이다! 차가운 밤에 소리가 잘게 쪼개지듯 그대들은 나의 영원한 것들을 그렇게 만들었다! 영원한 것들은 오직 성스러운 눈의 반짝임으로 순간적으로 나에게 왔다!

일찍이 행복했던 시절, 나의 순수함은 이렇게 말했다. "모든 존재가 나에게는 성스럽기를!"

그때 그대들은 더러운 유령과 함께 나를 덮쳤다. 아, 저 좋았던 순간은 이제 어디로 가버렸는가!

"모든 날들이 나에게 신성하기를!" 일찍이 내 청춘의 지혜는 이렇게 말했다. 진실로 즐거운 지혜의 말이었다!

그러나 그때 나의 적들인 그대들은 나의 밤들을 훔쳐가서 잠 못 이루는 고통에게 팔았다. 아, 저 즐거운 지혜는 어디로 사라졌는가?

일찍이 나는 행운의 새를 갈망했었다. 그러나 그때 그대들은 나의 길 위에 괴물 같은 부엉이를, 불쾌한 것이여. 아, 나의 애정 어린 열망은 그때 어디로 달아나버렸는가?

일찍이 나는 역겨운 모든 것을 끊기로 맹세했다. 그때 그대들은 나의 지인과 이웃들을 종양으로 바꾸어놓았다. 아, 나의 고결한 맹세는 어디로 달아나버렸는가?

한때 나는 눈먼 자로 행복한 길을 가고 있었다. 그때 그대들은 눈먼 자의 길에 오물을 던졌다. 그리고 지금 나는 눈먼 자로 걸어왔던 그 길에 역겨움을 느꼈다.

그리고 내가 가장 어려운 일을 해낸 뒤에 극복한 그 승리를 자축했을 때, 그대들은 내가 사랑했던 자들로 하여금 내가 그들에게 고통을 준다고 외치게 했다.

진실로 그대들은 나의 가장 좋은 꿀, 나의 훌륭한 꿀벌들의 부지런함을 쓰디쓴 것으로 만들어버렸다.

그대들은 자비심을 악용하여 가장 뻔뻔한 거지들을 보냈었다. 그대들은 동정심에 넘치는 나에게 뻔뻔스러운 거지들이 몰리게 했다. 그렇게 그대들은 나의 덕의 믿음에 상처를 입혔다.

그리고 내가 나의 가장 신성한 것을 제단에 바쳤을 때, 그대들의 '깊은 신앙심'은 즉시 그대들의 기름진 제물을 그곳에 놓았다. 그대들의 기름이 내뿜는 증기로 나의 가장 신성한 것을 질식시키기 위해서였다.

일찍이 나는 지금까지 춘 적이 없는 춤을 추려고 했다. 온 하늘을 훨훨 날며 춤추고자 했다. 그런데 그때 그대들은 내가 가장 사랑하는 가수를 설득했다.

그래서 가수는 소름끼치는 음산한 가락으로 노래하기 시작했다. 아, 그의 노래는 음산한 뿔피리 소리로 내 귀를 괴롭혔다!

잔인한 가수여, 악의의 도구여, 가장 순진한 자여! 나는 가장 멋진 춤을 출 모든 준비를 하고 서 있었다. 그때 그대는 노래로 나의 황홀경을 망쳤다!

나는 오직 춤을 통해서만 최고의 사물들의 대한 비유를 말할 수 있다. 이제 나의 최고의 비유는 말로 표현되지도 못하고 그대로 나의 육신에 남았다!

최고의 희망은 말이 되지 못하고 구원받지도 못한 채 나에게 그대로 남았다! 이렇게 내 청춘의 환영과 위안은 죽어버렸다!

나는 이 고통을 어떻게 견뎌내었나? 어떻게 이 상처를 회복하고 극복했는가? 나의 영혼은 어떻게 이 무덤에서 다시 살아났는가?

그렇다, 내게는 상처 입히지 못하는 것, 매장당하지 않는 것, 바위도 뚫고 나오는 **나의 의지**가 있다. 이 의지는 묵묵하게 변함없이 세월을 뚫고 나아간다.

나의 오랜 의지는 나의 발을 이용하여 걸어간다. 나의 의지는 굳고 상처받지 않는다.

나는 발꿈치에만 상처를 입지 않는다. 인내심이 가장 강한 자여, 그대는 여전히 그곳에 살아 있고 언제나 변함이 없다! 그대는 언제나 어떤 무덤도 뚫고 나왔다!

그대 안에 내 청춘에서 아직 완성되지 못한 것이 살아 있다. 그대는 삶으로 청춘으로 희망을 가지고서 여기 누런 무덤의 폐허 위에 앉아 있다.

그렇다, 그대는 나에게 여전히 모든 무덤들을 파괴하는 자다. 나의 의지여, 그대가 건재하기를! 무덤이 있는 곳에서만 부활도 있다.

차라투스트라는 이렇게 노래했다.

자기 극복에 대하여

최고의 현자들이여, 그대들을 충동질하고 열정으로 불타오르게 하는 것을 그대들은 '진리에의 의지'라고 부르는가?

존재하는 모든 것을 생각하게 만들려는 의지, 나는 그대들의 의지를 이렇게 부른다!

그대들은 우선 존재하는 모든 것을 생각하게 **만들려** 한다. 그대들은 존재하는 모든 것이 원래는 생각할 수 있는 것인지 합리적인 의심을 가지기 때문이다.

그러나 존재하는 모든 것은 그대들의 순응하고 굽혀야 한다! 그대들의 의지는 그것을 원한다. 존재하는 모든 것은 반듯하게 정신의 거울과 반사된 피사체로 비추고 정신에 종속되어야 한다.

최고의 현자들이여, 이것이 힘의 의지로서 그대들의 모든 의지이다. 그대들이 선과 악, 그리고 가치 평가에 대해 이야기할 때도 그렇다. 그대들은 아직도 그대들이 그 앞에 무릎 꿇을 만한 가치를 가진 세계를 창조하려 한다. 이것이 그대들의 마지막 희망이며 도취이다.

물론 무지한 자들, 즉 민중은 한 척의 조각배가 떠다니는 강물과 같다. 그리고 이 조각배 안에는 가면을 쓴 가치 평가가 엄숙한 표정으로 앉아 있다.

그대들은 그대들의 의지와 가치를 생성이라는 강물에 띄워 두었다. 민중이 선과 악으로 믿는 것들에서 오래된 힘의 의지가 분명히 나타난다.

최고의 현자들이여, 그대들은 이 조각배에 승객을 태우고 그들에게 화려한 장식과 자랑스러운 이름을 붙였다. 그대들과 지배적인 의지가 그렇게 했다!

이제 강은 그대들의 나룻배를 저 멀리 떠나보낸다. 강물은 배를 **흘려보내야만** 한다. 파도가 부서지며 거품을 일고 노하여 용골(선박 바다의 중앙을 받치는 길고 큰 재목 – 옮긴이)에 부딪쳐도 그렇게 해야 한다!

최고의 현자들이여, 그대들의 위험은 강도 아니고 그대들의 선과 악의 종말도 아니다. 오히려 저 의지 자체, 힘의 의지, 끊임없이 생겨나는 삶의 의지가 그대들의 위험이다.

선과 악에 대한 나의 말을 이해시키기 위해 나는 그대들에게 삶과 살아 있는 모든 존재에 관해 말하겠다.

나는 살아 있는 모든 존재를 따라다녔고 그것의 본성을 깨닫기 위해 가장 크고 작은 길도 상관없이 갔다.

그가 입을 굳게 다물고 있으면 나는 그 눈이 말하는 것을 읽기 위해 백 개의 거울로 그의 시선을 붙잡았다. 그러자 그 눈이 나에게 말해주었다.

그러나 살아 있는 존재를 발견할 때마다 나는 복종에 대해 말하는 것을 들었다. 살아 있는 모든 존재는 순종하는 자이다.

그리고 내가 들은 두 번째의 것은 자기 자신에게 복종할 수 없는 자는 남의 명령을 받게 된다는 것이다. 이것이 살아 있는 존재의 본성이다.

그러나 내가 들은 세 번째의 것은 명령하기가 복종하기보다 더 어렵다는 것이다. 명령하는 자가 복종하는 자들의 짐을 지는데, 이것이 명령하는 자를 쉽게 짓눌러버리기 때문은 아니다.

내가 보기에 모든 명령에는 일종의 시도와 모험이 들어 있다. 살아 있는 존재가 명령을 내릴 때는 언제나 자신의 목숨을 걸기 때문이다.

그렇다, 살아 있는 존재는 자신에게 명령할 때에도 대가를 치러야 한다. 살아 있는 존재는 법의 재판관이 되어야 하고 복수하는 자이자 희생자가 되어야 한다.

어떻게 이런 일이 일어났는가! 나는 자신에게 물었다. 살아 있는 존재가 복종하고 명령하고, 심지어 명령을 내리면서도 복종하도록 하는 것은 무엇인가?

최고의 현자들이여, 내 말을 들어라! 내가 삶 자체의 심장 속으로, 그 심장의 뿌리 속까지 기어들어 갔는지 진지하게 생각해보아라!

나는 살아 있는 존재를 발견할 때마다 힘의 의지를 발견했다. 그리고 노예의 의지에서도 주인이 되려는 의지를 발견했다.

약자는 강자를 섬겨야 한다고 약자는 자신의 의지를 설득한다. 동시에 자신보다 약한 자의 지배자가 되려고 한다. 약자도 이러한 기쁨만은 버리지 못한다.

그리고 보다 작은 자가 가장 작은 자를 지배하는 기쁨과 권력을 갖기 위해 더 큰 자에게 희생하는 것처럼, 가장 큰 자도 힘을 위해 희생하고 거기에 목숨을 건다.

모험과 위험과 죽음을 건 주사위 도박은 가장 큰 자의 헌신이다.

희생과 봉사, 사랑의 눈길이 있는 곳에도 지배자가 되려는 의지가 있다. 여기서 보다 약한 자는 비밀 통로를 통해 더 강한 자의 성곽과 심장으로 몰래 숨어들어 거기서 권력을 훔친다.

삶 자체가 내게 이런 비밀을 말해주었다. "보아라, 나는 **항상 자신을 극복해야만 하는 존재**이다.

물론 그대들은 이것을 생식에의 의지, 또는 목적을 향한 충동, 더 높은 것, 더 멀리 있는 것, 더 다양한 것을 향한 충동이라고 부른다. 그러나 이는 모두 동일한 것으로 하나의 비밀이다.

나는 이것 한 가지를 단념하기보다는 차라리 몰락하겠다. 그리고 진실로 몰락하고 낙엽이 떨어질 때 보아라, 그대 삶은 자신을 희생한다. 힘을 위해서!

나는 투쟁이어야 하고 생성이자 목적이어야 하고 여러 목적들 사이의 모순이어야 한다. 아, 나의 이런 의지를 가늠한 자는 내 의지가 얼마나 **구부러진** 길을 가야 하는지도 알 것이다!

내가 그 무엇을 창조하든, 그것을 얼마나 사랑하든 나는 나의 창조물과 나의 사랑에 맞서야만 한다. 내 의지가 그것을 원하기 때문이다.

그리고 그대 깨닫는 자여, 그대도 나의 의지가 가는 길이고 발자국에 지나지 않는다. 진실로 내 힘의 의지는 그대의 진리를 향한 의지를 두 발로 해서 걸어간다!

진리를 향하여 **존재의 의지**라는 말을 쏘았던 자는 진리를 맞추지 못했다. 이런 의지는 존재하지 않는다!

왜냐하면 존재하지 않는 것은 요구할 수 없다. 이미 존재하는 것이라면 어떻게 또 존재하기를 원하겠는가!

삶이 있는 곳에만 의지가 있다. 그러나 나는 그대에게 삶의 의지가 아니라 권력의 의지를 가르친다!

살아 있는 자는 다른 많은 것을 삶 그 자체보다 더 높이 평가한다. 이런 평가를 통해 말을 하는 것이 바로 힘의 의지이다!"

일찍이 삶은 나에게 이렇게 가르쳤다. 그리고 최고의 현자들이여, 나는 이 가르침으로 그대들의 마음속 수수께끼를 풀어주겠다.

진실로 나는 그대들에게 말한다. 불멸의 선과 악은 존재하지 않는다! 선과 악은 언제나 자기 자신으로부터 다시 극복되어야만 한다.

가치를 평가하는 자들이여, 그대들은 선과 악에 대한 그대들의 가치와 말로 폭력을 행사한다. 이것이 그대들의 감춰진 사랑이고 그대들의 영혼의 광채이며 전율이고 과다함이다.

그러나 그대들의 가치에서 더 강한 폭력, 새로운 극복이 자라난다. 이렇게 알과 껍질이 부서진다.

그리고 선과 악에 있어서 창조자가 되려는 자는 진실로 먼저 파괴하는 자가 되어 가치들을 파괴해야만 한다.

이처럼 최고의 악은 최고의 선에 속한다. 그러나 최고의 선이란 창조적인 선이다.

그대 최고의 현자들이여, 비록 그것에 대하여 말하는 것이 좋지는 않아도 침묵은 더 나쁜 것이다. 침묵하는 진리는 독을 가지고 있기 때문이다.

그리고 우리들의 진리 앞에서 파괴될 수 모든 것은 모두 파괴되기를! 지어야 할 집이 아직도 많다!

차라투스트라는 이렇게 말했다.

숭고한 자들에 대하여

나의 바다 밑은 고요하다. 누가 그 바다 밑에 짓궂은 괴물이 숨어 있다는 것을 짐작이나 하겠는가!

나의 심연은 흔들리지 않는다. 그러나 그곳은 헤엄치는 수수께끼들과 미소로 빛나고 있다.

나는 오늘 숭고한 자를 보았다. 그는 엄숙한 자이고 정신의 참회자였다. 아, 나의 영혼은 그자의 추함을 보고 얼마나 웃었던가!

그 숭고한 자는 가슴을 내밀어 가득 들이마신 사람처럼 거기에 조용히 서 있었다.

사냥으로 잡은 추한 진리를 매달고 찢어진 옷을 여러 겹 껴입었는데 그 몸에는 가시가 달려 있었다. 그러나 장미는 한 송이도 보이지 않았다.

그는 웃음과 아름다움에 대해 무엇인지 배운 적이 없다. 이 사냥꾼은 깨달음의 숲에서 어두운 얼굴로 돌아왔다.

그는 맹수와 싸우고 돌아왔다. 그러나 그의 엄숙함에서는 아직도 한 마리 맹수가 밖을 내다보고 있다. 극복되지 않은 한 마리의 맹수가!

그는 여전히 덤벼들려는 호랑이처럼 거기에 서 있다. 그러나 나는 이렇게 긴장한 영혼을 싫어한다. 이렇게 움츠린 자들은 나의 취향에 맞지 않는다.

친구들이여, 그대들은 취향이나 식성 때문에 다투어서는 안 된다고 말하는가? 그러나 삶은 모두가 취향과 식성을 두고 일어나는 싸움이다!

취향은 저울추이고 저울의 눈금이며 저울이다. 가슴이 아프구나, 저울추와 저울 눈금과 저울을 둘러싼 싸움도 없이 살고자 하는 살아 있는 모든 존재여!

그 숭고한 자가 자신의 숭고함에 싫증이 나면 그때서야 그의 아름다움이 나타날 것이다. 그때에 나는 그를 맛보고 그의 좋은 맛을 알게 될 것이다.

그가 자신에게서 등을 돌릴 때 비로소 자신의 그림자를 뛰어넘을 것이다. 그리고 진실로! 자신의 태양 속으로 뛰어들 것이다.

그는 그늘 속에 너무 오래 앉아 있었다. 이 정신의 속죄자의 뺨은 창백해졌다. 수많은 기대 때문에 굶어 죽을 지경이었다.

그의 눈에는 아직도 경멸이 있고 그의 입에는 구역질이 숨겨져 있다. 그는 지금 쉬고 있지만 이제까지 햇볕 아래에서 휴식을 취한 적은 없었다.

그는 황소처럼 행동해야 한다. 그리고 그의 행복은 대지에 대한 경멸의 냄새가 아닌 대지의 냄새를 풍겨야 한다.

나는 그가 흰 황소가 되어 콧김을 내뿜고 울부짖으며 쟁기를 끄는 모습을 보고 싶다. 그리고 그의 울부짖는 소리가 지상의 모든 것을 찬양하는 것이어야 한다!

그의 표정은 아직도 어둡다. 그의 손의 그림자가 얼굴 위에 어른거리고 그의 눈빛은 아직 그늘져 있다.

그의 행동 자체가 아직도 그를 덮는 그림자이다. 그의 손이 행위를 하는 자를 어둡게 가리고 있다. 아직도 그는 자신의 행위를 극복하지 못한다.

나는 그의 황소 같은 목덜미를 사랑하지만 이제는 천사의 눈
도 보고 싶다.

또한 그는 자신의 영웅적 의지도 잊지 않으면 안 된다. 그는
숭고한 자를 넘어 높아진 자가 되어야 한다. 대기가 그를 의지
에서 벗어난 자로 높여주어야 한다!

그는 괴물을 정복하고 수수께끼를 풀었다. 그러나 그는 자
신의 괴물과 수수께끼도 구제해야 하고 이 괴물과 수수께끼를
천상의 아이들로 변화시켜야 한다.

그의 깨달음은 미소 짓는 것과 질투하지 않는 것을 아직 배
우지 못했다. 그의 휘몰아치는 열정은 아직 아름다움 속에서
진정되지 않았다.

진실로 그의 열망은 포만이 아니라 아름다움 속에서 침묵하
고 침잠해야 한다! 관대한 자의 관용은 우아함을 담고 있다.

영웅은 팔을 이마 위에 얹고서 휴식을 취해야 한다. 그리고
이것으로 자신의 휴식도 그렇게 극복해야 한다.

그러나 바로 영웅에게는 **아름다움**이 모든 것들 중에서 가장
어려운 것이다. 아름다움은 성급한 의지로는 얻을 수 없기 때
문이다.

아름다움에게는 약간 넘치거나 모자라는 것이 가장 중요하다.

근육에 힘을 빼고 하고 의지라는 안장을 벗기고 서 있는 것
이 그대들 숭고한 자 모두에게 가장 어려운 일이다!

권력이 관대해져서 눈에 보이는 세계로 내려올 때 나는 이를 아름다움이라고 부른다.

그대 권력자여, 나는 다른 누구도 아닌 그대에게서 바로 아름다움을 원한다. 그대의 선의가 그대의 마지막 자기 극복의 대상이 되기를.

나는 그대가 어떤 악행도 저지를 수 있는 것을 안다. 그래서 내가 그대에게 선을 원한다.

진실로 나는 자신의 손발이 마비된 것을 보고 스스로를 선하다고 믿는 자들을 비웃었다!

그대는 기둥의 덕을 얻고자 해야 한다. 기둥은 높이 올라갈수록 더 아름다워지고 더 부드러워지지만 그 속은 점점 더 단단해지고 더 많은 무게를 지탱한다.

그렇다, 그대 숭고한 자여, 언젠가는 그대도 아름다워져서 자신의 아름다움을 거울에 비추어 보아야 한다.

그때 그대의 영혼은 성스러운 욕망으로 전율할 것이다. 그대의 허영심에도 숭배하는 마음이 깃들 것이다!

영혼의 비밀은 이것이다. 영웅이 영혼을 떠났을 때 비로소 그는 꿈속에서 그 영혼에게 다가간다. 영웅을 넘어선 영웅이 그에게 다가온다.

차라투스트라는 이렇게 말했다.

교양의 나라에 대하여

나는 미래 속으로 너무도 멀리 날아갔다. 공포가 나를 덮쳤다.
주위를 둘러보니 거기에는 시간만이 나의 유일한 동료였다.

그래서 나는 몸을 돌려 고향으로 도망갔다. 점점 더 빠르게.
이렇게 나는 그대들 곁으로, 그대 현대인들에게, 교양의 나라
로 돌아왔다.

처음으로 나는 그대들을 보려는 눈과 선한 욕망을 가지고 왔
다. 진실로 나는 마음속에 동경을 품고 돌아왔다.

그러나 이것이 어떻게 된 일인가? 나는 몹시 불안했지만 웃
지 않을 수 없었다! 일찍이 나의 눈은 이렇게 잡다한 색깔의 얼
룩 반점을 본 적이 없었다!

다리가 떨리고 가슴도 두근거렸지만 나는 웃고 또 웃었다.
"여기야말로 온갖 물감 항아리들의 고향이구나!" 나는 말했다.

그대 현대인들이여, 그대들은 얼굴과 손발의 오십여 곳에 얼
룩 색칠을 하고 이곳에 앉아 나를 놀라게 했다!

그리고 그대들은 주위에 오십 개의 거울에 둘러싸여 그대들
의 색깔 놀이를 부채질하며 흉내 내고 있다!

진실로 그대들은 자신의 얼굴보다 더 나은 가면을 쓸 수는
없다. 그대 현대인들이여! 누가 그대들을 **알아보겠는가!**

온몸에 과거의 표시들을 잔뜩 적어놓고 이 기호들 위에 새로

운 기호를 덧칠해두었다. 이렇게 그대들은 모든 표시 해독자 앞에서 자신을 잘 숨겨놓았다!

신장을 검사하는 자가 있다 하더라도 누가 그대들이 신장을 갖고 있다고 믿겠는가! 그대들은 물감과 아교 칠로 붙인 종잇조각들로 만들어 구워낸 것처럼 보인다.

그대들의 베일을 통해 모든 시대와 민족이 각양각색으로 보인다. 모든 풍속과 신앙이 그대들의 몸짓으로 가지각색으로 말하고 있다.

누군가 그대들로부터 베일과 덮개와 색깔, 몸짓을 벗겨내도 새들을 놀라게 할 정도의 것만이 남을 것이다.

진실로 일찍이 나는 색깔 없는 그대들의 발가벗은 모습을 보고 놀랐던 한 마리의 새이다. 그때 나는 해골이 사랑의 추파를 던지는 것을 보고는 날아가 도망쳐버렸다.

차라리 나는 저승에서, 과거의 망령들 사이에서 날품팔이가 되리라! 그대들보다는 저승에 있는 자들이 오히려 더 살찌고 풍성하다!

벌거벗은 모습이건 옷을 입은 모습이건 간에 그대들을 내가 견딜 수 없다는 것이 나에게는 내장의 고통이다. 그대 현대인 들이여!

미래에 다가올 모든 무시무시한 일들도, 잘못 날아가버린 새들을 공포에 떨게 했던 것도 진실로 그대들의 '현실'보다는 친근하고 정답구나.

왜냐하면 그대들이 이렇게 말하기 때문이다. "우리는 완벽한 현실주의자이고, 신앙도 미신도 믿지 않는다." 이렇게 그대들은 가슴을 내민다. 아, 그럴 만한 가슴조차도 없는 자들이!

그렇다, 그대들처럼 잡다한 색깔의 얼룩으로 뒤덮인 자들이 어떻게 신앙을 **가질 수 있을** 것인가! 그대들은 지금까지 신앙의 대상이 되었던 모든 것의 그림일 뿐이다!

그대들은 신앙 자체를 부정하며 배회하는 자들이고 모든 사상의 사지가 어긋난 자들이다. **나는 그대들을 신앙을 가질 수 없는 자들**이라고 부른다, 그대 현실주의자들이여!

모든 시대가 그대들의 정신 속에서 서로 반목하여 지껄이고 있다. 그리고 어느 시대의 꿈과 수다도 그대들의 각성 상태보다는 더 현실적이었다!

그대들은 열매를 맺지 못한다. **그러므로** 그대들에게는 믿음이 없다. 그러나 창조를 해야 하는 자는 언제나 예언적인 꿈과 별의 징조를 가지고 있었기 때문에 신앙을 믿었다.

그대들은 반쯤 열린 문이고 그 문 앞에는 무덤 파는 자들이 기다리고 있다. 그리고 **그대들의** 현실은 이러하다. "모든 것은 멸망할 가치가 있다."

아, 그대 열매 맺지 못하는 자들이여, 내 앞에 서 있는 그대들은 어떤 모습을 하고 내 앞에 있는가! 갈비뼈가 너무나 야위었다. 그리고 그대들 중의 몇몇은 이러한 사실을 알고 있었다.

그들은 말했다. "내가 잠들어 있는 동안 어떤 신이 내게서 무언가를 몰래 빼내간 게 아닌가? 진실로 예쁜 여자 하나를 만들기에 충분한 무엇인가를!

내 갈비뼈가 야위었다니 놀랍구나!" 많은 현대인들이 이미 그렇게 말했다.

그렇다, 그대 현대인들이여, 그대들은 나의 웃음거리이다! 특히 그대들이 자신에게 의심을 품을 때는 더 우습다!

내가 그대들이 놀라는 것을 비웃지 못하고 그대들의 항아리에 담긴 모든 구역질나는 것을 마셔야 한다면 나는 얼마나 비참하겠는가!

그러나 내게는 짊어져야 할 **무거운 짐**이 있기 때문에 그대들의 일은 가볍게 여길 것이다. 딱정벌레나 잠자리가 짐 위에 앉는다고 무엇이 크게 달라지겠는가!

진실로 그로 인해 내 짐을 더 무겁게 하지는 않을 것이다! 그대 현대인들이여, 그대들로 인하여 나에게 심한 피로가 오지는 않을 것이다.

아, 이제 나의 동경을 품고서 어디로 더 올라가야 하는가? 나는 모든 산봉우리에서 내 아버지의 나라와 어머니의 나라들을 바라보았다. 그러나 어디에도 고향은 없었다. 나는 어느 도시에도 머무르지 못하고 어느 성문도 들어가지 못하고 새로이

출발했다.

　최근에 내가 마음을 주었던 현대인들은 내게는 낯설고 조롱
거리에 불과하다. 나는 아버지의 나라와 어머니의 나라로부터
쫓겨난 몸이다.

　그래서 이제 내가 사랑하는 것은 오로지 아직 발견되지 않은
채 머나먼 바다에 있는 **아이들의 나라**이다. 나는 나의 배에 명
령하여 그 나라를 찾고 또 찾는다.

　내가 나의 조상들의 자손인 데 대하여 나는 나의 자손들에게
보상할 것이다. 그리고 모든 미래에 대해서도 이 현재를 보상
하리라!

　차라투스트라는 이렇게 말했다.

흠 없는 깨달음에 대하여

　어젯밤 달이 떠올랐을 때 나는 달이 태양을 낳으려는 것이
아닌가 생각했다. 그만큼 달은 커다란 배를 내밀고 지평선 위
에 떠 있었다.

　그러나 달은 임신한 것처럼 나를 속인 거짓말쟁이였다. 그
리고 나는 달이 여자라기보다는 남자라고 믿고 싶다.

　물론 밤에만 돌아다니는 겁쟁이 달은 남자답지 못하다. 진

실로 그는 떳떳하지 못한 양심을 품고 지붕 위를 돌아다닌다.

왜냐하면 저 달 속의 수도사는 음탕하고 질투심이 많아 이 대지와 사랑하는 자들의 즐거움을 모두 탐내기 때문이다.

그렇다, 나는 그가, 지붕 위를 돌아다니는 이 수고양이가 싫다! 반쯤 닫힌 창문가를 몰래 기어 다니는 자들은 그 누구든지 거슬린다!

그는 점잖게 말없이 별들의 양탄자 위를 돌아다닌다. 그러나 나는 찰칵거리는 박차 소리도 내지 않으면서 살금살금 걸어 다니는 자의 발이 싫다.

정직한 사람은 걸을 때 소리가 난다. 그러나 고양이는 땅 위를 살금살금 기어 지나간다. 보아라, 달은 고양이처럼 정직하지 못하게 다가온다.

나는 이 비유를 예민한 위선자들과 '순수한 깨달음을 얻은 자'에게 이야기한다! 나는 그대들을 음탕한 자들이라고 부른다!

나는 그대들 또한 대지와 지상의 것을 사랑한다는 것을 잘 알고 있다! 그러나 그대들의 사랑 속에는 수치심과 떳떳치 못한 양심이 들어 있다. 그대들은 달과 같은 자들이다!

그대들의 정신은 지상의 것을 경멸하도록 설득당하였으나 그대들의 내부 깊숙이까지는 그렇게 설득당하지 않았다. 사실 이 **내부의 내장**이 그대들에게 있어서 가장 강한 것이다!

그리고 이제 그대들의 정신은 그대들의 내장의 뜻에 따르는 것을 부끄러워하고 자신에 대한 수치심 때문에 샛길과 거짓의 길을 간다.

그대들의 거짓을 말하는 정신은 자신에게 이렇게 말한다. "나에게 중요한 것은 욕망 없이 개처럼 혀를 늘어뜨리지 않고 인생을 바라보는 것이다.

그리고 의지를 죽이고 이기심의 간섭과 탐욕에서 벗어나 냉정하고 창백하며 도취된 달의 눈으로 관조하며 행복해지는 것이다!"

유혹당한 자는 자신을 이렇게 유혹한다. "나에게 가장 소중한 것은 달이 대지를 사랑하듯 대지를 사랑하고 오직 눈으로만 대지의 아름다움을 느끼는 것이다.

그리고 나 자신이 백 개의 눈을 가진 거울처럼 사물들 앞에 누워 있는 것 말고는 아무것도 바라지 않는 것을 나는 만물에 대한 흠 없는 깨달음이라고 부른다."

오, 그대 예민한 위선자들이여, 음탕한 자들이여! 그대들의 욕망에는 순진함이 없다. 그래서 그대들은 욕망을 비난한다!

진실로 그대들은 창조하는 자로서, 만들어내는 자, 생성을 즐기는 자로서 대지를 사랑하는 것이 아니다!

순진함은 어디에 있는가? 만들어내려는 의지가 있는 곳에 존재한다. 자신을 초월하여 창조하려는 자는 내가 보기에 가장 순수한 의지를 가진 자이다.

아름다움은 어디에 있는가? 그것은 내가 모든 의지로 반드시 **이루려고 하는** 곳에 있다. 하나의 형상이 단지 형상으로만 그치지 않도록 내가 사랑하고 몰락하기를 바라는 곳에 있다.

사랑하는 것과 몰락하는 것은 예로부터 서로 일치한다. 사랑하려는 의지는 죽음까지도 기꺼이 원한다. 나는 그대 비겁한 자들에게 이렇게 말한다!

그러나 그대들은 이제 그대들의 거세된 곁눈질이 '관조'라고 불리기를 바란다! 그리고 비겁한 눈길로 자신을 더듬는 것을 '아름답다'라고 불러야 한다고 말한다! 아, 고귀한 이름을 더럽히는 자들이여!

그러나 그대 흠 없는 자들이여, 순수한 깨달음을 얻은 자들이여, 그대들이 영원히 아이를 낳지 못하는 것이 그대들에 대한 저주이다. 그리고 그대들이 아무리 배를 불룩하게 하고 지평선에 누워 있다 하더라도 아이를 낳지 못한다!

진실로 그대들의 입은 고상한 말로 가득하다. 그러나 그렇다고 해서 우리가 그대들의 마음이 충만하다고 믿을 것인가, 그대 거짓말쟁이들이여?

그러나 **나의** 말은 빈약하고 천하다. 나는 그대들이 식사 때 식탁 밑으로 떨어지는 것을 기꺼이 줍는다.

그러나 나는 여전히 이런 말로 위선자들에게 진리를 말할 수 있다! 그렇다, 내가 주워 올린 생선뼈, 조개껍질 그리고 가시

돋친 잎은 위선자들의 코를 간지럽게 한다!

그대들과 그대들의 식탁 주위에는 언제나 나쁜 공기가 감돌고 있다. 그대들의 음탕한 생각, 그대들의 거짓말과 비밀이 공기 속에 있다!

먼저 자신을 믿어라. 그대들과 그대들의 내장을 믿어라! 자기 자신을 믿지 않는 자는 언제나 거짓말을 한다.

그대 '순수한 자'들이여, 그대들은 어떤 신의 가면을 쓰고 있다. 어떤 신의 가면 속에는 그대들이 싫어하는 뱀이 기어들어갔다.

그대 '관조하는 자들'이여, 진실로 그대들은 사람을 기만하고 있다! 일찍이 차라투스트라도 그대들의 신성한 겉가죽에 현혹된 멍청이였다. 그 겉가죽 안을 가득 채운 뱀의 똬리를 보지 못했다.

그대 순수한 깨달음을 얻은 자들이여! 나는 한때 그대들의 유희에서 어떤 신의 영혼이 작용하고 있다고 믿었다. 한때는 그대들의 예술보다 더 훌륭한 재주는 없다고 믿었다!

멀리 떨어져 있기 때문에 나는 뱀의 더러움과 악취를 몰랐다. 그리고 도마뱀의 간교한 지혜가 음탕한 마음으로 여기에서 기어 다니고 있는 것도 모르고 있었다.

그러나 나는 그대들에게 **가까이** 다가갔다. 그때 나에게 날이 밝아왔다. 이제 그대들에게도 날이 밝아온다. 달의 정사는 이제 끝났다!

저기를 보아라! 정체가 탄로 난 창백한 달은 저기에 있다. 아침놀 앞에!

왜냐하면 벌써 그가, 저 타오르는 자가 왔기 때문이다! 대지를 향한 **태양의** 사랑이 찾아왔기 때문이다! 순진무구함과 창조적인 욕망에 불타는 것이 모든 태양의 사랑이다!

저기를 보아라, 태양이 급하게 바다를 건너오는 모습을! 그대들은 태양이 내뿜는 사랑의 갈증과 뜨거운 숨결을 느끼지 못하는가?

태양은 바닷물을 마시고 저 깊은 바다를 자신의 높이까지 빨아올리려고 한다. 이때 바다의 욕망은 천 개의 젖가슴으로 부풀어 오른다.

바다는 태양의 갈증으로 입맞춤을 받아 흡수되기를 바란다. 바다는 공기가 되고 드높은 것이 되며 빛의 길이 되고 스스로 빛이 되기를 **원한다!**

진실로 나는 태양처럼 삶과 모든 깊은 바다를 사랑한다.

이것이 **나의** 깨달음이다. 모든 심연의 것은 끌어올려져야 한다, 나의 높이에까지!

차라투스트라는 이렇게 말했다.

학자들에 대하여

내가 누워 잠들어 있었을 때, 양 한 마리가 내 머리에 있던 담쟁이덩굴로 만든 화관을 먹어버렸다. 그리고 이렇게 말했다. "차라투스트라는 더 이상 학자가 아니다."

양은 이렇게 말하고 고집스럽고 의기양양하게 그곳을 떠나갔다. 한 아이가 나에게 말해주었다.

나는 아이들이 놀고 있는 무너진 담장 옆, 엉겅퀴와 붉은 양귀비꽃 사이인 이곳에 누워 있기를 좋아한다.

아이들과 엉겅퀴, 붉은 양귀비꽃에게 나는 여전히 학자이다. 그들은 악의를 품고 있을 때도 순수하다.

그러나 양들에게 나는 더 이상 학자가 아니다. 그것은 나의 운명이 그것을 원한다. 나의 운명에 축복이 있기를!

왜냐하면 사실은 내가 학자들의 집을 떠나오며 내 뒤 문을 쾅 하고 닫아버렸기 때문이다.

너무 오랫동안 나의 영혼은 굶주린 채 그들의 식탁에 앉아 있었다. 나는 그들과 달리 호두를 깨는 것처럼 깨닫는 일을 하지 못했다.

나는 자유와 신선한 대지 위의 공기를 사랑한다. 나는 학자들의 품위와 위엄 위에서 잠들기보다는 차라리 황소 가죽 위에 잠들고 싶다.

나는 너무 나만의 사상으로 뜨겁게 불타고 있다. 그래서 나는 가끔 숨이 막힐 것 같다. 그럴 때 나는 먼지 쌓인 방에서 바깥으로 나가야 한다.

그러나 학자들은 시원한 그늘에 차갑게 앉아 있다. 그들은 모든 일을 방관자가 되기를 원하고 태양이 내리쬐는 계단에 앉지 않기 위해 조심한다.

길거리에서 지나가는 행인들을 우두커니 보는 자들처럼 학자들도 기다리면서 남들이 생각해낸 사상을 우두커니 바라본다.

누군가 학자들을 손으로 붙잡는다면 마치 밀가루 포대처럼 주위에 뿌옇게 먼지가 일어날 것이다. 원하지 않았음에도. 그러나 그들의 먼지가 곡식과 여름 들판의 노란빛 환희에서 생겨난 것을 누가 알겠는가?

그들이 현명한 척할 때면 나는 그들의 보잘것없는 잠언과 진리에서 오싹해진다. 마치 늪에서 생겨난 것 같은 악취가 그들의 지혜에서 풍긴다. 그리고 진실로 나는 그들의 지혜 속에서 개구리 울음소리를 들은 적도 있다!

그들은 노련하고 손재주가 좋다. 그들의 다양함에 비해 **나의** 단순함은 아무것도 아니다! 그들의 손가락은 실을 꿰고 매듭 짓고 짜는 법을 모두 알고 있다. 이렇게 그들은 정신의 양말을 짠다!

그들은 훌륭한 시계 장치이다. 다만 태엽을 제대로 감아주도록 조심하라! 그러면 그들은 틀림없이 시간을 알려주며 조심스럽게 돌아간다.

그들은 물레방아와 맷돌처럼 일한다. 그들에게 곡식을 주기만 하면 된다! 그들은 곡식을 잘게 빻아서 흰 가루로 만드는 법을 이미 알고 있다.

그들은 서로를 감시하고 상대를 신용하지 않는다. 하찮은 재주를 부려서 절름발이 지식을 가진 사람들을 기다리고 있다. 마치 거미처럼 기다리고 있다.

나는 그들이 언제나 신중하게 독을 만드는 것을 보고 있었다. 그럴 때면 그들은 항상 투명한 장갑을 손가락에 끼고 있었다.

또한 그들은 속임수로 주사위 놀이 하는 법을 알고 있다. 나는 그들이 주사위 놀이에 심취하여 땀을 뻘뻘 흘리고 있는 것을 종종 보았다.

우리는 서로에게 낯선 이방인이고 그들의 덕은 그들의 거짓이나 속이는 주사위 놀이보다 더 내 취향이 아니다.

그들과 함께 살고 있었을 때 나는 그들 위에서 살았고 이 때문에 그들은 나를 싫어했다.

그들은 누군가가 머리 위에서 걸어 다니는 소리를 매우 듣기 싫어했다. 그래서 그들은 나와 자신들의 머리 사이에 나무판과 흙, 쓰레기를 깔아두었다.

이렇게 그들은 내 발걸음 소리를 새어 들어오지 않게 했다.

그래서 지금까지 나의 소리가 최고의 학자들에게 거의 들리지 않았다.

그들은 인간적인 모든 결함과 약점을 그들과 나 사이에 깔아 놓았다. 그리고 그것을 집의 '방음판'이라고 부른다.

그래도 나는 나의 사상들과 함께 그들의 머리 위를 걸어 다닌다. 그리고 내가 나의 실수를 지닌 채 걸어 다니더라도 나는 변함없이 그들과 그들의 머리 위에 있을 것이다.

왜냐하면 인간은 평등하지 **않기** 때문이다. 정의가 이렇게 말한다. 그리고 내가 원하는 것을 **그들은** 바랄 권리가 없다!

차라투스트라는 이렇게 말했다.

시인들에 대하여

"내가 육체에 대해 더 잘 알게 된 이후," 차라투스트라가 한 제자에게 말했다. "나에게 정신은 상징에 불과하다. 그리고 '불멸의 것'도 역시 비유에 지나지 않는다."

"저는 선생님께서 전에도 그런 말씀을 하시는 것을 들은 적이 있습니다." 제자가 대답했다. "그때 선생님은 '그러나 시인들은 지나치게 거짓말이 심하다'라고 말씀하셨습니다. 선생님께서는 왜 시인들이 거짓말을 지나치게 한다고 말씀하셨는지요?"

"왜냐고?" 차라투스트라가 말했다. "자네는 '왜'라고 묻는가? 나는 '왜'라는 질문을 받을 사람이 아니라네.

나의 체험이 어디 어제부터 시작된 것인가? 내가 내 견해의 근거들을 체험한 것은 오래전부터 전부터의 일이지.

그러니 내가 이 근거들을 간직하고 있으려면, 나는 기억을 저장하는 통이 되어야 하지 않겠는가?

나의 견해 자체를 간직하는 것조차 이미 내게는 번거로운 일이라네. 그래서 날아가버린 새도 적지 않다네.

그리고 나의 비둘기 집에서 다른 곳에서 날아온 낯선 새를 가끔 발견하는데 그것은 내가 손을 얹기만 해도 몸을 떤다네.

그런데 전에 차라투스트라가 자네에게 무슨 말을 했는가? 시인들의 거짓말이 지나치게 심하다고 했다고? 그러나 차라투스트라 또한 시인이라네.

지금 자네는 차라투스트라가 진실을 말했다고 생각하는가? 자네는 그 말을 왜 믿는가?"

제자가 대답했다. "나는 차라투스트라를 믿습니다." 그러나 차라투스트라는 머리를 가로저으며 미소 지었다.

그리고 말했다. 믿음은 나를 행복하게 만들지 못한다. 그것이 나에 대한 믿음이라면 더욱 그렇다.

그러나 어떤 사람이 진지하게 시인의 거짓말이 지나치다고 말했다면 그의 말은 옳다. 확실히 **우리는** 거짓말을 너무 많이 한다.

또한 우리는 아는 것도 너무 적고 배우는 일도 잘 못한다. 그
래서 우리는 거짓을 말할 수밖에 없다.

우리 시인들 중에서 자신의 포도주에 다른 것을 섞지 않는
사람이 누가 있겠는가? 사실 우리들의 지하 포도주 창고에서
는 유해한 혼합주가 자주 만들어졌다. 거기서 형언할 수 없는
온갖 일들이 일어났다.

그리고 우리는 아는 것이 별로 없기 때문에 정신적으로 가난
한 자들이 우리 마음에 든다. 특히 그들이 젊은 여자들인 경우
에는 더욱 그렇다!

늙은 여자들이 밤마다 주고받는 이야기에도 우리는 호기심
을 느낀다. 우리는 이것을 영원히 여성적인 것이라고 부른다.

그리고 무언가를 배우는 자들에게는 **막혀 있는**, 지식에 이
르는 특별하고 비밀스런 길이라도 있는 것처럼 우리는 민중과
그들의 '지혜'라는 것을 믿는다.

모든 시인이 믿는 것은 풀밭이나 고독한 언덕에 누워 귀를
기울이는 자는 하늘과 땅 사이에 있는 온갖 사물들에 대해 무
엇인가를 알게 된다는 사실이다.

그리고 달콤한 흥분이 찾아오면 시인들은 언제나 자연 스스
로 자신들을 사랑한다고 믿는다.

그리고는 자연이 자신들의 귀에 은밀한 말과 감미로운 사랑

의 밀어를 속삭인다고 생각한다. 그리고 그것을 죽음을 앞둔 모든 자들에게 가슴을 내밀며 떠벌리고 자랑한다.

아, 하늘과 땅 사이에는 오직 시인들만 꿈꿀 수 있던 많은 것들이 있다!

그리고 하늘 **위**에서는 특히 그렇다. 왜냐하면 모든 신은 시인들이 꾸며낸 비유이고 시인들이 속여서 **빼앗은** 것이기 때문이다!

진실로 그것은 우리를 구름의 나라로 끌어올린다. 그리고 우리는 이 구름 위에 알록달록한 껍데기를 올려두고 이것을 신이나 초인이라고 부른다.

이 모든 신들과 초인들은 여기 구름 위에 앉을 만큼 충분히 가볍다!

아, 실제로 일어났다고 가정된 이런 터무니없는 일들에 나는 얼마나 지쳤는가! 아, 나는 시인들에게 지쳐버렸다!

차라투스트라가 이렇게 말했을 때 그의 제자는 화가 났으나 잠자코 있었다. 차라투스트라도 말이 없었고 그의 눈은 머나먼 곳을 응시하는 듯 자신의 내면을 향해 있었다. 마침내 그는 한숨을 쉬고 숨을 들이마셨다.

이윽고 그가 말했다. 나는 현재이며 과거이다. 그러나 나의 내면에는 내일과 모레와 미래에 속하는 무엇인가가 있다.

옛 시인이나 새로운 시인이라는 것과 상관없이 나는 시인들에게 지쳐버렸다. 그들 모두가 내게는 껍데기이고 얕은 바다이다.

그들의 생각은 심연에 다다르지 못했다. 그들의 감정은 심연에까지 가라앉지 못했다.

약간의 쾌락과 권태가 지금까지 그들에게는 최선의 명상이었다.

그들이 연주하는 하프 소리는 나에게는 모두 유령의 숨소리이고 유령이 스치는 소리로 들린다. 그들은 음향의 열정에 대해 지금까지 무엇을 알고 있었는가!

내가 보기에 그들은 충분히 순수하지도 않다. 그들은 자신의 물이 깊어 보이게 하려고 그들은 물을 온통 흐려놓는다.

이런 식으로 그들은 조정하는 자로 보이기를 자처한다. 그러나 내가 보기에 그들은 중개자이고 간섭자이며 어중간한 불순한 자이다!

아, 나는 그들의 바다에 나의 그물을 던져놓고 좋은 고기를 잡으려고 했다. 그러나 내가 낚은 것은 언제나 낡은 신의 머리뿐이었다.

굶주린 자에게 바다는 이런 돌 한 개를 주었다. 아마 시인들 자신도 바다에서 태어났을 것이다.

물론 사람들은 그들에게서 진주를 발견한다. 그만큼 시인들 자신은 단단한 조개껍질과 닮았다. 종종 나는 시인들에게서 영혼 대신 짠 점액을 발견했다.

그들은 또한 바다로부터 허영심도 배웠다. 바다야말로 공작 중의 공작이 아니겠는가?

바다는 물소들 가운데 가장 못생긴 물소 앞에서 꼬리를 길게 편다. 바다는 은과 비단으로 수놓은 자신의 부채에 싫증을 느끼지 않는다.

물소는 오만한 자세로 이 모습을 바라본다. 물소의 영혼은 모래와 가깝고 덤불과는 더 닮았다. 그러나 늪에 가장 많이 가깝다.

아름다움이나 바다나 공작의 장식 따위가 물소에게 무슨 소용이란 말인가! 나는 이 비유를 시인들에게 말한다.

진실로 그들의 정신 자체가 공작 중의 공작이고 허영의 바다이다!

시인의 정신은 관객을 원한다. 그 관객이 비록 물소라 할지라도!

그러나 나는 이런 정신에 지쳐버렸다. 나는 이 정신이 자신에게 지치는 때가 다가오는 것을 본다.

나는 시인들이 이미 변해서 자신에게 시선을 돌리는 것을 보았다.

나는 정신의 속죄자들이 오는 것을 보았다. 그들은 시인들

속에서 자라났다.

차라투스트라는 이렇게 말했다.

큰 사건들에 대하여

차라투스트라의 행복의 섬에서 멀지 않은 바다 한가운데 끊임없이 연기를 내뿜는 섬이 하나 있다. 민중, 특히 노파들에 의하면 이 섬은 마치 저승의 문 앞에 있는 바위와 같고 바로 화산을 통해 밑으로 향하는 좁은 길이 있는데 이 길을 따라가면 저승의 문 앞에 이르게 된다고 한다.

차라투스트라가 행복의 섬에 머물고 있을 때였다. 연기를 내뿜는 산이 있는 섬에 배 한 척이 닻을 내렸다. 선원들은 토끼 사냥을 하려고 내린 것이었다. 그런데 점심때가 되어 선장과 그 부하들이 다시 모였을 때, 그들은 갑자기 한 사나이가 허공에서 자기들에게 다가오는 것을 보았다. 그리고 어떤 목소리가 "때가 왔다! 마침내 그때가 왔다!"라고 말하는 것을 분명히 들었다. 그러나 그 모습이 바로 가까이 다가왔을 때 그것은 그림자처럼 빠르게 화산이 있는 방향으로 날아갔다. 그들은 그것이 차라투스트라임을 알아보고 깜짝 놀랐다. 왜냐하면 선장을 제외하고 그들은 모두 차라투스트라를 본 적이 있기 때문이었다. 그들은 민중과 마찬가지로 사랑과 두려움으로 그를 사랑하고 있었다.

"보아라!" 늙은 키잡이가 말했다. "차라투스트라가 지옥으로 가고 있다!"

이 선원들이 화산섬에 상륙한 그때, 차라투스트라가 사라졌다는 소문이 퍼졌다. 그래서 사람들이 그의 친구들에게 물어보니 그는 어디로 여행을 간다는 말도 없이 밤에 배를 탔다고 하였다.

그러자 그들은 동요하였다. 사흘 뒤에는 거기에 선원들의 이야기까지 덧붙여졌다. 그리하여 이제 민중은 모두 악마가 차라투스트라를 데려갔다고 말했다. 그러나 차라투스트라의 제자들은 이 소문을 비웃었고 제자들 중의 한 사람은 이렇게 말했다. "내 생각에는 오히려 차라투스트라가 악마를 잡아갔다고 믿겠다." 그러나 제자들은 모두 저마다 영혼 깊은 곳에 근심과 그리움이 가득 차 있었다. 그래서 닷새 만에 차라투스트라가 그들 앞에 나타났을 때 그들은 몹시 기뻐했다.

다음은 차라투스트라가 불의 개와 나눈 대화이다.

차라투스트라가 말했다. 대지는 피부를 갖고 있고 이 피부는 여러 가지 병에 걸렸다. 예를 들면 이 병 중의 하나는 '인간'이라는 병이다.

그리고 이 질병 중의 또 다른 하나는 '불의 개'라고 불린다.

이 **개**에 관해 인간들은 수없이 속이기도 하고 또 속기도 했다.

이 비밀을 밝히기 위해 나는 바다를 건너왔다. 그리고 나는 적나라한 진리를 보았다. 진실로! 그 맨발에서 목에까지 이르는 적나라한 진리였다.

나는 불의 개의 정체가 무엇인지 이제 알았다. 그리고 파괴적이고 뒤집어엎는 악마들에 대해서도 알았다. 이 악마들 앞에서 두려워하는 것은 노파들뿐만은 아니다.

너의 심연에서 나오라, 불의 개여! 나는 외쳤다. 그 심연이 얼마나 깊은지 고백하라! 네가 코로 내뿜는 것은 어디서 오는 것인가?

너는 바닷물을 엄청나게 마신다. 너의 망쳐진 달변이 그것을 말해준다! 참으로 너는 심연에 사는 개로서 표면의 영양을 과다하게 취했다.

나는 너를 기껏해야 대지의 복화술사로 생각한다. 그리고 뒤집어엎고 파괴적인 악마들이 이야기하는 것을 들을 때마다 나는 그들이 너와 비슷하게 짜고 거짓말을 잘하며 천박하다는 것을 알았다.

너희들은 울부짖을 줄 알고 재를 뿌려 어둡게 만들 줄 안다! 너희들은 최고의 허풍쟁이고 진흙을 끓이는 기술을 충분히 배웠다.

너희들이 있는 가까이에는 언제나 진흙이 있어야 하고 해면체 모양을 한 것, 속이 빈 것, 억제된 것이 잔뜩 있어야 한다. 그것들은 자유를 바라고 있다.

너희들 모두는 기꺼이 '자유'라고 울부짖는다. 그러나 요란한 울부짖음과 연기가 '큰 사건'을 둘러싸자 나는 그 사건에 대한 믿음을 잃어버렸다.

내 말을 믿어라, 지옥의 소음이라는 친구여! 큰 사건이란 우리들의 가장 시끄러운 시간이 아니라 우리의 가장 조용한 시간이다.

세상은 새로운 소음을 만들어낸 자들이 아니라 새로운 가치를 만들어낸 자들의 주위를 돌고 있다. 세상은 **소리 없이** 돌고 있다.

이제 고백하라! 너희들이 피운 소란과 연기가 사라졌을 때, 대부분의 경우에는 아무 일도 일어나지 않았다. 한 도시가 미라가 되고 조각상이 진흙 속에 쓰러지는 것이 무슨 의미가 있는가!

나는 조각상을 쓰러뜨리는 자들에게 이렇게 말한다. 소금을 바다에 던지고 조각상을 진흙탕 속에 던지는 것은 참으로 어리석은 짓이다.

조각상은 너희들의 경멸이라는 진흙탕 속에 쓰러져 있다. 그러나 경멸 속에서 다시 생명과 생생한 아름다움이 자라난다는 것이야말로 조각상의 법칙이다!

조각상들은 더욱 거룩하고 매혹적인 모습으로 다시 일어선다. 그리고 진실로! 자신들을 쓰러뜨린 것에 그들은 너희에게 감사할 것이다. 너희 쓰러뜨리는 자들이여!

그러나 나는 왕과 교회, 노쇠하여 덕이 약해진 모든 것들에게 이렇게 충고한다. 자신을 쓰러뜨려라! 그대들이 다시 생명을 얻고 그대들에게 덕이 다시 찾아오리라!

나는 불의 개 앞에서 이렇게 말했다. 그러자 불의 개는 퉁명스럽게 내 말을 가로막으며 물었다. "교회라고? 그것은 무엇인가?"

교회? 나는 대답했다. 그것은 일종의 최고로 기만적인 국가다. 그러나 조용히 하라, 그대 위선적인 개여, 너는 이미 너와 같은 부류를 가장 잘 알고 있을 것이다!

너와 마찬가지로 국가란 한 마리의 위선적인 개이다. 너처럼 국가는 연기를 뿜고 울부짖으며 이야기하기를 좋아한다. 너와 마찬가지로 만물의 사물의 핵심을 말하고 있다고 믿게 하기 위해서이다.

왜냐하면 국가는 지상에서 가장 중요한 동물이 되고자 하기 때문이다. 사람들도 국가를 그렇게 생각하고 있다.

내가 이렇게 말했을 때 불의 개는 질투로 이성을 잃고 날뛰었다. "뭐라고?" 불의 개가 외쳤다. "지상에서 가장 중요한 동물이라고? 사람들도 그렇게 생각한다고?" 그러자 불의 개의 목구멍에서 엄청난 입김과 소름끼치는 소리가 터져 나왔다. 나는 불의 개가 분노와 질투로 숨이 막혀 죽는다고 생각했다.

이윽고 불의 개는 진정되었고 헐떡거리던 숨도 가라앉았다. 불의 개가 조용해지자 나는 웃으며 말했다.

"너는 화를 내고 있구나, 불의 개여. 그렇다면 너에 대한 내 생각이 맞았구나!

내 말이 옳다는 것을 증명하기 위해 다른 불의 개에 대한 말을 들어보아라. 이 불의 개는 진실로 대지의 심장으로부터 말한다.

그의 숨결은 황금의 입김과 황금의 비를 내뿜는다. 그의 심장이 그것을 원하고 있다. 그러니 이제 와서 그에게 재와 연기, 뜨거운 점액이 무슨 소용이란 말인가?

이 불의 개의 웃음이 마치 오색구름처럼 펄럭인다. 이 불의 개는 네가 그르렁거리는 소리와 구토를 하고 내장에 생기는 복통을 싫어한다!

그는 황금과 웃음을 대지의 심장으로부터 가져온다. 너도 알아두어야 하겠지만 **대지의 심장은 황금으로 만들어졌다.**"

이 말을 듣자 불의 개는 더 이상 귀를 기울이고 있을 수 없었다. 불의 개는 부끄러운 듯이 꼬리를 내리고 작은 소리로 멍멍! 짖고는 자신의 동굴 속으로 기어들어 갔다.

차라투스트라는 이렇게 이야기했다. 그러나 그의 제자들은 그의 말을 거의 듣지 않았다. 그들은 그에게 선원들과 토끼, 공중을 날아간 자에 대해 간절히 듣고 싶어 했기 때문이었다.

"나는 그것을 어떻게 생각해야 하는가?" 차라투스트라가 말했다. "내가 유령이라도 된단 말인가?

아마도 그것은 내 그림자였을 것이다. 그대들은 방랑자와 그의 그림자에 관해서 들은 적이 있지 않은가?

그러나 내가 그림자를 더 단단히 묶어두어야 한다는 것은 분명하다. 그렇지 않으면 그 그림자가 나의 명성을 망칠 것이다."

그리고 차라투스트라는 다시 한번 머리를 흔들며 의아하게 생각했다. "나는 그 일을 어떻게 생각해야 하는가?" 그는 다시 말했다.

"유령은 어째서 '**때가 왔다!** 마침내 그때가 왔다!'라고 외쳤을까?

도대체 **무엇을 위한** 때가 왔다는 것인가?"

차라투스트라는 이렇게 말했다.

예언자

"그리고 나는 큰 슬픔이 인간들을 덮치는 것을 보았다. 가장 뛰어난 자들도 그들의 일에 지쳐 있었다.

한 가르침이 선포되고 그것과 나란히 한 신앙이 퍼져나갔다. '모든 것은 공허하고 동일하며 이미 모두 지나가버렸다!'

그러자 모든 언덕에서 메아리가 들려왔다. '모든 것은 공허하고 동일하며 이미 모두 지나가버렸다!'

분명히 우리는 수확을 했다. 그런데 왜 모든 열매가 썩어서 갈색으로 변했는가? 어젯밤 사악한 달에서 무엇이 떨어졌는가?

모든 노고는 허사가 되고 우리들의 포도주는 독이 되었으며 사악한 눈빛이 우리의 밭과 심장을 누렇게 태워버렸다.

우리는 모두 말라버렸다. 불덩이가 우리 위로 떨어지면 우리는 재처럼 흩어질 것이다. 그렇다, 우리는 불조차도 지치게 만들었다.

샘은 모두 말랐고 바다도 뒤로 물러났다. 대지는 모두 갈라지려고 하지만 심연은 우리를 삼키려 하지 않는다!

'아, 우리가 빠져 죽을 만큼 깊은 바다가 그 어디에 남아 있겠는가.' 우리의 탄식은 얕은 늪 너머로 이렇게 울려 퍼진다.

진실로 우리는 너무 지쳐 죽지도 못한다. 그래서 우리는 깨어 있는 채로 계속 살아가는 것이다. 무덤 속에서!"

차라투스트라는 한 예언자가 이렇게 말하는 것을 들었다. 예언자의 말은 차라투스트라의 심금을 울려 그를 변화시켰다. 차라투스트라는 슬픔에 잠기고 지친 모습으로 방황했다. 그렇게 그는 예언자가 말했던 사람들과 비슷해졌다.

차라투스트라가 그의 제자들에게 말했다. 진실로 이제 곧 황혼이 온다. 아, 나는 빛을 어떻게 구원할 것인가!

나의 빛이 슬픔 속에 숨이 막히지 않기를! 나의 빛은 먼 세계와 가장 먼 밤들을 비춰주는 빛이 되어야 한다!

차라투스트라는 이렇게 마음속으로 슬퍼하며 돌아다녔다. 그리고는 사흘 동안 마시지도 먹지도 쉬지도 않았으며 말도 하지 않았다. 그러다가 마침내 그는 깊은 잠에 빠졌다. 그러나 그의 제자들은 그의 주위에 둘러 앉아 긴 밤을 지새우며 그가 깨어나 다시 말을 하고 슬픔에서 회복되기를 걱정하고 기다렸다.

마침내 차라투스트라는 잠에서 깨어나 말했다. 그러나 제자들에게 그의 음성은 아득히 먼 곳에서 들려오는 것 같았다.

그대 친구들이여, 내가 꾼 꿈을 들어보아라. 그리고 그 의미를 풀 수 있도록 도와다오!

이 꿈은 내게는 아직 하나의 수수께끼이다. 그 의미는 꿈속에 숨겨져 있고 갇혀 있어서 아직 자유의 날개를 달고 그 꿈을 뛰어넘어 날아오르지 못한다.

나는 모든 삶을 포기하는 꿈을 꾸었다. 나는 저 적막한 죽음의 산성에서 야경꾼이자 무덤의 파수꾼이 되었다.

그 산성 위에서 나는 죽음의 관을 지키고 있었고 둥근 천장 아래의 음산한 방은 죽음의 승리의 징표로 가득했다. 유리관 속에서는 정복당한 삶이 나를 바라보고 있었다.

나는 먼지로 뒤덮인 영원의 냄새를 여러 가지 들이마셨다.

나의 영혼은 습하고 먼지로 가득한 곳에 누워 있었다. 누가 이런 곳에서 자신의 영혼에 바람이 불어오게 할 수 있겠는가!

한밤중에 밝은 것이 나를 둘러싸고 있었고 그 곁에는 고독이 웅크리고 있었다. 그리고 세 번째로 나의 여자 친구들 중 가장 사악한 친구인 죽음의 정적이 거친 숨을 내쉬고 있었다.

나는 모든 열쇠 중 가장 녹이 슨 열쇠를 가지고 있었다. 그리고 나는 이 열쇠로 모든 문 중에서 가장 삐걱거리는 문을 열 수 있었다.

이 문짝이 열릴 때 분노로 가득 찬 새의 울음소리 같은 것이 긴 복도에 울려 퍼졌다. 이 새는 사납게 울부짖었다. 그 새는 잠에서 깨어나고 싶지 않았던 것이다.

그러나 다시 침묵이 찾아오고 주위가 조용해지자 이 음침한 침묵 속에 혼자 앉아 있던 나는 더욱 두렵고 가슴이 뛰었다.

그렇게 시간은 나에게서 지나갔고 살금살금 도망쳤다. 시간이란 것이 존재했다면 말이다. 시간이 있었는지 어떤지 내가 무엇을 알겠는가! 그러나 마침내 나를 잠에서 깨어나는 일이 일어났다.

세 차례 문을 두드리는 소리가 천둥처럼 울렸다. 그 소리는 둥근 천장에서 다시 세 차례 메아리치며 울부짖었다. 그때 나는 문 쪽으로 갔다.

알파! 나는 외쳤다. 누가 자신의 재를 산으로 가져가는가?

알파! 알파! 누가 자신의 재를 산으로 가져가는가?

나는 열쇠를 밀어 넣고 문을 열려고 애썼다. 그러나 문은 손가락 하나 들어갈 만큼도 열리지 않았다.

그때 사나운 바람이 불어와서 양문을 열어젖혔다. 바람은 윙윙거리고 날카롭게 찢는 듯 불면서 나에게 검은 관 하나를 던졌다.

그리고 윙윙거리고 날카로운 소리와 함께 관이 부서지면서 천 겹의 요란한 웃음을 토해냈다.

그러자 아이들, 천사들, 부엉이들, 바보들, 아이들만큼 커다란 나비들로 이루어진 천 개의 얼굴들이 나를 향해 웃고, 비웃고 조롱하며 거칠게 날뛰었다.

나는 깜짝 놀라 몸서리치며 쓰러졌다. 그리고 두려운 나머지 어느 때보다도 크게 비명을 질렀다.

그러나 내가 울부짖는 소리가 나를 깨웠다. 그렇게 나는 제정신이 들었다.

차라투스트라는 이렇게 자신의 꿈 이야기를 하고 침묵했다. 왜냐하면 그는 아직 자신의 꿈을 해석하지 못했기 때문이었다. 그러나 그가 가장 사랑하는 제자가 재빨리 일어나 차라투스트라의 손을 잡고 말했다.

"당신의 삶 자체가 우리들에게 이 꿈을 설명하고 있습니다. 오, 차라투스트라여!

당신은 스스로 윙윙거리는 날카로운 소리와 함께 죽음의 성에서 문을 열어젖히는 바람이 아닙니까?

당신은 스스로 삶의 온갖 악의와 천사들의 찌푸린 얼굴로 가득 찬 관이 아닙니까?

진실로 차라투스트라는 아이의 천 가지 웃음처럼 무덤의 방으로 들어가고 있습니다. 저 야경꾼과 무덤 파수꾼과 불길한 열쇠꾸러미를 차고 쩔렁거리는 자들을 비웃으면서 말입니다.

당신은 자신의 커다란 웃음으로 그들을 놀라게 하고 넘어뜨립니다. 정신을 잃었다가 다시 깨움으로써 그들에 대한 당신의 위력이 입증될 것입니다.

긴 황혼과 죽음의 권태가 찾아와도 당신은 우리의 하늘에서 사라지지 않을 것입니다. 그대 삶의 대변자여!

당신은 우리에게 새로운 별과 새로운 밤의 장관을 보여주었습니다. 진실로 당신은 웃음 자체를 각양각색의 천막처럼 우리의 머리 위로 펼쳐놓았습니다.

이제부터 아이의 웃음이 관 속에서부터 영원히 흘러나올 것입니다. 이제 거센 바람이 승리의 노래를 부르며 모든 죽음의 권태에 불어 닥칠 것입니다. 우리에게는 당신 자체가 이에 대한 증거이고 예언자입니다!

진실로 **당신은 당신의 적에 대한 꿈을 꾸었습니다.** 그것은 당신에게 가장 괴로운 꿈이었습니다.

그러나 당신이 잠에서 깨어 그들로부터 당신 자신에게 돌아온 것처럼 그들 자신도 스스로 잠에서 깨어나 당신에게 올 것입니다!"

제자는 이렇게 말했다. 그러자 다른 모든 제자들도 차라투스트라의 주위에 몰려들어 그의 두 손을 잡고 그가 침상에서 일어나 슬픔을 이겨내고 그들에게 돌아오도록 설득하려 했다. 그러나 차라투스트라는 평소와는 다른 눈빛으로 그의 침상에 똑바로 앉아 있었다. 마치 낯선 고장을 오랫동안 돌아다니다 귀향한 사람처럼 그는 제자들의 얼굴을 유심히 살펴보았다. 그러나 그는 여전히 제자들의 얼굴을 알아보지 못했다. 그러나 제자들이 그를 자리에서 일으켜 세웠을 때 순간 그의 눈빛이 변했다. 그는 이제까지 있었던 일을 알아차리고 수염을 쓰다듬으며 힘찬 목소리로 말했다.

"좋다! 이제 이 일은 끝났다. 제자들아, 신나는 만찬을 되도록 빨리 열도록 해라! 이로써 나는 악몽을 꾼 것에 대하여 보상받겠다!

저 예언자도 내 곁에서 먹고 마시게 하라. 진실로 나는 그에게 그가 빠져 죽을 바다를 보여주겠다!"

차라투스트라는 이렇게 말했다. 그리고 나서 그는 해몽가 역할을 했던 제자의 얼굴을 오랫동안 바라보다가 고개를 가로

저었다.

구원에 대하여

어느 날 차라투스트라가 큰 다리를 건너가고 있을 때 불구자 거지들이 그를 에워쌌다. 그리고 한 꼽추가 이렇게 말했다.

"보아라, 차라투스트라여! 민중들도 그대의 가르침을 받고 그대의 가르침을 믿게 되었다. 그러나 그대가 민중이 그대를 완전히 믿게 하려면 아직 한 가지가 더 필요하다. 그대는 우선 우리 불구자들을 설득시켜야 한다! 지금 여기에는 훌륭한 불구자들이 있으니 진실로 그대는 좋은 기회를 잡은 것이다! 그대는 장님의 눈뜨게 하고 절름발이를 달리게 할 수 있다. 너무 많은 짐을 짊어진 자에게서 짐을 덜어줄 수도 있다. 내 생각으로는 그것이야말로 불구자들로 하여금 차라투스트라를 제대로 믿게 하는 올바른 방법이다!"

그러나 차라투스트라는 이 말을 한 자에게 이렇게 대답했다. "꼽추에게서 그 혹을 떼어내면 그에게서 정신을 떼어내는 것이다. 그리고 장님의 눈을 뜨게 하면 그는 지상에서 나쁜 일을 너무 많이 보게 되어 그를 고쳐준 자를 저주할 것이다. 그리고 절름발이를 달릴 수 있게 해준 자는 그에게 가장 큰 해악을 끼치는 것이다. 왜냐하면 그가 달릴 수 있게 되자마자 그의 악덕도 함께 달리기 때문이다. 불구자에 대한 민중의 가르침은 이와 같다. 그리고 사람들이 차라투스트라로부터 배운다면 차라투스트라도 민중에게서 배우지 못할 이유가 없지 않은가?

그리고 내가 인간들 사이에 있게 된 이후로 다음과 같은 일을 수없이 보았다. '어떤 사람은 눈이 없고, 어떤 사람은 귀가 없고, 또 제삼자는 한쪽 다리가 없고, 혀 또는 코나 머리가 없는 사람들도 있다.'

나는 그보다 더 나쁜 일들을 보아왔고 여러 가지 끔찍한 일들을 지금도 보고 있다. 그것들에 대해서는 말하고 싶지 않을 정도로 끔찍하고 그들 가운데 몇몇에 대해서는 침묵하고 싶지 않다. 그들은 한 가지만을 너무 많이 가지고 있고 그 외의 것은 하나도 갖추지 못한 자들이다. 예를 들어 하나의 커다란 눈, 하나뿐인 커다란 주둥이, 또는 하나의 커다란 배, 또는 밖의 커다란 것 이외에는 아무것도 없는 자들을 나는 거꾸로 된 불구자라고 부른다.

내가 나의 고독을 빠져나와 처음으로 이 다리를 건넜을 때이다. 나는 내 눈을 믿을 수 없어 계속 바라보다가 마침내 말했다. '저 귀를 보아라! 사람만큼 커다란 귀이다!' 더 자세히 바라보았더니 정말이지 귀 밑에서 가엾을 정도로 작고 빈약하고 깡마른 것이 움직이고 있었다. 진실로 이 거대한 귀는 작고 가느다란 줄기 위에 얹혀 있었다. 그런데 그 줄기가 바로 사람이었다! 눈에 안경을 썼더라면 질투로 얼룩진 작은 얼굴과 보잘 것없이 부풀어 오른 작은 영혼이 줄기에 매달려 대롱거리고 있는 것도 볼 수 있었으리라. 사람들이 내게 말하기를, 이 거대한 귀는 인간일 뿐 아니라 위대한 인간, 곧 천재라는 것이었다. 그러나 나는 사람들이 위대한 인간 운운할 때 결코 믿지 않았으며, 이 커다란 귀야말로 모든 것을 너무 적게, 다만 한 가지만은 너무 많이 가지고 있는 전도된 불구자라는 나의 생각을 고수했다."

차라투스트라는 꼽추와 그 꼽추를 자신들의 대변자로 내세운 자들에게 이렇게 말하고 나서 매우 불쾌한 듯이 제자들을 보고 말했다.

진실로, 친구들이여, 인간들 사이를 돌아다니면 나는 마치 인간의 몸통 조각과 팔다리 사이를 돌아다니는 것 같다!

인간들이 마치 전쟁터나 푸줏간에서처럼 조각조각 찢겨서 흩어져 있는 광경을 보는 것은 나에게 끔찍한 일이다.

내 눈이 현재를 피해 과거로 도망을 쳐도 언제나 발견하는 것은 똑같은 것이다. 조각난 육체와 팔다리와 잔인한 우연들, 그러나 거기에 인간은 없다!

이 지상에서의 현재와 과거, 아! 친구들이여, 이것이 **내가** 가장 견디기 힘든 것이다. 만약에 내가 반드시 찾아올 미래를 예언하는 자가 아니었다면 나는 살 수 없었을 것이다.

예언자, 의욕 있는 자, 창조하는 자, 미래 그 자체와 미래로의 다리. 그리고 아, 이 다리 위에 서 있는 불구자와 같은 존재, 이 모든 것이 바로 차라투스트라이다.

그리고 그대들도 이따금 스스로에게 묻는다. "우리에게 차라투스트라는 누구인가? 우리는 그를 무엇이라고 불러야 하는가?" 그리고 나와 마찬가지로 그대들도 물음을 통하여 스스로 대답했다.

그는 약속하는 자인가? 약속을 지키는 자인가? 정복자인가? 아니면 상속인인가? 수확물인가? 쟁기인가? 의사인가? 아니면 치유된 자인가?

그는 시인인가? 진실을 말하는 자인가? 해방시키는 자인가? 속박하는 자인가? 선한 자인가? 아니면 악한 자인가?

나는 내가 응시하는 미래의 단편들 사이를 돌아다니듯 인간들 사이를 돌아다닌다.

나의 창작 활동이란 그 단편과 수수께끼와 잔인한 우연을 하나로 압축하고 모으는 것이다.

만약 인간이 시인이나 수수께끼를 푸는 자, 그리고 우연을 구제하는 자가 아니라면 내가 인간이라는 것을 어떻게 견딜 수 있겠는가!

과거를 구제하고 그 모든 '그랬었다'를 '나는 그러기를 원했다'로 바꾸는 것을 나는 구원이라고 부른다!

의지, 그것은 해방과 기쁨을 가져다주는 자의 이름이다. 친구들이여, 나는 그대들에게 이렇게 가르쳤다! 그리고 이와 더불어 의지 자체는 아직도 감옥에 갇힌 몸이라는 것을.

의욕은 인간을 해방시킨다. 그러나 이 해방시키는 자도 사슬에 묶어놓는 것은 무엇인가?

'그랬었다.' 이것이 의지의 절치부심과 가장 고독한 슬픔의 이름이다. 이미 행해진 일에 저항할 기운이 없고 지나간 과거에 대해 악의적인 방관자일 뿐이다.

의지는 과거로 되돌아가기를 바랄 수 없다. 의지가 시간과 시간의 욕망을 이기지 못한다는 것이 그것의 가장 고독한 슬픔이다.

의지는 해방시켜준다. 의지는 자신의 슬픔으로부터 벗어나 자신의 감옥을 조롱하기위해 무엇을 생각해내는가?

아, 감옥에 갇힌 모든 자는 바보가 된다! 감금된 의지도 역시 바보 같은 방식으로 자신을 구제한다.

시간은 역행하지 않는다는 것이 의지의 통분이다. '지나가 버린 것', 이것이 의지가 굴릴 수 없는 돌의 이름이다.

그리하여 의지는 원한과 불만으로 돌을 굴리고 자신과 같이 원한과 불만을 느끼지 않는 것에게 복수한다.

해방하는 자인 의지는 이렇게 가해자가 되었다. 그리고 고통을 느낄 수 있는 모든 것에게 자기가 다시는 돌아갈 수 없는 것에 대한 복수를 한다.

의지가 시간과 시간의 '그랬었다'에 대해 품은 적대감만이 **복수** 그 자체이다.

진실로 우리들의 의지 속에는 커다란 어리석음이 살고 있다. 그리고 이 어리석음이 정신을 학습한 것이 모든 인류에게 저주가 되었다!

친구들이여, **복수의 정신**이 지금까지는 인간이 할 수 있는 최고의 성찰이었다. 그리고 고통이 있는 곳에는 언제나 형벌이 있어왔다.

복수는 스스로를 '형벌'이라고 칭한다. 복수는 거짓말로 선한 양심을 가장한다.

의지는 되돌아갈 수 없기 때문에, 그리고 그 의지 안에 고통이 있으므로 의지 자체에게는 삶이 형벌이다!

그리하여 정신 위로 차례로 구름이 쌓이고 마침내 광기가 설교하기 시작했다. "모든 것은 사라진다. 따라서 모든 것은 사라져 마땅하다!"

"시간은 자신의 아이들을 먹어치워야 한다는 저 시간의 법칙이 바로 정의이다." 광기는 이렇게 설교했다.

"사물들에는 정의와 형벌에 따라 관습적인 질서가 있다. 오, 사물의 흐름과 '존재'라는 형벌로부터의 구제는 어디에 있는가?" 망상은 이렇게 설교했다.

"영원한 정의가 존재한다면 구원이 있을 수 있는가? 아, '그 랬었다'는 돌은 굴릴 수 없다. 그러므로 모든 형벌은 영원할 수 밖에 없다!" 광기는 이렇게 설교했다.

"어떠한 행위도 없던 것이 될 수는 없다. 이미 행해진 행위가 형벌을 가한다고 해서 어떻게 없었던 것이 될 수 있다는 말인 가! 존재도 영원히 되풀이되는 행위이자 죄의식일 수밖에 없 다는 것이 '존재'라는 형벌의 영원성이다!

의지가 마침내 자기 자신을 구제하고 의지가 의지하기를 멈 춘다면 친구들이여, 그대들은 이것이 광기의 어리석은 노래라 는 것을 알고 있다!"

내가 그대들에게 "의지는 창조하는 자이다"라고 가르쳤을 때 나는 그대들을 이 터무니없는 노래에서 벗어나게 했다.

모든 '그랬었다'는 조각이고 수수께끼이며 잔인한 우연이다. 창조적 의지가 그것에게 "그러나 나도 그러기를 원했다"고 말 할 때까지는.

이에 덧붙여 창조적 의지가 그것에게 "그러나 나도 그러기를 원했다! 그렇게 되기를 나는 바랄 것이다!"라고 말할 때까지는.

그러나 의지가 그렇게 말한 적이 있는가? 그럼 언제 이런 일 이 일어날 것인가? 의지는 이미 자신의 어리석음이라는 굴레 에서 벗어났는가?

의지는 벌써 스스로를 구원하는 자, 기쁨을 가져다주는 자가 되었는가? 의지는 복수의 정신을 잃었는가? 분노하고 이를 절치부심하는 정신을 잃었는가? 그리고 누가 의지에게 시간과의 타협을, 그리고 모든 타협보다 더 높은 것을 가르쳤는가?

힘의 의지는 모든 화해보다도 더 높은 것을 갈구해야 한다. 그러나 의지에게 어떻게 이런 일이 일어나는가? 누가 의지에게 과거로 되돌아가 갈구하는 것까지 가르쳤는가?

그의 말이 여기까지 이르렀을 때 차라투스트라는 갑자기 말을 멈추었다. 그는 몹시 놀란 사람처럼 보였다. 놀란 눈으로 그는 제자들을 바라보았다. 그의 눈은 마치 화살처럼 제자들의 생각과 그 생각의 이면을 꿰뚫어 보았다. 그러나 그는 잠시 후 다시 웃으면서 부드러운 목소리로 말했다.

"사람들과 함께 사는 것은 침묵을 지키기 어렵기 때문에 힘들다. 수다스러운 사람에게는 특히 그렇다."

차라투스트라는 이렇게 말했다. 꼽추는 자신의 얼굴을 가리고 그의 말에 귀를 기울이고 있었다. 그러나 차라투스트라가 웃는 소리가 들리자 꼽추는 호기심 어린 눈으로 그를 바라보며 천천히 말했다.

"차라투스트라는 왜 우리들에게는 자기 제자들에게 말하는 것과 다르게 이야기하는가?"

차라투스트라가 대답했다. "그것이 왜 이상한가! 꼽추에게는 꼽추처럼 말하는 것이다!"

"좋다." 꼽추가 말했다. "제자들에게는 마음을 터놓고 말할수 있을 것이다.

그러나 차라투스트라는 어째서 자기 자신에게 말하는 것과 다르게 제자들에게 이야기하는가?"

인간의 지혜에 대하여

무서운 것은 정상이 아닌 비탈이다!

시선은 **아래를** 향하고 손은 **위를** 잡고 있는 비탈, 거기에서 마음은 자신의 이중적 의지 때문에 현기증을 일으킨다.

아, 친구들이여, 그대들은 내 마음의 이중의 의지도 잘 알고 있지 않은가?

시선은 높은 곳을 향해 돌진하고 내 손은 심연을 붙잡고 의지하려고 한다. 바로 이것이 **나의** 비탈이며 나의 위험이다!

나의 의지는 인간에게 매달리고 나는 사슬로 스스로를 인간에게 묶어둔다. 왜냐하면 나는 초인을 향해 위로 끌려 올라가기 때문이다. 나의 다른 의지가 위쪽을 향하려 하기 때문이다.

그 때문에 나는 인간들 사이에서 나의 손이 확실한 것을 쥐고 있다는 믿음을 완전히 잃어버리지 않기 위해 마치 인간들을 알지 못하는 듯 장님으로 살고 있다.

나는 그대 인간들을 알지 못한다는 암흑과 위안이 때때로 내 주위를 둘러싸고 있다.

나는 온갖 악한들이 오가는 문 옆에 앉아 묻는다. 누가 나를 속이려는가?

속이는 자들을 경계하지 않기 위해 나를 속이게 내버려두는 것이 인간 사이에서 나의 첫 번째 지혜이다.

아, 내가 인간을 경계한다면 어떻게 인간이 나의 기구의 닻이 될 수 있겠는가! 나의 기구는 가볍게 위로 올라가 쉽게 사라질 것이다!

내가 조심해야 한다는 섭리가 나의 운명을 지배하고 있다.

그러므로 인간들 사이에서 쇠약해져 죽기를 원하지 않는 자는 어떠한 잔으로든 마시는 법을 배워야 한다. 그리고 인간들 사이에서 깨끗하게 남아 있고 싶은 자는 더러운 물로라도 자신을 씻을 줄 알아야 한다.

그래서 나는 나를 위로하기 위해 이렇게 말한다. "자! 이제! 변치 않는 마음이여! 그대는 한 가지 불행을 면했다. 이를 그대의 행복으로 즐겨라!"

그리고 자존심이 강한 자들보다 **허영심 강한 자들**을 아끼는 것이 내가 가진 인간의 또 다른 지혜이다.

상처받은 허영심은 모든 비극의 모태가 아닌가? 그러나 자존심이 상처를 입은 곳에서는 자존심 이상의 좋은 것이 자라

날 것이다.

삶이 보기에 좋은 것이 되기 위해서는 그 연극을 훌륭하게 해야 한다. 그러나 이를 위해서는 좋은 배우가 필요하다.

나는 허영심 강한 자들이 모두 훌륭한 배우라는 것을 알았다. 그들은 사람들이 즐겁게 자신들의 연기를 구경하기를 바란다. 그들의 정신은 모두 이 의지에 담겨 있다.

그들은 스스로 무대에 올라 자신을 창조한다. 나는 그들 가까이에서 삶을 구경하기를 즐긴다. 그것이 나의 우울증을 치료한다.

나는 허영심 강한 자들을 아낀다. 왜냐하면 그들은 나의 우울증을 고치는 의사들이고 나를 연극에 집중하게 하듯 인간에게 단단히 붙들어두기 때문이다.

누가 허영심 강한 자의 겸손의 깊이를 온전히 헤아리겠는가! 나는 그들의 겸손함으로 인해 그들에게 호감을 가지고 동정한다.

허영심 강한 자는 그대들에게서 자신에 대한 믿음을 배우려한다. 그는 그대들의 시선을 먹고살고 그대들의 손에서 찬사를 게걸스레 받아먹는다.

그대들이 거짓으로 그를 칭찬한다면 그는 그대들의 거짓말까지 믿는다. 왜냐하면 그는 마음속 깊이 "나는 무엇인가?" 하며 탄식하기 때문이다.

그리고 자기 자신에 대하여 모르는 것이 참된 덕이라고 하면 허영심 강한 자는 자신의 겸손을 모른다!

그리고 인간의 세 번째 지혜는 그대들의 비겁함 때문에 내가 **악인들**을 보는 것을 싫어하지 않는다는 것이다.

나는 뜨거운 태양이 만들어내는 기적들, 즉 호랑이와 야자나무와 방울뱀을 보면 지극히 행복하다.

인간들 사이에도 뜨거운 태양이 잉태한 훌륭한 자손이 있고 악인에게도 놀라운 것이 많다.

그대들 중 최고의 현자들도 내게는 그리 현명해 보이지 않는다. 이처럼 나는 인간의 사악함도 그 평판에 미치지 못한다는 것을 알았다.

그래서 나는 종종 머리를 저으면서 물었다. 그대 방울뱀들이여, 그대들은 왜 아직도 고개를 딸랑거리고 있는가?

진실로, 악에도 아직 미래가 있다! 그리고 가장 뜨거운 남국은 아직 인간에게 발견되지 않았다.

겨우 폭 12피트(1피트는 약 30센티미터 − 옮긴이)에 생후 3개월밖에 안 된 많은 것들은 현재 가장 사악한 악으로 불리고 있다! 그러나 언젠가는 더 거대한 용들이 세상에 나타날 것이다.

왜냐하면 초인이 자신에게 어울리는 거대한 용을 갖기 위해 뜨거운 태양이 습도 높은 원시림을 뜨겁게 해야 하기 때문이다!

그대들의 살쾡이가 호랑이가 되고 그대들의 독 두꺼비가 악어가 되어야 한다. 훌륭한 사냥꾼은 훌륭한 사냥을 해야 하기 때문이다!

그리고 진실로 그대 선하고 의로운 자들이여! 그대들에게는 우스운 부분이 많다. 특히 지금까지 '악마'라고 불러왔던 것들에 대한 공포가 그렇다!

그대들의 영혼은 위대한 것과 거리가 멀다. 그래서 그대들은 초인이 선의를 가지고 있어도 초인은 그대들에게 **무서운 존재**이다!

그리고 그대 현자와 지식인들이여, 그대들은 초인이 즐겨 벌거벗고 목욕하는 지혜의 뜨거운 태양에게서 도망갈 것이다!

나의 눈에 비친 그대 최고의 인간들이여! 내가 그대들을 의심하고 비밀스럽게 몰래 웃는 것은 그대들이 나의 초인을 악마라고 부를 것을 예측했기 때문이다!

아, 나는 이 드높고 훌륭한 자들에게 지쳐버렸다. 나는 그들의 '높이'에서 위로, 밖으로, 저 멀리 벗어나 초인에게 가고 싶었다!

이 훌륭한 자들의 벌거벗은 몸을 보았을 때 온몸에 소름이 끼쳤고 그때 나에게 저 먼 미래 속으로 날아갈 날개가 자라났다.

일찍이 어떤 조각가가 꿈꾸었던 것보다 더 먼 미래와 훨씬 남쪽을 향해, 신들이 옷을 걸치는 것을 부끄럽게 여기는 그곳으로 날아갈 날개가!

그러나 나는 **그대들**이 변장한 것을 보고 싶다, 그대 이웃들이여, 동료들이여, 멋지게 차려입고 허영을 부리며 '선하고 의로운 자'로 자랑하는 모습을 보고 싶다.

그리고 나 스스로 변장을 하고 그대들 사이에 앉아 있고 싶다. 내가 그대들과 나를 **구분하지 못하도록** 하기 위해서. 이것이 바로 내가 말하는 인간의 마지막 지혜이다.

차라투스트라는 이렇게 말했다.

가장 고요한 시간

친구들이여, 내게 무슨 일이 있었는가? 그대들은 내가 평정을 잃고 쫓겨서 마지못해서 떠나기로 한 모습을 보고 있다. 아, **그대들**에게서 떠나려는 모습을!

그렇다, 차라투스트라는 다시 한번 자신의 고독 속으로 돌아가야 한다. 곰은 내키지 않는 마음으로 자기 동굴로 되돌아가야만 한다!

내게 무슨 일이 일어났는가? 누가 이런 명령을 하는가? 아, 나의 성미 급한 여주인이 그것을 원하고 나에게 그렇게 요구했다. 내가 그대들에게 그녀의 이름을 말한 적이 있었는가?

어제 저녁 무렵 **나의 가장 고요한 시간**이 내게 말했다. 그리고 이것이 나의 무서운 여주인의 이름이다.

일의 순서는 이러했다. 갑자기 떠나가는 자에 대해 그대들의 마음이 경직되지 않도록 나는 모든 것을 말하겠다!

그대들은 잠들어가는 자에게 엄습하는 공포를 알고 있는가?

발밑의 땅이 꺼지고 꿈이 시작되어 그는 발가락까지 놀라게 된다.

이것을 나는 그대들에게 비유로 말한다. 어제 가장 고요한 시간에 땅이 꺼지고 꿈이 시작되었다.

시계 바늘이 움직이고 나의 삶의 시계가 숨을 쉬었다. 일찍이 나는 지금까지 주위에서 그렇게 고요함을 느낀 적이 없었기 때문에 나의 가슴이 깜짝 놀랐다.

그때 누군가 내게 소리 없이 말했다. **"차라투스트라여, 그대는 그것을 알고 있는가?"**

이 속삭임에 나는 깜짝 놀라 소리를 질렀고, 얼굴에서는 핏기가 가셨다. 그러나 나는 아무 대답도 하지 않았다.

그러자 이때 누군가가 다시 한번 소리 없이 내게 말했다. "그대는 그것을 알고 있다, 차라투스트라여."

나는 이 속삭임에 놀라 비명을 질렀다. 얼굴에는 핏기가 자라졌지만 나는 침묵했다.

그러자 다시 한번 소리 없이 말하는 소리가 들렸다. "그대는 알고 있으나 말하지 않는구나, 차라투스트라여!"

마침내 나는 반항하는 자처럼 대답했다. "그렇다. 나는 그것을 알고 있다. 그러나 그것을 말하고 싶지는 않다!"

그때 누군가가 다시 소리 없이 내게 말했다. "**그대가 원하지** 않는다고? 차라투스트라여, 그것이 정말인가? 그대의 반항심 속에 숨지 말라!"

나는 아이처럼 울고 몸을 떨며 말했다. "아, 말하고는 싶었지만 내가 어떻게 그럴 수 있단 말인가! 용서하라! 그것은 내 힘이 미치지 못하는 일이다!"

이때 누군가가 다시 소리 없이 내게 말했다. "걱정할 것이 무엇인가, 차라투스트라여! 그대의 할 말을 하고 부서져버려라!"

나는 대답했다. "아, 그것이 **나의** 말인가? 나는 누구인가? 나는 더 고귀한 자를 기다리고 있다. 그 사람 앞에서 나는 부서질 가치도 없는 사람이다."

이때 누군가가 다시 소리 없이 내게 말했다. "그것이 무슨 문제인가? 내가 보기에 그대는 아직도 충분히 겸손하지 못하다. 겸손은 가장 단단한 겉가죽을 가지고 있다."

그래서 나는 대답했다. "지금까지 나의 겸손의 겉가죽이 견뎌내지 못한 것이 있단 말인가! 나는 나의 산기슭에 살고 있다. 산의 높이는 얼마나 높은가? 나에게 그것을 말해준 사람은 아직 아무도 없었다. 그러나 나의 골짜기들은 잘 알고 있다."

이때 누군가가 다시 소리 없이 내게 말했다. "오, 차라투스트라여. 산을 옮겨야 하는 자는 골짜기와 평지도 옮겨야 한다."

그래서 나는 대답했다. "내 말은 지금까지 어떠한 산도 옮겨 놓은 적이 없고 내가 한 말은 어떠한 인간에게도 전달되지 못했다. 나는 인간들에게 다가가기는 했으나 아직 그들에게 이르지는 못했다."

이때 누군가가 다시 소리 없이 내게 말했다. "그대가 **그것을** 어떻게 알겠는가! 밤의 가장 고요한 시간에 이슬이 풀 위에 내리는 법이다."

그래서 나는 대답했다. "내가 자신의 길을 발견하고 그 길로 갈 때 인간들은 나를 비웃었다. 그때 사실 내 발은 떨리고 있었다.

그러자 그들은 내게 이렇게 말했다. '당신은 길을 잃어버리고 이제는 걷는 법도 잊었구나!'라고."

이때 누군가가 다시 소리 없이 내게 말했다. "그들의 비웃음이 무엇이 중요한가! 그대는 복종하는 법을 잊어버린 자이다! 그대는 이제 명령을 내려야 한다!

그대는 모든 이에게 가장 필요한 자가 **누구**인지 모르는가? 바로 위대한 일을 명령하는 자이다.

위대한 일을 수행하는 것은 어렵다. 그러나 더욱 어려운 것은 위대한 일을 명령하는 것이다.

권력을 가지고 있으면서도 지배하려 하지 않는 것이 그대가 가장 용서받지 못하는 점이다."

그래서 나는 대답했다. "나는 명령하기에 맞는 사자의 목소리가 없다."

이때 누군가가 다시 속삭였다. "가장 조용한 말이 폭풍을 몰고 오고 비둘기의 발로 걸어온 사상이 세상을 움직인다.

오, 차라투스트라여, 그대는 다가올 자의 그림자로 걸어가야 한다. 그러면 그대는 명령할 것이고 명령하면서 앞서 나갈 것이다."

그래서 나는 대답했다. '나는 자신이 부끄럽다'라고."

이때 누군가가 다시 소리 없이 내게 말했다. "그대는 아이가 되어 부끄러움을 버려야 한다.

그대에게는 아직 젊음의 자존심이 남아 있고 늦게 젊은이가 되었다. 그러나 아이가 되려고 하는 자는 자신의 젊음까지도 극복해야 한다."

그래서 나는 한참을 곰곰이 생각하며 몸을 떨었다. 그러나 결국 나는 처음 말한 것과 같은 말을 했다. "나는 그것을 원하지 않는다."

그러자 내 주위에서 웃음이 터졌다. 아, 이 웃음소리가 나의 내장을 찢고 나의 심장을 갈가리 찢었다!

그리고 누군가가 마지막으로 다음과 같이 말했다. "오, 차라투스트라여, 그대의 과일은 익었지만 그대는 그대의 과일에 어울릴 정도로 무르익지 못했다!

따라서 그대는 다시 고독 속으로 돌아가야 한다. 앞으로 더 무르익어 부드러워져야 한다."

그리고 소리 없이 말하는 자는 다시 한번 웃고 사라져버렸다. 그러자 나의 주위는 이중의 고요에 싸인 듯이 조용해졌다. 나는 땅바닥에 누워 있었는데 온몸에서 땀이 비 오듯 흘렀다.

이제 그대들은 모든 것을 들었다. 내가 왜 나의 고독 속으로 되돌아가야 하는지도 들었다. 친구들이여, 나는 그대들에게 아무것도 숨기지 않았다.

그대들은 내게서 누가 모든 인간들 중에서 가장 말이 없는지, 그리고 **누가** 그렇게 되기를 원하는지도 들었다!

아, 나의 친구들이여! 나에게는 아직 그대들에게 말할 것이 있고 줄 것이 있다! 왜 나는 그것을 그대들에게 주지 않고 있는가? 내가 인색하기 때문인가?

차라투스트라가 이 말을 했을 때, 친구들과의 이별이 가까워졌다는 생각이 덮쳐 그는 크게 슬퍼했다. 그래서 그는 큰 소리로 울었다. 아무도 그를 어떻게 달래야 할지 몰랐다. 그날 밤 차라투스트라는 친구들을 두고 홀로 길을 떠났다.

3부

그대들은 높이 올라가고자 할 때는 위를 바라본다. 그러나 나는 이미 높은 곳에 있기 때문에 아래를 내려다보는 것이다.

그대들 중에 그 누가 웃음과 동시에 높은 곳에 있을 수 있는가?

가장 높은 산을 오르는 자는 모든 비극과 비극적인 진중함을 비웃는다.

- 차라투스트라, 「읽기와 쓰기에 대하여」 중에서

방랑자

한밤중에 차라투스트라는 섬의 산등성이를 넘어갔다. 아침 일찍 건너편 해변에 닿아 그곳에서 배를 타기 위해서였다. 거기에는 다른 나라의 배들도 자주 정박하는 좋은 부두가 하나 있었다. 배들은 행복의 섬을 떠나 바다를 건너가려는 많은 사람들을 태워 갔다. 그리고 이제 차라투스트라는 산을 올라가면서 젊은 시절부터 수없이 거듭한 외로운 방랑을 회상했다. 얼마나 많은 산과 산등성이와 산봉우리를 올랐는지 생각했던 것이다.

나는 방랑자이며 산을 오르는 자이다. 그는 마음속으로 말했다. 나는 평지를 사랑하지 않고 오랫동안 조용히 앉아 있지 못한다.

이제 나에게 앞으로 어떤 일이 운명과 경험 속에 다가오든지 거기에는 항상 방랑과 산을 오르는 일이 있을 것이다. 인간은 결국 자기 자신만을 체험하는 존재에 불과하다.

내게 우연한 일들이 닥칠 수 있는 때는 이미 지났다. 이제 와서 나 자신의 것이 아닌 어떤 일이 내게 일어날 수 있겠는가!

다만 되돌아올 뿐이다. 나의 고유한 자신, 그리고 이 자신을 떠나 오랫동안 낯선 곳의 사물과 우연 속에 흩어진 것은 마침내 집으로 돌아온다.

그리고 나는 또 한 가지를 알고 있다. 나는 이제 마지막 정상 앞에, 나에게 오랫동안 미루어져왔던 것 앞에 서 있다. 아, 나의 가장 험난한 길을 이제 올라야 한다! 아, 나의 가장 고독한 방랑이 시작되었다.

나와 같은 종류의 인간은 이 시간을 피하지 못한다. 자신에게 이렇게 말하는 시간을. "이제야 그대는 위대한 그대의 길을 간다! 정상과 심연은 이제 하나로 결합되었다!

그대는 위대함을 향한 그대의 길을 간다. 그대의 최후의 위험이라고 불리던 것이 이제는 그대의 마지막 피난처가 되었다!

그대는 위대함을 향한 그대의 길을 간다. 그대의 뒤에 이미 아무런 길도 없다는 것은 이제 그대의 최고의 용기를 주는 것이 되어야 한다!

그대는 위대함을 향한 그대의 길을 간다. 몰래 그대의 뒤를 따르는 자는 아무도 없다! 그대의 발은 그대가 걸어온 뒤의 길을 지워버렸고 그 길 위에는 '불가능'이라고 쓰여 있다.

이제 그대는 사용할 수 있는 사다리가 없기에 자신의 머리를 타고 올라가는 법을 알아야 한다! 그렇지 않으면 어떻게 위로 올라갈 수 있겠는가?

그대 자신의 머리를 딛고 그대 자신의 심장을 넘어가라! 그대의 가장 부드러운 것도 이제 가장 엄격한 것이 되어야 한다.

자신을 지나치게 아끼는 자는 결국 너무 아끼다 병에 걸린다. 그러므로 엄격함을 찬양하라! 버터와 꿀이 넘쳐흐르는 땅을 나는 찬양하지 않는다!

많은 것을 보려면 자기 자신을 **놓을** 줄 알아야 한다. 산을 오르는 모든 자들에게는 이런 엄격함이 필요하다.

깨닫는 자로서 눈에 보이는 것에 지나치게 집착하면 모든 것에서 겉으로 드러난 것 이상을 볼 수 없다!

그러나, 오, 차라투스트라여, 그대는 만물의 바닥과 그 배경을 보려 했다. 그러므로 그대는 그대 자신을 넘어 올라가야 한다. 위로, 더 위쪽으로, 그대의 별들이 그대의 **발밑**에 놓일 때까지!

그렇다! 나 자신과 나의 별들도 저 아래로 내려다보는 것을

나는 나의 **정상**이라 부른다. 그것은 나에게 남겨진 **마지막** 정
상이었다!"

차라투스트라는 산을 오르는 동안 자신에게 엄격한 잠언으
로 이렇게 말하며 마음을 위로했다. 어느 때보다도 그의 마음
의 상처가 깊었기 때문이다. 그가 산 정상에 올랐을 때였다. 보
아라, 그의 눈앞으로 또 다른 바다가 펼쳐져 있었다. 그는 오랫
동안 말없이 서 있었다. 정상의 밤은 차갑고 맑았으며 별빛으
로 환했다.

나는 나의 운명을 알고 있다. 마침내 그가 슬프게 말했다. 좋
다! 이제 준비가 되었다. 이제 나의 마지막 고독이 시작되었다.

아, 내 밑의 이 어둡고 슬픈 바다여! 아, 이 무겁고 음울한 불
쾌감이여! 아, 운명이여, 바다여! 그대들에게로 이제 **내려가야**
만 한다.

나는 지금 나의 가장 높은 산, 나의 가장 긴 방랑 앞에 서 있
다. 그래서 나는 먼저 내가 내려갔던 것보다 더 깊이 내려가야
만 한다.

내가 내려갔던 것보다 더 깊은 고통 속으로, 고통의 가장 어
두운 해류까지! 나의 운명이 그러기를 원한다. 좋다! 나는 각
오가 되어 있다.

가장 높은 산은 어디서 오는가? 일찍이 나는 물었다. 그때 나
는 그 산들이 바다에서 온다는 것을 배웠다.

그 증거는 산의 바위와 상의 암벽에 기록되어 있다. 가장 높은 것은 가장 깊은 것에서 나와 자신의 높이에 도달해야 한다.

차라투스트라는 추운 산꼭대기에서 이렇게 말했다. 그러나 바다 가까이 가서 마침내 절벽 밑에 혼자 섰을 때 지쳐버린 그는 어느 때보다 더 그리움에 목말라 했다.

만물이 아직 잠들어 있구나. 그가 말했다. 바다도 잠들어 있다. 바다의 눈빛은 잠에 취해 낯선 눈으로 나를 바라보고 있다.

그러나 바다의 숨결은 온화하다. 나는 그것을 느낀다. 그리고 나는 바다가 꿈꾸는 것도 느낀다. 바다는 딱딱한 베개 위에서 꿈을 꾸며 몸부림친다.

쉿, 조용히! 나쁜 기억들 때문에 바다가 신음하고 있구나! 아니면 나쁜 기대 때문인가?

아, 그대 어두운 괴물이여, 나는 그대와 더불어 슬프고 그대 때문에 나 자신도 미워진다.

아, 내 손의 강함이 부족하구나! 참으로 기꺼이 그대를 나쁜 꿈들로부터 구해주고 싶다!

차라투스트라는 이렇게 말하고 슬픔과 괴로움 때문에 자신을 비웃었다. "이런! 차라투스트라여! 그대는 바다를 위해 위로의 노래를 불려주려고 하는가!

아, 그대 다정한 바보, 차라투스트라여, 그대 너무도 쉽게 맹

신하는 자여! 그대는 언제나 그랬었다. 그대는 언제나 믿음을
갖고 모든 무서운 것에 다가갔다.

그대는 온갖 괴물을 쓰다듬어주려고 했다. 따뜻한 숨결, 앞
발의 부드러운 털, 그것만으로도 그대는 그 괴물을 사랑하고
유혹하려 했다.

사랑, 살아 있는 것은 무엇이든 가리지 않는 그러한 사랑은
가장 고독한 자에게는 위험한 일이다! 진실로 사랑에 있어 나
의 어리석음과 겸손은 우습다!"

차라투스트라는 이렇게 말하고 다시 한번 웃었다. 그러나
그때 그는 두고 온 친구들을 떠올렸다. 그리고 그들을 생각한
것만으로도 그들에게 죄를 지은 것처럼 그는 자신의 생각 때
문에 화를 냈다. 그러고는 웃던 자가 갑자기 울음을 터뜨렸다.
분노와 동경 때문에 차라투스트라는 서럽게 울었다.

환상과 수수께끼에 대하여

I

차라투스트라가 배에 탔다는 소문이 뱃사람들 사이에 퍼졌
다. 행복의 섬에서 온 한 남자가 그와 함께 탔었기 때문이다.
커다란 호기심과 기대가 일어났다. 그러나 차라투스트라는 이

틀 동안 아무 말도 하지 않고 슬픔으로 냉랭하고 귀머거리가 되어 어떤 눈짓과 물음에도 대답하지 않았다. 그러나 이튿날 저녁에 그는 여전히 침묵을 지켰지만 그의 귀는 다시 열렸다. 먼 곳에서 와서 다시 먼 곳으로 가는 이 배에는 귀를 기울일 만한 신기하고 위험한 이야기들이 많았기 때문이다. 차라투스트라는 먼 곳을 여행하며 위험을 즐기는 자들의 친구였다. 그리고 보아라! 그 이야기를 듣는 동안 그의 혀가 풀리고 마음속의 얼음이 부서졌다. 그리고 그는 다음과 같이 말하기 시작했다.

대담한 탐험가들이여, 그리고 일찍이 교활한 돛을 달고 위험한 바다를 항해하던 자들이여,

피리 소리에 미혹되어 미궁의 골짜기로 끌려들어 가는 영혼을 가진, 수수께끼에 취한 자들이여, 황혼의 빛을 즐기는 자들이여, 그대들은 겁먹은 손으로 한 가닥 실을 더듬기를 원하지 않고 **추측**할 수 있는 것도 굳이 **확인**하기를 싫어하는 자들이다.

그래서 나는 그대들에게만 내가 **보았던** 수수께끼를 말해주겠다. 가장 고독한 자의 환상을.

최근에 나는 시체 같은 빛깔의 황혼 속을 우울한 마음으로 걸었던 적이 있다. 우울하게 입을 굳게 다문 채로 말이다. 내게 단 하나의 태양만 진 것이 아니었다.

돌과 자갈을 뚫고 뻗어 있는 오솔길, 풀도 덤불도 자랄 수 없는 심술궂고 쓸쓸한 길. 이런 산길이 굳센 나의 발아래에서 달

그락거리는 소리를 내었다.

　비웃듯이 달그락거리는 자갈들의 소리에도 그 위를 걷고 미끄러운 돌을 밟으며 나의 발걸음은 힘겹게 위를 향해 올라갔다.

　위를 향해, 내 발을 저 아래 심연으로 끌어내리는 정령, 나의 악마이자 숙적인 중력의 영을 거슬러 올라갔다.

　위를 향해, 반은 난쟁이고 반은 두더지인, 절름발이면서 남까지 절름거리게 만드는 이 중력의 영이 내 등에 걸터앉아 나의 귓속과 뇌 속으로 납 같은 사상을 방울방울 떨어뜨렸지만 내 발은 계속 위를 향해 올라갔다.

　"아, 차라투스트라여, 그대 지혜의 돌이여!" 중력의 영은 비웃듯이 속삭였다. "그대는 자신을 높이 던졌지만 던져진 모든 돌은 반드시 떨어진다!

　아, 차라투스트라여, 그대 지혜의 돌이여. 그대를 투석기로 던져진 돌이여, 별을 파괴하는 자여! 그대는 자신을 너무 높이 던져 올렸다. 그러나 던져진 모든 돌은 반드시 떨어진다!

　아, 차라투스트라여, 그대 자신에게로 돌아와 그대를 쳐 죽이게 되어 있는 돌을 그대는 멀리 던졌다. 그러나 그 돌은 **그대** 머리 위로 다시 떨어질 것이다."

　그리고 나서 난쟁이는 입을 다물었고 침묵은 오래 지속되었다. 그의 침묵은 나를 답답하게 했다. 진실로 이렇게 둘이 있는 것이 혼자 있는 것보다 더 외롭다!

나는 오르고 또 올랐고 꿈꾸며 생각했다. 그러나 모든 것이 나를 숨 막히게 했다. 나는 심한 고통에 시달리고 악몽에 놀라 잠에서 깨어나는 병자 같았다.

그러나 내게는 내가 용기라고 부르는 무엇이 있었다. 이것이 지금까지 나의 모든 낙담을 없애주었다. 이 용기가 마침내 걸음을 멈추고 이렇게 말하도록 명령했다. "난쟁이여! 그대인가, 아니면 나인가!"

말하자면 용기란, **공격적인** 용기는 최상의 살인자이다. 왜냐하면 모든 공격 속에는 울려 퍼지는 선율이 있기 때문이다.

인간은 가장 용감한 동물이다. 인간은 모든 동물을 극복했다. 인간의 고통은 가장 깊은 고통이었으나 승리의 선율을 울리며 인간은 모든 고통을 극복했다.

용기는 심연 앞에서의 현기증도 살해한다. 인간이 서 있는 곳이 어디 심연 아닌 곳이 있는가! 본다는 것 자체가 심연을 보는 것이 아닌가?

용기는 최상의 살인자이다. 용기는 동정도 죽인다. 동정이야말로 가장 깊은 심연이다. 삶을 깊이 들여다보는 만큼 인간은 고통도 깊이 같은 깊이로 들여다본다.

그러나 공격하는 용기야말로 용기는 최상의 살인자이다. 이 용기는 죽음까지 죽인다. 왜냐하면 용기는 "그것이 삶이었나? 좋다, 그럼 다시 한번!" 하고 말하기 때문이다.

이 말 속에는 승리의 선율이 힘차게 울려 퍼진다. 귀가 있는 자는 들어라.

2

"멈추어라! 난쟁이여!" 나는 말했다. "나인가? 아니면 그대인가? 하지만 우리 둘 중에서는 내가 더 강자이다. 그대는 나의 심연의 사상을 알지 못한다! **이 사상**을 너는 감당하지 못한다!"

그러자 내 몸이 가벼워졌다. 이 호기심 많은 난쟁이가 내 어깨에서 뛰어내렸던 것이다! 그러고는 내 앞에 있는 돌 위에 쪼그리고 앉았다. 그리고 우리가 발을 멈춰선 곳에 출입구가 하나 있었다.

"이 입구를 보아라! 난쟁이여!" 나는 계속해서 말했다. "이 출입구는 두 개의 얼굴을 가지고 있다. 두 길이 여기서 만난다. 아무도 이 두 길의 끝까지 가보지 못했다.

뒤쪽으로 뻗은 이 기나긴 길은 영원으로 이어진다. 그리고 저 밖으로 뻗은 저 기다란 길은 또 다른 영원이다.

그 두 길은 서로 반대이다. 그것들은 서로 정면으로 충돌한다. 그리고 여기, 이 출입구 성문에서 두 길이 마주친다. 출입구의 이름은 위에 쓰여 있다. '순간'이라고 쓰여 있다.

그대 난쟁이여, 그러나 누군가가 그 길 가운데 하나를 따라 더 앞으로 더 멀리 가는 경우에도 이 길들이 영원히 서로 반대라고 생각하는가?"

"모든 곧은 것은 거짓을 말한다." 난쟁이가 경멸하듯 중얼거렸다. "모든 진리는 곡선이고 시간 자체도 하나의 원이다."

"그대 중력의 영이여!" 나는 화를 내며 말했다. "그렇게 쉽게 여기지 마라! 그렇지 않으면 나는 그대가 쪼그리고 앉은 곳에 그대로 쪼그리고 있게 내버려둘 것이다, 절름발이여! 그리고 그대 **이 높은 곳**으로 데려온 것도 바로 나이다!"

"보아라, 이 순간을!" 나는 계속 말했다. "이 순간이라는 출입구로부터 영원의 기나긴 길 하나가 **뒤쪽으로** 나 있다. 우리의 뒤에 하나의 영원이 놓여 있다.

만물 중에 달릴 **수 있는** 것은 이미 언젠가 이 길을 분명히 달리지 않았겠는가? 만물 중에 일어날 수 있는 일은 언젠가 일어났고 행해지고 달려 지나가 버린 것이 분명하지 않은가?

그리고 모든 것이 이미 존재했던 것이라면 그대 난쟁이여, 그대는 이 순간을 무엇이라고 생각하는가? 이 출입구도 이미 존재했었던 것이 틀림없지 않은가?

만물은 그러한 식으로 굳게 연결되어 있지 않은가? 이 순간이 다가올 **모든** 미래의 일들을 자신에게로 끌어당기도록 말이다. **그렇게** 이 순간은 자신까지 끌어당기고 있지 않은가?

왜냐하면 만물 가운데서 달릴 **수 있는** 것은 이 **바깥으로 통하는** 기나긴 오솔길을 언젠가 한번은 달릴 것임이 **분명하기** 때문이다!

달빛 속에 느릿느릿 기어 다니는 이 거미, 이 달빛 자체, 그리고 영원한 사물들에 대해 함께 속삭이며 출입구에 있는 나와 그대, 우리 모두는 이미 존재했었던 것임이 분명하지 않은가?

그리고 다시 돌아와서 우리 앞에 있는 또 다른 길고도 무서운 길을 달려가야 하지 않는가? 그렇게 우리는 영원히 다시 돌아올 수밖에 없지 않은가?"

이렇게 나는 점점 더 목소리를 낮추며 말했다. 내가 가진 여러 생각과 그 생각의 배후가 두려웠기 때문이다. 그때 갑자기 가까운 곳에서 개 한 마리가 **짖어대는** 소리가 들렸다.

나는 개가 저렇게 짖어대는 것을 들은 적이 있었던가? 나의 생각은 옛날로 달려갔다. 그렇다! 내가 어린 아이였을 때, 아득한 유년 시절이었다.

그때 나는 어떤 개 한 마리가 짖는 것을 들었다. 개들까지 유령을 믿는 아주 고요한 한밤중에 개 한마리가 털을 세우고 머리를 치켜들고 떨고 있는 것을 보았다.

나는 그 모습에 연민의 감정을 느꼈다. 바로 그때 보름달이 죽음처럼 말없이 집 위로 떠올랐다. 둥근 불덩어리 같은 달은 평평한 지붕 위에 조용히, 마치 사유지에 들어온 것처럼 멈추어 섰다.

개는 겁에 질렸다. 개들은 도둑과 유령의 존재를 믿기 때문이다. 그리고 개가 짖는 소리를 다시 듣게 되자 나는 새삼 연민의 감정을 느낀 것이다.

그런데 난쟁이는 어디로 갔는가? 출입구로 가는 길은? 거미는? 그리고 모든 속삭임은? 모든 것이 꿈이었는가? 깨어 있었던가? 갑자기 나는 험준한 절벽 사이에 서 있었다. 홀로, 쓸쓸히 황량한 달빛 속에 서 있었다.

그런데 거기에 어떤 인간이 누워 있었다! 그리고 거기에! 날뛰며 털을 세우고 미친 듯이 짖는 개가 있었다. 그 개는 내가 오는 것을 보고 다시 짖었다. **부르짖었다.** 일찍이 나는 개가 그토록 애타게 도움을 청하며 짖는 것을 들은 적이 있었던가?

그리고 진실로 내가 그때 보았던 것을 나는 결코 본 적이 없었다. 나는 어떤 젊은 양치기가 입에 육중하고 검은 뱀 한 마리를 물고 몸을 비틀며 구역질하고 경련을 일으키며 얼굴을 찡그리는 것을 보았다.

나는 인간의 얼굴에서 이렇게 심한 구역질과 창백한 공포를 본 적이 있었는가? 그는 자고 있었던 것일까? 어쨌든 뱀은 그의 목구멍 속으로 기어들어 가 꽉 물었다.

내 손은 뱀을 마구 잡아당겼으나 소용이 없었다! 내 손은 뱀을 목구멍에서 빼내지 못했다. 그때 내 안에서 무언가가 "물어라! 물어뜯어라!" 하고 소리쳤다.

"뱀의 머리를 물어라! 물어뜯어라!" 내 안에서 외쳤다. 나의 공포, 나의 증오, 나의 혐오감, 나의 동정심, 내 안의 선과 악이 내 안에서 소리를 질러댔다.

내 주위의 그대 대담한 자들이여! 그대 모험가들이여, 그리고 교활한 돛을 달고 미지의 바다를 항해했던 자들이여! 그대 수수께끼를 즐기는 자들이여!

그때 내가 본 수수께끼를 풀어다오. 더없이 고독한 자가 본 환상을 설명해다오!

왜냐하면 그것은 하나의 환상이고 예견이었기 때문이다. 나는 그때 비유 속에서 **무엇을** 보았던가? 그리고 반드시 와야 할 자는 **누구**인가?

뱀이 그 목구멍 속으로 기어들어 간 양치기는 **누구**인가? 그렇게 가장 무겁고 가장 검은 것이 목구멍 속으로 기어들어 가게 될 그 인간은 **누구**인가?

그러자 그 양치기는 내가 부르짖은 대로 덥석 물었다! 그는 뱀 대가리를 저 멀리 내뱉어버렸다. 그러고는 벌떡 일어섰다.

이제 양치기도 아니고 인간도 아닌 변화한 자, 빛에 둘러싸인 자로 그가 **웃고 있었다!** 지상에서 **그처럼** 웃었던 자는 아무도 없었다!

아, 나의 형제들이여, 나는 인간의 웃음이 아닌 웃음을 들었다. 그리고 이제 갈증이. 결코 잠재울 수 없는 동경이 나를 갉아먹는다.

이 웃음에 대한 나의 동경이 나를 갉아먹는다. 아, 이제 살아가는 것을 어떻게 견딜 것인가! 그리고 지금 죽는다는 것을 어떻게 견딜 것인가!

차라투스트라는 이렇게 말했다.

원치 않는 행복에 대하여

차라투스트라는 이런 수수께끼와 쓰림을 가슴에 품은 채 항해를 계속했다. 그러나 행복의 섬들과 친구들을 떠난 지 나흘이 지나고 나서야 그는 비로소 자신의 모든 고통을 극복할 수 있었다. 그는 자랑스럽게 굳은 발로 다시 자신의 운명 위에 섰다. 그때 차라투스트라는 기쁨에 넘치는 자신의 양심에게 이렇게 말했다.

나는 홀로 맑은 하늘과 넓은 바다와 더불어 외톨이로 있기를 바란다. 내 주위는 다시 오후가 되었다.

내가 벗들을 처음 발견한 때도 오후였고 그다음에 만났을 때도 어느 날의 오후였다. 모든 빛이 더욱 고요해지는 시간이었다.

하늘과 땅 사이에서 아직 떠도는 행복은 지금도 자신이 머물 영혼을 찾고 있다. **행복에 넘쳐** 이제 모든 빛은 더욱 고요해졌다.

아, 내 삶의 오후여! 일찍이 **나의** 행복도 거처를 찾아 골짜기로 내려갔다. 그리고 그곳에서 나의 행복은 마음을 열고 손님을 맞는 이 영혼들을 찾아냈다.

아, 내 삶의 오후여! 그 '한 가지'를 얻는다면, 내 사상이 튼튼하게 뿌리내리고 내 최고 희망의 아침 하늘을 얻기만 하면 무엇이든 포기하지 않겠는가!

창조하는 자는 일찍이 길동무와, **자신의** 희망의 아이들을 찾아다녔다. 보아라, 창조하는 자는 그가 먼저 아이들을 창조하지 않고서는 그들을 찾을 수 없다는 사실을 알게 되었다.

그리하여 나의 아이들에게로 가기도 하고 그들에게서 돌아오기도 하면서 나의 일에 몰두하고 있다. 자기 아이들을 위해 차라투스트라는 자신을 완성해야 한다.

인간은 근본적으로 본래 자신의 아이와 일만을 사랑한다. 그리고 자신에 대한 큰 사랑이 있다면 그 사랑은 잉태의 징조다. 나는 그 점을 깨달았다.

나의 정원과 비옥한 토지에서 자라는 나무들인 나의 아이들은 첫봄을 맞이하여 푸르게 자라고 있으며 서로 기대어 함께 바람에 흔들리고 있다.

그리고 진실로! 이런 나무들이 함께 기대어 선 곳에 행복의 섬들이 **있다**!

그러나 나는 언젠가 그 나무들을 뽑아내 각각 다른 곳에 심을 것이다. 나무들 한 그루 한 그루마다 고독과 반항, 그리고 선구안을 배우도록.

그리하여 그들은 불굴의 삶의 살아 있는 등대로서 마디가 굵고 뒤틀려 유연하지만 강하게 바닷가에 서 있어야 한다.

폭풍이 바다로 돌진하고 산맥의 기다란 코가 물을 빨아들이는 곳에서 각 나무들은 언젠가 자신을 시험하고 깨닫기 위해 밤낮을 뜬눈으로 지키는 파수꾼이 되어야 한다.

하나하나의 나무는 나와 같은 부류이고 같은 혈통인지 알기 위해 구분하고 시험받아야 한다. 하나하나의 나무가 오래 지속되는 의지의 주인이기 때문에 말할 때도 과묵하고, 주면서 받는다고 생각할 만큼 관대한지 알기 위해서이다.

그 나무는 언젠가 나의 길동무가 되고 차라투스트라와 함께 창조하고 함께 기뻐하는 자가 되도록, 만물의 보다 온전한 완성을 위해 나의 의지를 나의 서판에 기록하는 자가 될 것이다.

그리고 그자를 위해, 또 그와 같은 자들을 위해 나는 **자신을** 완성해야 한다. 그래서 나는 이제 나의 행복을 버리고 자신에 대한 마지막 시험과 깨달음을 위하여 모든 불행에 나를 내맡기려 한다.

진실로 내가 떠나야 할 때이다. 방랑자의 그림자와 가장 오랜 머무름과 가장 고요한 시간들이 일제히 나에게 말했다. "때가 무르익었다!"

바람은 열쇠 구멍으로 나에게 불어와서 "오라!"고 내게 말했다. 문은 교활하게 활짝 열리면서 "가라!"고 말했다.

그러나 나는 나의 아이들에 대한 사랑의 사슬에 묶인 채 누워 있었다. 열망이, 내 아이들의 희생 제물이 되고 아이들을 위해 나 자신을 버리려는 사랑에 대한 열망이 나에게 이 덫을 씌웠다.

열망하는 것은 그것은 이미 자신을 상실했음을 의미한다. **나는 너희들을 소유하고 있다, 나의 아이들아!** 이런 소유 속에는 모든 것이 확신이어야 하고 아무 열망도 없어야 한다.

내 사랑의 태양은 타오르고 차라투스트라는 자신의 체액 속에서 끓어오르고 있었다. 그때 그림자와 의심이 내 머리 위를 스쳐 날아갔다.

나는 혹한과 겨울을 갈망하고 있었다. "오, 찬 서리와 겨울이 나를 다시 부러뜨리고 삐걱거리게 만들기를!" 나는 탄식했다. 그러자 얼음처럼 차가운 안개가 내 안에서 피어올랐다.

나의 과거가 자신의 무덤을 파헤치며 나타났고 산 채로 매장되었던 수많은 고통이 되살아났다. 그것들은 수의에 감춰진 채 잠들어 있었을 뿐이었다.

이렇게 모든 것이 징후가 되어 소리쳤다. "때가 되었다!" 그러나 나는 마침내 나의 심연이 흔들리고 나의 사상이 나를 물어뜰을 때까지 듣지 않았다.

아, 심연의 사상이여, 그대는 **나의** 사상이 아닌가! 그대가 무덤을 파헤치는 소리를 들어도 더 이상 떨지 않을 강한 힘을 나는 언제 찾아낼 것인가?

그대가 무덤을 파헤치는 소리에 나의 심장 소리가 목까지 두근거린다! 그대의 침묵도 나를 질식시키려고 한다. 그대 심연처럼 침묵하는 자여!

내가 그대를 **올라오라**고 부른 적이 없다. 내가 그대를 내 몸속에 지니고 있는 것만으로 충분했다! 나는 최후의 사자의 경솔함과 오만함을 감당할 만큼 강하지는 못했다.

나는 그대의 무게가 항상 두려웠다. 그러나 언젠가 나는 그대에게 올라오라고 소리칠 힘과 사자의 목소리를 찾을 것이다!

내가 우선 이것을 극복하면 나는 더 위대한 것도 극복할 것이다. 그리하여 **승리**를 나의 완성의 봉인으로 삼을 것이다!

그때까지 나는 미지의 바다 위를 표류할 것이다. 허울 좋은 말주변의 우연이 나에게 아부한다. 앞뒤로 둘러봐도 아직 끝은 보이지 않는다.

나에게는 아직 최후 결전의 시간이 오지 않았다. 아니면 이 시간이 지금 나에게 온 것인가? 진실로 내 주위의 바다와 삶이 음험한 아름다움으로 나를 바라보고 있다!

오, 내 삶의 오후여! 오, 저녁이 오기 전의 행복이여! 아, 바다의 항구여! 아, 불안한 곳의 평화여! 내가 그대들을 얼마나 불신하는가!

진실로 나는 그대들의 음험한 아름다움을 믿지 않는다! 나는 부드러운 미소를 불신하는 연인과 같다.

질투심 많은 자가 냉정하면서도 부드럽게, 자신이 가장 사랑하는 사람을 밀쳐내듯이 나는 이 행복의 시간을 밀쳐낸다.

사라져라, 행복의 시간이여! 그대와 함께 내게는 원하지도 않는 행복이 찾아왔다! 나는 가장 깊은 고통과 만나기 위해 여기에 있다. 그대는 적절하지 않을 때에 찾아왔다!

사라져라, 행복의 시간이여! 차라리 내 아이들이 있는 저 곳에서 머물러라! 서둘러라! 그렇게 저녁이 오기 전 **나의** 행복으로 아이들을 축복하라!

벌써 저녁이 가까워졌다. 해가 지고 있다. 가라, 나의 행복이여!

차라투스트라는 이렇게 말했다. 그리고 밤새 자신의 불행을 기다렸다. 그러나 헛수고였다. 밤은 여전히 밝고 고요했으며 행복은 점점 더 가까이 다가왔다. 그러나 아침 무렵 차라투스트라는 마음속으로 웃었다. 그러고는 조롱하듯이 말했다. "행복이 쫓아오는구나. 내가 여인들의 뒤를 쫓아다니지 않기 때문이다. 그러나 행복은 한 명의 여인이다."

해 뜨기 전에

오, 내 머리 위의 하늘이여, 그대 순수한 자여! 심오한 자여! 그대 빛의 심연이여! 그대를 바라보며 나는 신성한 욕망에 몸을 떤다.

그대의 높이로 나를 던져 올리는 것이 나의 심연이다! 그대의 순수함 속에 나를 숨기는 것이 나의 순진함이다!

신은 자신의 아름다움 속에 가려져 있다. 이렇게 그대의 하늘은 그대의 별들을 숨긴다. 그대는 말하지 않는다. **그렇게** 그대는 그대의 지혜를 내게 알려준다.

오늘 그대는 파도가 철썩이는 바다 위로 소리 없이 내게 떠올랐고 그대의 사랑과 수줍음은 파도치는 나의 영혼에 계시를 말한다.

그대는 자신의 아름다움 속에 몸을 숨기고 아름다운 모습으로 내게로 와서 그대의 지혜를 드러내며 소리 없이 내게 말을 전한다.

오, 어떻게 내가 그대 영혼의 모든 부끄러움을 헤아리지 못하겠는가! 해 뜨기 **전에** 그대는 더없이 고독한 자인 나에게 왔다.

우리는 처음부터 친구였다. 우리는 원한도 두려움도 근거도 공유하며 심지어 태양까지 공유하고 있다.

우리는 서로 너무도 많은 것을 알고 있기에 말하지 않는다.

우리는 서로 침묵을 지키고 서로 잘 알고 있는 것은 미소로써 말한다.

그대는 나의 타오르는 불에서 나오는 빛이 아닌가? 그대는 나의 통찰과 한 자매인 영혼을 가지고 있지 않은가?

우리는 모든 것을 같이 배웠다. 함께 자신을 넘어 자신에게 올라가 구름 없이 곳에서 밝게 미소 짓는 법을 배웠다.

우리의 발 아래로 강요와 목적과 죄악이 비처럼 내릴 때 밝은 눈으로 저 아래를 향해 웃는 법을 배웠다.

그리고 내가 홀로 방황할 때 밤과 미로 속에서 내 영혼이 갈구한 것은 **누구**였던가? 내가 산에 올랐을 때 항상 그대를 찾은 것이 아니라면 **누구**였겠는가?

모든 방랑과 산을 오르는 것은 불가피한 일이었고 무력한 자의 임시방편이었다. 나의 의지는 오로지 **그대 속으로 날아가는 것**만을 바라고 있다!

나는 떠도는 구름과 그대를 더럽히는 모든 것 이상으로 내가 증오하는 자가 있었는가? 나는 그대를 더럽히는 나 자신의 증오까지 미워했다!

나는 떠도는 구름, 이 살금살금 돌아다니는 도둑고양이들을 보면 화가 난다. 이 고양이들은 그대와 내가 공유하는 것, 저 거대하고 무한한 '긍정'과 '아멘'이라는 말을 빼앗는다.

나는 이렇게 중간에 끼어들고 간섭하며 떠도는 구름을 싫어

한다. 축복도 처절하게 저주도 하지 못하는 이 어중간한 자들을 싫어한다.

나는 그대, 빛나는 하늘이 떠도는 구름으로 더럽혀지는 걸 보느니 차라리 닫힌 하늘 아래의 큰 통 속, 하늘 없는 심연 속에 앉아 있고 싶다!

나는 때때로 톱니 같은 번개의 황금 철사를 떠도는 구름을 묶어버리고 싶었다. 스스로 천둥이 되어 움푹 들어간 구름의 배를 북처럼 두들기고 싶었다.

성난 고수로 북을 두드리고자 했다. 그들이 내게서 그대의 '그렇다!'와 '아멘!'을 강탈하기 때문이다. 그대 내 머리 위의 하늘이여! 그대 순수한 자여! 빛나는 자여 그대 빛의 심연이여! 떠도는 구름이 그대에게서 나의 '그렇다!'와 '아멘!'을 강탈하기 때문이다.

이 신중하고 의심 많은 도둑고양이의 고요함보다 차라리 나는 소음과 천둥, 그리고 날씨의 저주를 바라기 때문이다. 그리고 또한 인간들 중에서 내가 가장 미워하는 자는 살금살금 걸어 다니는 자, 어중간한 자, 의심 많고 망설이는 구름들이기 때문이다.

'축복할 줄 모르는 자는 저주하는 법을 배워야 한다!' 이 분명한 가르침은 밝은 하늘에서 내려왔다. 이 별은 어두운 밤에도 나의 하늘에서 빛나고 있다.

그대 순수한 자여! 빛나는 자여! 그대 빛의 심연이여! 그대가 나를 주에 있다면 나는 축복하는 자이며 "그렇다"라고 말하는 자이다. 나는 모든 심연 속으로 축복받은 나의 '그렇다'라는 말을 가지고 간다.

나는 축복하는 자, "그렇다"고 말하는 자가 되었다. 언젠가는 축복을 내릴 수 있는 양손의 자유를 얻기 위해 오랫동안 싸워온 전사였다.

이것이 나의 축복이다. 만물 위에 그 사물 자체의 하늘로, 그 둥근 지붕으로, 창공의 종으로, 그리고 영원한 보증으로 있어라. 이렇게 축복하는 자는 행복하다!

왜냐하면 만물은 영원이라는 샘과 선악의 저편에서 세례받기 때문이다. 그러나 선악 자체는 어중간한 그림자, 습기 찬 슬픔, 떠도는 구름일 뿐이다.

내가 "만물 위에는 우연이라는 하늘, 순진함이라는 하늘, 뜻밖의 하늘, 무모함의 하늘이 있다"고 가르친다면 그것은 진실로 축복이고 모독이 아니다.

'뜻밖의 것'은 이 세상에서 가장 오래된 고귀한 것이다. 나는 이 고귀한 것을 만물에 되돌려주어 목적의 굴레에 갇힌 모든 사물을 구해주었다.

내가 어떤 '영원의 의지'도 만물 위에, 그리고 만물을 통해 군림하는 것은 없다고 가르쳤을 때, 나는 이 자유와 하늘의 청명함을 천상의 종처럼 만물 위에 걸어놓았다.

"모든 일에서 한 가지 불가능한 것은 바로 합리성이다!" 내가 이렇게 가르쳤을 때 나는 저 의지의 자리에 자유분방함과 어리석음을 앉혀두었다.

약간의 이성, 별들 사이에 흩어진 지혜의 씨앗, 이 효모는 만물에 섞여 있다. 지혜는 이 어리석음을 위해 만물에 섞여 있다!

물론 약간의 지혜는 존재한다. 그러나 나는 만물에서 다음과 같은 행복한 확신을 발견했다. 만물은 오히려 우연이라는 발로 **춤추기**를 즐기는 것이다.

오, 내 머리 위의 하늘이여, 그대 순수한 자여! 드높은 자여! 영원한 이성이라는 거미도 이성의 거미줄도 없는 것이 내게는 그대의 순수함이다.

그대는 신성한 우연들을 위한 무도장이며 신성한 주사위와 주사위 놀이를 하는 자들을 위한 신들의 탁자이다!

그대는 얼굴을 붉히고 있는가? 내가 말해서는 안 되는 것을 말했는가? 내가 그대를 축복하려고 하고는 모독했다는 말인가?

아니면 그대가 얼굴을 붉힌 것이 우리가 함께 있는 것이 부끄러웠기 때문이란 말인가? 이제 **낮**이 오고 있다고 해서 그대는 나에게 가서 침묵하고 있으라고 하는가?

세계는 깊다. 정오가 일찍이 생각했던 것보다 더 깊다. 낮이라고 해서 모두 말해도 되는 것이 아니다. 그러나 낮이 오고 있다. 이제 우리는 헤어지도록 하자!

오, 내 머리 위의 하늘이여, 그대 부끄러워하는 자여! 타오르는 자여! 아, 그대 해 뜨기 전의 나의 행복이여! 낮이 오고 있다. 이제 우리는 헤어지도록 하자!

차라투스트라는 이렇게 말했다.

작아지게 만드는 덕에 대하여

I

차라투스트라가 다시 육지에 올라왔을 때 그는 바로 그의 산과 동굴로 가지 않고 많은 길을 가고 많은 것을 물어보며 여러 가지를 탐구했다. 그는 자신에게 농담 삼아 "여러 번 굽이쳐 흐르며 원천으로 되돌아가는 저 강을 보아라!" 하고 말했다. 왜냐하면 그는 자기가 없는 동안 **인간에게** 무슨 일이 일어났는지, 즉 인간이 더 커지거나 작아졌는지를 직접 알아보려고 했다. 그러던 중 그는 나란히 늘어선 새로운 집들을 보고 이상하게 여기고 말했다.

"이 집들은 무슨 의미인가? 진실로, 이 집들은 거대한 영혼이 자신의 상징으로 세운 것은 아니다!

어떤 어리석은 아이가 자신의 장난감 상자에서 이 집들을 꺼낸 것인가? 그렇다면 다른 아이가 그것들을 자기 상자에 다시 넣으면 좋겠다!

그리고 이 작은 방과 침실에 **어른들이** 그곳을 드나들 수 있는가? 이 방들은 비단옷을 입은 인형이나 단 것을 군것질 거리로 즐기는 여자를 위해 만들어진 것으로 보인다."

그리고 차라투스트라는 멈추어 생각에 잠겼다. 마침내 그가 슬프게 말했다. "**모든 것**이 더욱 작아졌구나!"

어디에나 더 낮아진 문들이 보인다. **나** 같은 인간은 아직 그 문들을 통과할 수는 있으나 그러려면 몸을 굽혀야만 한다!

오, 나는 언제 다시 더 이상 몸을 굽힐 필요가 없고 **소인들 앞에** 몸을 굽히지 않아도 되는 고향으로 돌아갈 수 있을 것인가?" 차라투스트라는 이렇게 탄식하며 먼 곳을 바라보았다.

바로 그날, 그는 인간을 작게 만드는 덕에 대해 이야기했다.

2

나는 눈을 뜬 채 이 민중 사이를 지나간다. 그들은 내가 그들의 덕을 질투하지 않는 것을 용서하지 않는다.

그들은 나를 물어뜯는다. 왜냐하면 소인들에게는 작은 덕이 필요하다고 내가 말하기 때문이다. 그리고 소인들도 **존재가 필요하다**는 것을 내가 이해할 수 없기 때문이다!

여기에서 나는 이웃 농가에서 들어와 암탉들에게 마구 쪼이는 수탉과 같다. 그러나 나는 이 암탉들을 나쁘게 생각지는 않는다.

나는 모든 사소한 짜증스러움을 너그럽게 받아들이듯이 암탉들에게도 공손한 자세로 대한다. 사소한 것을 보고 벌컥 화를 내는 것은 고슴도치에게나 어울리는 지혜라고 생각하기 때문이다.

밤이 되어 불가에 둘러앉아 그들은 모두 나에 관해 이야기한다. 나에 대해 말하기는 하지만 나에 대해 생각지는 않는다!

이것이 내가 배운 새로운 고요함이다. 나를 둘러싸고 떠드는 그들의 소음은 나의 사상을 외투로 덮어씌운다.

그들은 서로 떠들어댄다. "이 먹구름은 우리에게 무슨 짓을 하려는 것인가? 이 구름이 우리에게 전염병을 퍼뜨리지 못하도록 조심하자!"

지난번에는 어떤 여자가 내게 오려는 자신의 아이를 끌어당기며 소리쳤다. "아이들을 다른 곳으로 데려가라!" 여자가 외쳤다. "저런 눈은 아이들 영혼을 불태워버린다."

내가 말하면 그들은 기침을 한다. 그들은 기침하는 것으로 거센 바람에 맞설 수 있다고 생각한다. 그들은 나의 행복의 바람이 몰아쳐 와도 느낄 수 없다.

"차라투스트라 때문에 낭비할 시간은 없다." 그들은 반박한다. 그러나 차라투스트라를 위한 '시간이 없다'는 것이 도대체 무엇인가?

그리고 행여나 그들이 나를 칭찬한다고 해도 내가 어떻게 **그들의** 칭찬 위에 누워 잠들 수 있겠는가? 그들의 칭찬은 나에게 가시 돋친 허리띠이다. 그것을 풀어놓을 때도 나를 할퀸다.

그리고 나는 그들로부터 이런 것도 배웠다. 칭찬하는 자는 보답하려는 것처럼 보이지만 사실은 더 많은 것을 받기를 바라고 있다!

내 발에게 물어보아라, 그들의 칭찬과 유혹의 방식이 마음에 드는가를! 진실로 나의 발은 그런 박자나 째깍거리는 소리에 맞추어 춤추고 싶지도, 가만히 서 있는 것도 좋아하지 않는다.

그들은 나를 유혹하고 칭찬하여 작은 덕으로 이끌어가려고 한다. 그들은 작은 행복의 째깍거리는 소리에 맞추어 움직이도록 내 발을 설득한다.

나는 눈을 뜨고 민중 사이를 지나가고 있다. 그들은 **더 작아졌고** 점점 더 작아지고 있다. **행복과 덕에 대한 그들의 가르침이 그렇게 만들었다.**

그들은 말하자면 덕에서도 겸손한 태도를 보인다. 왜냐하면 그들은 편안함을 바라기 때문이다. 오직 겸손한 덕이 편안함과 어울린다.

물론 그들도 나름대로 걷고 앞으로 가는 법을 배운다. 나는 그것을 그들의 **절룩거림**이라고 부른다. 그들은 서둘러 가는 모든 자들에게 방해가 된다. 그들 중 많은 사람은 앞으로 나아가며 꼿꼿한 목을 하고 뒤를 돌아본다. 이때 나는 이런 자들에게로 달려가 부딪친다.

발과 눈은 거짓말을 해서는 안 되고 서로 거짓말을 했다고 꾸짖어서도 안 된다. 그러나 작은 자들 중에는 거짓말쟁이가 많다.

그들 중 몇 명은 자신의 의지를 갖고 있지만 나머지는 대부분 타인의 의욕의 대상일 뿐이다. 그들 중 일부는 진짜지만 나머지 대부분은 가짜 배우이다.

그들 중에는 자기도 모르는 사이에 배우가 된 자, 할 수 없이 배우가 된 자도 있다. 진짜는 언제나 드물지만 그중에도 진짜 배우는 더욱 드물다.

이곳에는 남성적인 것은 아주 조금 있다. 그래서 그들의 여자들이 남성화된다. 왜냐하면 충분히 남성적이어야만 **여자 속의 여자를 구원하기** 때문이다.

그리고 내들 그들 사이에서 찾아낸 최악의 위선은 명령하는 자들까지 복종하는 자의 덕으로 가장하는 것이었다.

"나도 봉사한다, 그대도 봉사한다, 우리는 봉사한다." 여기서는 지배하는 자의 위선도 이렇게 기도한다. 가슴 아프다, 첫 번째 지배자가 **다만** 첫 번째 노예일 뿐인 것이!

아, 내 눈의 호기심은 그들의 위선 속까지 파고들었다. 그리하여 나는 햇빛이 비치는 창가에서 그들이 느끼는 파리들의 행복과 윙윙거리는 소리를 잘 알게 되었다.

나는 선의가 있으면 그만큼의 약점이 있고 정의와 동정이 있으면 그만큼의 약점도 있다는 것을 본다.

그들은 서로 원만하게 지내고 정직하며 친절하다. 마치 작은 모래알들이 다른 모래알들과 서로 원만하고 정직하며 친절하게 지내듯이 말이다.

겸손하게 작은 행복을 안는 것을 순종이라고 부른다! 그러나 동시에 그들은 겸손하게 새로운 작은 행복을 몰래 엿보았다.

근본적으로 그들이 원하는 것은 단순하게 아무에게도 고통받지 않기를 바란다는 것, 하나뿐이다. 그래서 그들은 누구에게나 선뜻 친절을 베푼다.

그러나 이미 그것이 '덕'이라고 부르기는 하지만 이는 **비겁함**이다.

그리고 이 작은 자들이 거친 말을 하면 나는 거기서 그들의 쉬어버린 목소리만을 듣는다. 바람만 불어도 그들의 목소리는 쉬어버린다.

그들은 영리하고 그들의 덕은 영리한 손가락을 가지고 있다. 그러나 그들에게는 주먹이 없다. 그들의 손가락은 주먹 뒤로 숨는 법을 모른다.

그들에게 덕은 겸손하고 착한 것이다. 그렇게 그들은 늑대를 개로 만들었고 인간 자체를 가장 잘 길들여진 가축으로 만들었다.

"우리는 우리의 의자를 **중간에** 놓았다." 그들은 교활하게 웃으며 내게 말했다. "죽어가는 검객과 배부른 돼지에게서도 떨어진 중간에."

그러나 이것은 **평범한 것**이다. 이미 그것이 중용이라고 불리고 있지만 말이다.

3

나는 이들 민중 사이를 지나가며 많은 말을 떨어뜨린다. 그러나 그들은 받아들이거나 간직할 줄 모른다.

그들은 내가 욕망과 죄악을 비난하러 오지 않았다는 점을 의아하게 여긴다. 진실로 나는 소매치기에 대한 경고를 하려고 온 것도 아니다!

그들은 왜 내가 그들의 지혜를 더 지혜롭게 하고 예리하게 하지 않는지 의아하게 여긴다. 석필처럼 나를 긁어대는 목소리를 가진, 지혜로운 척 하는 자들만으로는 아직 모자란 듯이!

그리고 내가 "흐느끼며 울고 두 손을 모아 숭배하기를 좋아하는 그대들 내면의 모든 비겁한 악마들을 저주하라!"고 외치면 그들은 "차라투스트라는 신을 부정한다"고 외친다.

특히 복종을 가르치는 그들의 교사들이 그렇게 외친다. 그러나 나는 바로 이런 교사들의 귀에 대고 이렇게 외치기를 좋아한다. "그렇다! **나는** 신을 부정하는 **차라투스트라**이다!"

이 복종의 교사들! 그들은 작고 병들고 부스럼 딱지로 덮인 곳이면 어디든지 벼룩처럼 기어 다닌다. 나는 그들이 역겹기 때문에 밟아 죽이지 않을 뿐이다.

그렇다! **그들의** 귀에 들려줄 나의 설교는 이렇다. 나는 신을 부정하는 차라투스트라이다. "나보다 더 신을 부정하여 내가 가르침에 기꺼이 귀를 기울일 만한 자는 누구인가?"라고 말하는 자이다.

나는 신을 부정하는 차라투스트라이다. 나는 나와 같은 자를 어디서 찾을 수 있는가? 자신에게 의지를 부여하고 복종을 거부하는 자는 모두 나와 같은 자이다.

나는 신을 부정하는 차라투스트라이다. 나는 어떤 우연이든 나의 냄비 안에 넣고 끓인다. 그리고 우연이 거기서 잘 익으면 비로소 나는 그것을 나의 음식으로 즐긴다.

진실로 수많은 우연이 나에게 지배자처럼 행동하면서 다가왔다. 그러나 나의 의지는 그보다 대한 지배자처럼 말했다. 그러자 우연은 무릎을 꿇고 간청했다.

그것은 나에게 거처를 찾고 나의 마음을 얻고자 했다. 그리고 이렇게 설득한다. "보아라, 오, 차라투스트라여, 오직 친구만이 친구를 찾아온다!"

그러나 **나의** 말을 알아듣는 귀를 가진 자가 한 명도 없는 곳에서 내가 무슨 말을 하겠는가! 그래서 나는 사방에서 부는 바람에게 이렇게 외치겠다.

그대들은 점점 더 작아진다. 그대 작은 자들이여! 그대들은 부서져 사라진다. 그대 안일한 자들이여! 그대들은 파멸한다.

그대들의 수많은 작은 덕, 그대들의 작고 수많은 포기, 그대들의 작고 수많은 복종 때문에!

과하게 보호하고 지나치게 관대한 것이 그대들의 땅이다! 그러나 나무가 **성장하기 위해서는** 단단한 바위에 깊게 뿌리내려야 한다.

그대들이 게을리 한 것까지 인류의 미래라는 직물로 짜인다. 그대들의 무(無)까지도 거미줄이고 미래의 피를 빨아먹고 사는 거미이다.

그대 작은 덕을 가진 자들이여, 그대들은 가져갈 때도 마치 훔치는 것처럼 한다. 그러나 악한들에게도 **명예**라는 것이 있기 때문에 이렇게 말한다. "강탈할 수 없을 때만 훔쳐야 한다."

"저절로 주어지는 것이다." 이 또한 복종의 가르침이다. 그러나 그대 안일한 자들이여, 나는 말한다. 그대들은 **저절로 빼앗기고** 더 많은 것을 빼앗길 것이다!

아, 그대들이 모든 **어중간한** 의지를 버리고 행동에 단호한 것처럼 나타난 것에도 단호하기를!

아, 그대들이 내 말을 이해하기를! "그대들이 의지하는 것을 언제든지 행하라. 그러나 먼저 **의지할 자격이 있는 자**가 되어라!"

"그대들의 이웃을 항상 자신처럼 사랑하라. 그러나 먼저 **자신을 사랑하는 자**가 되어라!

큰 사랑으로 사랑하고 큰 경멸로 사랑하라!" 신을 부정하는 차라투스트라는 이렇게 말한다.

그러나 나의 말을 들을 귀가 없는 곳에서 내가 무슨 말을 하겠는가! 여기서 내가 말을 하기에는 한 시간쯤 너무 이르다.

이들 민중 사이에서 나는 나 자신의 선구자이고 어두운 골목길에 들리는 나 자신의 닭 울음소리이다.

하지만 **그대들의** 시간은 온다! 나의 시간도 오고 있다! 그대들은 시시각각 더 작아지고 더 가난해지고 더 메말라간다. 가련한 잡초여! 가엾은 땅이여!

그대들은 머지않아 시든 풀이나 메마른 초원으로 내 앞에 있을 것이다. 그리고 진실로! 그대들 자신에게 지쳐 물보다는 불을 갈망할 것이다!

아, 축복받은 번개의 시간이여! 아, 정오가 되기 전의 비밀이여! 언젠가 나는 그들을 달리는 불과 불꽃의 혀를 가진 예고자로 만들 것이다.

그대들은 언젠가 불꽃의 혀로 알려야 한다. 때가 오고 있다,

때가 가까이 왔다, **위대한 정오**가!

차라투스트라는 이렇게 말했다.

올리브 동산에서

반갑지 않은 손님인 겨울이 내 집에 들어와 앉아 있다. 내 손은 그의 다정한 악수로 새파래졌다.

나는 이 고약한 손님을 존중하지만 그를 혼자 두기를 즐긴다. 나는 그에게서 달아나기를 좋아한다. 달리기를 **잘한다**면 이 손님에게서 쉽게 달아날 수 있다!

따뜻한 발과 생각을 가지고 나는 바람 잔잔 나의 올리브 동산의 양지바른 곳으로 달려간다.

거기서 나는 점잔 빼는 손님을 비웃지만 그에게 친절하게 대해준다. 그가 내 집에서 파리를 내쫓아주고 수많은 작은 소음을 없애 주기 때문이다.

그는 다시 말해 모기 한 마리가 날아다니는 소리도 견디지 못한다. 그러니 두 마리는 말할 것도 없다. 그는 골목도 쓸쓸하게 만들어 밤에는 달빛도 그곳을 두려워한다.

그는 반갑지 않은 손님이지만 나는 그를 존중하고 약한 자들처럼 배가 나온 불의 우상에게 기도하지는 않는다.

우상을 숭배하는 것보다 이를 조금이나마 딱딱거리는 것이 낫다! 나의 본성은 그러기를 바란다. 특히 욕망으로 인해 김을 내뿜는 모든 불의 우상을 싫어한다.

나는 내가 사랑하는 자를 여름보다 겨울에 더 사랑한다. 이 제 겨울이 나의 집에 들어왔기 때문에 나의 적들을 더 과감하게 비웃는다.

마음에서 우러나와 진실로, 내가 침대에 **누울** 때에도 그렇게 한다. 은밀한 나의 행복도 여기에서 웃고 장난하며 나의 거짓 꿈까지 큰 소리로 웃는다.

나는 기어 다니는 자인가? 나는 평생 동안 권력자 앞에서 한 번도 기어갔던 적이 없다. 내가 거짓말을 한 적이 있다면 그것은 사랑 때문이었다. 그래서 나는 겨울의 침대 안에서 즐겁다.

화려한 침대보다 소박한 침대가 나를 더 따뜻하게 해준다. 내가 나의 가난을 질투하기 때문이다. 그리고 가난은 겨울에 나에게 가장 충실한 존재이다.

나는 하루하루를 악의로 시작하고 냉수욕을 하며 겨울을 조롱한다. 그래서 나의 집에 오는 까다로운 손님은 불평한다.

그리고 나는 작은 초로 그를 간질이기를 좋아한다. 그가 마침내 잿빛 새벽에 하늘을 보여주게 하기 위한 것이다.

아침 무렵의 나는 특히 악의에 차 있다. 우물가에서 두레박 소리가 들리고 말들이 조용히 우는 소리가 잿빛 골목으로 들려오는 이른 시간이다.

이때 나는 초조하게 기다린다. 밝은 하늘, 눈처럼 흰 수염을 한겨울 하늘, 백발 노인 같은 하늘이 마침내 나의 앞에 나타나기를.

자신의 태양도 곧잘 숨기는 말없는 겨울 하늘이여!

나는 이 하늘에게서 길고 빛나는 침묵을 배운 것인까? 아니면 우리가 각자 스스로 생각한 것인가?

모든 뛰어난 사물들의 근원은 천여 겹으로 둘러싸여 있다. 훌륭하고 자유로운 만물은 기쁨에 넘쳐 현존 속으로 뛰어든다. 그들이 이런 도약이 어떻게 단 한 번에 그치겠는가!

오랫동안 침묵하는 것도 겨울 하늘처럼 밝고 둥근 눈을 가진 얼굴과 마찬가지로 훌륭한 자유분방함이다.

겨울 하늘처럼 자신의 태양과 굽힐 줄 모르는 태양의 의지를 감춘다. 진실로 나는 이 기술과 겨울의 자유분방함을 **분명하게** 배웠다!

침묵을 지킴으로써 자신을 노출시키지 않는 법을 배운 것이 내가 가장 좋아하는 악의이고 기술이다.

나는 말과 주사위로 큰 소리를 내며 엄격한 감시자들을 속인다. 나의 의지와 목적은 이런 모든 엄격한 감시자들에게서 몰래 **빠져나가야** 한다.

아무도 나의 속내와 최후의 의지를 보지 못하게 하려고 나는 길고 빛나는 침묵을 생각해냈다.

나는 영리한 자들을 많이 보았다. 그들을 꿰뚫어 보거나 들여다보지 못하도록 그들은 자신의 얼굴에 베일을 쓰고 자신의 물을 흐려두었다.

그러나 바로 그자들에게 더 영리하고 의심 많은 자와 호두까는 자가 찾아와서 바로 그들이 가장 깊숙이 숨겨둔 고기를 낚아챘다!

내가 보기에는 그자들이 아닌 맑고 올바르며 투명한 자들이 가장 현명하게 침묵하는 자들이다. 그들의 바닥은 너무 깊어서 가장 맑은 물도 그 바닥을 드러나게 하지 못한다.

그대 눈처럼 흰 수염을 달고 있는 고요한 겨울 하늘이여, 그대 내 머리 위에 있는 둥근 눈의 백발 노인이여! 오, 그대 내 영혼과 내 자유로운 영혼에 대한 천상의 비유여!

그리고 나는 사람들이 나의 영혼을 찢지 못하도록 황금을 삼킨 자처럼 나 자신을 **감추어야** 하지 않는가?

내 주위의 질투하고 비방하는 이런 모든 자들이 나의 긴 다리를 **보지 못하도록** 나는 뽐내며 **걸어야** 하는가?

연기가 자욱하고 빈둥거리고 낡았으며 시들고 슬픔에 지친 이 영혼들의 질투가 어떻게 나의 행복을 견딜 수 있겠는가!

그래서 나는 그들에게 나의 정상에 있는 얼음과 겨울만을 보여준다. 그리고 나의 산이 주위에 모든 태양의 띠를 두르고 있는 것은 보여주지 **않는다!**

그들은 오직 나의 겨울이 윙윙거리는 폭풍 소리만을 들을 뿐 무겁고 뜨거운 남풍처럼 따뜻한 바다를 건너가는 동경으로 차 있는 소리는 듣지 **못한다.**

그들은 내가 겪는 여러 사고와 우연을 동정한다. 그러나 **나는** 말한다. "우연이 나에게 오게 하라, 우연은 아이처럼 순진하다!"

만일 내가 나의 행복 주위를 사고와 겨울의 궁핍과 백곰 가죽 모자, 눈 내리는 하늘의 외투로 감싸지 않았다면 그들이 어떻게 나의 행복을 감당하겠는가!

만일 내가 그들의 **동정**을, 그 질투심 많고 고통받는 자들의 동정을 가엾게 여기지 않았다면!

만일 내가 그들 앞에서 한숨 쉬고 추위에 떨며 그들의 동정 속에 계속해서 **파고들지** 않았다면!

내 영혼이 그 겨울과 한겨울 폭풍을 **숨기지 않는 것**이 내 영혼의 현명한 자유분방함이며 호의이다. 내 영혼은 동상도 감추지 않는다.

어떤 자에게 고독은 병자의 도피이고 어떤 자에게는 고독이 병든 자들**로부터**의 도피를 의미한다.

나를 둘러싼 모든 가엾은 사팔눈을 한 악한들이 내가 추위에 덜덜 떨고 탄식하는 소리를 듣기를! 이렇게 탄식하고 덜덜 떨면서 나는 그들의 따뜻한 방에서 달아난다.

그들이 내가 입은 동상을 가슴 아파하고 함께 탄식할 수 있기를. 그러나 그들은 이렇게 탄식한다. "그는 깨달음의 얼음으로 우리까지 **얼어 죽게 만든다!**"

그동안 나는 따뜻한 발로 나의 올리브 동산을 이리저리 뛰어다닌다. 나의 올리브 동산의 양지바른 곳에서 나는 노래하며 모든 동정을 비웃는다.

차라투스트라는 이렇게 노래했다.

지나가는 것에 대하여

이렇게 수많은 민중과 도시를 천천히 지나가며 차라투스트라는 먼 길을 돌아서 자신의 산과 동굴로 돌아갔다. 그런데 보아라, 그때 그는 자기도 모르는 사이 **대도시**의 입구에 있었다. 그리고 거기에서 입에 거품을 문 바보 한 명이 양손을 벌리고 그를 향해 뛰어오며 길을 가로막았다. 그자는 사람들이 '차라투스트라의 원숭이'라고 부르는 바보였다. 왜냐하면 그 바보는 차라투스트라의 말투와 억양을 배우고 그의 지혜를 빌려썼기 때문이었다. 바보는 차라투스트라에게 이렇게 말했다.

"오, 차라투스트라여, 이곳은 큰 도시입니다. 당신은 이곳에서 아무것도 찾지 못할 것이고 모든 것을 잃을 것입니다.

당신은 이 진흙탕을 어찌하여 걸어서 건너가려고 하십니까? 당신의 발을 생각하십시오! 차라리 이 문에 침을 뱉고 발길을 돌리십시오!

여기는 은둔자의 사상에게 지옥 같은 곳입니다. 이곳에서 위대한 사상이 산 채로 삶아지고 조각나버립니다.

이곳에서는 모든 위대한 감정이 부패하고 덜그럭거릴 만큼 바싹 마른 감정만이 있습니다!

이미 정신의 도살장과 음식점의 냄새가 나지 않습니까? 이 도시는 도살된 정신의 증기로 흐려지지 않았습니까?

당신은 더러운 누더기처럼 축 늘어져 매달려 있는 영혼들을 보지 못합니까? 게다가 사람들은 이 누더기로 신문도 만듭니다!

당신은 여기서 정신이 말장난이 되었다는 것을 듣지 못했습니까? 정신은 구역질나는 언어의 구정물을 토해냅니다! 그리고 사람들은 이 언어의 구정물로 신문을 만듭니다.

그들은 모두 서둘러 움직이지만 어디로 가는지도 모릅니다. 그들은 서로 흥분하지만 그 이유도 모릅니다. 그들은 자신의 철판과 금화를 짤랑거립니다.

그들은 추울 때 끓인 물에서 온기를 찾고 몸이 달아오르면 얼어붙은 정신에서 냉기를 구합니다. 그들은 모두 여론 때문에 약해지고 거기에 중독되어 있습니다.

여기에는 온갖 탐욕과 악이 있습니다. 이곳은 덕 있는 자들도 있고 쓸 만한 덕이 많이 고용되어 있습니다.

글을 쓰는 데 익숙한 손가락들과 앉아 기다리느라 굳은살이 박인 엉덩이도 있습니다. 가슴에 별 모양의 장식을 달도록 축복받고 빈약한 엉덩이를 가진 딸들로 축복받은 덕입니다.

또 여기에는 만군의 주인인 신 앞에서의 경건함과 침이라도 핥는 아첨도 많습니다.

'위에서' 별과 자비의 침이 뚝뚝 떨어집니다. 별을 달지 못한 가슴은 모두 저 높은 곳을 동경합니다.

달은 자신의 궁전이 있고 그곳에는 추한 몰골을 한 것도 있습니다. 그러나 거지와 같은 민중과 재주도 좋은 거지의 덕이 그 궁전에서 나오는 모든 것을 향해 기도를 합니다.

'나는 섬긴다, 그대도 섬긴다, 우리도 섬긴다.' 재능 있는 모든 덕은 군주에게 이렇게 기도합니다. 공을 세워 받은 별이 마침내 빈약한 가슴에 달리도록!

그러나 달은 여전히 모든 세속적인 것의 둘레를 맴돌고 왕도 여전히 가장 세속적인 것 둘레를 돕니다. 그리고 그것은 상인들의 황금입니다.

만군의 주인인 신은 금괴의 신이 아닙니다. 생각은 왕이 하지만 조종하는 것은 상인입니다!

당신 마음속의 밝고 강하며 선한 모든 것에 걸고 말합니다,

오, 차라투스트라여! 이 상인들의 도시에 침을 뱉고 돌아가십시오!

이곳의 모든 피는 부패하고 미지근하며 거품투성인 채로 혈관을 흐릅니다. 모든 찌꺼기가 모여 거품을 내뿜고 있는 거대한 쓰레기 더미 도시에 침을 뱉으십시오!

억눌린 영혼과 야윈 가슴, 째진 눈, 끈적끈적한 손가락이 우글대는 이 도시,

치근대는 자, 염치없는 자, 글쓰기와 절규로 세월을 보내는 자, 열에 들뜬 야심가들의 도시,

모든 썩은 것, 더러운 것, 음탕한 것, 음산한 것, 물러터진 것, 곪은 것, 선동하는 것이 모여서 곪아터지는 곳,

이 대도시에 침을 뱉고 돌아가십시오!"

그러나 여기서 차라투스트라는 거품을 물고 열변을 토하는 바보의 말을 가로막고 그의 입을 다물게 했다.

"이제 그만하라!" 차라투스트라가 소리를 질렀다. "그대의 말과 태도는 아까부터 나에게 구역질이 나게 했다!

그대는 어째서 자신이 개구리나 두꺼비가 될 만큼 오랫동안 늪에 살았는가?

이렇게 욕설을 배운 것을 보니 그대의 혈관에 썩어서 거품을 일으키며 끓는 늪의 피가 흐르는 것이 아닌가?

그대는 왜 숲으로 가지 않았는가? 아니면 대지를 어째서 경작하지 않았는가? 바다는 푸른 섬들로 가득 차 있지 않은가?

나는 그대의 조롱을 경멸한다. 그리고 그대는 나에게 경고하면서 자신에게는 왜 경고하지 않는가?

나의 경멸과 경고하는 새는 오직 사랑으로 날아올라야 하며 늪에서 날아올라서는 안 된다!

입에 거품을 문 바보여, 사람들은 그대를 나의 원숭이라고 부른다. 그러나 나는 그대를 나의 투덜대는 돼지라고 부른다. 투덜거리는 태도 때문에 그대는 어리석음에 대한 나의 예찬도 망치고 있다.

처음 그대를 **투덜거리게** 한 것은 누구인가? 아무도 그대에게 아첨을 하지 않았기 때문이다. 그래서 그대는 이렇게 투덜댈 구실을 만들어내기 위해서 이 쓰레기 더미 위에 앉아 있었던 것이다.

마음껏 **복수**할 이유를 만들기 위해서였다! 그대 허영심 많은 바보여, 그대가 내뿜는 모든 거품은 그저 복수심이다. 나는 그대를 꿰뚫어 보았다!

그러나 그대의 바보 같은 말은 그것이 맞더라도 **나에게는** 상처가 된다! 그리고 차라투스트라의 말이 백번 **옳아도 그대는** 나의 가르침을 이용하여 언제나 부정을 **저지를** 것이다!"

차라투스트라는 이렇게 말했다. 그리고 대도시를 바라보며 한숨을 쉬고 오랫동안 침묵을 지켰다. 그리고는 마침내 이렇게 말했다.

이 바보뿐 아니라 이 대도시도 구역질이 난다. 여기나 저기나 좋아질 것도 더 나빠질 것도 없다.

가슴 아프다, 대도시여! 나는 오래전부터 이 거대한 도시를 태울 불기둥을 보기를 바라왔었다!

왜냐하면 이 불기둥은 위대한 정오보다 앞서야 하기 때문이다. 그러나 여기에도 때가 있고 자신의 운명이 있다.

그대 바보여, 나는 이별의 인사로 그대에게 이 가르침을 주겠다. 더 이상 사랑할 수 없는 곳은 **지나가야만** 한다!

차라투스트라는 이렇게 말하고 바보와 그 대도시를 스쳐 지나갔다.

배신자들에 대하여

I

아, 얼마 전까지만 해도 이 초원에 푸르고 알록달록하던 모든 것이 벌써 시들어 잿빛이 되었단 말인가? 이곳에서 나는 얼마나 많은 희망의 꿀을 나의 벌통으로 담았던가!

이 젊은 가슴은 이제 모두 늙어버렸다. 아니, 늙은 것이 아니다! 지치고 평범하고 안일해졌을 뿐이다. 그러나 그들은 이것을 "우리는 다시 경건해졌다"고 말한다.

얼마 전까지만 해도 나는 그들이 이른 아침 씩씩한 걸음으로 달려 나가는 것을 보았다. 그러나 그들의 깨달음의 발은 지쳤다. 그래서 그들은 이제 그들이 가진 아침의 씩씩함도 비방한다!

진실로 그들 중의 대부분은 한때 춤추는 자처럼 다리를 들어 올렸고 나의 지혜 속의 웃음도 그들에게 눈짓했다. 그리고 그들도 생각에 잠겼다. 지금 내 눈에는 그들이 몸 굽히고 십자가 쪽으로 기어가는 것이 보인다.

그들은 한때 모기 젊은 시인처럼 빛과 자유의 주변을 날아다녔다. 그러나 나이가 들고 열기가 식으니 그들은 어느새 속이 검은 자, 밀담하는 자, 은둔자가 되었다.

고독이 고래처럼 나를 삼켜버렸기 때문에 그들의 가슴이 절망한 것인가? 그들이 오랫동안 동경하는 마음을 가지고 내가 부는 나팔 소리와 나의 전령의 외침에 **헛되게** 귀를 기울인 것인가?

아! 그들 중 오래 기다리는 용기와 자유로운 자는 적다. 그런 자들의 정신은 끈기가 있다. 그러나 나머지는 비겁하다.

나머지 인간들은 다수의 인간, 흔한 인간, 쓸모없는 인간, 흔하고 흔한 인간들로 모두 **비겁**한 자들이다!

나와 같은 인간 역시 나와 같은 경험을 한다. 즉, 그의 첫 번째 길동무는 시체와 광대가 되어야 한다.

그러나 그의 두 번째 길동무는 자신을 그의 **신도**라고 부를 것이다. 그는 가슴에 많은 사랑과 많은 어리석음과 성숙하지 않은 숭배로 가득한 살아 있는 집단이다.

인간들 중에 나와 같은 자는 이런 신도들에게 자신의 마음을 주어서는 안 된다. 쉽게 변하고 비겁한 인간의 본성을 아는 자는 이런 화창한 봄과 화려한 초원을 믿어서는 안 된다!

만약 **사정이 달랐다면** 그들은 다른 것을 **원했을** 것이다. 그러나 어중간한 자들이 전체를 망쳐버린다. 나뭇잎이 시든다고 한탄할 필요가 있는가!

나뭇잎이 흩날려 떨어지게 하라, 오, 차라투스트라여, 그리고 한탄하지 마라! 그보다 나뭇잎 사이로 산들바람이 불게 하라.

이 나뭇잎 사이로 바람이 불게 하라, 오, 차라투스트라여, **시들어버린** 모든 것이 그대로에게서 더 빨리 달아나도록!

2

"우리는 다시 경건해졌다." 배신자들은 이렇게 고백한다. 그리고 그들 중 다수는 너무 비겁하여 그런 고백조차 하지 못한다.

나는 그들의 눈을 들여다본다. 그리고 그들의 얼굴과 빨개진 뺨을 바라보며 이렇게 말한다. 그대들은 다시 **기도하는** 자가 되었구나!

그러나 기도하는 것은 수치이다! 모두에게 그런 것은 아니지만 그대와 나, 그리고 머릿속에 양심을 지닌 자에게는 수치이다. 기도하는 것은 **그대**에게 수치이다!

그대도 잘 알다시피 두 손을 모아 무릎에 얹고 편하게 살고 싶어 하는 그대 내면의 비겁한 악마가 그대에게 "하나의 신이 **존재한다!**"고 말한다.

그러나 **그로 인해** 그대는 빛에서 결코 마음을 놓지 못하고 빛을 두려워하는 자들에게 속하게 된다. 이제 그대는 매일 머리를 밤과 안개 속으로 더 깊숙이 들이밀어야 한다!

그대는 진실로 때를 잘 맞추었다. 이제 막 밤의 새들이 다시 날아오르기 시작했기 때문이다. 빛을 두려워하는 모든 자들에게 '즐기지' 않는 저녁 축제의 시간이 왔다.

나는 소리로 듣고 냄새로 알 수 있다. 사냥과 행진의 시간이 왔다. 당연히 거친 사냥이 아니라 가만히 걸어 다니고 냄새를 맡으며 조용히 걷고 조용히 기도하는 자들을 사냥할 시간이 온 것이다.

다정한 영혼의 위선자들을 사냥할 시간이 왔다. 마음속의 쥐덫을 다시 놓았다! 그리고 내가 커튼을 걷어 올릴 때마다 작은 나방이 한 마리가 날아오른다.

이 작은 나방은 다른 작은 나방과 함께 거기 웅크리고 있었던 것일까? 왜냐하면 여기저기에서 작은 교단들이 냄새를 풍기기 때문이다. 그리고 작은 방이 있는 곳마다 새로운 가짜 신도와 그들의 악취로 가득하다.

그들은 매일 저녁 오랜 시간을 나란히 앉아 이렇게 말한다. "다시 어린아이가 되게 하소서, 그리고 우리가 '사랑하는 신이여' 하고 부르게 하소서!" 달콤한 과자를 만들어내는 경건한 자들 때문에 입과 위장이 망가진 상태로 말이다.

혹은 그들은 교활하게 잠복해 있는 한 마리의 십자 거미를 저녁마다 오랫동안 구경한다. 이 거미는 다른 거미들에게 이렇게 설교한다. "십자가 밑은 거미줄을 치기에 좋은 곳이다!"

아니면 그들은 하루 종일 낚싯대를 들고 늪가에 앉아서 자신이 **심오하다**고 생각한다. 그러나 물고기가 없는 곳에서 낚시질 하는 자들은 천박하다고 부르기도 아깝다!

혹은 그들은 음유 시인에게서 경건하고 즐겁게 하프를 연주하는 법을 배운다. 그 음유 시인은 하프로 젊은 여인들의 마음을 사로잡기를 좋아한다. 그는 늙은 여인들과 그들에게서 칭찬을 듣는 데 싫증이 났기 때문이다.

아니면 그들은 박식한 반미치광이에게서 오싹함을 배운다. 그는 어두운 방 안에서 자신에게 망령들이 찾아오고 대신에 정신이 떠나가기를 기다리고 있다.

혹은 그들은 불평하며 피리를 불고 돌아다니는 늙은이에게 귀를 기울인다. 그 노인은 음울한 바람에서 음울한 곡조를 배웠다. 이제 그는 바람에 따라 피리를 불고 음울한 곡조로 음울함을 설교한다.

그리고 그들 중 몇몇은 심지어 야경꾼이 되어 밤마다 뿔피리를 불고 돌아다니며 이미 오래전에 잠든 옛것을 깨운다.

어젯밤 나는 정원의 담에서 옛것에 대한 다섯 가지 이야기를 들었다. 그것은 늙고 우울하며 메마른 야경꾼들의 입에서 나온 말이었다.

"그는 아버지가 되어 자기 자식을 제대로 돌보지 않는다. 이런 일은 인간의 아버지들이 더 낫다!"

"그는 너무 늙었다! 이제는 자녀들을 더 이상 돌보지 않는다." 다른 야경꾼이 이렇게 대답했다.

"도대체 그에게 자식이 **있기는 한가?** 그가 스스로 이것을 증명하지 않으면 누가 증명할 수 있겠는가! 그가 언젠가 이를 철저히 증명하기를 나는 오래전부터 바라고 있었다."

"증명한다고? 마치 **그자가** 지금까지 그 무언가를 증명한 적이라도 있는 듯한 말투로군! 증명한다는 것은 그에게 무리야. 그는 사람들이 그를 **믿고 있다**는 데만 신경 쓰고 있어."

"그래! 그래! 그에 대한 신앙, 그것이 그를 행복하게 만들어. 이것이 늙은 자들의 방식이야! 우리도 마찬가지야!"

이렇게 두 명의 늙은 야경꾼, 빛을 두려워하는 자들이 대화를 나누었다. 그리고 슬픈 곡조로 뿔피리를 불었다. 이것이 지난밤 정원의 담에서 있었던 일이다.

그때 나의 심장은 우스워서 터질 것 같았고 어디로 가야 할지 몰라 결국 횡격막 속으로 기어들었다.

진실로 술 취한 나귀를 보거나 야경꾼이 이렇게 신을 의심하는 것을 듣고 우스운 나머지 질식한다면 그것은 내 죽음의 이유가 될 것이다.

사실 그런 의심을 하기에는 너무 **늦지** 않았는가? 누가 아직도 오래전에 잠들어버리고 빛을 무서워하는 일을 깨울 것인가!

낡은 신들은 이미 오래전에 최후를 맞이했다. 그리고 진실로 낡은 신들은 선하고 즐거운 신들로 최후를 맞이했다!

그러나 낡은 신들이 **황혼 속으로** 죽어간 것은 아니었다. 그것은 거짓말이다! 오히려 낡은 신들은 **너무 웃다가 죽었다!**

그것은 가장 극단적으로 신을 부정하는 "신은 유일하다! 나 외의 다른 신을 섬겨서는 안 된다!"는 말이 어떤 신에게서 나왔을 때 생긴 일이었다.

분노의 수염을 가진 늙은 신, 질투의 신이 이렇게 이성을 잃었다.

그러자 모든 신들이 웃었고 의자에 앉아 몸을 흔들며 외쳤다. "신들은 존재하지만 유일신은 존재하지 않는다는 것이 신성함이 아닌가?"

귀 있는 자는 모두 들어라.

차라투스트라는 그가 사랑했던 '얼룩소'라는 도시에서 이렇게 말했다. 이곳에서 그의 동굴과 동물이 있는 곳으로 다시 돌아가려면 이틀이 걸린다. 귀향이 가까워지자 그의 영혼은 기쁨으로 요동쳤다.

귀향

아, 고독이여! 그대, 나의 **고향**인 고독이여! 너무 오랫동안 나는 눈물 없이 네게 돌아올 수 없을 만큼 험난한 생활을 했다!

자, 어머니들처럼 손가락으로 나를 위협해다오. 이제 어머니가 미소 짓듯이 내게 미소 지어다오. 자, 이렇게 말해다오.

"일찍이 폭풍처럼 내게서 떠난 자는 누구인가?

헤어지며 '너무 오래 고독 속에 있었기 때문에 침묵하는 것을 잊었다!' 고 외친 자는 침묵하는 법을 이제 배웠는가?"오, 차라투스트라여, 나는 모든 것을 알고 있다. 그대 고독한 자여, 그대는 많은 사람들 사이에 있었지만 내 곁에 있었을 때보다 더 **외로움을 느꼈다**는 것을!

버림받은 것과 고독은 다르다. **그것**을 그대는 이제 배웠다! 그리고 인간들 사이에서 언제나 거칠고 낯선 존재가 되리라는 사실을.

인간들이 그대를 사랑할 때에도 거칠고 낯선 존재가 되리라는 사실을 배웠다. 왜냐하면 인간들이란 무엇보다도 **위로받기**를 바라기 때문이다!

그러나 그대는 이제 여기 그대의 고향, 그대의 집에 와 있다. 여기서 그대는 무엇이든 말할 수 있고 속마음을 모두 털어놓을 수 있다. 여기서는 숨겨두거나 굳어진 감정이 부끄럽지 않다.

여기서는 만물이 즐겁게 그대의 이야기에 귀를 기울이고 그대에게 아첨한다. 만물이 그대의 등에 올라타기를 원하기 때문이다. 여기에서 그대는 모든 비유의 등에 올라타 모든 진리를 향해 달린다.

여기서 그대는 모든 사물에게 솔직하게 숨김없이 이야기할 수 있다. 진실로 누구든지 만물과 터놓고 이야기한다면 그것은 만물의 귀에 칭찬으로 들린다!

그러나 버림받았다는 것은 이와 다르다. 오, 차라투스트라여, 그대는 아직도 알고 있는가? 그대가 숲속에서 갈 길을 몰라 시체 옆에 서 있고, 그대의 새가 머리 위에서 큰 소리로 울었던 그때를?

그대가 이렇게 말하던 때가 있었다. '내 동물들이 나를 인도해주었으면! 동물들 가운데 있는 것보다 인간들 사이에 있는 것이 더 위험하다는 사실을 알았다.' **그것**이 바로 버림받았다고 하는 것이다!

오, 차라투스트라여, 그대는 아직 알고 있는가? 그대가 그대의 섬에서 빈 통들과 앉아서 포도주가 나오는 샘물 곁에 앉아 베풀어주고 나누어주고, 목마른 자들에게 부어주고 따라주던 때를?

취한 자들 사이에서 그대 홀로 목마른 채로 앉아 '받는 것이 주는 것보다 더 행복하지 않은가? 그리고 훔치는 것이 받는 것보다 훨씬 행복하지 않은가?'라고 밤마다 탄식하던 때를 기억하는가? 버림받았다는 것은 바로 **이것**이다!

오, 차라투스트라여, 그대는 아직 알고 있는가? 그대의 가장 고요한 시간이 찾아와 그대를 그대 자신에게서 내쫓던 때를, 그대의 가장 고요한 시간이 '말하라, 그리고 부숴버려라!' 하고 사악하게 속삭이던 때를?

가장 고요한 시간이 그대로 하여금 그대의 모든 기다림과 침묵을 후회하게 만들고 그대의 겸손한 용기를 좌절케 하던 때를? 바로 **그것**이 버림받은 것이다!"

오, 고독이여! 그대, 나의 고향인 고독이여! 그대의 목소리는 얼마나 행복하고 다정하게 나에게 말하는가!

우리는 서로 묻지 않고 서로 불평하지도 않는다. 우리는 열린 문으로 자유롭게 드나든다.

그대 곁에서는 모든 것이 열려 있어서 환하기 때문이다. 여기에서는 시간도 가볍게 걷는다. 빛 속보다는 어둠 속에서 시간이 더 무거워진다.

이 고독 속에서는 모든 존재의 말과 그 말의 상자가 나에게 열려 있다. 모든 존재가 언어가 되려고 하며 모든 생성이 나에게서 말하는 것을 배우고 싶어 한다.

그러나 저 아래에서는 어떤 말도 소용없다! 거기서는 망각과 지나치는 것이 최선의 지혜이다. 그것을 나는 이제서야 배웠다!

인간들 사이의 모든 일을 알려는 자는 모든 일에 손을 대야 한다. 그러나 그러기에는 나의 손이 너무 깨끗하다.

나는 그들의 숨결도 마시고 싶지 않다. 아, 내가 그렇게 오랫동안 그들의 소음과 사악한 숨결 속에 살았다니!

오, 나를 둘러싼 복된 고요함이여! 오, 나를 감싸는 순수한 향기여! 오, 이 고요함은 깊숙한 가슴에서 얼마나 순수한 숨을 쉬는가! 오, 이 행복한 고요함은 얼마나 조용히 귀 기울고 있는가!

그러나 저 아래에서는 모든 것이 말을 하지만 듣는 자는 아무도 없다. 사람들은 종을 울려 자기들의 지혜를 알리고자 하지만 시장 상인들의 짤랑거리는 동전 소리가 그 소리를 덮어버린다!

그들 사이에서 모든 것이 말을 하지만 아무도 그것을 이해하지 못한다. 모든 것이 물속으로 떨어지지만 샘 속으로 떨어지는 것은 아무것도 없다.

그들 사이에서 모든 것이 말을 하지만 아무것도 이루어지지 않고 아무것도 끝을 맺지 못한다. 모든 것이 꽥꽥거리지만 누가 둥지에 조용히 앉아 알을 품고만 있겠는가?

그들 사이에서 모든 것이 말을 하고 모든 것이 입씨름일 뿐이다. 어제까지 시간 그 자체와 시간의 이빨이 물기에 너무 딱딱하던 것이 오늘은 씹히고 물어뜯긴 채 현대인의 입에서 나온다.

그들 사이에서 모든 것이 말을 하고 모든 것이 폭로된다. 그래서 예전에는 심오한 영혼의 비밀로 말하던 것이 오늘은 거리의 나팔수와 다른 변덕쟁이의 것이 되었다.

아, 인간이라는 그대 기묘한 존재여! 그대 어두운 골목길의 소음이여! 이제 그대는 다시 내 뒤에 있다. 나의 가장 큰 위험이 내 뒤에 있다!

나의 가장 큰 위험은 언제나 아낌과 동정 속에 있었다. 모든 인간이라는 존재는 보살핌과 동정을 받기를 원한다.

진리를 억누르고 바보의 손과 바보 같은 마음으로 동정의 거짓말을 되풀이하며 나는 인간들 사이에서 그렇게 살았다.

나는 변장하고 그들 가운데 앉아 있었다. 내가 **그들을** 견뎌내고 있다고 **나 자신**이 오해받을 각오를 하고 "그대, 바보여, 너는 인간을 모른다!" 하고 나 자신을 타이르면서.

인간은 인간 사이에 살며 인간이라는 것을 잊는다. 모든 인간에게는 너무 많은 것이 보이고 있다. 그곳에서 멀리 보거나 저 먼 곳을 갈망하는 눈이 무슨 소용인가!

그래서 인간들이 나를 오해했을 때에도 바보인 나는 그 오해에 대하여 나보다 그들을 위로하였다. 나 자신을 냉정하게 대하는 데 익숙해져 때때로 스스로에게 복수하면서까지 말이다.

독을 가진 파리에게 쏘이고 사악함의 물방울 때문에 마치 돌처럼 움푹 패인 채로 나는 그들 사이에 앉아 이렇게 자신을 타일렀다. "작은 모든 것은 자신의 작음에 대해 책임이 없다."

특히 스스로를 '선한 자'로 가리키는 자들이야말로 가장 무서운 독을 가진 파리라는 것을 나는 알았다. 그들은 아무것도 모르고 쏘아대고 거짓말한다. 그들이 어떻게 나를 어떻게 **정당하게 대하겠는가!**

선한 자들 속에서 사는 자는 그 동정심 때문에 거짓말을 배우게 된다. 동정심은 모든 자유로운 영혼을 둘러싼 공기를 탁하게 만든다. 선한 자들의 어리석음은 깊이를 알 수 없다.

나는 나 스스로와 나의 부를 감추는 것, **그것을** 저 아래에서 배웠다. 모든 사람의 정신이 가난하다는 것을 알았기 때문이다. 내가 모든 사람을 안다고 말한 것은 나의 동정심에서 나온 거짓말이었다.

그들의 정신이 어느 정도가 **충분하고** 어느 정도가 **과한지** 알아차리고 냄새를 맡았다고 한 것도 거짓이었다!

그들의 완고한 현자들을 나는 현자라고 불렀을 뿐 완고한 자라고 부르지 않았다. 이렇게 나는 말을 삼키는 법을 배웠다. 그들의 무덤 파는 자들을 나는 연구자이고 검사인이라 불렀다. 이렇게 나는 말을 바꾸어 말하는 것을 배웠다.

무덤 파는 자들은 무덤을 파다가 병을 얻는다. 낡은 기와 밑에는 악취가 고여 있다. 그 진창을 휘저으면 안 된다. 사람은 산 위에서 살아야 한다.

축복받은 콧구멍으로 나는 다시 산의 자유를 호흡한다! 마침내 나의 코는 모든 인간이라는 존재의 냄새에서 벗어났다!

거센 바람에 간질여져 거품을 내는 포도주처럼 나의 영혼은 재채기를 한다. **재채기**를 하며 나 자신에게 환호한다. 건강하기를!

차라투스트라는 이렇게 말했다.

세 가지 악에 대하여

I

나는 꿈속, 아침의 꿈속에서 오늘 어떤 산의 구릉에 서 있었다. 세계의 건너편에서 나는 저울로 세계의 무게를 **쟀다.**

오, 아침놀이 너무 일찍 나를 찾아왔다. 질투심 많은 아침놀은 빨갛게 달아올라 나를 깨웠다! 아침놀은 아침의 꿈이 달아오르는 것을 언제나 질투했다.

시간이 있는 자에게는 측량할 수 있는 것, 무게를 잘 다는 자에게는 무게를 잘 잴 수 있는 것, 튼튼한 날개를 가진 자에게는 날아서 닿을 수 있는 것, 신성한 호두 까는 자에게는 헤아릴 수 있는 것, 내 꿈속의 세계는 이런 것이었다.

나의 꿈은 성급한 항해자, 반은 배, 반은 돌풍이고 나비처럼 말이 없고 매처럼 참을성이 없다. 이 꿈이 오늘에 이르러 어떻게 세계를 저울질하는 인내와 여유를 갖게 되었는가!

모든 '무한한 세계'를 비웃는 나의 지혜, 웃으며 깨어 있는 낮의 지혜가 몰래 내 꿈에게 말한 것일까? 왜냐하면 이 지혜는 이렇게 말하기 때문이다. "힘이 있는 곳에서는 **숫자**가 여주인이 되고 그 수는 더 큰 힘을 가진다."

나의 꿈은 얼마나 자신 있게 이 유한의 세계를 바라보는가. 새로운 것과 예전의 것에 대한 호기심도 없고, 두려움도 없으며 애원하지도 않는다.

마치 잘 익어서 시원하고 부드러운 벨벳 같은 껍질을 가진 황금 사과가 내 손에 쥐어진 것처럼 세계가 나에게 주어졌다.

마치 길을 가다 지친 방랑자가 기대고 다리를 걸칠 수 있게 휘어지고 가지가 무성하며 의지 강한 나무가 내게 눈짓하는 것처럼 세계는 나의 구릉에 있었다.

마치 부드러운 손이 나에게 상자, 수줍어하고 존경하는 눈을 황홀하게 만들기 위해 열려진 상자 하나를 주는 것처럼 세계는 오늘 나에게 주어졌다.

오늘날의 세계는 인간에 대한 사랑을 위협하여 몰아낼 만한 수수께끼도 아니고 인간의 지혜를 잠재워버릴 만한 해답도 아니다. 많은 자들이 사악하다고 비방한 이 세계가 오늘 나에게는 훌륭하고 인간적으로 보였다!

오늘 이른 아침에 이렇게 세계의 무게를 재어본 나의 아침 꿈은 얼마나 고마운가! 마음을 위로하는 나의 꿈은 인간적으로 훌륭한 것으로 나에게 왔다!

그리고 낮에는 이 꿈에서 본 대로 그것의 가장 좋은 점을 보고 배우려고 했다. 그래서 나는 이제 세 가지 가장 나쁜 것을 저울에 달아 인간적으로 좋은 것으로 재어보려 한다.

축복받는 법을 가르친 자는 이와 동시에 저주하는 법도 가르쳤다. 이 세계에서 가장 저주받은 세 가지는 무엇인가? 그 세 가지를 나는 저울로 재어보겠다.

육욕, 지배욕, 이기심, 이렇게 세 가지는 지금껏 가장 저주받았고 가장 나쁘고 부당한 평가를 받아왔다. 그러나 나는 이 세 가지를 인간적으로 제대로 보겠다.

자! 여기에는 나의 구릉이 있고 저기에 바다가 있다. 내가 사랑하는 늙고 충실한 백 개의 머리가 달린 개와 같은 모습을 한 괴물, **저 바다**가 털북숭이 모습으로 아첨하듯이 내게 물결을 일으키며 다가온다.

자! 여기 나는 파도치는 바다를 내려다보며 저울을 들고 있겠다. 그리고 증인으로는 내가 사랑하는 그대 은둔자인 나무인 그대를 선택하겠다. 진한 향기와 넓게 퍼진 가지를 자랑하는 그대를!

현재는 어느 다리를 건너서 미래로 가는가? 높은 것이 스스로 낮은 것으로 되도록 강요하는 것은 무엇인가? 그리고 가장 높은 것이 더 높게 자라라고 명령하는 것은 무엇인가?

이제 저울은 수평을 유지하고 가만히 멈춰서 있다. 내가 세 가지의 무거운 물음을 던져 넣으니 세 가지의 무거운 대답이 다른 쪽 저울대 위로 올려졌다.

2

육욕, 참회의 옷을 입은 육체를 경멸하는 모든 자들에게 가시가 되고 말뚝이 된다. 배후 세계를 믿는 자들에게 '세속된 것'으로 저주받는다. 육욕은 혼란과 오류의 모든 교사들을 조롱하고 바보로 만든다.

육욕, 그것은 천민에게는 그들을 태워버리기 위해 서서히 타오르는 불이다. 벌레 먹은 목재와 악취를 풍기는 모든 누더기에게는 항시 불붙여 김을 내뿜는 난로이다.

육욕, 자유로운 마음을 가진 자들에게는 순진무구하고 자유로운 것, 지상 낙원의 행복, 모든 미래가 현재에 바치는 넘쳐흐르는 감사함이다.

육욕, 시든 자들에게게만은 달콤한 독이지만 사자의 의지를 가진 자들에게는 훌륭한 강장제이고 소중하게 보관한 포도주 중의 포도주이다.

육욕, 그것은 높은 행복과 최고의 희망에 대한 커다란 상징적 행복이다. 많은 자들에게 결혼과 결혼 이상의 것이 언약되어 있다.

남자와 여자 사이가 낯선 것보다 자신에게 더 낯선 자들에게. 그러나 남자와 여자 사이가 **얼마나 낯선지** 누가 완전히 알아차렸는가!

육욕, 그러나 나는 내 사상의 둘레와 내 말의 둘레에 울타리를 칠 것이다. 돼지와 몽상가가 나의 정원으로 침입하지 못하도록!

지배욕, 그것은 가장 냉혹한 마음을 가진 자들이 받는 뜨거운 채찍이고 가장 잔인한 자가 자신을 위해 준비한 혹독한 고문이며 화형장에서 불타는 장작더미의 음산한 불꽃이다.

지배욕, 허영심 많은 민중에게 붙은 못된 말파리이고 모든 애매한 덕을 비웃으며 어떤 말이나 자만심의 등에라도 올라타고 달리는 여자이다.

지배욕, 썩고 속이 빈 모든 것을 부수고 깨뜨리는 지진이고 구르며 으르렁거리고 벌을 주면서 회칠한 무덤을 파괴하는 자이고 성급한 대답에 던져진 번개 같은 물음표이다.

지배욕, 그 눈앞에서 인간은 기어 다니고 허리를 굽히고 복종하며 뱀이나 돼지보다 더 비굴해진다. 마침내 참다못한 인간의 커다란 경멸의 외침이 터진다.

지배욕, 그것은 커다란 경멸을 가르치는 무서운 여교사이다. 그것은 도시와 국가들을 향하여 "너희들은 물러가라!"고 외친다. 마침내 그것들이 "**나는** 물러가리라!"라고 외칠 때까지.

지배욕, 그러나 그것은 순결한 자와 고독한 자, 그리고 저 높은 곳에서 스스로 만족하는 자에게 올라간다. 마치 대지의 하늘에 보랏빛 행복을 매혹적으로 그려보이는 사랑처럼 불타오르면서.

지배욕, 그러나 높은 것이 권력을 갈망하여 아래로 내려온다면 그 누가 그것을 **탐욕**이라 부르는가! 진실로 그 갈망과 내려옴에는 어떤 질병이나 탐욕이 없다!

고독의 저 높이가 영원한 외로움의 상태에서 스스로 만족하며 머물려 하지 않는 것, 산이 골짜기로 내려오고 높은 곳의 바람이 낮은 곳으로 불어오려 한다는 것, 오, 이런 동경에 누가 합당한 세례명과 그 덕에 맞는 이름을 찾아낼 수 있단 말인가!

차라투스트라는 일찍이 이름 붙일 수 없는 것을 '베푸는 덕'이라 불렀다.

그리고 그때 다음과 같은 일도 일어났다. 진실로 그것은 처음으로 일어난 일이었다! 차라투스트라의 말이 강한 영혼에서 솟아나는 건전하고 건강한 **이기심**을 복된 것으로 찬양했다.

주변의 모든 사물이 거울이 될 만큼 아름답고 승리에 찬, 싱싱하고 귀한 몸을 가진 강한 영혼으로부터 솟는 이기심을 복된 것으로 찬양했다.

춤추는 자의 유연하고 설득력 있는 육체, 그것의 비유와 정수가 바로 스스로 즐기는 영혼이다. 그리고 이런 육체와 영혼의 자기 향락 스스로가 '덕'이라 부른다.

이런 자기 향락은 마치 신성한 숲을 가진 것처럼 선과 악의 말로 자신을 에워싼다. 그리고 자신의 행복이라는 이름으로 자신에게서 경멸스러운 모든 것을 추방한다.

자기 향락은 자신에게서 모든 비겁한 것을 추방한다. 자기 향락은 "열등하다는 것은 **비겁함이다!**"라고 말한다. 자기 향락은 항상 염려하고 한숨지으며 슬퍼하는 자, 그리고 아주 작은 이익까지 주워 모으는 자를 천한 자로 여긴다.

또한 자기 향락은 슬픔에 잠긴 모든 지혜를 경멸한다. 진실로 어둠 속의 지혜, 밤 그림자 같은 지혜도 있다. 이런 지혜는 언제나 "모든 것은 공허하다!"고 탄식한다.

자기 향락은 또한 소심한 불신을 비천하게 여기고 시선을 주고 손을 내미는 대신 맹세를 바라는 자도 그렇게 본다. 지나치게 불신에 찬 지혜도 마찬가지로 우습게 본다. 이런 지혜는 비겁한 영혼의 속성이기 때문이다.

자기 향락은 쉽게 영합하는 자, 뒤로 곧잘 드러눕는 개 같은 자, 굴복하는 자를 천하게 여긴다. 이렇게 비굴하고 개와 같으며 겸손하고 쉽게 영합하는 지혜도 있다.

자기 향락이 증오하고 역겹게 생각하는 것은 자신을 조금도 지키지 않는 자, 독이 든 침과 사악한 시선을 꿀꺽 삼키는 자, 인내심이 너무 많은 자, 모든 것을 참고 견디는 자, 모든 일에 만족하는 자를 볼 때이다. 이것은 노예근성이기 때문이다.

신들과 신들의 발 앞에 복종하든 인간들과 인간들의 어리석은 생각에 복종하든 이 행복한 이기심은 **모든** 노예근성에 침을 뱉는다!

악하구나. 기가 죽어 소심하게 복종하는 모든 것, 부자연스럽게 깜빡이는 눈, 억눌린 마음, 두터운 겁쟁이의 입술로 입 맞추는 저 거짓된 양보의 태도를 행복한 이기심은 이렇게 부른다.

사이비 지혜. 노예와 노인, 지친 자들이 떠드는 익살을 행복한 이기심은 이렇게 부른다. 그리고 특히 불량하고 미치광이 같으며 지나치게 재치 있는 성직자들의 어리석음을 그렇게 부른다!

사이비 현자들, 모든 성직자들, 이 세계에 지친 자들, 여자와 노예의 영혼을 가진 자들의 장난, 아, 예전부터 그들의 장난이 이기심을 얼마나 괴롭혔는가!

이기심을 괴롭히는 것이 덕으로 불렸다! 그리고 무아지경, 세계에 지친 이런 모든 비겁한 자와 십자 거미들 스스로 그것을 바란 데는 충분한 이유가 있었다!

그러나 이 모든 자들에게 이제 낮이, 변화가, 심판의 칼이, **위대한 정오**가 다가오고 있다. 이제 많은 일이 분명하게 밝혀질 것이다!

그리고 자아를 건전하고 성스럽다고 말하며 이기심을 복되다고 말하는 자, 진실로 그는 예언자로서 그가 아는 것을 말한다. **"보아라, 오고 있다. 가까이 오고 있다, 위대한 정오가!"**

차라투스트라는 이렇게 말했다.

무거운 정신에 대하여

I

나의 말은 민중의 말이다. 나의 말은 앙고라토끼에게 너무 거칠고 진지하다. 나의 말은 잉크를 만지는 모든 물고기들과 글을 쓰는 여우들에게는 더욱 낯설게 들린다.

나의 손은 낙서를 좋아하는 바보의 손이다. 슬프구나, 모든 탁자와 벽이여, 아직도 바보가 장식하고 낙서할 공간이 있다니!

나의 발은 말의 발이다. 나는 이 발로 나무그루터기와 돌멩이를 직선으로 종횡으로 달린다. 빠르게 달리면 즐거움에 미칠 것 같다.

나의 위장은 아마도 독수리의 위장이 아닌가? 나의 위장은 무엇보다 양고기를 좋아하기 때문이다. 어쨌든 그것은 새의 위장이 틀림없다.

순수한 것을, 그것도 조금만 먹고 언제든 날아가버릴 수 있는 것이 나의 본성이다. 그것이 어찌 새의 본성과 같은 것이 아닐 수 있단 말인가!

그리고 내가 특히 무거운 정신과 적대적이라는 것이 새의 본성을 알려준다. 진실로 나는 무거운 영에게 불구대천의 원수, 철천지원수, 숙적이다! 오, 나의 적의가 이미 날아가보지 않은 곳이 어디 있고 날면서 헤매지 않은 곳이 어디 있는가!

나는 그것에 대해 노래를 부를 정도이고 노래를 **하려고도** 한다. 비록 나 홀로 빈 집에서 나의 귀에만 들려줄 수 있는 노래이지만 말이다.

집이 청중으로 가득 차야지만 목이 부드러워지고 손이 이야기를 하고 눈의 감정이 풍부해지고 마음이 열리는 가수들도 있다. 하지만 나는 그들과 다르다.

2

언젠가 인간에게 나는 법을 가르치는 자는 모든 경계석을 옮기게 될 것이다. 그의 눈앞에서 모든 경계석이 스스로 공중으로 날아가버릴 것이다. 그리고 그는 대지에게 '가벼운 것'이라는 새로운 세례를 줄 것이다.

타조는 가장 빠른 말보다 더 빠르지만 아직 그 머리를 무거운 대지에 무겁게 처박고 있다. 아직 날지 못하는 인간도 이와 같다.

이런 인간에게 대지와 삶은 무겁다. 그리고 이것이 무거운 정신이 **바라는** 것이다! 그러나 가벼워져서 새가 되기를 바라는 자는 스스로를 사랑해야 한다. **나는** 이렇게 가르친다.

물론 병자와 허약한 자들의 방식으로 사랑해서는 안 된다. 이자들에게 자기에 대한 사랑도 악취를 풍긴다!

인간은 건전하고 건강한 사랑으로 자신을 사랑하는 법을 배워야 한다. 이것이 나의 가르침이다. 자기 자신을 참고 견디느라 방황하는 일이 없도록 하기 위해서이다.

그러한 방황은 **이웃 사랑**이라는 이름으로 세례받았다. 이 말로 지금까지 온갖 사기와 위선이 행해졌다. 특히 온 세계를 억압해왔던 자들에 의해서.

그리고 진실로 자신을 사랑하는 것을 **배우는 것**은 하루아침에 이루어지는 계명이 아니다. 오히려 그것은 모든 기술 중 가장 정교하고 교묘하며 가장 큰 인내심을 요구하는 기술이다.

모든 소유물은 다시 말해 소유자에게 깊이 숨겨져 있고 모든 보물 구덩이에서 자신의 것은 가장 늦게 파내진다. 무거운 정신이 그렇게 만들었다.

요람에 있을 때부터 우리에게는 무거운 말과 가치들이 주어진다. 이 소유물은 '선'과 '악'으로 불리며 이 때문에 우리가 살아가는 것이 허용된다.

그리고 아이들이 자신을 사랑하는 것을 제때에 막으려고 사람들은 아이를 자신의 곁으로 불러온다. 무거운 정신이 바로 그렇게 했다.

그리고 우리는 우리의 소유로 주어진 것을 딱딱한 어깨에 메고 험한 산 너머로 힘들게 옮긴다! 땀을 흘리는 우리에게 사람들은 말한다. "그렇다, 삶은 무거운 짐이다!"

그러나 인간 스스로에게는 오직 인간만이 무거운 짐이다! 인간이 그 어깨에 너무 많은 낯선 것을 지고 헐떡이며 가기 때문이다. 인간이 낙타처럼 무릎 꿇고 등에 마음껏 짐을 싣게 두기 때문이다.

특히 경외심을 가진 강하고 끈질긴 자는 **낯설고** 무거운 말과 가치를 너무나 많이 지고 있다. 그래서 이제 그에게는 삶이 사막으로 보인다!

그리고 진실로! **자신의 것**이라도 많은 것을 지는 것은 힘들다! 인간의 내면에 들어 있는 것은 생굴과 같아서 역겹고 미끈거려 손으로 잡기도 어렵다.

그러므로 고상하게 치장한 껍질이 그들을 중간에서 조정해야 한다. 그리고 사람들은 껍질과 아름다운 외관과 현명한 맹목을 **갖추는** 방법도 배워야 한다!

수많은 껍질이 불쌍하고 비참하며 껍질 이상의 것이 될 수 없기 때문에 인간 내면의 많은 부분을 왜곡되어 보이게 한다. 그렇게 숨겨진 많은 선의와 힘은 절대 드러나지 않는다. 다시 말해 가장 맛있는 음식이 그것을 제대로 맛볼 미식가를 만나지 못하는 것이다!

여인들, 더없이 섬세한 이 여인들은 잘 안다. 조금 살이 찌고 마른 것이 무슨 의미인지 아는 것이다. 그 조금 속에, 아, 얼마나 많은 운명이 들어 있는가!

인간은 그 정체를 알기 어렵고 특히 인간 자신에게는 더 어렵다. 정신이 영혼에 대해 종종 거짓말을 하기 때문이다. 무거운 정신이 그렇게 만든 것이다.

그러나 자기 자신의 본성을 알아낸 자는 이렇게 말한다. 이것이 **나의** 선이고 악이라고. 그렇게 하여 그는 '만인을 위한 선과 만인을 위한 악'에 대해 떠드는 두더지와 난쟁이의 입을 닫게 만든다.

진실로 나는 만물이 선하고 이 세계가 가장 좋은 세계라고 하는 자들을 좋아하지 않는다. 나는 이런 자들을 무엇에나 만족하는 자라고 부른다.

모든 것의 맛을 볼 줄 아는 완전한 만족감이 가장 훌륭한 취향은 아니다! 나는 '나'와 '그렇다', '아니다'를 말할 줄 아는 아주 반항적이고 까다로운 혀와 위장을 존경한다.

모든 것을 씹고 소화하는 것이 돼지의 특성이다! 언제나 '이아'라고 외치는 것은 나귀와 나귀의 정신을 가진 자만이 배운다!

나의 취향은 짙은 노랑과 뜨거운 빨강을 원한다. 나의 취향은 모든 색에 피를 섞는다. 그러나 자신의 집을 흰색으로 칠하는 자는 나에게 흰색의 정신을 보인다.

어떤 자는 미라에게, 어떤 자는 유령에게 반한다. 그리고 둘 다 살과 피에 모두 적대적이다. 오, 그 둘은 나의 취향에 얼마나 거슬리는가! 나는 피를 사랑하기 때문이다.

나는 모든 사람이 침을 뱉거나 토하는 곳에서 살거나 머물고 싶지 않다. 이것이 **나의** 취향이다. 오히려 나는 도둑들과 거짓 맹세하는 자들 사이에서 사는 것이 낫다. 그들은 아무도 입에 황금을 물고 있지 않기 때문이다.

나에게 그보다 더 역겨운 것은 모든 아첨꾼들이다. 그리고 내가 발견한 가장 역겨운 인간이라는 동물에게 나는 기생충이라는 이름으로 세례를 주었다. 이 동물은 사랑하지 않으려 하면서 사랑을 먹고살기는 원했다.

나쁜 짐승이 되거나 짐승을 부리는 나쁜 조련사가 되는 것 외에 다른 선택의 여지가 없는 모든 자를 나는 불행하다고 말한다. 이런 자들 곁에 나는 오두막을 짓지 않을 것이다.

그리고 항상 **기다려야만** 하는 자들도 불행하다고 말한다. 이 자들은 나의 취향에 거슬린다. 모든 세리, 상인, 왕, 다른 나라와 가게를 지키는 감시자들 모두가 그렇다.

진실로 나도 기다리는 것을 아주 철저하게 배웠다. 그러나 나는 다만 **나를** 기다렸을 뿐이다. 그리고 무엇보다 나는 서고 걷고 달리고 뛰고 기어오르고 춤추는 것을 배웠다.

나의 이렇게 가르친다. 언젠가 나는 것을 배우려는 자는 먼저 서고 걷고 달리고 뛰고 기어오르고 춤추는 것을 배워야 한다. 처음부터 나는 것을 배울 수는 없다!

나는 밧줄로 만든 사다리로 여러 개의 창문을 기어오르는 것을 배웠고 재빠른 다리로 높은 돛대에 기어오르기도 했다. 깨달음의 높은 돛대 위에 올라가 앉는 것이 내게는 적지 않은 행복으로 여겨졌다.

높은 돛대 위에 깜박거리는 작은 불꽃은 비록 크기는 작지만 표류하는 선원과 조난자들에게 큰 위로가 된다!

여러 갈래의 길과 방법으로 나는 나의 진리에 도달했다. 나의 시선이 먼 곳을 내려다보는 높이까지 오기 위해 단 하나의 사다리만을 타고 올라온 것은 아니었다.

그리고 내가 길을 물어본 것은 언제나 마지못해 그랬을 뿐이었다. 길을 물어본다는 것은 언제나 나의 취향에 거슬렸다! 오히려 나는 길 자체에게 묻고 그것을 시험해보았다.

나의 한 걸음은 모두가 하나의 시도와 물음이었다. 그리고 진실로 사람들은 이 물음에 대답하는 것을 **배워야** 한다! 이것이 나의 취향이다.

그것은 좋은 취향도 나쁜 취향도 아니고 내가 부끄러워하거나 숨기지 않는 **나의** 취향이다.

"이것이 현재 **나의** 길이다. 그대들의 길은 어디 있는가?" 나는 나에게 '길을' 물었던 자들에게 대답했다. 왜냐하면 그런 길은 존재하지 않기 때문이다!

차라투스트라는 이렇게 말했다.

낡은 서판과 새로운 서판에 대하여

I

나는 여기에 앉아 기다리고 있다. 내 주위에는 낡고 부서진 서판과 반쯤 쓰인 새로운 서판들이 있다. 나의 시간은 언제쯤 오는가?

나의 하강과 나의 몰락의 시간은 언제인가? 나는 다시 한번 인간들에게 가고 싶기 때문이다.

나는 지금 그때를 기다리고 있다. 나의 시간이 온 것을 알리는 징후가 내게 와야 하기 때문이다. 그것은 비둘기 떼를 거느리고 큰 소리로 웃는 사자가 내게로 오는 때이다.

그동안 나는 시간이 있는 자로 나 자신에게 말한다. 나에게 새로운 것을 말해주는 사람이 아무도 없기 때문에 나는 나 자신에게 말한다.

2

내가 인간들에게 갔을 때 그들은 낡아버린 자만심 위에 앉아 있었다. 모두 인간에게 무엇이 선이고 악인지 오래전부터 이미 알고 있다고 믿었다.

그들은 덕에 관한 모든 이야기들을 낡고 지겨운 일로 여겼다. 그래서 숙면을 취하려는 사람은 잠자리에 들기 전에 '선'과 '악'에 대해 이야기했다.

그래서 나는 이렇게 가르침을 주어 잠을 방해하였다. 창조하는 자를 제외하고 선과 악이 무엇인지는 **아무도 모른다!**

그리고 이 창조하는 자는 인간의 목표를 창조하고 대지에 그 의미와 미래를 부여하는 자이다. 이 창조하는 자가 비로소 무엇이 선이고 악인지를 **결정한다.**

그리고 나는 그들의 낡은 강단, 낡은 자만심이 앉아 있던 곳을 뒤집어엎으라고 그들에게 명령했다.

그들의 위대한 덕의 전문가들, 성자들, 시인들과 구세주들을 비웃으라고 명령했다.

그들의 우울한 현자들과 검은 옷의 허수아비로 삶의 나무에 앉아 경고하던 자들을 비웃으라고 나는 명령했다.

나는 무덤들 사이의 큰길 사이, 썩은 살코기와 독수리 옆에까지도 앉아 있었다. 그리고 그들의 모든 과거와 썩어 무너지는 영광을 비웃었다.

진실로 참회의 설교자나 바보처럼 나는 그들의 모든 큰일과 작은 일에 분노하고 소리쳤다. 그들의 가장 선한 것이 저렇게 작은가! 그들의 가장 악한 것이 저렇게 작은가! 이렇게 나는 비웃었다.

산에서 태어난 진실로 거센 지혜인 나의 지혜로운 동경은 마음속으로 외치며 웃었다! 날개를 퍼덕거리는 나의 커다란 동경은.

이 동경은 종종 통쾌한 웃음과 함께 나를 앞으로, 위로, 저 멀리로 잡아당겼다. 나는 그때 햇빛에 취한 황홀 속으로 화살처럼 떨며 날아갔다.

어떤 꿈에서도 보지 못했던 아득한 미래로, 지금까지 그 어떤 조각가들이 꿈꾸어왔던 것보다 더 뜨거운 남쪽 나라로, 신들이 춤을 추며 자신들의 옷을 수치스럽게 생각하는 저쪽으로.

나는 비유로 말하고 시인들처럼 절뚝거리고 말을 더듬는다. 진실로 나는 아직 시인이라는 것이 부끄럽다!

모든 생성이 내게는 신들의 춤이자 자유스러움으로 생각되었고 세계는 해방되어 자유롭게 자기 자신에게로 되돌아 달려간다고 생각했다.

많은 신들이 서로 영원히 달아나며 다시 서로를 찾는 것처럼 그들은 서로 행복한 모순을 일으키고 다시 서로에게 귀를 기울이고, 서로 재결합하는 것으로 생각했다.

나는 모든 시간을 순간에 대한 행복한 조롱으로 생각했고 필연이 자유 그 자체였으며 필연이 자유의 가시와 함께 행복하게 놀았던 곳이었다.

또한 나의 늙은 악마이자 숙적, 즉 무거운 정신과 그 정신이 창조한 모든 것, 다시 말해 강제, 규정, 필요와 결과, 목적과 의지, 그리고 선과 악을 다시 발견했다.

왜냐하면 춤을 추며 **넘어가기** 위한 어떤 것이 있어야 하지 않겠는가? 가벼운, 가장 가벼운 자를 위해 두더지와 무거운 난쟁이들이 있어야 하지 않겠는가?

3

그곳에서 나는 또한 초인이라는 말을 길 가다 주웠고 인간은 일종의 극복되어야 할 존재라는 것을 알았다.

그곳에서 인간은 다리일 뿐 목적이 아니고 새로운 아침놀에 다다르는 길로 행복에 가득 차서는 자신의 정오와 자줏빛 두 번째 저녁놀을 찬양한다는 것을 알았다.

위대한 정오에 대한 차라투스트라의 말을 주운 것도 그 밖에 자줏빛의 두 번째 저녁놀처럼 내가 인간들의 머리 위로 내걸었던 것을 주운 것도 그곳이었다.

진실로 나는 그들에게 새로운 밤과 별을 보여주었다. 그리고 구름과 낮과 밤 위에 나는 알록달록한 천막 같은 웃음을 펼쳐 보였다.

나는 그들에게 인간 내면의 단편이자 수수께끼이며 두려운 우연의 것들을 하나로 짜서 맞추는 **나의** 모든 기술과 노력을 가르쳤다.

시인으로, 수수께끼 푸는 자로, 그리고 우연을 구원하는 자로 나는 그들에게 미래에 창조적으로 관여하고 **과거에 있었던** 모든 것을 창조적으로 구원하라고 가르쳤다.

인간에게 있어서 과거를 구원하고 일체의 '그랬었다'를 개조하여 의지가 마침내 "나는 그렇게 되기를 바랐었다! 그렇게 되기를 나는 바랄 것이다!"라고 말해야 한다고 가르쳤다.

이것을 나는 그들에게 구원이라고 했고 오직 이것을 구원으로 부를 것을 가르쳤다.

이제 나는 **나 자신의 구원**을 기다린다. 내가 최후에는 그들에게 가게 되기를 기다리고 있다.

다시 한번 나는 인간들에게로 가고 싶기 때문이다. 인간들 **사이에서** 나는 몰락하고 싶고 죽어가며 그들에게 나의 가장 풍요로운 선물을 주고 싶다!

나는 이것을 저 넘쳐흐르는 태양이 지는 순간에 배웠다. 그때의 태양은 그 엄청난 부의 창고에서 황금을 바다에 쏟아부었다.

그래서 가장 가난한 어부도 **황금**의 노로 배를 젓게 되었다! 일찍이 나는 광경을 바라보며 흐르는 눈물을 멈출 수가 없었다.

차라투스트라도 지는 태양처럼 몰락하기를 원한다. 지금 그는 여기 앉아 기다리고 있다. 그 곁에는 낡고 부서진 서판과 반쯤 쓰인 새로운 서판들이 있다.

4

보아라, 여기 새로운 서판이 하나 있다. 그러나 나와 함께 이 서판을 골짜기와 그리고 육체의 심장으로 지고 갈 형제들은 어디에 있는가?

가장 멀리 있는 자에 대한 나의 커다란 사랑은 이렇게 요구한다. **그대의 이웃을 아껴주지 마라!** 인간은 극복되어야 할 존재이다.

극복에는 여러 가지 길과 방법이 있다. 그 점을 유의하라!

그러나 광대는 이렇게 생각한다. **"인간은 뛰어넘어버릴 수도 있다."**

그대의 이웃들 사이에서도 자신을 극복하라. 그리고 그대가 빼앗아 가질 수 있는 권리를 남이 그대에게 선사하는 일이 없게 하라!

아무도 그대가 하는 일과 똑같은 것을 그대에게 다시 할 수는 없다. 보아라, 보복이란 없는 것이다.

스스로 명령을 내리지 못하는 자는 복종해야 한다. 그리고 많은 사람이 자신에게 명령을 **할 수는** 있지만 자기 자신에게 복종하기에는 아직 부족한 점이 많다!

5

고귀한 영혼을 지닌 자들은 어떤 것이든 **공짜로** 얻으려 하지 않고 삶에 있어서는 특히 그렇다.

천민의 경우는 공짜로 살려고 한다. 그러나 삶을 부여받은 우리 같은 다른 사람들은 언제나 무엇으로 가장 잘 보답할 수 있는지를 깊이 생각한다!

이렇게 말하는 것은 진실로 고귀하다. "삶이 **우리에게** 약속한 것, 그것을 **우리**는 삶을 위해 지켜야 한다!"

즐길 만한 것을 제공되지 못한 곳에서는 즐기려 해서는 안 된다!

왜냐하면 향락과 순진함은 가장 부끄러움을 타기 때문이다. 이 두 가지는 구해서 얻어지는 것이 아니다. 그래서 사람들은 향락과 순진함을 **가지고** 있으면서 죄의식과 고통을 **추구해야** 한다!

6

아, 나의 형제들이여, 첫째는 항상 제물로 바쳐진다. 그런데 지금 우리가 그 첫째가 아닌가.

우리는 모두 비밀의 제단에서 피를 흘리고 낡은 우상들의 영광을 위해 불에 타고 구워진다.

우리의 가장 좋은 점은 아직 젊다는 것이다. 이것이 늙은이들의 입맛을 돋운다. 우리의 살은 연하고 피부는 어린 양가죽 같다. 그러니 어떻게 우리가 우상을 섬기는 늙은 사제들의 입맛을 돋우지 않겠는가!

우리 내면에도 우상을 섬기는 저 늙은 사제가 살고 있다. 그는 푸짐한 만찬을 위하여 우리의 가장 좋은 부분을 굽는다. 아, 나의 형제들이여, 첫째가 어떻게 제물이 되지 않을 수 있겠는가!

그러나 우리 같은 인간은 이것을 바란다. 그리고 나는 자신을 지키려 하지 않는 자들을 사랑한다. 나는 그렇게 몰락하는 자들을 진심으로 사랑한다. 그들이야말로 저 너머로 건너가기 때문이다.

7

진실한 것, 그렇게 **될 수 있는** 자는 극소수이다! 그리고 그럴 만한 자는 아직 그렇게 되기를 바라지 않는다! 그리고 가장 진실해질 수 없는 자들이 바로 선한 자들이다.

아, 이 선한 자들! **착한 자들은 결코 진리를 말하지 않는다.** 정신에게는 이처럼 선해지는 것이 일종의 질병이다.

그들, 이 선한 자들은 양보하고 복종한다. 그들의 마음은 다른 사람을 흉내 내고 마음으로 복종한다. 그러나 복종하는 자는 **자신에게 귀를 기울이지 않는다!**

하나의 진리가 태어나기 위해서는 착한 사람들이 악이라고 부르는 모든 것이 함께 모여야 한다. 아, 나의 형제들이여, 그대들은 **이** 진리에 어울릴 만큼 충분히 악한가?

대담한 시도, 오랜 불신, 잔인한 부정, 권태, 살아 있는 것들 속으로 들어가는 **이런 것**들이 함께 모이는 것은 얼마나 드문 일인가! 그러나 이러한 씨앗에서 진리가 생겨난다!

지금까지 모든 **지식**은 사악한 양심과 **함께** 성장했다! 그러니 부숴버려라, 부숴버려라, 그대 깨닫는 자들이여, 이 낡은 서판을!

8

물에 기둥이 세워지고 판자 다리와 난간이 걸쳐져 있으면 진실로 그때는 "만물은 흘러간다"라고 말하는 자를 아무도 믿지 않는다.

오히려 어리석은 자들도 그의 말을 반박한다. 그들이 말한다. "뭐라고? 만물이 흘러간다고? 다리의 기둥과 난간이 강물 **위에** 저렇게 있지 않은가!

강물 **위에서는** 모든 것이 고정되어 있지 않은가. 만물의 모든 가치, 다리들, 개념들, 모든 '선'과 '악'이 **고정**되어 있지 않은가!"

혹독한 겨울, 강물이라는 동물을 길들여 얼게 하는 조련사 같은 겨울이 오면 가장 영리한 자들도 불신을 배운다. 그러면 진실로 어리석은 자만이 이렇게 말하는 것은 아니다. "만물은 **정지되어 있어야 하는** 것이 아닌가?"

"원래 모든 것은 정지해 있다." 이것은 바로 겨울의 가르침이고 불모의 계절에 맞는 말이며 겨울잠을 자는 자들과 난롯가에 웅크린 자들에게는 위로의 말이다.

"원래 모든 것은 정지해 있다." 그러나 얼음을 녹이는 봄바람은 **이와 반대로** 설교한다!

바람은 황소이다. 그러나 밭을 가는 황소가 아니라 사납게 날뛰는 황소이고 분노의 뿔로 얼음을 깨는 파괴자이다! 부서진 얼음은 **판자 다리를 무너뜨린다!**

아, 나의 형제들이여, **이제** 만물은 **흐르지** 않는가? 모든 난간과 판자 다리가 물속으로 가라앉지 않았는가? 그 누가 아직도

'선'과 '악'에 **매달려** 있는가?

"우리의 가슴이 아프다! 우리에게 치유가 있기를! 따뜻한 바람이 분다!" 이렇게 설교하라, 오, 나의 형제들이여, 온 골목을 돌아다니면서!

9

선과 악이라고 불리는 오래된 망상이 있다. 이 망상의 수레바퀴는 지금까지 예언자와 점성가 주위를 돌고 있었다.

한때 사람들은 예언자와 점성가를 **믿었다. 그래서** 사람들은 "모든 것은 운명이다. 그대는 그렇지 되지 않을 수 없기 때문에 그렇게 될 것이다!"라고 믿었다.

다시 사람들은 모든 예언자와 점성가를 믿지 않게 되었다. **그리하여** 사람들은 "모든 것은 자유다. 그대가 하려 하기 때문에 그대는 할 수 있다!"고 믿었다.

아, 나의 형제들이여, 별들과 미래에 대해 지금까지는 깨달음이 없이 망상만 존재했다. **그러므로** 선과 악에 대해서도 지금까지 망상만 있었을 뿐 깨달음이 없었다!

10

"도둑질하지 말라! 살인하지 말라!" 일찍이 사람들은 이런 말들을 신성하다고 했다. 이 말들 앞에 사람들은 무릎을 꿇고 머리를 숙이고 신을 벗었다.

그러나 나는 그대들에게 묻는다. 그 신성한 말보다 더한 강도나 살인자가 이 세상 어디에 있었던가?

모든 삶 속에 도둑질과 살인 행위가 있지 않은가? 그리고 그 말들이 신성하다고 불리기 때문에 **진리** 자체가 살해당하지 않았는가?

아니면 모든 삶에 대해 모순되고 그 삶을 거역하는 것을 신성하다고 부른 것은 죽음의 설교였던가? 아, 나의 형제들이여, 부숴버려라, 낡은 서판을 부숴버려라!

II

지나간 모든 것이 버림받는 것을 보고 나는 과거의 모든 것을 동정한다.

다가오는 모든 세대의 자비와 정신과 망상으로 과거의 모든 것은 다리로 해석되고 희생된다!

한 명의 위대한 폭군, 교활한 악마가 나타나 때로는 자비롭고 때로는 무자비하게 지나간 모든 것을 억압하여 마침내 모든 지나간 모든 그들의 다리가 되게 하고 징후와 전령과 닭 울음소리로 만들어버릴지도 모른다.

그리고 또 다른 위험이 있다. 이에 대한 나의 동정이다. 천민들의 기억은 할아버지 대까지 거슬러 올라가지만 그 할아버지와 함께 시간이 멈추어버린다.

이렇게 하여 모든 지나간 모든 것은 버림받는다. 천민이 주인이 되고 모든 시간이 얕은 물속에서 익사하는 일이 언제 일어날지 모르기 때문이다.

그러므로 아, 나의 형제들이여, 이제 **새로운 귀족**이 필요하다. 모든 천민과 모든 폭군에 대항하는 자가 되고 새로운 서판에 '고귀한'이라는 말을 새롭게 써넣을 새로운 귀족이 필요하다.

다시 말해 **귀족이 존재하기 위해서는** 여러 고귀함과 여러 종류의 고귀한 자가 필요하다! 아니면 내가 한때 비유로 말한 것처럼 "신들은 존재하지만 유일신은 존재하지 않는다는 것이 바로 신성이다!"

12

아, 나의 형제들이여, 나는 그대들을 새로운 귀족에 임명하고 길을 보여준다. 그대들은 미래를 낳고 기르고 씨 뿌리는 자가 되어야 한다.

진실로 그대들은 상인들같이 돈으로 사는 귀족이 되어서는 안 된다. 값이 매겨진 모든 것은 가치가 별로 없기 때문이다.

그대들이 어디서 왔는가가 아니라 어디로 가는가 하는 것을 앞으로 그대들의 명예로 삼아라! 그대들 자신을 넘어서 가려는 그대들의 의지와 그대들의 발, 그것을 그대들의 새로운 명예로 삼아라!

진실로 그대들이 어떤 군주를 섬긴 것은 명예가 아니다. 이제와 군주들이 무슨 소용인가! 혹은 현재 서 있는 것을 더욱 단단하게 세우기 위한 방벽이 된 것도 명예는 될 수 없다!

그대들의 일가가 궁정 생활에 익숙해지고 그대들이 홍학처럼 화려한 옷을 차려입고 얕은 연못에 오랜 시간 서 있는 것을 배운 것도 명예는 아니다.

서 있을 수 있다는 것은 신하의 입장에서는 일종의 공로이기 때문이다. 그리고 모든 신하는 **앉아도 되는** 것을 죽음 이후에 오는 행복이라고 믿는다!

또한 사람들이 신성하다고 부르는 영이 그대들의 조상을 약속의 땅으로 인도한 것도 명예가 아니다. 나는 이런 약속의 땅을 찬양하지 않는다. 왜냐하면 그곳에서는 모든 나무 중에서 가장 사악한 나무인 십자가가 자라났기 때문이다. 그 땅에는 찬양할 것이 아무것도 없다!

그리고 진실로 이 성령이 그 기사들을 어디로 이끌어 가든 이 행렬에서는 염소와 거위, 십자가 낙인이 찍힌 인간과 십자가에 홀린 인간들이 언제나 **선두에서** 걸어갔다!

아, 나의 형제들이여, 그대 귀족들은 뒤쪽이 아닌 **저 앞**을 바라보아야 한다! 그대들은 모든 아버지의 땅, 선조의 땅에서 추방된 자들이어야 한다!

그대들은 자기 **후손들의 땅**을 사랑해야 한다. 이 사랑이 그대들의 귀족다운 특성이 되기를. 아득히 먼 바다의 아직 발견되지 않은 땅을 사랑하기를! 나는 이 땅을 계속해서 찾을 것을 그대들의 돛에 명령한다.

그대들의 조상의 후손인 것을 그대들은 자신의 후손에게 **보상해야** 한다. **그렇게** 그대들은 지나간 모든 것을 구원해야 한다! 나는 이 새로운 서판을 그대들의 머리 위에 걸어둔다.

13

"무엇을 위해 사는가? 모든 것이 덧없다! 삶은 짚을 타작하는 일이다. 삶은 자신을 태우지만 따뜻해지지 않는 것이다."

이런 오래된 시시한 말이 아직 '지혜'로 여겨진다. 낡고 곰팡내를 풍기기 **때문에** 더 존중받는다. 곰팡이도 사물을 귀하게 한다.

아이들은 그렇게 말해도 좋다. 아이들은 불에 덴 적이 있기 때문에 불을 무서워한다! 낡은 지혜의 책 속에는 이렇게 아이들 같은 점이 많이 있다.

그리고 시도 때도 없이 '짚이나 타작하는 자'가 어떻게 타작을 비난하는가! 사람들은 이 바보의 입을 닫게 해야 한다!

이런 자들은 식탁에 앉으면서 아무것도 가지고 오지 않는다. 왕성한 식욕조차도 가지고 오지 않는다. 그러면서 "모든 것은 덧없다!"라고 비방만 한다.

그러나 잘 먹고 마시는 것은, 아, 형제들이여, 진실로 하찮은 기술이 아니다. 부숴버려라, 결코 즐거워할 줄 모르는 자들의 서판을!

I4

"순수한 자에게는 모든 것이 순수하게 보인다." 민중은 말한다. 그러나 나는 그대들에게 말한다. 돼지의 눈에는 모든 것이 돼지로 보인다고!

그러므로 머리만이 아닌 심장까지 늘어진 침울한 광신자들은 이렇게 설교한다. "세계 그 자체가 오물로 가득 찬 괴물이다."

이자들은 모두 불결한 정신을 가진 자이기 때문이다. 세계를 **배후에서** 보지 않으면 평화나 안식을 얻지 못하는 자들, 즉 배후 세계를 믿는 자들이 특히 그렇다!

달갑지 않게 들리겠지만 나는 **그들에게** 맞서 이렇게 말한다. 세계는 배후가 있다는 점에서 인간과 비슷하다. **여기까지는** 진실이다!

세계에는 많은 오물로 가득 차 있다. **이 정도까지는** 진실이다! 그러나 그렇다고 해서 세계 그 자체가 오물로 찬 괴물이라고는 할 수 없다!

세계 속에는 악취를 풍기는 것이 많이 있다는 말에 지혜가 들어 있다. 구역질 자체가 날개와 샘의 원천을 찾아내는 힘을 창조한다!

가장 훌륭한 자에게도 구역질을 일으키는 어떤 것이 있다. 그 래서 가장 훌륭한 자조차도 일종의 극복되어야 할 존재이다!

오, 나의 형제들이여, 세계 속은 오물로 차 있다는 말에 많은 지혜가 들어 있다!

15

나는 신앙심이 깊은 배후 세계론자들이 양심에게 진실로 악의나 허위 없이 이런 잠언을 말하는 것을 들었다. 세상에 이 잠언보다 더 거짓이고 악의를 품은 것은 없을 것이다.

"세계가 그저 세계가 되도록 놔두어라! 대항하여 단 하나의 손가락도 쳐들지 마라!"

"원하는 자가 제멋대로 사람들의 목을 조르고, 찌르고, 가죽을 벗겨 살을 도려내게 놔두어라. 대항하여 단 하나의 손가락도 쳐들지 마라! 이렇게 사람들은 세계를 포기하는 것을 배운다."

"그리고 그대 자신의 이성을 스스로 목 졸라 죽여라. 그것은 이 세계에서 이성이기 때문이다. 이렇게 그대는 스스로 세계를 포기하는 것을 배울 것이다."

부숴버려라, 아, 나의 형제들이여, 신앙심 깊은 자들의 이 낡은 서판을 부숴버려라! 이 세계를 비방하는 자들의 잠언을!

"많은 것을 배우는 자는 격한 욕구를 잊어버린다." 오늘날 사람들은 어두운 골목 곳곳에서 이렇게 속삭인다.

"지혜는 피곤하게 하고 아무 보상도 주지 않는다. 그러므로 그대는 욕구를 버려라!" 나는 이 새로운 서판이 시장에 걸린 것을 보았다.

부숴버려라, 오 나의 형제들이여, 이 **새로운** 서판도 제발 부숴버려라! 세계에 지친 자들, 죽음의 설교자들과 간수들이 이 서판을 걸어두었다. 보아라, 그것은 노예가 되라고 설교하고 있다!

엉터리로 배우고 최선의 것을 배우지 못했으며 모든 것을 너무 일찍, 너무 빨리 배웠고, 또 제대로 씹어 먹지 못해서 그들의 위장에 탈이 났다.

그들의 정신은 말하자면 탈이 난 위장이며, **이 위장이** 죽음을 권유한다. 왜냐하면 형제들이여, 정신은 진실로 위장이기 때문이다.

삶은 쾌락의 샘이다. 그러나 슬픔의 아버지, 즉 병든 위장으로 말하는 자들의 모든 샘은 독으로 변한다.

깨닫는 것, 그것은 사자의 의지를 가진 자를 위한 **즐거움**이다! 그러나 이미 지친 자는 다른 자가 '시키는 대로'만 하고 온갖 물결의 장난감이 된다.

언제나 도중에서 자신을 잃어버리는 것이 허약한 인간들의 특성이다. 그리하여 마침내 피로한 그들이 묻는다. "무엇 때문에 우리는 지금까지 길을 걸어왔는가! 모든 것이 마찬가지인 것을!"

그러므로 **그들의** 귀에는 "보람 있는 일은 아무것도 없다! 그대들은 욕구를 버려라!" 이 설교가 즐겁게 들리지만 이것은 노예가 되라는 설교이다.

오, 나의 형제들이여, 차라투스트라는 길에 지친 모든 사람에게 돌풍으로 찾아온다. 그는 많은 사람들의 코가 재채기를 하게 만들 것이다!

나의 자유로운 숨결은 벽을 뚫고 감옥 안으로, 그리고 갇힌 정신 속으로 들어간다.

욕구는 인간을 자유롭게 한다. 욕구란 곧 창조하는 것이기 때문이다. 나는 이렇게 가르친다. 그대들은 **오직** 창조하기 위해서 배워야 한다!

그리고 그대들은 배운다는 것, 잘 배운다는 것이 무엇인지를 먼저 내게서 **배워야** 한다! 귀 있는 자는 들어라!

I7

저기 나룻배가 있다. 저 너머에 아마도 거대한 무(無)로 통하는 길이 있을 것이다. 그러나 누가 이 **어쩌면**에 올라타려 하겠는가?

그대들 중 아무도 죽음의 나룻배에 올라타려 하지 않는다! 그렇다면 어찌하여 그대들은 **세계에 지친 자**를 자처하는가!

세계에 지친 자들! 그러나 그대들은 아직 한 번도 대지에 등을 돌린 적이 없다! 나는 그대들이 여전히 대지를 탐하고 있고 대지에 대한 자신의 권태를 아직도 깊이 사랑하는 것을 알고 있다.

그대들의 입술이 그냥 처진 것이 아니다. 지상에서의 작은 소망이 아직도 그 입술 위에 앉아 있기 때문이다! 그리고 눈 속에는 잊을 수 없는 지상의 한 조각 쾌락 구름이 떠다니고 있지 않은가?

이 지상에는 뛰어난 많은 창작품들이 있다. 어떤 것은 쓸모가 있고 어떤 것은 쾌적하다. 그래서 이 대지는 사랑할 가치가 있다.

이 지상에는 여자의 젖가슴처럼 아주 잘 만들어져 쓸모 있음과 동시에 쾌적하기도 한 것들이 많다.

그러나 그대 세계에 지친 자들이여! 그대 지상의 게으름뱅이들이여! 그대들은 회초리로 맞아야 한다! 맞은 후 그대들의 발은 다시 튼튼해져야 한다!

왜냐하면 그대들은 대지에 지친 병자거나 늙어 쇠약하기 때문이다. 그것도 아니면 그대들은 교활한 게으름뱅이거나 살금

살금 돌아다니며 군것질을 즐기는 쾌락의 고양이기 때문이다. 다시 힘차게 **달릴** 생각이 없다면 그대들은 사라져야 한다!

그러나 끝을 내지 위해서는 새로운 시 한 구절을 짓는 것보다 더 많은 **용기**가 필요하다. 의사와 시인들은 모두 이 사실을 알고 있다.

18

오, 나의 형제들이여, 피로가 만든 서판이 있고 게으름, 이 부패한 게으름이 만든 서판도 있다. 이것들은 서로 같은 말을 하더라도 서로 다르게 들리기를 원한다.

보아라, 여기 이 야윈 자를! 자신의 목표에서 단 한 뼘만 떨어져 있어도 그는 지쳐서 이 먼지 속에 누워 있다, 이 용감한 자는!

지친 나머지 길과 대지와 목표와 자기 자신을 향해 하품을 하면서, 그는 한 발짝도 앞으로 나아가려 하지 않는다, 이 용감한 자는!

이제 태양은 그의 머리 위에서 이글거리고 개들이 몰려와 그의 땀을 핥고 있다. 그러나 그는 여기에 계속 누워 있으며 오히려 탈진해버리길 바란다.

자신의 목표에서 단 한 뼘 떨어진 곳에서 탈진하기를 바라다니! 진실로 그대들은 그 머리를 잡아끌어 그의 천국으로 데려가야 한다, 이 영웅을!

더 좋은 것은 그를 누운 자리에 내버려두는 것이다. 위로의 잠이 서늘한 비와 함께 그를 찾아오도록.

그가 스스로 잠에서 깨어날 때까지 그를 누워 있도록 내버려두어라. 모든 피로와 피로 때문에 그의 입에서 나온 모든 가르침을 스스로 취소할 때까지!

다만, 형제들이여, 그대들은 그에게서 개들, 즉 살금살금 숨어 다니는 저 게으른 자들을 쫓아버려라. 그리고 떼 지어 몰려드는 온갖 구더기들도 쫓아버려라.

떼 지어 몰려드는 '교양 있는 자'들이라는 구더기들. 모든 영웅의 마음껏 취해버리는 구더기들을 쫓아버려라!

19

내 주위에 원을, 성스러운 경계선들을 그린다. 높은 산에 올라갈수록 나와 함께 오르는 자는 더 적어진다. 점점 더 성스러워지는 산들로 산맥 하나를 만들어낸다.

그대들이 나와 함께 어디로 올라가든, 오, 나의 형제들이여, **기생하는 자**가 그대들과 함께 오르지 않도록 하라!

기생충. 이것은 벌레이다. 기어 다니는 연한 벌레로, 그대들의 병들고 상처 난 부위에 달라붙어 살을 찌우려 한다.

그리고 기생충이 가진 재주는 **다름 아니라** 위로 올라가는 영혼들이 피로를 느끼는 지점을 알아내는 것이다. 기생충은 그대들의 원망과 불만, 그리고 그대들의 예민한 수치심 속에 구역질나는 집을 짓는다.

강자의 약한 곳, 고귀한 자의 가장 부드러운 곳, 기생충은 그 안에 구역질나는 집을 짓는다. 기생충은 위대한 자의 작은 상처에 산다.

존재하는 모든 자 가운데 가장 높은 존재는 무엇이고 가장 낮은 존재는 무엇인가? 가장 낮은 존재는 기생충이다. 그러나 가장 높은 존재가 가장 많은 기생충을 먹여 살린다.

다시 말해 가장 긴 사다리를 가지고 가장 깊이 내려갈 수 있는 영혼 옆에 어떻게 가장 많은 기생충이 자리 잡지 않겠는가?

가장 광대하게 자신의 내면을 달리다가 방황하고 떠돌아다닐 수 있는 가장 광활한 영혼, 기쁜 나머지 우연 속으로 돌진하는 가장 필연적인 영혼.

생성 속으로 가라앉는, 존재하는 영혼, 의욕과 갈망 속으로 **가라앉기를 원하는, 소유하는 영혼.**

자기 자신으로부터 달아나는가 하면, 가장 넓은 원을 그리며 자신을 따라잡는 영혼. 어리석음이 달콤한 말을 걸어오는 가장 현명한 영혼.

자신을 가장 사랑하는 영혼, 그 안에서 만물이 흘러가고 거꾸로 흘러가고, 썰물이 되고 밀물이 된다. 오, **최고의 영혼**이 어떻게 최악의 기생충들을 거느리지 않겠는가?

20

오, 나의 형제들이여, 그럼 내가 잔인하다는 것인가? 그러나 나는 이렇게 말한다. 떨어지는 것은 떠밀어버려야 한다!

오늘날 떨어지고 쇠퇴하는 모든 것을 누가 붙잡으려 하는가! 나는 그것을 떠밀어버리고 **싶다!**

그대들은 가파른 골짜기로 바위를 굴릴 때의 쾌감을 알고 있는가? 오늘날 이런 인간들이여, 그들이 어떻게 나의 심연 속으로 굴러오는지 보아라!

나는 더 나은 배우들의 등장을 예고하는 서곡이다. 오, 나의 형제들이여! 나는 하나의 선례이다! 나의 선례를 **따르라!**

그리고 나는 법을 배우지 않은 자들에게 **더 빨리 추락하는 법을** 가르쳐라!

21

나는 용감한 자들을 사랑한다. 그러나 양날의 칼이 되는 것으로는 충분하지 않다. **누구를** 상대로 싸울 것인지도 알아야 한다!

그리고 때로는 자신을 억누르고 지나간 것이 더 큰 용기를 필요로 한다. **이렇게** 그는 보다 어울리는 적을 맞이하기 위해 자신의 힘을 아낀다!

그대들은 증오할 가치가 있는 적을 가지지만 경멸하는 적을 가져서는 안 된다. 그대들은 그대들의 적을 자랑스럽게 생각해야 하기 때문이다. 나는 일찍이 그렇게 가르쳤었다.

보다 어울리는 적을 맞이하기 위해, 오, 나의 친구들이여, 그대들은 자신을 아껴야 한다. 그러므로 그대들은 웬만하면 지나쳐 가야 한다.

특히 그대들의 귀에 군중과 군중들에 대해 요란하게 떠들어대는 수많은 천민을 지나쳐 가야 한다.

그들의 찬성과 반대에 맞서 그대들의 눈을 순수하게 지켜라! 거기에는 올바름도 많고 그릇됨도 많다. 그것을 제대로 보는 자는 분노를 느낀다.

안쪽을 들여다보는 것과 칼로 베어버리는 것은 이곳에서는 동일한 행위이다. 그러므로 그대들은 숲속으로 돌아가 그대들의 칼을 잠재워라!

그대들의 길을 가라! 그리고 민중들이 그들의 길을 가도록 내버려두라! 진실로 한 줄기 희망의 번갯불도 더 이상 비치지 않는 어두운 길을!

아직도 번쩍거리는 모든 것이 상인의 황금뿐이라면 상인들이 지배하도록 내버려두라! 왕의 시대는 이미 지나갔다. 오늘날 스스로를 민중이라 자처하는 자는 왕이 될 자격이 없다.

보아라, 이 민중 스스로가 지금 어떻게 상인처럼 행동하는지. 그들은 온갖 쓰레기로부터 작은 이익까지 주워 모은다!

그들은 서로 염탐하여 상대의 무엇인가를 알아낸다. 이것을 그들은 **훌륭한 이웃 사랑**이라고 부른다. 어떤 민족이 스스로 "나는 군중들을 다스리는 **지배자가 되려 한다**"라고 말했던, 오, 먼 옛날의 행복했던 시대여.

왜냐하면 나의 형제들이여, 최선의 것이 지배해야 하고 최선의 것이 지배하기를 **원하기** 때문이다! 이와 다른 가르침이 활개 치는 곳에 최선의 것은 **없다.**

22

만일 **그들이** 빵을 공짜로 얻었다면 유감스러운 일이다! **그들은** 무엇을 달라고 외칠 것인가! 그들의 생계유지는 그들의 진정한 오락거리가 아닌가. 그러니 그들의 곤경은 당연하다!

그들이 바로 맹수이다. 그들의 노동에는 약탈이 있고 그들의 돈벌이에도 책략이 있다! 그러니 그들의 곤경은 당연하다!

그래서 그들은 좀 더 뛰어난 맹수, 더욱 민감하고 더 영리하고 **더욱 인간을 닮은** 맹수가 되어야 한다. 왜냐하면 인간이야말로 가장 훌륭한 맹수이기 때문이다.

인간은 이미 모든 동물에게서 덕을 강탈했다. 모든 동물 중 인간이 가장 힘들게 살았기 때문이다.

새들만이 아직 인간의 머리 위에 있다. 그러므로 인간이 나는 것까지 배우게 된다면, 아! 인간의 약탈욕은 **어디까지 높이** 날아갈 것인가!

23

나는 남자와 여자에게 이렇게 바란다. 남자는 전쟁을 잘하고 여자는 아이를 잘 낳으며 남자와 여자는 둘 다 머리와 발로 춤을 잘 추기를.

그러므로 춤추지 않았던 날은 잃어버린 하루로 쳐라! 그리고 한 번도 큰 웃음을 주지 않는 진리는 모두 가짜라고 하라!

24

그대들의 결혼이 나쁜 **결합**이 되지 않도록 유의하라! 그대들은 너무 빨리 결합하기 때문에 결혼의 파혼이 **뒤따라온다!**

왜곡된 결혼, 속이는 결혼보다는 차라리 결혼의 파혼이 낫다! 어떤 여인가 나에게 이렇게 말했다. "물론 나는 결혼을 파괴했습니다. 그러나 결혼이 먼저 파괴했어요, 나를 말입니다!"

잘못 결합한 부부는 언제나 최악의 복수심으로 불타는 자가 되는 것을 나는 보았다. 더 이상 혼자 살아갈 수 없는 것에 대해 그들은 온 세상 사람들에게 복수한다.

그래서 나는 정직한 사람들이 서로 이렇게 말하기를 바란다. "우리는 서로 사랑한다. 우리의 사랑을 지속하도록 서로 **조심**하자! 아니면 우리들의 약속이 실수인가?"

"우리가 위대한 결혼을 해도 좋은지 아닌지 알아보기 위해 잠시나마 작은 결혼을 하자! 둘이 언제나 함께 있다는 건 큰일이 아닌가!"

이렇게 나는 모든 정직한 자들에게 권한다. 내가 만일 다른 식으로 권하고 말한다면 초인에 대한 그리고 앞으로 올 모든 것에 대한 나의 사랑은 무엇이겠는가!

자손을 낳아 번성하고 **드높이도록 하라.** 오, 나의 형제들이여, 이를 위해 부디 결혼이라는 정원이 그대들에게 도움이 되기를!

25

옛 원천에 대해 잘 알고 있었던 자는, 보아라, 마침내 미래의 샘과 새로운 원천을 탐색할 것이다.

오, 나의 형제들이여, 머지않아 **새로운 민족들**이 생겨나고 새로운 샘이 새로운 골짜기로 흘러내리게 될 것이다.

다시 말해 지진은 많은 샘을 파묻고 많은 것들을 갈증에 시달리게 하겠지만 동시에 여러 가지 내부의 힘과 비밀스런 일들을 드러낼 것이다.

지진은 새로운 샘들을 드러낸다. 오래된 민족들의 지진 속에서 새로운 샘이 솟아나온다.

그리고 이때 "보아라, 여기에 목마름에 지친 수많은 자를 위한 샘 하나, 그리움에 찬 많은 자들을 위한 하나의 마음이, 많은 도구를 위한 하나의 의지가 있다"고 외치는 자 주위로 한 **민족**이, 다시 말해 시도하는 많은 사람들이 모여든다.

누가 명령할 수 있고 누가 복종해야 하는가. 이것이 **여기서 시험대에 오른다!** 아, 얼마나 오랜 탐구와 성공 그리고 실패, 배움과 새로운 시도가 있었는가!

인간 사회는 하나의 실험이다. 나는 그것을 긴 탐구라고 가르친다. 그러나 인간 사회는 명령하는 자를 찾고 있다!

하나의 실험이다. 오, 나의 형제들이여! '계약'이 절대 **아니다!** 파괴하라, 마음이 약한 자들, 어중간한 자들의 이 말을 부디 파괴하라!

26

오, 나의 형제들이여! 인간의 모든 미래에 가장 큰 위험은 어떤 자들 때문인가? 선한 자와 의로운 자들 때문이 아닌가?

"선하고 의롭다는 것이 무엇인지 우리는 이미 알고 내면에 가지고 있다. 아직 그것을 추구하는 자들은 가엾구나!" 이렇게 말하고 마음속으로 느끼는 자들에게 가장 큰 위험이 있다.

악한 자들이 어떠한 해악을 끼쳐도 선한 자들이 끼치는 해악이 가장 해롭다!

세계를 비방하는 자들이 어떠한 해악을 끼친다 하더라도 선한 자들이 끼치는 해악이 가장 해롭다.

오, 나의 형제들이여, 일찍이 어떤 자가 선하고 의로운 자의 마음을 꿰뚫어 보고 "그들은 바리새인이다"라고 말했다. 그러나 사람들은 그의 말을 이해하지 못했다.

선하고 의로운 자들은 스스로 그의 말을 알아들을 수 없었다. 그들의 정신은 그들의 선한 양심에 사로잡혀 있었기 때문이다. 그러나 선한 자들의 어리석음은 사실 무한한 현명함이다.

선한 자들은 바리새인이 **될 수밖에** 없다는 것이 진실이다. 그들에게 다른 선택의 여지는 없다!

선한 자들은 자신만의 덕을 만들어낸 자를 십자가에 못박을 **수밖에 없다!** 그것이 진실**이다!**

그러나 그들의 땅, 착하고 의로운 자들의 땅과 마음, 그리고 토양을 발견한 두 번째 사람은 바로 "그들은 누구를 가장 미워하는가?"라고 물었던 사람이다.

그들은 **창조하는 자**를 가장 미워한다. 그들은 서판과 낡은 가치를 부수고 파괴하는 자를 범죄자라고 부른다.

다시 말해 선한 자들은 창조할 **수** 없다. 그들은 언제나 종말의 시작이다.

그들은 새로운 가치를 새로운 서판에 써 넣는 자를 십자가에 못박고 **자신의** 미래를 제물로 바쳐서 인간의 온 미래를 십자가에 못박는다!

선한 자들, 그들은 언제나 종말의 시작이었다.

27

오, 나의 형제들이여, 그대들은 이 말도 이해하였는가? 그리고 내가 일찍이 '종말의 인간'에 대해서 말한 것도 이해하였는가?

인간의 온 미래에 가장 큰 위험은 어떤 자들 때문인가? 선하고 의로운 자들 때문이 아닌가?

"파괴하라, 선하고 의로운 자들을 제발 파괴하라!" 오, 나의 형제들이여, 그대들도 이 말을 이해하였는가?

28

그대들은 나에게서 달아나는가? 놀란 것인가? 그대들은 이 말을 듣고 벌벌 떠는가?

오, 나의 형제들이여, 내가 그대들에게 선한 자들과 그들의 서판을 파괴하라고 했던 그때, 나는 비로소 인간을 그 망망대해로 내보냈다.

그리하여 이제 처음으로 인간에게 커다란 두려움, 거대한 주변, 커다란 질병, 극심한 구토, 엄청난 뱃멀미가 닥쳐온다.

선한 자들은 그대들에게 거짓 해안과 거짓 안전을 가르쳤다. 그대들은 선한 자들의 거짓말 속에 태어나서 보호를 받았다. 모든 것은 선한 자들에 의해 철저하게 속여지고 왜곡되었다.

그러나 '인간'이라는 땅을 발견했던 자는 '인간의 미래'라는 땅도 발견했다. 이제 그대들은 항해자가 되어라. 용감하고 끈기 있는 항해자가 되어라!

때를 맞추어 똑바로 일어나 걸어라. 오, 나의 형제들이여, 똑바로 일어서 걷는 것을 배워라! 바다는 거칠다. 많은 사람들이 그대들의 도움으로 똑바로 서려 한다.

바다에는 폭풍이 몰아친다. 바닷 속에는 모든 것이 들어 있다. 자! 가자! 그대 노련한 뱃사람의 심장이여!

조상의 나라는 무엇인가! 우리의 키는 우리 **자손들의 땅**으로 가려 한다! 그곳을 향해 바다보다 더 거칠게 우리들의 커다란 동경은 거칠게 돌진한다!

29

"어째서 그렇게 단단한가?" 언젠가 숯이 다이아몬드에게 말했다. "우리는 가까운 친척이 아닌가?"

왜 그렇게 연약한가? 오, 나의 형제들이여, **나는** 그대들에게 묻는다. 그대들은 나의 형제가 아닌가?

왜 그렇게 연약하고 순종적이며 고분고분한가? 그대들의 마음속에는 왜 그렇게 많은 부정과 거부가 들어 있는가? 그대들의 눈길에는 왜 그렇게 운명이 부족한가?

그대들이 운명이 되려 하지 않으면 어떻게 그대들은 나와 함께 창조할 수 있을 것인가?

다시 말해 창조하는 자들은 단단하다. 그러므로 마치 밀랍에 찍듯이 그대들의 손을 수천 년의 세월 위에 찍는 것을 행복으로 생각해야 한다.

마치 청동에 기록하듯, 청동보다 더 단단하고 귀한 수천 년의 의지 위에 기록하는 것을 더없는 행복으로 생각해야 한다. 가장 고귀한 자만이 온전히 단단하다.

그러므로 오, 나의 형제들이여, 나는 그대들의 머리 위에 이 새로운 서판을 걸어둔다. **단단해져라!**

30

아, 그대 나의 의지여! 그대 모든 역경의 반전이여! 그대 나의 필연이여! 모든 작은 승리로부터 나를 지켜달라!

내가 운명이라고 부르는, 그대 내 영혼의 섭리여! 그대 내 속에 있는 자여! 내 위에 있는 자여! 커다란 운명을 위해 나를 지키고 아껴주어라!

그리고 나의 의지여, 그대의 최후의 것을 위해 그대의 마지막 위대함을 아껴두어라. 그러면 그대의 승리 **속에서** 그대가 마음대로 행동할 수 있다! 아, 자신의 승리에 굴복하지 않은 자는 누구였는가!

아, 이 도취의 어스름 속에서 누군가의 눈이 흐려지지 않았는가! 아, 그 누구의 발이 승리에 도취되어 비틀거리고 똑바로 서는 것을 잊지 않았는가!

내가 언젠가 위대한 정오를 맞이할 준비를 하고 달군 청동과 같이 성숙하기 위하여, 번개를 품은 구름처럼, 부풀어 오르는 젖가슴처럼 준비되고 성숙해져 있기 위해서!

나 자신과 나의 가장 비밀스런 의지에 대해 준비되어 있기를, 자신의 화살을 갈망하는 활처럼, 자신의 별을 찾으려 갈망하는 화살처럼.

자신의 정오를 맞아 준비를 마친 성숙한 별처럼, 모든 것을 섬멸하는 태양의 화살에 의해 달아오르고 꿰뚫리는 행복한 별처럼,

승리를 위해 섬멸의 준비를 갖춘 태양 자체와 가차 없는 태양의 의지처럼!

아, 의지여, 모든 역경의 반전이여, 그대, **나의** 필연이여! 커다란 하나의 승리를 위해 나를 아껴주어라!

차라투스트라는 이렇게 말했다.

치유되고 있는 자

I

동굴로 돌아온 지 얼마 되지 않았을 때였다. 어느 날 아침, 차라투스트라는 미친 사람처럼 자리에서 벌떡 일어나 사납게 소리 질렀다. 그리고 아직 잠자리에 누워 일어나려고 하지 않는 다른 사람이 곁에 있는 것처럼 행동했다. 그러나 차라투스트라의 목소리가 너무 크게 울려서 그의 동물들이 놀라 달려왔고, 차라투스트라의 동굴 가까이 있는 모든 동굴과 은신처에서 온갖 동물들이 달려 나왔다. 각자에게 주어진 다리와 날개의 종류에 따라 날기도 하고 퍼덕이기도 하고 기어가기도 하고 뛰기도 하면서 달려 나왔다. 그때 차라투스트라는 다음과 같이 말했다.

깨어나라, 심연의 사상이여. 나의 심연에서! 잠에 취한 벌레여, 나는 그대의 수탉이고 새벽이다. 깨어나라! 깨어나라! 나의 목소리는 닭 울음처럼 그대를 깨울 것이다!

그대의 귀를 묶은 사슬을 풀고 들어보아라! 그대의 목소리를 듣고 싶다! 깨어나라! 깨어나라! 여기서는 무덤들도 귀 기울일 만한 천둥이 친다!

그대의 눈에서 졸음과 온갖 흐릿함과 눈먼 것부터 씻어내라! 그대의 눈으로 내 말을 들어라. 나의 목소리는 선천적 장님도 고쳐주는 약이다.

그리고 일단 깨어나면 그대는 영원히 깨어 있어야 한다. 증조할머니들을 잠에서 깨웠다가 다시 자라고 명령하는 것은 **나의** 방식이 아니다!

그대는 몸을 움직이고 기지개를 켜고 그르렁거리는가? 깨어나라! 깨어나라! 그대는 그르렁거리지 말고 내게 말해야 한다! 신을 부정하는 자, 차라투스트라가 그대를 부른다!

나, 차라투스트라, 삶의 대변자, 고뇌의 대변자, 순환의 대변자인 내가 그대를 부른다. 그대, 나의 가장 깊은 심연의 사상을 부른다!

기쁘다! 그대가 오고 있으며 나는 그대의 목소리를 듣는다! 나의 심연이 **말을 하고**, 나는 나의 가장 깊은 심연을 햇빛에 드러냈다!

기쁘다! 이리 오라! 손을 잡자, 앗! 놓아라! 하하! 구역질, 구역질, 구역질, 슬프구나!

2

차라투스트라는 이렇게 말하고 갑자기 시체처럼 쓰러졌다. 그는 마치 시체처럼 오랫동안 그 자리에서 움직이지 않았다. 그리고 다시 정신을 차렸을 때 창백한 얼굴로 몸을 떨며 그대로 누워 오랫동안 먹지도 마시지도 않고자 했다. 그의 그런 상태는 일주일간 지속되었다. 그러나 독수리가 먹이를 구하려고 날아간 것을 제외하고는 그의 동물들은 밤낮으로 그 곁을 떠나지 않았다. 독수리는 약탈하여 모아 온 것을 차라투스트라의 침대에 두었다. 차라투스트라는 마침내 노랗고 빨간 딸기, 포도, 들장미 열매, 향긋한 채소, 그리고 솔방울 등으로 파묻혀 버렸다. 거기다 그의 발치에는 독수리가 애써 양치기로부터 빼앗아 온 새끼 양 두 마리가 널브러져 있었다.

마침내 일주일 만에 차라투스트라는 침대에서 몸을 일으켰다. 그리고 들장미 열매 하나를 손에 들고 냄새를 맡았다. 열매의 향기로 그는 기분이 좋아졌다. 그때 그의 짐승들은 이제 그와 이야기할 때라고 생각했다.

"아, 차라투스트라여," 그의 동물들이 말했다. "이미 일주일간 그대는 그렇게 눈을 감고 누워 있었다. 이제 다시 그대의 두 발로 일어서지 않겠는가?

그대의 동굴로부터 걸어 나오라. 세계는 마치 꽃밭처럼 그대를 기다리고 있다. 바람은 그대를 그리워하는 진한 향기를 머금고 있고 모든 시냇물은 그대를 따라 흐르고 싶어 한다.

그대는 일주일이나 혼자 있었기 때문에 만물이 그대를 그리워하고 있다. 그대의 동굴에서 걸어 나오라! 만물이 그대의 의사가 되기를 바란다!

새로운 깨달음이 그대를 찾아왔는가. 쓰디쓰고 무거운 깨달음이? 그대는 마치 발효된 반죽처럼 누워 있었고 그대의 영혼은 가장자리를 부풀어 넘쳤다."

오, 나의 동물들이여, 차라투스트라가 대답했다. 그렇게 계속 더 재잘거려라. 더 듣고 싶구나! 그대들이 재잘거리면 나는 기운이 난다. 재잘대는 소리가 들리는 곳이라면 이미 세계는 내게 꽃밭과 같다.

말과 소리가 있다는 것은 얼마나 사랑스러운가. 말과 소리는 영원히 분리된 것 사이에 걸쳐진 무지개이고 상상의 다리가 아닌가?

각각의 영혼은 다른 세계를 가지고 있다. 각각의 영혼에게 다른 영혼은 배후 세계이다.

가장 비슷한 것들 사이에서 환상은 가장 아름다운 거짓말을 한다. 왜냐하면 가장 작은 틈이 다리를 놓기 가장 어렵기 때문이다.

나에게 어떻게 바깥이 있을 수 있단 말인가? 밖은 없다! 그러나 우리는 음악을 들을 때 이 사실을 잊는다. 잊는다는 것은 얼마나 즐거운가!

인간이 사물에서 기운을 얻기 위해 사물에 이름과 소리가 있는 것이 아닌가? 말하는 것은 일종의 아름다운 어리석음이다.

말을 통해 인간은 모든 사물을 초월하여 춤을 춘다.

모든 발언과 소리의 거짓말은 얼마나 사랑스러운가! 소리와 우리의 사랑은 화려한 무지개 위에서 춤을 춘다.

"오, 차라투스트라여." 동물들이 이어 대답했다. "우리처럼 생각하는 자들에게 만물이 춤춘다. 만물은 다가와 손을 내밀고 웃다가 달아난다. 그리고 다시 되돌아온다.

모든 것은 가고, 모든 것은 되돌아온다. 존재의 수레바퀴는 영원히 굴러간다. 모든 것은 죽고, 모든 것은 다시 꽃핀다. 존재의 시간은 영원히 흘러간다.

모든 것은 꺾이고 새로 이어간다. 똑같은 존재의 집이 영원히 재건된다. 모든 것은 헤어지고 모든 것은 다시 만난다. 존재의 고리는 영원히 자신에게 충실하다.

매순간, 존재는 시작한다. 모든 '이곳'을 중심으로 '저곳'이라는 공이 회전한다. 중심은 모든 곳에 있고 영원의 길은 굽어 있다."

아, 그대들, 어릿광대여, 손풍금이여! 차라투스트라는 이렇게 대답하며 다시 웃었다. 일주일 동안 성취되어야 했던 일을 그대들은 정말 잘 알고 있구나.

그리고 그 괴물이 어떻게 나의 목구멍으로 기어들어 가 나를 숨 막히게 했는가를! 나는 그 괴물의 머리를 물어뜯어 뱉어버렸다.

그런데 그대들은 벌써 이 일을 소재로 하프에 맞춰 부를 노래를 만들었는가? 그러나 나는 괴물을 물어뜯느라 지쳐 지금 여기 누워 있다. 나 자신을 구원하다 병을 얻었다.

그런데 그대들은 이 모든 일을 그저 바라보고만 있었는가? 오, 나의 동물들이여, 그대들도 역시 잔인한가? 그대들은 마치 인간들처럼 나의 커다란 고통을 바라보고만 있었는가? 사실 인간이야말로 가장 잔인한 동물이 아닌가.

인간은 비극과 투우 경기와 십자가 처형을 보면서 지상에서 가장 큰 기쁨을 맛보았다. 그리고 인간이 지옥을 고안했을 때도, 보아라, 그것은 인간의 지상 천국이었다.

위대한 인간이 비명을 지를 때마다 작은 자는 나는 듯 달려온다. 그리고 그의 목구멍에서 탐욕 때문에 혀가 나온다. 그리고 그것을 '동정'이라 부른다.

작은 인간, 특히 시인은 얼마나 침이 마르도록 말로 삶을 비난하는가! 그의 말에 귀 기울여라. 그러나 온갖 비난 속의 쾌락을 놓치지 마라!

이런 삶에 대한 비난 자들은 삶을 금세 극복한다. 삶이라는 뻔뻔한 여인이 이렇게 말하기 때문이다. "당신은 나를 사랑하나요? 잠시만 기다려요. 지금 당신을 상대할 시간이 없어요."

인간은 자신에게 가장 잔인한 동물이다. 그러므로 스스로를 '죄인, 십자가를 진 자, 속죄자'라고 칭하는 모든 사람을 만날 때 그들의 불만과 비난에 들어있는 탐욕을 놓치지 마라!

그런데 나 자신은 이렇게 말하며 인간을 비난하는 자가 되려는 것인가? 오, 나의 동물들이여, 지금까지 내가 배운 유일한 것은 인간에게 최선의 것을 위해 최악의 것이 필요하다는 것이다.

모든 최악의 것은 인간에게 최선의 **힘**이고 최고의 창조자를 위한 가장 단단한 돌이다. 그리고 인간은 더 선해져야 하고 **동시에** 더 악해져야 한다.

나는 인간이 악하다는 사실을 안다. 그러나 **그 때문에** 내가 고문대에 묶인 적은 없다. 오히려 나는 아직 어느 누구도 외쳐본 적이 없을 정도로 이렇게 외쳤다.

"아, 인간의 최악이 이렇게 보잘것없다니! 아, 인간의 최선의 것이 저렇게 보잘것없다니!"

인간에 대한 커다란 권태, **그것이** 나의 목을 졸랐고 나의 목으로 기어들어 왔다. 그리고 예언자가 예언한 "모든 것은 동일하다. 아무런 보람이 없다. 지식이 목을 조른다"는 말이 나의 목을 졸랐고 나의 목으로 기어들어 왔다.

기다란 황혼이 죽도록 지치고 죽도록 취한 슬픔이 내 앞에서 절름거리며 걸어갔다. 그리고 이 슬픔이 하품하는 입으로 말했다.

"그대가 염증을 낸 인간, 그 작은 인간은 영원히 되돌아온

다.” 나의 슬픔은 하품을 하며 이렇게 말하고 다리를 질질 끌고 걸어가며 잠을 이루지 못했다

나에게 인간이란 대지는 동굴로 변했고 이 대지의 가슴은 내려앉았고 살아 있는 모든 생명은 인간의 부패한 것, 뼈, 썩은 과거가 되었다.

나의 탄식은 모든 인간의 무덤 위에 앉아 더 이상 일어날 수 없었다. 나의 탄식과 물음은 밤낮으로 불평하고 숨 막혀 괴로워하며 울었다.

“아, 인간이 영원히 되돌아오는구나! 작은 인간도 영원히 되돌아오는구나!”

일찍이 나는 가장 위대한 인간과 가장 작은 인간의 벌거벗은 몸을 보았다. 서로는 너무 닮았고 가장 위대한 인간도 너무 인간적이었다.

최대의 인간조차도 너무나 작았다! 이것이 인간에 대한 나의 권태였다! 그리고 가장 작은 인간도 영원히 되돌아온다는 것! 이것이 모든 살아 있는 존재에 대한 나의 염증이었다!

아, 역겹다! 역겹다! 역겹다! 차라투스트라는 이렇게 말하고 탄식하며 몸서리쳤다. 왜냐하면 자신의 병이 생각났기 때문이었다. 이때 그의 동물이 그의 말을 가로막았다.

“더 이상 말하지 마라, 그대 치유되고 있는 자여!” 그의 동물

들이 그에게 대답했다. "차라리 바깥으로, 세계가 꽃밭처럼 그대를 기다리는 곳으로 나가라.

장미와 꿀벌, 비둘기 떼가 있는 곳으로 가라! 특히 노래하는 새들이 있는 곳으로 가라. 그 새들에게 **노래하는 것**을 배우기 위해!

노래하는 것은 치유되고 있는 자에게 어울리기 때문이다. 건강한 자는 말을 해도 된다. 건강한 자는 노래하기를 원하지만 치유되고 있는 자와 다른 노래를 원한다."

"오, 그대 광대들이여, 손풍금이여, 제발 입을 다물어라!" 차라투스트라는 이렇게 대답하며 그의 동물들에게 미소 지었다. "그대들은 잘 알고 있는가, 내가 일주일간 어떤 위안 거리를 마련했는가를!

나는 내가 다시 노래해야 하는 것, **이런** 위안과 치유를 준비했다. 그대들은 이 일을 소재로 리라에 맞춰 부를 노래를 다시 만들려고 하는가?"

"더 이상 말하지 마라" 하고 그의 짐승들이 다시 그에게 말했다. "차라리 그대 치유되고 있는 자여, 우선 그대의 하프를 마련하라, 새로운 하프를!

왜냐하면 보아라, 오, 차라투스트라여! 그대의 새로운 노래를 위해서는 새로운 하프가 필요하기 때문이다.

노래하라, 마음껏 소리 질러라, 오, 차라투스트라여, 새로운 노래들로 그대의 영혼을 치유하라. 지금까지 어떤 인간에게도 오지 않던 그대의 커다란 운명을 짊어지기 위해서!

왜냐하면 그대의 동물들은, 오, 차라투스트라여, 그대가 누구이며 그대가 어떤 사람이 되어야 하는지 잘 알고 있기 때문이다. 보아라, 그대는 **영원한 회귀를 가르치는 교사**이다. 이것이 지금 **그대의** 운명이다!

그대가 처음 이 가르침을 베풀어야 한다는 커다란 운명이 바로 그대의 가장 큰 위험이자 병이 아니겠는가!

보아라, 우리는 그대가 무엇을 가르치는지 알고 있다. 만물과 더불어 우리도 영원히 회귀한다는 사실을 안다. 그리고 우리와 같이 만물도 무한한 횟수에 걸쳐 이미 존재했다는 사실을 알고 있다.

그대는 생성의 위대한 연도가 존재하고 위대한 해(年)라는 괴물이 존재한다고 가르친다. 그리고 이해는 새롭게 흘러가고 나오려고 모래시계처럼 새롭게 뒤집어져야 한다.

그러므로 이 모든 연도는 가장 큰 것이나 가장 작은 것에서도 언제나 동일하고 우리 자신도 모든 위대한 연도에 가장 큰 것이나 가장 작은 것에 항상 동일하다.

그리하여 그대가 이제 죽기를 바란다면, 오, 차라투스트라여. 보아라, 그때 그대가 자신에게 무슨 말을 하게 될지 우리는 알고 있다. 그러나 그대의 동물들은 그대에게 아직은 죽지 말라고 애원한다!

그러면 그대는 떨림도 없이 행복감에 넘쳐 안도의 숨을 쉬며 말할 것이다. 왜냐하면 커다란 무거움과 더위가 그대에게서 떨어져 나갈 것이기 때문이다, 그대 인내심 강한 자여!

그대는 말할 것이다. '이제 나는 죽어 사라진다. 당장에 무(無)가 된다. 영혼도 육체와 같이 죽는다.

하지만 내가 거기 얽혀 있는 원인들의 매듭은 회귀하고 이 매듭은 나를 다시 창조하리라! 나 자신이 영원 회귀의 원인에 속해 있다.

나는 다시 온다, 이 태양과, 이 대지와, 이 독수리와, 그리고 이 뱀과 같이 온다. 그러나 새로운 하나의 삶, 또는 보다 나은 삶, 또는 비슷한 삶으로 다시 돌아오는 것은 **아니다**.

나는 가장 큰 것에서도 가장 작은 것에서도 똑같은 이 삶으로 영원히 되돌아온다. 만물에게 다시 영원 회귀를 가르치고,

위대한 대지의 정오와 위대한 인간의 정오에 대해 다시 말하고, 다시 사람들에게 초인이 온 것을 알리기 위한 것이다.

나는 말했고 그 말과 함께 부서진다. 그러므로 나의 영원한 운명이 그렇게 되기를 원한다. 나는 예고자로 몰락하려 한다!

이제 몰락하는 자신을 축복할 때가 되었다. 이렇게 차라투스트라의 몰락은 **끝난다**라고."

이렇게 말을 마친 후 동물들은 침묵에 잠긴 채 차라투스트라가 그들에게 무언가를 말하기를 기다렸다. 그러나 차라투스트라는 동물들이 침묵하는 것을 알아채지 못했다. 오히려 그는 잠들지 않았으면서도 잠든 사람처럼 두 눈을 감고 조용히 누워 있었다. 그는 자신의 영혼과 이야기를 나누고 있었다. 그러나 뱀과 독수리는 그가 침묵하는 것을 보고 그를 둘러싼 커다란 고요함을 존중하여 조심스럽게 그곳을 떠났다.

위대한 동경에 대하여

오, 나의 영혼이여, 나는 그대에게 '오늘'이라는 말을 할 때 마치 '일찍이'와 '예전에'를 말하는 것처럼 하라고 가르쳤다. 모든 이곳과 그곳 그리고 저곳을 넘어서 둥글게 춤추는 법을 가르쳤다.

오, 나의 영혼이여, 나는 그대를 모든 구석에서 해방시켰고 그대에게서 먼지와 거미, 어둠을 몰아내었다.

오, 나의 영혼이여, 나는 그대로에게서 작은 수치심과 구석진 덕을 씻어냈고 태양의 앞에 벌거벗고 서 있게 그대를 설득했다.

나는 '정신'이라는 이름의 폭풍으로 그대의 물결치는 바다 위로 날아갔다. 나는 그 바다에서 모든 구름을 날려버리고 '죄악'이라는 이름의 목 조르는 여인도 목 졸라 죽였다.

오, 나의 영혼이여, 나는 그대에게 폭풍이 말하듯 "아니요"라고 말할 권리를 주고 열린 하늘이 말하듯 "예"라고 말할 권리를 주었다. 그대는 빛처럼 조용히 서 있다가 어느새 부정하는 폭풍을 헤치고 나간다.

오, 나의 영혼이여, 나는 그대에게 이미 창조된 것과 아직 창조되지 않은 것을 누릴 자유를 선사했다. 누가 앞으로 다가올 일의 즐거움을 그대만큼 알겠는가?

오, 나의 영혼이여, 나는 그대에게 벌레가 먹는 것과 다른 경멸을 가르쳤다. 극도로 경멸할 때 가장 사랑하는 커다란 경멸, 사랑에 넘치는 경멸을 가르쳤다.

오, 나의 영혼이여, 나는 바다에게 자신의 높이에 이르도록 설득하는 태양과 같이 그대의 근본을 설득하여 그대에게 오도록 하라고 가르쳤다.

오, 나의 영혼이여, 나는 그대에게서 모든 복종과 무릎 꿇는 것과 "주여!"라고 말하는 것을 없앴다. 나는 그대에게 '고통의 전환'과 '운명'이라는 이름을 주었다.

오, 나의 영혼이여, 나는 그대에게 새로운 이름들과 다채로운 장난감들을 주었고 그대를 '운명'으로, '포괄자들의 포괄자'로, '시간의 탯줄'로, '푸른 종'으로 불렀다.

오, 나의 영혼이여, 나는 그대의 대지에 모든 지혜를 쏟아부어 마시게 했다. 새로운 모든 포도주와 아주 오래된 도수 높은 지혜의 포도주를 쏟아부어 마시게 했다.

오, 나의 영혼이여, 나는 그대에게 모든 태양과 밤과 침묵과 모든 동경을 쏟아부었다. 그리하여 그대는 포도덩굴처럼 성장했다.

오, 나의 영혼이여, 이제 그대는 부풀어 오른 젖가슴과 고혹적인 갈색의 황금빛 포도송이가 빽빽하게 달린 포도나무처럼 풍성하고 묵직하게 서 있다.

그대의 행복 때문에 밀리고 눌려 넘쳐나고 기다리면서, 그대의 기다림을 부끄러워하고 있다.

오, 나의 영혼이여, 이제 어디에도 이보다 더 사랑이 넘치고 더 넓고 더 열린 영혼은 없을 것이다! 미래와 과거가 그대처럼 더 밀접하게 결합되어 있는 곳이 어디에 있겠는가?

오, 나의 영혼이여, 나는 그대에게 모든 것을 주었다. 그러므로 나의 두 손에는 이제 아무것도 없다. 그런데 지금! 지금 그대는 나에게 웃으며 슬프게 말한다. "우리들 중에 누가 고마워해야 한단 말인가? 주는 자가 받는 자에게, 그가 받아주었다는 것을 고마워해야 하지 않는가? 주는 것은 필요함에 의한 것이 아닌가? 받는 것은 동정 때문이 아닌가?"

오, 나의 영혼이여, 나는 그대의 슬픈 미소를 이해한다. 그대의 넘치는 풍성함이 그리움의 손을 내민다.

그대의 충만함은 사나운 거리는 바다 건너편을 바라보며 기다린다. 넘치는 그리움이 그대의 미소 짓는 눈의 하늘에서 내려다본다.

그리고 진실로 오, 나의 영혼이여! 누가 그대의 미소에 눈물 흘리지 않는가? 천사들도 그대의 미소에 넘치는 선의를 보고 눈물 흘린다.

그대의 선, 넘쳐흐르는 선의는 불평하거나 눈물을 흘리지 않으려 한다. 그러나 오, 나의 영혼이여, 그대의 미소는 눈물을 그리워하고 그대의 떨리는 입은 흐느낌을 동경한다.

"운다는 것은 모두 불평하는 것이 아닌가? 그리고 불평하는 것은 모두 고발이 아닌가?" 그대는 스스로 이렇게 말한다. 그러므로 그대는 오, 나의 영혼이여, 그대의 슬픔을 쏟아내지 않고 오히려 미소 짓는다.

충만함에서 오는 그대의 슬픔 모두를, 그리고 포도를 수확하는 자와 포도를 자르는 가위를 기다리는 포도덩굴의 모든 슬픔을 걷잡을 수 없이 눈물로 쏟아내기보다는 미소 짓는다!

그러나 그대가 울지 않으려면, 그대의 자줏빛 슬픔을 눈물로 씻고 싶지 않다면, 그대는 **노래해야** 한다. 오, 나의 영혼이여! 보아라, 그대에게 이렇게 예언하는 나 스스로 미소 짓는다.

끓어오르는 노래를 불러야 할 것이다. 모든 바다가 잠잠해지고 그대의 그리움에 귀 기울일 때까지.

그리움에 찬 고요한 바다 위로 황금빛 기적의 조각배가 떠돌고, 그 황금 주위에서 선하고 악하고 경이로운 것들이 뛰어다닐 때까지.

또한 크고 작은 수많은 동물과 보랏빛 오솔길을 달릴 수 있는 날쌔고 경이로운 발을 가진 모든 것들이 뛰어다닐 때까지.

그 모두는 황금의 기적, 자유 의지에서 오는 조각배, 그리고 배의 주인을 향해 달린다. 그러나 그 주인은 다이아몬드로 만든 포도 자르는 칼을 갖고 기다리는 포도의 수확자이다.

오, 나의 영혼이여, 이름 없는 그는 정신의 위대한 해방자이다! 미래의 노래만이 그의 이름을 찾을 것이다! 그리고 진실로 그대의 숨결은 이미 미래의 노래의 향기를 풍기고 있다.

그대는 이미 열이 올라 꿈꾸고 있고 깊은 울림으로 솟아오르는 모든 위안의 샘물을 성급하게 들이킨다. 그대의 슬픔은 어느새 미래의 노래의 큰 행복 속에 쉬고 있다!

오, 나의 영혼이여, 나는 그대에게 모든 것을 주었다. 나의 마지막 것도 주었다. 나의 손은 그대 때문에 텅 비어 있다. **내가 그대에게 노래하라고 명령한 것은**, 보아라, 그것이 나의 마지막 것이었다!

내가 그대에게 노래를 명령했다. 이제 말하라, 말해보아라. 이제 우리들 중에서 누가 감사해야 하는가? 그러나 그보다는 나에게 노래를 불러라, 노래를 불러다오, 오, 나의 영혼이여!

그리고 내가 그대에게 감사하게 하라!

차라투스트라는 이렇게 말했다.

또 다른 춤의 노래

I

"얼마 전 나는 그대의 눈 속을 보았다. 오, 삶이여, 나는 그대의 밤의 눈 속에서 황금이 반짝거리는 것을 보았다. 나의 심장은 이 즐거움으로 멈추어버렸다.

밤의 수면 위에 황금빛 조각배 한 척이 반짝거리는 것을 보았다. 가라앉아 물에 잠길 듯하다가 다시 손짓하며 솟아올라 흔들거리는 황금 조각배를!

미친 듯 춤추는 나의 발에 그대는 눈길을 주었다. 웃는 듯, 묻는 듯, 녹이는 듯 흔들리는 시선을 주었다.

그대의 작은 손으로 딸랑이를 두 번 흔들었을 뿐이지만 그 순간 이미 나의 발은 미친 듯 춤추며 흔들거렸다.

나의 발꿈치는 들썩이고 나의 발가락은 그대의 말을 이해하려고 귀를 기울였다. 춤추는 자의 귀는 발가락에 달렸다!

나는 그대 쪽으로 뛰어올랐다. 그러자 그대는 나의 도약을 피해 달아났다. 달아나며 휘날리던 그대의 머리카락이 나를 향해 혀처럼 날름거렸다!

나는 그대에게서, 그리고 그대의 뱀에게서 급하게 도망쳤다. 그때 그대는 이미 몸을 반쯤 돌린 채 서 있었고 그 눈은 욕망으로 가득 차 있었다.

굽은 시선으로 그대는 나에게 굽은 길을 가르친다. 굽은 길에서 나의 발은 술책을 배운다!

가까이 있으면 그대가 두렵고, 멀리 있으면 그대가 그립다. 그대가 도망치면 나는 쫓아가고 그대가 나를 찾으면 나는 멈춘다. 나는 괴롭다. 그러나 나는 그대를 위해 어떤 괴로움도 참아왔다!

그대가 냉랭하면 내 마음이 불타고 그대가 증오하면 유혹을 느끼고, 그대가 달아나면 사람을 속박하고, 그대가 비웃으면 감동받는다.

누가 이런 그대를 미워하지 않겠는가. 우리를 묶어두고, 농락하고, 유혹하고, 탐구하고, 발견하는 그대 위대한 여인을! 누가 그대를 사랑하지 않겠는가, 순진하고 성급하고 바람처럼 바르고 아이의 눈을 가진 죄인인 그대를!

그대 다루기 힘든 장난꾸러기여, 그대는 나를 지금 어디로 데려가는가? 그리고 어느새 다시 내게서 달아나는구나, 그대 감미로운 심술쟁이, 은혜를 모르는 자여!

나는 춤추며 그대를 쫓고 희미한 발자국을 찾아 그대의 뒤를

따른다. 어디 있는가? 손을 내밀어다오! 아니면 손가락 하나만
이라도!

여기에는 동굴과 덤불숲들이 있다. 그러므로 길을 잃을 것
이다! 기다려라! 멈추어라! 부엉이와 박쥐가 어지럽게 날아다
니는 것을 그대는 보지 못하는가!

그대 부엉이여! 박쥐여! 그대는 나를 놀릴 작정인가? 우리는
어디에 있는가? 그대는 이렇게 울부짖고 짖는 것을 개들에게
배웠구나.

그대는 귀엽게도 나에게 흰 이빨을 드러내고 짓궂은 그대의
눈은 곱슬거리는 머리카락 속에서 나를 노려본다!

이것은 무턱대고 추는 춤이다. 나는 사냥꾼이므로 그대는
나의 개가 되겠는가 아니면 나의 영양이 되겠는가?

이제 내 곁에 있구나! 그대 심술 맞은 도약자여, 서둘러라!
이제 위쪽으로! 그리고 저쪽으로! 슬프구나! 나는 뛰어오르다
가 쓰러졌다!

아, 그대 오만한 자여, 내가 바닥에 쓰러져 자비를 구하는 것
을 보아라! 나는 그대와 함께 사랑스러운 오솔길을 가고 싶다!

알록달록하고 고요한 덤불을 지나가는 사랑의 오솔길을! 아
니면 저 호수를 끼고 도는 오솔길을 가고 싶다. 그 호수에서는
황금빛 물고기들이 헤엄치고 춤춘다!

그대는 이제 지쳤는가? 저 너머에 양 떼와 저녁놀이 있다. 목

자의 피리 소리를 들으며 잠드는 것은 멋진 일이 아닌가?

그대는 그렇게 지친 것인가? 내가 그대를 저 너머로 지고 가 겠으니 마음 놓고 팔을 늘어뜨리고 있어라! 그리고 갈증이 나 면 나에게 마실 것이 있지만 그대는 마시려 하지 않을 것이다!

아, 이 저주받고 재빠르며 유연한 뱀이여, 미끈거리는 마녀 여! 그대는 어디로 사라졌는가? 하지만 나는 내 얼굴에서 그대 의 손이 만든 두 개의 얼룩과 붉은 반점을 느낀다!

언제나 양처럼 선한 목자로 있는 것에 나는 진실로 지쳤다! 그대 마녀여, 지금까지는 내가 그대를 위해 노래했으니 이제 그대가 나를 위해 소리쳐야 한다!

내 채찍의 박자에 맞추어 그대가 나를 위해 춤추고 소리쳐야 한다! 그런데 나는 채찍을 잊지 않았는가? 이럴 수가!"

2

그러자 삶은 사랑스런 두 귀를 막고 이렇게 대답했다.

"아, 차라투스트라여, 그대의 채찍을 그렇게 무섭게 휘두르 지 마라! 그대는 소란이 사상을 죽인다는 것을 알고 있다. 방 금 아주 좋은 사상이 내 머릿속에 떠올랐다.

우리는 둘 다 선한 일도 악한 일도 하지 않는 자들이다. 선악 의 저편에서 우리는 우리의 섬과 푸른 초원을 발견하였다. 오 직 우리 둘이서만! 그러므로 우리는 서로 잘 지내야 한다!

사실 우리가 서로 죽도록 사랑하는 것은 아니지만 죽도록 사랑하지 않는다고 해서 꼭 서로를 미워해야 하는가?

내가 그대에게 호감을 가지고 이따금은 지나치게 호의적이란 것을 그대는 알고 있다. 그리고 그 이유는 내가 그대의 지혜를 부러워하기 때문이다. 아, 지혜라는 이 늙고 미친 바보여!

그대의 지혜가 언젠가 그대에게서 달아나버린다면, 아! 그때는 나의 사랑도 재빨리 그대에게서 달아날 것이다."

삶은 이렇게 말하고 깊은 생각에 잠겨 자신의 뒤와 주위를 둘러보며 조용히 말했다. "아, 차라투스트라여, 그대는 내게 그렇게 충실하지는 않구나! 그대는 자신이 말한 만큼 나를 사랑하지 않은 오래되었다. 나는 그대가 머지않아 내 곁을 떠날 생각을 하고 있다는 것을 알고 있다.

아주 무거운 소리를 내는 오래된 종이 하나 있다. 종소리는 밤마다 그대의 동굴까지 들린다.

한밤중에 이 종이 시간을 알리면 하나에서 열둘을 울리는 사이에 그대는 생각한다.

나는 알고 있다, 오, 차라투스트라여, 그대가 머지않아 내 곁을 떠날 생각을 하고 있다는 것을!"

"그렇다." 나는 망설이며 대답했다. "하지만 그대는 이것을 알고 있지 않은가." 나는 이렇게 말하면서 그녀의 헝클어진 금빛 머리카락 사이로 그녀의 귀에 속삭였다.

"그대가 그것을 알고 있었는가, 오, 차라투스트라여? 그것을 아는 자는 아무도 없다."

그리고 나서 우리는 서로를 쳐다보았고 때마침 서늘한 저녁이 되고 있는 초원을 바라보며 울었다. 그러나 그때 내게는 삶이 이제까지의 나의 모든 지혜보다 더 소중했다.

차라투스트라는 이렇게 말했다.

3
하나!

오, 인간이여! 조심하라!

둘!

깊은 한밤중은 무엇을 말하는가?

셋!

"나는 잠자고 있었다. 잠자고 있었다,

넷!

나는 깊은 꿈에서 깨어났다.

다섯!

세계는 깊다,

여섯!

낮이 생각했던 것보다 더 깊다.

일곱!

세계의 슬픔은 깊다,

여덟!

기쁨은 마음의 고통보다 더 깊다.

아홉!

고통은 말한다. 사라져라!

열!

그러나 모든 기쁨은 영원하고자 한다, ·

열하나!

가장 깊고 깊은 영원을 원한다!"

열둘!

일곱 개의 봉인

I

내가 예언자로 바다와 바다 사이에 치솟은 높은 절벽 위를 방랑하고,

무거운 비구름처럼 과거와 미래 사이를 방랑하며, 무더운 저지대를 미워하고 지친 나머지 죽지도 살지도 못하는 모든 것에 적의를 품는 저 예언자의 정신으로 가득하다면,

그리고 어두운 가슴속에서 번개와 구원의 빛을 준비하면서 그렇다!라고 말하고 그렇다!라고 웃으며 예언자의 빛을 가진 번개를 잉태한다면,

이렇게 잉태한 자는 복에 넘친다! 그리고 진실로, 언젠가 미래의 빛을 밝힐 자는 오랫동안 무거운 기후가 되어 산에 걸려 있어야 한다!

아, 내가 어떻게 영원을 갈망하지 않겠는가, 반지 중에서도 결혼반지, 회귀의 둥근 고리를!

나는 지금껏 단 한 번도 내 아이를 낳아주기를 바란 여자를 찾지 못했다. 내가 사랑하는 이 여자를 제외하고는. 그대를 사랑하기 때문이다, 오, 영원이여!

그대를 사랑하기 때문이다. 오, 영원이여!

2

나의 분노가 일찍이 무덤을 파헤치고 경계석을 옮겨버리고 낡은 서판들을 깊은 골짜기로 굴려버렸다면,

나의 비웃음이 곰팡내 나는 말을 불어서 날려버리고, 내가 십자 거미들에게 마치 빗자루처럼, 그리고 낡고 습기 찬 무덤에 쓸어버리는 바람으로 왔다면,

일찍이 내가 세계를 비방하는 자들의 기념비 옆, 낡은 신이 묻힌 곳에서 세계를 축복하고 사랑하며 기쁘게 앉아 있었다면.

왜냐하면 나는 교회와 신들의 무덤도 사랑하기 때문이다. 하늘이 맑은 눈으로 파괴된 천장 사이로 바라볼 때, 마치 풀이나 붉은 양귀비꽃처럼 부서진 교회에 즐겨 앉아 있다.

아, 내가 어떻게 영원을 갈망하지 않겠는가, 반지 중에서도 결혼반지, 회귀의 둥근 고리를!

나는 지금껏 단 한 번도 내 아이를 낳아주기를 바란 여자를 찾지 못했다. 내가 사랑하는 이 여자를 제외하고는. 그대를 사랑하기 때문이다, 오, 영원이여!

그대를 사랑하기 때문이다. 오, 영원이여!

3

일찍이 창조적인 입김과 우연까지 별의 윤무를 추도록 강요하는 저 천상의 필연으로부터 한 줄기 입김이 나를 찾아왔다면,

일찍이 행위의 낡은 천둥이 불평하면서도 온순하게 그 뒤를 따르는, 저 창조적인 번개의 웃음으로 웃었다면,

일찍이 내가 대지라는 신들의 탁자 위에서 신들과 주사위 놀이를 하여 대지가 진동하고 무너지고 파열되어 불길이 솟았다면,

이 대지는 신들이 도박하는 탁자이고 그 대지는 창조적인 새로운 말과 신들의 주사위 놀이 때문에 떨고 있기 때문이다.

아, 내가 어떻게 영원을 갈망하지 않겠는가, 반지 중에서도 결혼반지, 회귀의 둥근 고리를!

나는 지금껏 단 한 번도 내 아이를 낳아주기를 바란 여자를 찾지 못했다. 내가 사랑하는 이 여자를 제외하고는. 그대를 사랑하기 때문이다, 오, 영원이여!

그대를 사랑하기 때문이다. 오, 영원이여!

4

일찍이 내가 만물이 섞여 있는, 저 부글거리는 조미료 섞는

항아리에서 마음껏 마셨다면,

일찍이 나의 손이 가장 먼 것을 가장 가까운 것에, 불을 정신에, 쾌락을 고통에, 그리고 가장 악한 것을 가장 선한 것에 쏟았다면,

나 자신이 조미료 섞는 항아리 속에서 만물을 잘 섞는, 저 구원의 소금 한 알갱이라면,

왜냐하면 선과 악을 결합시키는 소금이 있기 때문이다. 그리고 가장 악한 것도 양념이 될 수 있고 넘쳐흐르는 마지막 거품이 될 수 있다.

아, 내가 어떻게 영원을 갈망하지 않겠는가, 반지 중에서도 결혼반지, 회귀의 둥근 고리를!

나는 지금껏 단 한 번도 내 아이를 낳아주기를 바란 여자를 찾지 못했다. 내가 사랑하는 이 여자를 제외하고는. 그대를 사랑하기 때문이다, 오, 영원이여!

그대를 사랑하기 때문이다. 오, 영원이여!

5

내가 바다와 바다의 성질을 가진 모든 것을 사랑한다면 그리고 그들이 분노하여 덤빌 때 내가 도리어 그들을 사랑한다면,

미지의 것을 향해 돛을 올리는 저 탐험의 기쁨이 내게 있다면, 항해자의 쾌락이 있다면,

일찍이 나의 환희가 "해안은 사라졌다, 이제 나의 마지막 쇠사슬이 풀렸다. 무한의 경계가 내 주위에서 울부짖고 저 멀리 공간과 시간이 나를 위해 반짝인다. 자! 오라! 옛 마음이여!" 하고 외쳤더라면,

아, 내가 어떻게 영원을 갈망하지 않겠는가, 반지 중에서도 결혼반지, 회귀의 둥근 고리를!

나는 지금껏 단 한 번도 내 아이를 낳아주기를 바란 여자를 찾지 못했다. 내가 사랑하는 이 여자를 제외하고는. 그대를 사랑하기 때문이다, 오, 영원이여!

그대를 사랑하기 때문이다. 오, 영원이여!

6

나의 덕이 춤추는 자의 덕이고, 내가 두 발로 자주 황금과 에메랄드의 황홀경으로 뛰어들었다면,

나의 악의가 웃는 악의이고, 장미 언덕과 백합 울타리에 자리 잡고 있다면,

왜냐하면 웃음 속에는 모든 악이 나란히 있지만 그 모든 악은 악 자신이 가진 큰 행복으로 인해 신성하고 해방되기 때문이다.

그리고 모든 무거운 것이 가벼워지고 모든 몸이 춤추는 자가 되고 모든 정신이 새가 되는 것이 나의 알파이자 오메가라면!

그리고 진실로 이것이 나의 알파이고 오메가이다.

아, 내가 어떻게 영원을 갈망하지 않겠는가, 반지 중에서도 결혼반지, 회귀의 둥근 고리를!

나는 지금껏 단 한 번도 내 아이를 낳아주기를 바란 여자를 찾지 못했다. 내가 사랑하는 이 여자를 제외하고는. 그대를 사랑하기 때문이다, 오, 영원이여!

그대를 사랑하기 때문이다. 오, 영원이여!

7

일찍이 내가 내 머리 위로 고요한 하늘을 펼치고 나의 날개로 하늘을 날아갔다면,

내가 자유롭게 아주 깊은 빛의 속으로 헤엄쳐가고 나의 자유에 새의 자유가 찾아왔다면,

새의 지혜는 이렇게 말하지 말한다. "보아라, 위도 없고 아래도 없다! 그대 자신을 내던져라, 주위로, 저 밖으로, 뒤로, 그대 가벼운 자여! 노래하라! 더 이상 말하지 마라!

모든 말은 무거운 자들을 위해 만들어진 것이 아닌가? 가벼운 자들에게 모든 말은 거짓말이 아닌가! 노래하라! 더 이상 말하지 마라!"

아, 내가 어떻게 영원을 갈망하지 않겠는가, 반지 중에서도 결혼반지, 회귀의 둥근 고리를!

나는 지금껏 단 한 번도 내 아이를 낳아주기를 바란 여자를 찾지 못했다. 내가 사랑하는 이 여자를 제외하고는. 그대를 사랑하기 때문이다, 오, 영원이여!

그대를 사랑하기 때문이다. 오, 영원이여!

Also sprach Zarathustra /

4부

아, 이 세상에 동정하는 자들의 어리석음보다 더 바보짓을 하는 자들이 있었는가? 그리고 동정하는 자들의 어리석음보다 더 큰 고통을 주는 것이 어디에 또 있었는가?

동정을 초월하지 못하는 드높은 것을 가진 자들은 모두 슬픈 자들이다!

일찍이 악마가 나에게 이렇게 말했다. "신에게도 지옥이 있다. 그것은 인간에 대한 그의 사랑이다."

그리고 최근에 나는 악마가 이렇게 말하는 것을 들었다. "신은 죽었다. 인간에 대한 동정 때문에 신은 죽었다."

- 차라투스트라, 「동정하는 자들에 대하여」 중에서

제물로 바친 꿀

차라투스트라의 영혼 위로 다시 세월이 흘렀지만 그는 신경 쓰지 않았으나 그의 머리는 백발이 되었다. 어느 날 그는 자신의 동굴 앞 바위에 앉아 말없이 먼 곳을 바라보고 있었다. 그곳에서 굽이친 계곡 건너편 바다를 볼 수 있었기 때문이었다. 그때 그의 동물들이 깊은 생각에 잠긴 채 그의 주위를 맴돌다 마침내 그에게 다가갔다.

그들이 물었다. "오, 차라투스트라여, 그대는 자신의 행복을 기다리는가?" 차라투스트라가 대답했다. "행복이 무슨 소용인가! 오래전부터 나는 행복을 추구하지 않았다. 다만 나의 일

을 생각할 뿐이다." 다시 동물들이 말했다. "오, 차라투스트라
여. 그대는 세상일에 너무 만족해서 그런 말을 한다. 그대는 푸
른 하늘빛 행복의 호수에 누워 있지 않은가?" 그러자 차라투스
트라가 웃으며 대답했다. "그대 광대들이여, 그대들은 멋진 비
유를 골랐다! 그러나 그대들은 알고 있다. 나의 행복은 무겁고
흐르는 물과 같지 않다는 것을. 나의 행복은 나를 짓누르고 나
에게서 떠나지 않고 끈적끈적하게 녹은 역청과도 같은 것을."

그러자 짐승들은 다시 생각에 잠겨 그의 주위를 맴돌다 그에
게 다가갔다. 그리고 말했다. "오, 차라투스트라여, **그래서 그
대의 머리는 백발이 되어 아마**(亞麻, 리넨의 소재가 되는 섬유 식물
– 옮긴이)처럼 보이는데 그대 자신은 더 창백하고 어두워지지
않았는가? 보아라, 그대는 그대의 역청 속에 앉아 있다!" 차라
투스트라가 웃으며 말했다. "나의 동물들이여 무슨 말을 하는
것인가? 진실로 내가 역청을 언급한 것은 헐뜯기 위해 한 말이
다. 내게 일어난 일과 같은 것은 무르익는 모든 과일에도 생기
는 일이다. 나의 피를 더욱 짙게 하고 나의 영혼을 더욱 고요하
게 만드는 것은 내 혈관 속을 흐르는 **꿀**이다." 이에 동물들이
대답하며 그의 곁으로 갔다. "그래, 그럴 것이다. 오, 차라투스
트라여, 그러나 오늘은 높은 산에 오르는 게 어떤가? 공기가 맑
아서 오늘은 어느 때보다도 세상을 더 잘 볼 수 있다." 차라투
스트라가 대답했다. "좋다. 나의 짐승들이여, 그대들의 조언은

적절했다. 마음에 든다. 오늘 나는 높은 산에 오르겠다! 그러
나 거기서도 내가 꿀을, 더욱 노랗고, 희고, 좋고 얼음처럼 신
선한, 벌집의 황금 꿀을 딸 수 있게 도와 달라. 내가 산 위에서
꿀을 제물로 바치려 한다는 것을 그대들은 알고 있어야 한다."

그러나 차라투스트라는 산꼭대기에 오르자 그를 따라왔던
짐승들을 집으로 돌려보냈다. 홀로 있게 된 그는 마음껏 웃으
며 주위를 둘러보고 이렇게 말했다.

내가 제물에 대해, 제물로 바칠 꿀에 대해 말한 것은 계책이
었으니, 진실로 쓸 만한 바보짓이었다! 여기 산 위에서 은둔자
의 동굴이나 은둔자의 동물들 앞에서 더 자유롭게 말할 수 있
게 되었다.

제물을 바치다니! 천 개의 손을 가진 낭비하는 자인 내게 주
어지는 것을 낭비할 뿐이다. 그런데도 내가 제물을 바친다고
말할 수 있는가!

그리고 꿀을 갈망했지만 진정으로 내가 원했던 것은 투덜거
리는 곰과 이상하게 까다롭고 사악한 새들도 혀로 핥는 미끼
와 달콤한 즙과 점액이었다.

사냥꾼이나 어부가 필요로 하는 최상의 미끼를 바랐을 뿐이
다. 이 세계가 짐승이 사는 어두운 숲과 같고 거친 사냥꾼들의
유원지 같은 것이라면 오히려 나에게는 그 세계가 깊이를 알

수 없는 풍요로운 바다 같기 때문이다.

온갖 물고기와 가재로 가득 차 있는 바다, 신들도 낚시꾼이 되고 그물을 던지는 자가 되기를 열망하는 그런 바다 말이다. 그렇게 세계는 크고 작은, 기이한 것들로 가득하다!

특히 인간의 세계, 인간의 바다가 그렇다. 이 바다에 이제 황금 낚싯대를 던지며 나는 말한다. 열려라, 그대 인간의 심연이여!

열려라, 그리고 그대의 물고기와 번쩍이는 가재를 내게 던져라! 내가 가진 최고의 미끼로 오늘 인간이라는 가장 기이한 물고기를 낚겠다!

나의 행복을 사방팔방으로 저 멀리, 일출과 정오와 일몰까지 던진다. 인간이라는 수많은 물고기들이 나의 행복을 잡아당기고 거기 매달려 버둥거리는 것을 배울지 알아보기 위해서이다.

그 물고기들이 나의 감춰진 뾰족한 낚싯바늘을 물고 나의 높이까지 올라오지 않을 수 없을 때까지, 심연의 밑바닥에 사는 다채로운 물고기가 인간을 낚는 모든 어부들 중 가장 악의적인 어부에게로 올라올 때까지 던질 것이다.

다시 말해 나는 본디 끌고 잡아당기는 **그런** 어부다. 잡아당기는 자, 키우는 자, 그리고 일찍이 자신에게 "그대의 본래 모습 그대로 되어라!"고 말했던 엄격한 교사이다.

그러므로 지금부터 인간들이 내게로 **올라**오는 것이 좋다. 왜냐하면 아직도 나의 몰락을 알리는 조짐이 나타나지 않았기 때문이다. 언젠가는 그래야겠지만 아직은 인간들 사이로 내려가고 싶지 않다.

나는 여기 높은 산 위에서 교활하게 조롱하며 기다리고 있다. 인내심 없는 자나 있는 자가 아니라 인내 그 자체를 잊어버린 자로 기다리고 있다. 왜냐하면 나에게 인내는 아무런 의미가 없기 때문이다.

나의 운명이 기나긴 시간을 주었다. 운명이 나를 잊었는가? 아니면 운명이 큰 바위 뒤 그늘에 앉아 파리를 잡고 있기라도 하다는 말인가?

나는 진실로 나의 영원한 운명에게 감사하다. 나를 재촉하지도 몰아세우지도 않고 내가 광대 짓을 하고 짓궂은 짓을 할 시간을 주었기 때문이다. 그래서 나는 오늘 고기를 잡으러 이 높은 산으로 올라왔다.

높은 산에서 고기를 잡은 인간이 있었던가? 내가 여기 산 위에서 하려는 일이 바보 같다고 해도 나는 저 밑에서 기다리다가 초조하고 불안하고 얼굴이 창백해지는 것보다 이편이 더 좋다.

기다림에 지쳐 화를 내며 숨을 헐떡이는 자가 되거나 산에서 불어오는 거룩한 폭풍이 되고, 아래쪽으로 골짜기를 향해 "들어보아라, 그렇지 않으면 신의 채찍으로 너희들을 내리칠 것이다!"라고 외치는 인내심 없는 자가 되기보다 이편이 낫다.

그러나 하지만 화를 내는 자들을 싫어하는 것이 아니다. 그들은 내게 웃음거리일 뿐이다! 오늘이 아니면 소리 내지 못할 요란한 큰 북들은 초조할 수밖에 없지 않은가!

그러나 나와 나의 운명인 우리는 오늘을 향해 말하지 않고 절대 오지 않을 날을 보고 말하는 것도 아니다. 우리는 말하기 위한 인내와 시간과 그 시간을 뛰어넘는 시간을 이미 가지고 있다. 언젠가 그것은 반드시 올 것이며 그냥 지나가버리지는 않기 때문이다.

그렇다면 대체 그 무엇이 언젠가 반드시 오고 그냥 지나가버리지는 않을 것인가? 우리들의 하자르(Hazar, 페르시아어로 천년을 의미 — 옮긴이), 다시 말해 우리의 위대하고 먼 곳의 인간 왕국, 차라투스트라의 천년 왕국이 바로 그것이다.

그런데 얼마나 멀다는 것일까? 그러나 나와 무슨 상관인가! 나는 멀다고 해서 조금이라도 흔들리지 않는다. 두 발로 나는 이 땅 위에 굳게 서 있을 뿐이다.

영원한 토대 위, 굳건한 원시 암석 위, 가장 높고 굳건한 원시 산맥 위에 서 있을 뿐이다. 날씨를 갈라놓는 경계선을 이루는 이 산맥 쪽으로 모든 바람이 어디에서? 어디로부터? 어디로?, 이렇게 물으며 불어온다.

자, 웃어라, 웃어라, 나의 밝고 건강한 악의여! 높은 산들로부터 아래를 향하여 그대의 반짝이고 조롱 섞인 커다란 웃음을 던져라! 그대의 반짝이는 웃음으로 가장 아름다운 인간이라는 고기들을 내게 꾀어내어라!

그리고 모든 바닷속에 있는 것 가운데 **내게** 속하는 것, 만물 중의 내 본연의 **것**을 나에게 낚아 올려라, **그것**을 내게로 끌어 올려라. 모든 어부 중 가장 악의에 넘치는 어부로서 나는 그것을 기다린다.

바깥으로, 저 바깥으로, 나의 낚싯바늘이여! 안으로, 아래로, 나의 행복의 미끼여! 그대의 다디단 이슬을 방울져 떨어지게 하라. 내 마음의 꿀이여! 물어라, 나의 낚싯바늘이여, 모든 우울한 슬픔의 배를!

바깥으로, 저 바깥으로, 나의 눈이여! 오, 얼마나 많은 바다가 나를 둘러싸고 있는가, 동터 오는 인간의 미래가 나를 둘러싸고 있지 않은가! 그리고 나의 머리 위로 펼쳐진 장밋빛 고요함을 보아라! 맑게 개인 침묵을 보아라!

절박한 외침

다음 날 차라투스트라는 동굴 앞 바위에 다시 앉아 있었다. 한편 동물들은 바깥 세계를 돌아다니며 새로운 꿀과 먹이를 구해 오려고 애썼다. 차라투스트라가 오래된 꿀을 마지막 한 방울까지 다 써버렸기 때문이다. 그러나 정작 그는 이렇게 앉아 지팡이를 손에 들고 땅 위에 비친 자기 모습에 그림자를 따라 그리며 깊은 생각에 잠겨 있었다. 그러다가 깜짝 놀라 몸을 움찔했다. 진실로! 자신과 그의 그림자 때문이 아니었다. 자신의 그림자 옆에 또 다른 그림자 하나가 있는 것을 보았기 때문이었다. 그가 재빨리 주위를 둘러보며 일어섰을 때, 보아라, 그의 옆에는 바로 그 예언자가 서 있었다. 언젠가 차라투스트라가 식탁에 초대하여 음식을 나누어 먹었던 적이 있는 그 예언자였다. "모든 것은 같다, 보람 있는 것은 아무것도 없다, 세계는 무의미하다, 지식은 목을 조른다." 이렇게 가르치며 커다란 권태를 알리던 자였다. 그동안 예언자의 표정은 변해 있었다. 그래서 그의 눈을 들여다보는 순간 차라투스트라의 마음속으로 다시 한번 놀랐다. 너무 많은 불길한 예언과 잿빛 섬광이 그의 얼굴 위로 스쳐 지나갔던 것이다.

차라투스트라의 영혼에 무슨 일이 일어났는지를 알아차린 예언자는 얼굴을 씻어 없애 버리려는 듯이 손으로 자기 얼굴을 문질렀다. 차라투스트라도 똑같이 했다. 그리고 두 사람은 말없이 마음을 추스르고 기운을 차려 서로를 다시 알아보았다는 표시로 악수했다.

"어서 와라." 차라투스트라가 말했다. "그대 위대한 권태의 예언자여, 그대가 전에 나의 식탁 친구이자 다정한 손님이었던 사실은 헛된 것이 아니었다. 오늘도 나와 함께 먹고 마시자.

물론 흡족한 노인이 그대와 식탁에 앉는 것을 용서하라!" 그러자 예언자가 머리를 흔들며 대답했다. "흡족한 노인? 그대가 누구든지, 어떤 사람이 되려 하든지, 아, 차라투스트라여, 그대는 너무 오랫동안 이 산 위에 머물렀다. 그대의 조각배는 더 이상 이 메마른 땅에 머무르면 안 된다!" 차라투스트라가 웃으면서 물었다. "그래, 내가 메마른 땅에 앉아 있다는 말인가?" 예언자가 대답했다. "물결이 그대의 산을 둘러싸고 점점 높이 차오르고 있다. 이는 커다란 곤경과 슬픔의 물결이다. 이 물결은 곧 그대의 배를 밀어 그대를 싣고 떠날 것이다."

이 말을 들은 차라투스트라는 말을 멈추고는 이상하게 생각했다. 예언자가 계속해서 말을 이었다. "그대의 귀에는 아직 아무것도 들리지 않는가? 깊은 심연에서 시끄러운 소리와 으르렁대는 소리가 올라오지 않는가?" 차라투스트라가 다시 침묵하며 귀를 기울이자, 긴박한 외침이 들려왔다. 심연들이 서로에게 떠넘기는 외침이었다. 어떤 심연도 그 외침을 간직하고 싶지 않았다. 그 외침은 그토록 불길하게 들렸다.

차라투스트라가 마침내 말했다. "그대 사악한 예언자여, 저 것은 애타게 구조를 바라는 인간의 외침이다. 아마도 검은 바다 어딘가에서 들려오는 것이다. 그러나 인간의 곤경이 나와 무슨 상관인가! 나에게 남겨진 마지막 죄, 그대는 이것의 이름을 알고 있는가?"

"**동정**이 아닌가!" 예언자는 넘치는 마음으로 대답하고 두 손을 머리 위로 들었다. "오, 차라투스트라여, 내가 온 것은 그대를 그대의 마지막 죄로 유혹하기 위해서이다."

이 말이 끝나자마자 다시 한번 외침이 전보다 더 길고 더 불안하고 훨씬 더 가까운 곳에서 울려 퍼졌다. "들리는가? 들리는가? 아, 차라투스트라여!" 예언자가 외쳤다. "저 외침은 그대를 향한다. 그대를 부르고 있다. 자, 자, 자, 때가 왔다, 그때가 되었다!"

차라투스트라는 이 말을 듣고 침묵했다. 마음이 혼란스럽고 흔들렸다. 결국은 그가 혼란 속에서 물었다. "저기서 나를 부르고 있는 자는 누구인가?"

그러자 예언자가 격한 목소리로 대답했다. "아니, 그대는 알고 있지 않은가? 그대는 왜 자신을 속이는가? 그대를 향해 소리치는 자는 **보다 높은 인간**이다!"

차라투스트라가 두려움에 떨며 소리쳤다. "보다 높은 인간? 그자가 무엇을 바란단 말인가? **그자**가 무엇을 바란단 말인가? 보다 높은 인간이란 자? 그자가 여기서 무엇을 바란단 말인가?" 그의 몸은 땀으로 흥건해졌다.

그러나 예언자는 차라투스트라의 불안에 답하지 않고 심연을 향해 귀를 더욱 기울였다. 그러나 그곳은 한동안 조용하기만 했다. 그가 눈길을 뒤로 돌리니 차라투스트라가 서서 떨고 있는 것이 보였다.

"아, 차라투스트라여," 예언자가 슬픈 목소리로 말하기 시작했다. "거기 서 있는 그대 모습을 보니 행복 때문에 현기증을 느끼는 사람 같지는 않구나. 쓰러지지 않으려면 그대는 춤을 추어야 한다!

그러나 그대가 아무리 내 앞에서 춤추고 이리저리 뛰어다녀도 아무도 내게 '보아라, 여기에 최후의 유쾌한 인간이 춤추고 있다!'고 말하지 않을 것이다.

그렇게 말할 사람을 찾아 누군가 이 산 위로 올라왔다면 그는 헛걸음을 한 것이다. 동굴들과 동굴 속의 동굴, 은둔자들의 은신처는 찾아내도, 행복의 광산, 보물창고, 새로운 행복의 금광맥은 발견하지 못할 것이다.

이처럼 묻혀버린 자들, 은둔자들에게서 어떻게 행복을 찾아내겠는가! 나는 최후의 행복을 행복의 섬, 그리고 잊힌 저 먼 바다 가운데서 찾아야 하는가?

하지만 모든 것은 같고, 아무 보람이 없으며, 찾는 것은 부질없다. 행복의 섬이란 이미 존재하지 않는다!"

예언자는 이렇게 탄식했다. 그러나 그의 마지막 탄식의 소리에 차라투스트라는 깊은 구렁에서 빛으로 나온 자처럼 다시 마음이 밝아지며 자신이 생겼다! 그는 차게 외치며 수염을 쓰다듬었다. "아니다! 그렇지 않다! 세 번을 말하지만 아니다! **그 것은** 내가 더 잘 알고 있다! 행복의 섬들은 여전히 존재한다. **그 것에 대해서는** 입을 다물어라, 그대 한숨짓는 슬픔의 자루여!

그것에 대해 떠드는 것을 멈추어라, 그대, 오전의 비구름이 여! 나는 이미 그대의 슬픔에 젖어, 흠뻑 비를 맞은 개처럼 여 기 서 있지 않은가?

나는 다시 몸을 말리기 위해 이제 몸을 털고 그대에게서 달 아난다. 이를 이상하게 여기지 마라! 내가 그대에게 무례하다 고 생각하는가? 그러나 이곳은 나의 영역이다.

그러나 그대가 말하는 보다 높은 인간에 대해서는, 좋다! 저 기 숲속들로 나는 듯이 달려가 그를 찾겠다. **그곳에서** 그의 외 침이 들려왔으니 아마 그곳에서 사나운 짐승의 공격을 받고 있을지 모른다.

어쨌든 그는 **나의** 영토 안에 있다. 내 영토 안에서 그가 해를 입어서는 안 된다! 그리고 진실로 내 곁에는 사나운 동물들이 많이 있다."

차라투스트라는 이렇게 말하고 돌아서 가려고 했다. 그때 예언자가 말했다. "오, 차라투스트라여, 그대는 사악하구나!

나는 이미 알고 있었다. 그대가 내게서 떠나고 싶어 한다는 것을! 그대는 차라리 숲속으로 달려가 사나운 짐승들을 쫓고 싶어 한다!

그러나 그게 무슨 도움이 되겠는가? 저녁이면 그대는 나를 다시 보게 될 것이다. 나는 그대의 동굴 속에 그루터기처럼 참을성 있고 묵묵하게 앉아 그대를 기다리겠다!"

"마음대로 하라!" 차라투스트라는 길을 떠나며 뒤에 대고 소리쳤다. "내 동굴 속에 있는 나의 것은 그대, 내 다정한 손님의 것이기도 하다!

그리고 동굴 안에서 꿀을 찾아내면, 좋다! 그 꿀을 핥아먹어라, 그대 불평하는 곰이여, 그렇게 그대의 영혼을 달콤하게 만들어라! 저녁이면 우리 모두 즐겁고 싶으니.

오늘 하루가 끝났으니 가뿐하고 즐거워지고 싶다! 그리고 그대는 나의 춤추는 곰으로 나의 노랫가락에 맞추어 춤추게 될 것이다.

그대는 내 말을 믿지 않는가? 고개를 젓는가? 그래! 좋다! 늙은 곰이여! 그러나 나도 예언자 중의 한 사람이다."

차라투스트라는 이렇게 말했다.

왕들과의 대화

I

산과 숲속을 채 한 시간도 가지 않아 차라투스트라는 갑자기

기이한 행진을 보았다. 그가 내려가려고 하던 바로 그 길로 왕관을 쓰고 자줏빛 띠를 장식한, 홍학처럼 화려한 치장을 한 두 명의 왕이 맞은편에서 걸어왔다. 그들은 짐을 진 나귀 한 마리를 앞세워 몰며 왔다.

"이 왕들은 내 영토에서 무엇을 하려는 것인가?" 차라투스트라는 깜짝 놀라 마음속으로 말하고 덤불 뒤로 재빨리 몸을 숨겼다. 그러나 왕들이 그가 있는 곳으로 다가왔을 때 그는 혼자 중얼거리듯 조용히 "신기하군! 신기해! 어떻게 된 일인가? 왕은 둘인데 나귀는 단 한 마리뿐이라니!"라고 말했다.

그러자 두 명의 왕은 자리에 멈추어 미소를 지으면서 목소리가 들린 쪽을 보았다. 그리고 서로 얼굴을 마주 보았다. "우리들 중에도 그렇게 생각하는 자가 있지만 그걸 말로 드러내는 자는 없지." 오른편 왕이 말했다.

그러자 왼쪽의 왕이 어깨를 으쓱하며 대답했다.

"아마 염소치기일 거야. 아니면 너무 오랫동안 바위와 나무 사이에서 살아온 은둔자이겠지. 사람들과 도통 사귀지도 않고 혼자 있게 되면 훌륭한 풍습도 나빠지니까."

"훌륭한 풍습이라니?" 다른 왕이 못마땅하게 대답했다. "도대체 우리가 무엇을 피해 달아나고 있단 말인가? '훌륭한 풍습'으로부터가 아닌가? 우리의 '상류 사회'로부터 달아나고 있지 않은가?

진실로 금박을 입힌 가짜와 치장한 천민보다 차라리 은둔자나 염소치기들 사이에서 사는 게 낫다. 천민이 '상류 사회'를 자처한다고 해도 말이다.

천민이 스스로를 '귀족'이라고 부르더라도 말이다. 거기서는 모든 것이 가짜이고 썩었으며 특히 피가 그렇다! 그리고 그것은 뿌리 깊은 질병과 더욱 질 나쁜 돌팔이 의사들 때문이다.

오늘날 내가 가장 좋고 가장 사랑스럽다고 생각하는 자는 건강한 농부이다. 거칠고 치밀하며 고집스럽고 끈기 있는 농부이다. 이들이 오늘날 가장 귀한 부류이다.

농부는 오늘날의 가장 훌륭한 자이다. 농부는 주인이 되어 마땅하다! 하지만 눈앞에 보이는 건 천민의 제국일 뿐, 다시는 속지 않겠다. 천민은 말하자면 잡동사니에 지나지 않는다.

천민이라는 잡동사니, 그 안에서는 모든 것이 뒤섞여 있다. 성자와 불량배, 귀공자와 유대인, 노아의 방주에서 나온 모든 가축이 뒤섞여 있다.

훌륭한 풍습이라! 우리에게 모든 것은 거짓이고 부패했다. 그 누구도 경외하는 마음을 가질 줄 모른다. 우리는 바로 **이자들로부터** 달아난다. 그들은 알랑거리는 **뻔뻔한** 개들이다. 그들은 종려나무 잎에 금칠을 한다.

역겨움이 나의 목을 조른다. 우리 왕들도 가짜가 되었기 때문이다. 노랗게 변색된 선조들의 화려한 옷과 가장 어리석은 자들, 그리고 오늘날 권력과 결탁하여 온갖 폭리를 취하는 가장 교활한 자들을 위해 만들어진 기념 메달들을 걸고 치장하고 있기 때문이다!

우리는 일인자가 **아니다**. 하지만 우리는 그런 **척해야** 한다. 이 사기극에 질려서 마침내 우리는 구역질을 하게 되었다.

우리는 이러한 천민들에게서 달아났다. 모든 울부짖는 자, 글 쓰는 쇠파리들, 상인의 악취, 몸부림치는 야망, 사악한 숨결로부터 도망쳐 왔다. 퉤, 천민들 사이에서 살다니.

퉤, 천민들 사이에서 으뜸인 척하다니! 아, 역겹다! 역겹다! 역겹다! 이제 우리 왕들이 무슨 소용인가!"

"그대의 고질병이 또 도졌구나." 왼편의 왕이 말했다. "구역질이 그대를 덮치는구나, 내 가련한 형제여. 그러나 누군가 우리의 말을 듣고 있다는 걸 그대도 알 것이다."

이들의 대화에 눈과 귀를 기울이던 차라투스트라는 숨어 있던 곳에서 일어나 왕들 쪽으로 걸어갔다. 그리고 말하기 시작했다.

"그대들의 말에 귀를 기울이는 자, 그대들의 말을 즐거이 듣고 있는 자는, 그대 왕들이여, 차라투스트라라고 불리는 자이다.

내가 이전에 '왕들이 무슨 소용인가!'라고 말한 바로 그 차라투스트라이다. 나를 용서하라. 그대들이 서로 '우리 왕들이 무슨 소용인가!'라고 말했을 때 내가 기뻐했음을.

그러나 여기는 **나의** 영토이고 내가 지배하는 곳이다. 그런데 그대들은 나의 영토에서 무엇을 찾고 있는가? 아마도 그대들은 도중에 **내가** 찾고 있는 자를, 보다 높은 인간을 **만났을** 것이다."

이 말을 들은 왕들은 자신의 가슴을 치며 한목소리로 말했다. "우리의 정체가 드러났구나!

비수 같은 말로 그대는 우리들 가슴의 짙고 짙은 어둠을 도려낸다. 그대는 우리의 곤경을 알아차렸다. 왜냐하면 보아라! 우리는 보다 높은 인간을 찾으러 길을 떠났기 때문이다.

비록 왕이기는 하지만 우리는 우리보다 더 높은 인간을 찾으러 길을 떠났다. 그 인간에게 이 나귀를 끌고 간다. 최고의 인간이 지상에서도 최고의 지배자가 되어야 하기 때문이다.

인간의 모든 운명 중에서 이 지상의 힘 있는 자이면서 최고의 인간이 아닌 것보다 더 가혹한 불행은 없다. 이 경우 모든 것은 거짓이 되고 뒤틀리고 괴상해진다.

게다가 이 힘 있는 자들이 최하의 인간이고, 인간이라기보다는 오히려 가축인 경우, 천민의 값은 점점 더 높이 올라간다. 그리하여 마침내 천민의 덕은 이렇게 말할 것이다. '보아라, 내가 유일한 덕이다!'라고."

차라투스트라가 대답했다. "방금 내가 무엇을 들었는가? 왕들이 이렇게 지혜롭다니! 감격스럽다. 참으로 그들의 말에 따라 한 편의 시를 짓고 싶은 생각이 간절하다.

　모든 사람들의 귀에 와 닿는 그런 시가 못 된다고 하더라도 말이다. 나는 이미 오래전부터 기다란 귀들을 신경 쓰지 않게 되었다. 좋다! 자!"

　(그런데 여기서 나귀도 한마디 말을 하는 일이 일어났다. 나귀가 또렷하게 악의에 차서 "이아" 하고 소리쳤다.)

　그 옛날, 기원 일 년의 일로 생각한다.

　술을 마시지 않고 취한 여자 무당이 말했다.

　"가슴 아프다, 세상이 비뚤어졌다!

　타락! 타락이다! 세상이 이렇게나 깊이 가라앉은 적은 없었다!

　로마는 가라앉아 창녀가 되고 사창가가 되었다.

　로마의 황제는 타락하여 가축이 되었고 신 스스로는 유대인이 되었다."

2

　차라투스트라가 이렇게 시를 읊는 것을 듣고 왕들은 즐거워했다. 오른편 왕이 말했다. "아, 차라투스트라여, 우리가 그대를 만나러 길을 떠나온 것은 얼마나 잘한 일인가!

　왜냐하면 그대의 적들이 자기들의 거울에 비친 그대의 모습을 우리에게 보여주었기 때문이다. 거울 속 그대의 모습은 찌푸린 악마의 얼굴로 조소하고 있어서 우리는 그대가 두려웠다.

그러나 그건 아무래도 좋다! 그대는 그대의 잠언으로 계속 우리의 귀와 가슴을 찔렀다. 그리고 마침내 우리는 말했다. 그자의 모습이 무슨 상관이란 말인가!

우리는 그의 말을, '그대들은 새로운 전쟁을 일으킬 수단으로서 평화를 사랑해야 한다. 그것도 오랜 평화보다는 잠시 동안의 평화를!' 이렇게 가르치는 그대의 말을 **들어야 한다**.

'무엇이 선한가? 용감한 것이 선하다. 훌륭한 전쟁은 모든 구실을 신성하게 만든다'라고 전투적으로 말한 자는 지금까지 한 명도 없었다.

오, 차라투스트라여, 이 말을 듣고 우리 몸에서 우리 조상의 피가 끓어올랐다. 그것은 낡은 포도주 통에게 봄이 하는 말과도 같았다.

칼들이 붉은 반점을 가진 뱀들처럼 어지럽게 뒤엉켰을 때, 우리의 조상은 삶을 사랑했다. 모든 평화의 햇빛을 그들은 생기 없고 미지근하게 여겼으며 오랜 평화를 수치스럽게 생각했다.

우리의 조상들은 번쩍이는 칼들이 마른 채 벽에 걸려만 있는 것을 볼 때 얼마나 슬퍼했는가! 이 칼들처럼 그들은 전쟁을 갈망했다. 칼은 피를 마시고 싶어 하고 욕망으로 번쩍인다."

왕들이 이렇게 열렬하게 자기 조상들의 행복에 대해 말하자,

차라투스트라는 그들의 열정을 비웃고 싶은 욕망에 사로잡혔다. 그가 눈앞에서 보고 있는 자들은 애타게 평화를 그리워하고 늙고 고운 얼굴을 가진 왕들이 분명했기 때문이다. 그러나 그는 자제했다. "좋다! 저쪽 길로 가면 차라투스트라의 동굴이 나온다. 오늘 저녁은 긴 저녁이 될 것이다! 그러나 지금은 긴박한 외침이 그대들 곁을 떠나라고 나를 재촉한다.

왕들이 나의 동굴에 앉아서 기다린다면 나의 동굴에게도 영광이다. 그러나 그대들이 오래 기다려야 할 것은 분명하다!

그래! 당연하지 않은가! 오늘날 기다리는 것을 배우는 데 궁전보다 더 좋은 곳이 어디 있는가? 게다가 오늘날 왕들에게 남아 있는 덕이란 기다릴 **수 있다는 것**이 아닌가?"

차라투스트라는 이렇게 말했다.

거머리

그러고 나서 차라투스트라는 생각에 잠긴 채 숲을 통과하고 늪지대를 지나 더 멀고 더 깊이 들어갔다. 어려운 일을 앞두고 숙고하는 누구나 그럴 수 있듯 그는 자신도 모르는 사이 어떤 사람을 발로 밟았다. 그 순간, 보아라, 외마디 비명과 두 마디 저주와 스무 개의 고약한 욕설이 그의 얼굴에 퍼부어졌다. 그는 놀란 나머지 지팡이를 치켜들고 자신에게 밟힌 자를 다시 때렸다. 그러나 그는 곧 차분함을 되찾았다. 그리고 그의 마음은 자신이 방금 저지른 어리석음을 반성했다.

"용서하라." 화가 나서 어느새 몸을 일으키고 앉은 밟힌 자에게 그는 이렇게 말했다. "용서하라, 그리고 먼저 비유를 들어보아라.

먼 것을 꿈꾸던 방랑자가 쓸쓸한 거리에서 잠든 개, 양지바른 곳에 누워 있는 개를 무심결에 밟았다고 생각해보아라.

그래서 깜짝 놀란 이 둘이 격분한 나머지 원수처럼 서로 으르렁거리며 대드는 것 같은 일이 우리에게 일어났다.

그러나! 형편이 조금만 달랐더라면 그들은 서로 어루만져 주었을 것이다. 이 개와 이 외로운 자가 말이다! 사실 이 둘은 외로운 자들이다!"

"그대가 누구든," 하고 밟힌 자가 여전히 화난 소리로 말했다. "그대는 자신의 비유로써 나를 모욕했다. 그대의 발로 밟은 것에 그치지 않고서 말이다! 그래, 보아라, 내가 개라는 말인가?" 앉아 있던 자는 이 말을 하며 자리에서 일어나 자신의 맨팔을 늪에서 빼냈다. 사실 애초에 그는 사지를 뻗은 채 늪의 야생 동물을 기다리며 잠복하고 있는 자처럼 몸을 숨기고 알아보지 못하게 한 채 땅 위에 누워 있었다.

"도대체 그대는 무슨 짓을 하고 있는가!" 차라투스트라가 놀라 외쳤다. 그의 맨팔에서 많은 피가 흘러내리는 것을 보았기 때문이다. "그대에게 무슨 일이 있었는가? 그대 불행한 자여, 악한 동물이 그대를 물었는가?"

피를 흘리고 있는 자는 여전히 화가 나 있는 상태로 코웃음 쳤다. "그대가 무슨 상관인가!"라고 말하면서 그는 자리를 뜨려고 했다. "여기는 나의 집이고 영역이다. 묻고 싶다면 나에게 물어라. 그러나 어리석은 자에게는 쉽게 대답하지 않겠다."

그러자 차라투스트라가 동정 어린 목소리로 확인시켜주었다. "그대는 헛짚고 있다. 여기 그대가 있는 곳은 그대의 집이 아니라 나의 영토이다. 그리고 나로서는 이 영토 안에서 누구도 해를 입게 만들고 싶지 않다.

원하면 마음대로 나를 불러라. 나는 나 자신일 뿐이다. 나는 스스로를 차라투스트라라고 부른다.

자, 저 위쪽으로 가면 차라투스트라의 동굴이 나온다. 멀지 않다. 그대는 내 집에서 상처를 돌보지 않겠는가?

그대 불행한 자여, 그대는 어쩌다 운이 나빴다. 처음에는 어떤 생물이 그대를 물었다. 그리고 다음에는 인간이 그대를 밟았다!"

차라투스트라의 이름을 듣는 순간 밟힌 자의 태도가 달라졌다. "나에게 이런 일이 닥치다니!" 그가 외쳤다. "이 삶에서 **누가** 나와 상관이 있단 말인가? 이 차라투스트라와 저 거머리를 제외한다면 말이다.

거머리 때문에 나는 여기 이 늪가에 어부처럼 누워 있으며, 나의 축 늘어진 팔을 이미 열 번이나 물렸다. 게다가 더욱 멋진 고슴도치인 차라투스트라가 나타나 피를 탐내 물었다!

오, 행복하다! 오, 기적이다! 이 늪으로 나를 꾀어낸 이 날은 찬양받아라! 오늘날 살아 있는, 더없이 싱싱한 흡혈 동물은 찬양받아라, 위대한 양심의 거머리인 차라투스트라는 찬양받아라!"

밟힌 자는 이렇게 말했다. 차라투스트라도 그의 말과 기품 있고 경건한 태도를 보고 기뻤다. "그대는 누구인가?" 물으며 그는 손을 내밀었다. "우리 사이에는 설명할 일과 명백히 밝힐 일이 많이 남아 있다. 어느새 날도 더 맑고 환해질 것 같지 않은가."

"나는 **지적인 양심을 지닌 자**이다." 질문을 받은 자가 대답했다. "정신의 일에서 나보다 더 엄격하고 더 세밀하며 냉철한 자는 없을 것이다. 내게 그것을 가르쳤던 사람인 차라투스트라를 제외한다면.

어설프게 많은 것을 알기보다 차라리 아무것도 모르는 게 더 낫다! 다른 사람의 판단에 따라 움직이는 현자보다는 차라리 자기 힘에 의지하는 바보가 더 낫다! 나는 사물의 바닥으로 달려간다.

그 바닥이 크기가 무슨 상관인가? 그 바닥이 늪이나 하늘로 불리는 것이 무슨 상관인가? 한 뼘의 바닥만 있으면 나는 그것으로 만족한다. 그 바닥이 실제 바닥이고 토대라면!

한 뼘의 바닥, 사람들은 그 위에 설 수도 있다. 참다운 지식의 양심에게 크기는 존재하지 않는다."

"그렇다면 그대는 거머리의 본성을 잘 알고 있겠구나?" 차라투스트라가 물었다. "그대는 거머리의 궁극적인 밑바닥까지 파고들려 하는가, 양심을 지닌 자여?"

"오, 차라투스트라여!" 밟힌 자가 대답했다. "그건 엄청난 일이다. 내가 어떻게 그런 일을 감히 시도할 생각이나마 하겠는가!

그러나 내가 전문가로서 잘 아는 것은 거머리의 **두뇌**이다. 그것이 나의 **세계**이다!

그것도 역시 하나의 세계이다! 그리고 여기서 나의 자존심이 주제넘게 발언하는 것을 너그럽게 여겨달라. 이 분야에서는 나와 대적할 자가 없다. 그래서 '여기는 나의 집이다'라고 내가 말했다.

나는 얼마나 오랫동안 이 한 가지 분야, 즉 거머리의 두뇌를 파고들었는가. 미끄러운 진리가 더 이상 내게서 미끄러져 나가지 못하도록! 여기야말로 **나의** 영토이다!

그것 하나를 위해 나는 다른 모든 것을 버리고 모든 것에 관심을 두지 않았다. 그리고 나의 지식 바로 곁에 나의 어두운 무지가 누워 있다.

내 정신의 양심은 내가 한 가지만을 알고 그 밖의 모든 것은 조금도 알지 못하길 바란다. 그 어설픈 정신, 흐릿하고 부유하며 몽상적인 모든 것은 내게 구역질을 일으킨다.

나의 정직함의 끝에서 나는 맹인이 되고 또 그것을 바란다. 그러나 내가 알고자 하는 경우라면 나는 정직하다. 냉정하고 엄격하고 섬세하고 잔인하고 가차 없다.

오, 차라투스트라여, **그대**는 언젠가 '정신은 스스로 삶에 파고드는 삶이다'라고 말했다. 그 말이 나를 그대의 가르침으로 이끌었다. 진실로 나는 자신의 피로 나 자신의 지식을 증대시켰다!"

"모습 그대로이다." 차라투스트라가 말을 가로막았다. 그 양심을 지닌 자의 맨팔에서 여전히 피가 흘러내리고 있었기 때문이었다. 열 마리의 거머리가 같은 자리에 들러붙어 피를 빨고 있었다.

"아, 그대 괴상한 친구여, 지금 그대의 모습이 나에게 얼마나 많은 것을 가르쳐주는가! 내가 그대의 엄격한 귀에 모든 것을 쏟아부어서는 안 된다!

자! 그러면 우리는 여기서 헤어지자! 그러나 그대를 다시 만나고 싶다. 저 위로 올라가면 나의 동굴이 있다. 오늘밤 거기서 그대는 나의 반가운 손님이 되리라!

그리고 차라투스트라가 그대를 밟은 것에 대해 그대에게 보상하고 싶다. 그럴 것이다. 그러나 지금은 긴박한 외침이 급히 그대 곁을 떠나라고 나를 재촉한다."

차라투스트라는 이렇게 말했다.

마술사

I

그러나 바위 하나를 돌아서 가는 순간, 차라투스트라는 아래쪽으로 멀지 않은 같은 길 위에서 한 사람을 보았다. 그 자는 미친 사람처럼 손발을 마구 휘두르다 배를 깔고 땅에 넘어졌다. 그때 차라투스트라는 마음속으로 이렇게 말했다. "잠깐! 저자는 보다 높은 인간임에 틀림없다. 저 불길하게 들리는 긴박한 외침도 그가 질렀을 것이다. 도울 방법을 알아보자." 그래서 그 사람이 땅에 엎드린 곳으로 다가간 그는 거기서 멍한 눈으로 떨고 있는 노인을 보았다. 차라투스트라는 그 노인을 일으켜 다시 서게 하려고 애썼다. 그러나 소용없었다. 그 불행한 자는 누군가가 자기들 돕기 위해 자기의 곁에 있다는 사실도 알아차리지 못하는 것 같았다. 오히려 애처로운 몸짓을 하며 계속해서 주위를 둘러보았다. 온 세상에서 버림받아 외로운 사람 같았다. 육체를 심하게 떨고 경련을 일으키며 몸을 비틀더니 노인은 다음과 같이 탄식하기 시작했다.

누가 나를 따뜻하게 해주는가, 누가 아직도 나를 사랑하는가?

뜨거운 손을 다오!

마음의 화로를 다오!

납작 쓰러져 벌벌 떨고,

사람들이 발을 따뜻하게 덥히는 반쯤 죽은 사람처럼,

아! 알지 못할 열병으로 흔들리며,

날카롭고 찬 서리의 화살에 맞아 덜덜 떨고,

사상이여, 그대에게 쫓기고 있다!

이름 붙일 수 없는 자여! 베일에 싸인 자여! 무시무시한 자여!

그대 구름 뒤의 사냥꾼이여!

그대의 번개에 맞아,

그대, 어둠 속에서 나를 바라보고 있는, 조롱하는 눈이여,

나는 이렇게 누워,

몸을 굽히고 뒤틀면서,

영원한 모든 고문에 시달리면서,

그대, 가장 잔인한 사냥꾼,

그 화살에 맞았구나,

그대 미지의 신이여!

더 깊이 맞혀라!

다시 한번 맞추어라!

심장을 꿰뚫어 부수어라!

무딘 화살촉으로 하는

이 고문은 무슨 의미인가?

그대는 다시 바라보는가,

인간의 고통에 권태를 느끼지도 않고,

인간의 고통을 즐거워하는 신들의 번개 같은 눈으로 바라보
는가?

그대는 죽일 생각도 없이,

고문만을 하는가?

왜 **나를** 고문하는가,

그대 인간의 고통을 즐거워하는 미지의 신이여?

아아! 그대는 살금살금 다가오는가?

이런 한밤중에

그대는 무엇을 원하는가? 말하라!

그대는 나를 억누르고 압박한다.

아! 벌써 너무 가까이 왔구나!

저리 가라! 저리 가라!

그대는 나의 숨소리를 듣고,

그대는 나의 심장에 귀를 기울인다,

그대, 질투심에 차 있는 자여,

도대체 무엇을 질투하는가?

저리 가라! 저리 가라! 사다리는 무엇에 쓰려는가?

그대는 **안으로**,

나의 심장 속으로,

들어오려 하는가, 나의 가장 은밀한

생각 속으로 들어오려는가?

염치없는 자여! 미지의 도둑이여!

무엇을 훔치려는가?

무엇을 엿들으려는가?

고문으로 무엇을 얻으려는가,

그대 고문하는 자여?

그대 사형 집행인인 신이여!

아니면 나는 개처럼,

그대 앞에서 뒹굴어야 하는가?

몸을 바쳐, 제정신을 잃고,

그대에게 꼬리를 흔들어 사랑을 보이란 말인가?

소용없는 일이다! 계속 찔러라,

가장 잔인한 가시여! 아니,

나는 개가 아니라 그대가 사냥감일 뿐이다.

더없이 잔인한 사냥꾼이여!

나는 그대의 자만심에 넘치는 포로이다,

그대 구름 뒤에 숨은 강도여!

말하라, 이제는,

그대는 **내게서** 무엇을 바라는가, 노상강도여?

그대 번개 속에 몸을 숨긴 자여! 알 수 없는 자여! 말하라,

그대는 무엇을 **바라는가**, 미지의 신이여?

뭐라고? 몸값을?

얼마의 몸값을 바라는가?

잔뜩 요구하라. 나의 긍지는 이렇게 권한다!

그리고 짧게 말하라. 나의 또 다른 긍지는 이렇게 권한다!

하하!

그대는 나를 원하는가? 나를?

전부인 나를?

하하!

바보인 그대가 나를 고문하는가,

나의 긍지를 부수려는가?

나에게 **사랑**을 다오. 누가 나를 여전히 따뜻하게 해주는가?

누가 아직도 나를 사랑하는가? 따뜻한 손을 다오.

마음의 화로를 다오,

가장 고독한 자인 나에게

얼음을 다오. 아! 일곱 겹의 얼음은

적들 자신을,

적을 애타게 그리워하는 것을 가르친다,

다오, 그래 어서 다오,

가장 잔인한 적이여,

나에게 **그대를** 다오!

가버렸다!

그 자신이 달아나버렸다,

나의 마지막 남은 유일한 친구,

나의 위대한 적,

나의 알지 못하는 자,

나의 사형 집행인인 신이!

아니다! 돌아오라,

그대의 모든 고문과 함께!

모든 고독한 자들 중 가장 마지막 사람에게

오, 돌아오라!

내 눈물의 시냇물은 흐른다,

그대를 향해!

그리고 나의 심장의 마지막 불꽃은,

그대를 향해 불타오른다!

오, 돌아오라,

나의 미지의 신이여! 나의 고통이여!

나의 마지막 행복이여!

2

여기서 더 이상 참을 수 없던 차라투스트라는 자신의 지팡이를 들어 탄식하는 자를 힘껏 내리쳤다. "그만하라!" 차라투스트라는 분노에 찬 웃음을 터뜨리며 그자에게 말했다. "그만 하라, 그대 배우여! 화폐 위조범! 새빨간 거짓말쟁이! 나는 그대를 잘 알고 있다!

나는 그대의 발을 데워주려 한다, 고약한 마술사여. 나는 그대 같은 자들에게 뜨거운 맛을 보여주는 법을 잘 알고 있다!"

"그만하라." 노인이 말했다. 그리고 땅에서 벌떡 일어났다. "더 이상 때리지 마라, 오, 차라투스트라여! 나는 이렇게 연기하고 있을 뿐이다!

이런 것은 내가 하는 연기의 하나이다. 내가 그대에게 이렇게 시범을 보인 것은, 내가 그대를 시험해보고 싶었기 때문이다! 그런데 참으로 그대는 나를 잘도 꿰뚫어 보았다!

그대도 나에게 만만치 않은 시범으로 그대를 잘 보여주었다. 그대는 **냉정한 자**이다, 그대, 현명한 차라투스트라여! 그대는 자신의 진리들로 냉혹하게 구타한다. 그대의 곤봉이 나에게 **이** 진리를 강요한다!"

"알랑거리지 마라." 차라투스트라는 여전히 흥분하여 얼굴을 찡그려 대답했다. "그대 말 그대로 배우여! 그대는 거짓말쟁이다. 그대가 진리에 대해 무슨 할 말이 있단 말인가? 그대 가장 큰 공작이여, 그대 허영의 바다여, 그대는 내 앞에서 **무엇을** 연기했는가, 그대 고약한 마술사여. 그대가 그 모습으로 탄식하고 있었을 때 나는 누구를 보았다고 믿어야 하겠는가?"

노인이 대답했다. "**정신의 속죄자**이다. **이 속죄자**를 나는 연기를 통해 보여주었다. 이 말은 일찍이 그대가 만들어내었다.

이 속죄자는 마침내 자신의 정신을 자신에게 대항하는 시인이자 마술사이며 자신의 사악한 지식과 양심 때문에 얼어붙고 마는 변화된 자이다.

그러니 고백하라, 오, 차라투스트라여. 그대가 나의 연기와 거짓말을 알아차리기까지 한참이나 걸렸다는 것을! 그대가 두 손으로 내 머리를 떠받쳐주었을 때 그대는 나의 곤경이 사실이라 **믿었다**.

나는 그대가 이렇게 탄식하는 소리를 들었다. '사람들이 이 자를 너무도 업신여겼다. 사랑을 주지 않았다!' 그래서 그대를 이만큼 속인 것에 나의 악의는 마음속으로 기뻐했다."

그러자 차라투스트라가 냉정하게 말했다. "그대는 나보다 더 눈치 빠른 자도 속여 넘겼을 것이다. 그러나 나는 속이는 자들을 경계부터 하지 않는다. 나는 조심하는 자가 **아니다**. 나의 운명이 그렇게 했다.

그러나 그대는 다른 사람을 **속여야** 한다. 그대에 관해 내가 아는 것은 그것이다! 그대는 두 겹, 세 겹, 네 겹, 다섯 겹으로 위장해야 한다! 그리고 그대가 방금 고백한 것도 내 눈에는 충분히 진실 되거나 그렇다고 거짓 같지도 않다!

그대 고약한 화폐 위조범이여, 그대가 어떻게 달라질 수 있단 말인가! 그대는 의사에게 벌거벗은 몸을 보일 때도 꾀병을 앓는다.

'나는 **그저** 연기를 하고 있을 뿐이다'라고 말했을 때에도 그대는 내 앞에서 거짓말을 꾸며냈다. 물론 그 말 속에는 **진지함**도 있다. 그대는 정신의 속죄자**이기** 때문이다!

나는 그대라는 인간을 잘 안다. 그대는 모든 사람을 속이는 마술사가 되었다. 그러나 그대 자신에 대해서는 어떠한 거짓말이나 기술이 통하지 않는다. 그대 스스로 자신의 마술에서 벗어났기 때문이다.

그대가 수확한 진리들 중의 하나가 구역질이다. 그대의 어떠한 말도 더 이상 진짜가 아니다. 하지만 그대의 입에 붙은 구역질은 진짜이다."

여기서 늙은 마술사가 반항적으로 외쳤다. "도대체 그대는 누구인가? 오늘날 살아 있는 자 중에 가장 위대한 **나에게** 누가 감히 그렇게 말하는가?" 그 순간 그의 눈에서 푸른 번갯불이 차라투스트라에게 튀어나왔다. 그러나 그는 곧바로 태도를 바꿔 슬프게 말했다.

"오, 차라투스트라여, 나는 지쳤다. 나의 연기 때문에 구역질이 난다. 나는 **위대하지** 않다. 그런 척해 봤자 무슨 소용이겠는가! 그러나 그대는 내가 위대함을 추구하고 있었다는 것을 잘 알고 있다!

나는 위대한 인간을 연기로 보여주려 했고 많은 사람을 설득했다. 그러나 이 거짓말은 내 능력 밖의 일이었다. 그래서 나는 거짓말 때문에 파멸하고 있다.

오, 차라투스트라여, 내게는 모든 것이 거짓이다. 그러나 내가 파멸한다는 것만은 **진짜**이다!"

이에 차라투스트라는 눈길을 옆으로 돌리고 우울하게 말했다. "그것은 그대의 영광이다. 그대가 위대함을 추구한다는 것은 그대의 영광이다. 하지만 그 과정에서 그대의 모습이 드러난다. 그대는 위대하지 않다.

그대 고약하고 늙은 마술사여, 그대가 자신에게 염증을 내고 '나는 위대하지 않다'라고 솔직히 말하는 **것이** 그대의 최선이고 내가 존중하는 그대의 가장 정직한 점이다.

나는 정신의 속죄자로서의 그대를 존경한다. 그리고 그것이 숨을 한번 쉬는 동안이고 찰나에 불과해도 순간만큼은 그대는 진짜였다.

그러나 말해보아라. 그대는 **나의** 숲과 바위에서 무엇을 찾고 있는가? 그리고 내가 가는 길에 그대가 누워 있었을 때, 그대는 **내게** 어떤 시험을 하려 했는가?

어떤 식으로 **나를** 시험하려 했던가?"

이렇게 말하는 차라투스트라의 눈은 번쩍거렸다. 늙은 마술사는 잠시 동안 침묵하고 말했다. "내가 그대를 시험했다고? 나는 오로지 찾을 뿐이다.

오, 차라투스트라여, 나는 진짜 인간, 올바른 자, 단순한 자, 명확한 자, 오로지 정직한 자, 지혜의 그릇, 깨달음의 성인, 위대한 인간을 찾고 있다!

아, 차라투스트라여, 그대는 알지 못하는가? **나는 차라투스트라를 찾고 있다.**"

여기서 둘 사이에 오랫동안 침묵이 흘렀다. 차라투스트라는 자기 자신 속에 깊이 잠겨 눈을 감고 있었다. 그리고 그는 되돌아와 마술사의 손을 잡고 정중하고 교묘하게 말했다.

"좋다! 저기 위로 올라가면 차라투스트라의 동굴이 나온다. 그 동굴 안에서 그대가 찾고 싶어 하는 자를 찾아도 좋다.

그리고 나의 동물들, 나의 독수리와 뱀에게 조언을 받아라. 그들은 그대가 찾는 데 도움을 줄 것이다. 그러나 나의 동굴은 크다.

물론 나 자신은, 나는 지금까지 위대한 인간을 보지 못했다. 오늘날 가장 예민한 자들의 눈조차도 위대한 것을 보기에는 조잡하다. 지금 이 세상은 천한 자의 나라이기 때문이다.

팔다리를 뻗고 기지개를 켜는 자들을 나는 이미 많이 보았다. 그러면 민중은 소리쳤다. '자, 보아라, 위대한 인간을!' 그러나 결국에는 바람만 새어나오니 이것이 무슨 소용인가!

너무 오랫동안 바람을 불어넣으면 개구리는 터져버리고 바람이 샌다. 부풀어 오른 자의 배를 찔러버리는 것, 그것을 나는 멋진 심심풀이라고 부른다. 이 말을 명심해라. 그대 소년들이여!

지금은 천민의 세상이다. 그러니 무엇이 크고 작은지를 누가 **알겠는가!** 누가 위대한 것을 찾는데 성공하는가! 오직 바보들만 그럴 것이다. 바보들만 성공할 것이다.

그대, 유별난 바보여, 그대는 위대한 인간을 찾고 있는가? 누가 그대에게 그렇게 하라고 **가르쳤는가?** 지금이 그런 일을 할 때인가? 아, 심술궂은 탐구자여, 왜 그대는 나를 시험하는가?"

마음의 위안을 얻은 차라투스트라는 이렇게 말했다. 그러고는 웃으면서 자기의 길을 계속 걸어갔다.

일자리를 잃음

차라투스트라는 마술사에게서 풀려난 지 얼마 안 되어 길가에 누군가가 앉아 있는 것을 보았다. 검은 옷을 입고 있는, 키가 크고 얼굴이 비쩍 마른 창백한 사람이었다. **이 남자는** 차라투스트라를 매우 불쾌하게 했다. "슬프구나." 그가 마음속으로 말했다. "저기에 슬픔이 가면을 쓰고 앉아 있구나. 내가 보기엔 성직자인 것 같다. **저들이** 나의 영토에서 무엇을 하려는 것인가?

이런! 저 마술사에게서 겨우 벗어나나 했더니, 금세 또 다른 마술사가 내 길을 가로막는구나.

손을 얹어 요술 부리는 마술사, 신의 은총을 빙자하여 괴상한 것처럼 보이는 자, 성스러운 기름으로 축복받은 세계를 비방하는 자, 이런 자는 악마가 데려가는 것이 당연한데!

그러나 악마란 언제나 있어야 할 자리에 있지 않다. 언제나 너무 늦게 온다. 젠장, 난쟁이, 저 안짱다리!"

차라투스트라는 조급하게 속으로 이렇게 저주하고 어떻게 하면 눈길을 돌려 검은 옷을 입은 남자 곁을 살짝 빠져나갈 수 있을지 생각해보았다.

보아라, 사정은 여의치 않았다. 바로 그 순간에 앉아 있던 그자가 벌써 그를 보았기 때문이다. 그자는 갑자기 행운과 맞닥뜨린 사람처럼 자리에서 벌떡 일어나 차라투스트라 쪽으로 돌진했다.

"누구인지는 모르겠으나, 그대 방랑자여," 그가 말했다. "길을 잃고 헤매는 자, 찾고 있는 자, 이곳에서 상함을 당할 위기에 처한 늙은이를 도와다오!

여기 이 세계는 낯설고 먼 곳이다. 야수들이 울부짖는 소리도 들었다. 그리고 나를 보호해줄 수 있는 사람도 이미 죽었다.

나는 최후의 경건한 사람, 홀로 숲속에 살며 오늘날 세상 사람들이 모두 다 아는 일을 듣지 못한 성자이고 은둔자인 사람을 찾고 있다."

그러자 차라투스트라가 물었다. "오늘날 세상 사람들이 모두 다 알고 있다는 것은 **무엇을** 말하는가? 일찍이 세상 사람들 모두가 믿었던 늙은 신이 이제 더 이상 살아 있지 않다는 것을 말함인가?"

그러자 늙은이가 우울하게 대답했다. "그대의 말대로이다. 나는 이 늙은 신을 그의 마지막까지 섬겼다.

그러나 이제 나는 일자리를 잃고 모실 주인도 없다. 그러나 자유로운 것도 아니다. 추억에 잠기는 일 말고는 잠시도 즐겁지 않기 때문이다.

내가 여기 산으로 올라온 것은 마침내 나를 위해, 늙은 교황이자 교부에게 어울리는 축제를 다시 열기 위해서이다. 왜냐하면 나는 마지막 교황이기 때문이다! 그래서 경건한 추억과 예배를 위한 축제를 올리려는 것이다.

하지만 이제 그 경건했던 사람은 죽었다. 노래를 부르고 중얼거리며 신을 끊임없이 찬양했던 숲속의 저 성자는 죽었다.

내가 그의 오두막을 발견했을 때, 그 사람은 이미 보이지 않았다. 두 마리의 늑대만이 오두막 안에서 그의 죽음을 슬퍼하며 울부짖고 있었다. 모든 짐승들이 그를 사랑했기 때문이다. 그래서 나는 그곳을 빠져나왔다.

그럼 내가 이 숲과 산으로 온 것이 헛걸음이 되도록 두어야 했는가? 그래서 나는 다른 신을 믿지 않는 모든 사람들 가운데 가장 경건한 자, 즉 차라투스트라를 찾기로 결심했다!"

늙은이는 이렇게 말하고 자기 앞에 서 있는 사람을 날카로운 눈길로 바라보았다. 그러자 차라투스트라는 늙은 교황의 손을 잡고는 감탄하며 한동안 그 손을 바라보았다.

그리고 말했다. "자, 보아라, 그대 귀한 자여, 이 얼마나 아름답고 긴 손인가! 이것은 끊임없이 축복을 나누던 자의 손이다. 그런데 이제 이 손은 그대가 찾고 있는 자인 나를, 차라투스트라를 꼭 붙들고 있다.

내가 바로 신을 부정하는 차라투스트라이다. '내가 기꺼이 그 가르침을 받아들일 만큼 나보다 더 신을 부정하는 자는 누구인가?'라고 묻는 차라투스트라이다."

차라투스트라는 이렇게 말했다. 그러고는 그의 눈길로 늙은 교황의 사상과 그 사상의 밑바닥을 꿰뚫어 보았다. 마침내 교황이 말했다.

"신을 가장 많이 사랑하고 소유했던 자야말로 이제 신을 가장 많이 잃었다. 보아라, 우리 둘 중 이제 나 자신이 신을 부정하는 자가 아닌가? 그러나 누가 그것을 기뻐하겠는가!"

깊은 침묵 후 차라투스트라가 생각에 잠겨 물었다. "마지막까지 신을 섬겼기 때문에 그대는 그가 **어떻게** 죽었는지 알고 있을 것이다. 동정심이 그 목을 졸라 죽였다고 하던데 그게 사실인가?

그 인간이 십자가에 매달려 있는 것을 보고 견딜 수 없어서 인간에 대한 사랑이 그의 지옥이 되고, 결국은 그의 죽음이 되었다는 게 사실인가?"

늙은 교황은 대답하지 않았다. 그 대신 부끄럽고 고통스럽게 우울한 표정으로 눈을 돌렸다.

"신을 그냥 보내주어라." 오랫동안 생각에 잠긴 차라투스트라가 여전히 늙은 자의 눈을 똑바로 바라보며 말했다.

"신을 그냥 보내주어라. 그는 사라졌다. 그대가 이 죽은 자에 대해 좋은 말만 하는 것은 그대의 인품을 돋보이게 한다. 하지만 그대도 나와 마찬가지로 그가 **누구**였던가를. 그리고 그가 유별난 길을 걸어왔다는 것을 잘 알고 있지 않은가."

그러자 늙은 교황이 유쾌하게 말했다. "세 개의 눈이 보는 데서 하는 말이지만(그는 한쪽 눈이 보이지 않았다), 신의 일에 관한 한 나는 차라투스트라보다 더 잘 안다. 그것은 당연하다.

나는 오랜 세월 사랑으로 그를 섬겼고 나의 의지는 그의 의지를 온전히 따랐다. 그러나 좋은 하인이란 모르는 것이 없어서 자기 주인이 스스로에게 숨기려 하는 일도 알고 있다.

비밀로 가득 찬 숨은 신이었다. 진실로 그는 자신의 아들에게 올 때도 샛길로 왔다. 그래서 그의 신앙의 문에 간음이란 것이 있게 된 것이다.

그를 사랑의 신으로 칭송하는 자는 사랑을 잘 모르는 사람이다. 이 신은 또한 재판관도 되고 싶어 하지 않았는가? 그러나 사랑하는 자는 보상과 복수의 건너편에서 사랑을 한다.

동방에서 온 신은 젊은 시절 냉정하고 복수심에 불타올랐으며 자기 마음에 드는 사람들을 즐겁게 해주기 위해 지옥을 만들었다.

그러나 결국 그는 늙고 연약해져 유연하고 동정심만 남아 아버지보다 할아버지와 닮아갔다. 아니 비틀거리는 늙은 할머니와 가장 많이 닮게 되었다.

그리하여 그는 시들어가면서 난로 구석에 앉아 자기 힘 빠진 발에 슬퍼하며 세상만사에 지치고 의욕도 없이 살았다. 그러던 어느 날 마침내 너무 커다란 동정심 때문에 질식하고 말았다."

여기서 차라투스트라가 끼어들며 말했다. "그대 늙은 교황이여, 그대는 **그 일**을 눈으로 직접 보았는가? 아마 그랬을 수도 있고 안 그랬을 **수도** 있다. 신들이란 죽을 때 언제나 여러 가지 모습으로 죽음을 맞이하니까.

어쨌든 좋다! 어찌 되었든 그는 사라지지 않았는가! 그는 나의 귀와 눈의 취향도 아니었다. 그리고 더 나쁜 말은 하지 않겠다.

나는 밝게 쳐다보며 정직하게 말하는 모든 것을 사랑한다. 그러나 그대도 잘 알고 있다시피, 그대 늙은 성직자여, 그에게는 그대와, 즉 성직자와 비슷한 점이 있었다. 말하자면 그의 언행은 모호했다.

그는 또한 불분명하기까지 했다. 씩씩거리며 격노하는 이 자는 우리가 그의 말을 잘못 이해한다고 얼마나 화를 냈던가! 하지만 그는 왜 좀 더 분명하게 말하지 않았던가?

그리고 그게 우리들의 귀 때문이었으면 왜 그는 우리들에게 그의 말을 잘 알아듣지도 못하는 귀를 주었는가? 우리들의 귀에 진흙이 있었다면, 좋다! 그럼 누가 이 진흙을 넣었는가?

그자는, 제대로 수련하지 못한 이 도공은 수많은 실패를 저

질렀다! 그런데도 그가 자신의 항아리와 피조물을 보고 잘못 만들어졌다면서 복수를 했다는 사실. 그것은 **좋은 취향**에 거슬리는 죄이다.

경건함 속에도 좋은 취향은 있다. 그래서 마침내 이 취향이 말했다. "**이런** 신은 꺼져버려라! 차라리 신이 없는 게 낫다. 혼자 힘으로 운명을 만들겠다. 차라리 바보가 될 것이다. 차라리 내 자신이 신이 되겠다!"

귀를 곤두세운 늙은 교황이 이 대목에서 말했다. "이 무슨 말인가! 아, 차라투스트라여, 그대는 이처럼 신앙이 없으면서 그대가 생각하는 것보다 더 경건하구나! 그대 마음속의 그 어떤 신이 그대를 무신론자로 만들었구나.

그대가 유일신을 믿지 못하게 하는 것이 그대의 경건함이 아닌가? 그리고 그대의 커다란 정직함은 그대를 선악의 건너편으로 데려갈 것이다!

자, 보아라, 그대에게 무엇이 그대로 남겨져 있는가를. 그대에게는 영원한 옛날로부터 축복을 내리게 정해진 눈과 손, 그리고 입이 있다. 손 하나만으로 축복을 내리는 것은 아니다.

비록 그대는 신을 가차 없이 부정하는 자가 되려 하지만 나는 그대 곁에서 오래된 축복의 비밀스럽고 성스러운 향기를 맡는다. 그러면 나는 즐거워지는 한편, 슬퍼진다.

나를 손님으로 맞아 달라, 아, 차라투스트라여, 단 하룻밤만! 지금 내게는 이 지상에서 그대 곁보다 더 아늑한 곳은 없다!"

"아멘! 그렇게 되기를!" 차라투스트라는 의아하게 생각하며 말했다. "저기 위로 올라가면 차라투스트라의 동굴이 있다. 나는 그대를 기꺼이 그곳으로 데려가고 싶다, 그대 귀한 자여, 나는 모든 경건한 사람들을 사랑하기 때문이다. 그러나 지금은 긴박한 외침이 빨리 그대 곁을 떠나라고 나를 재촉한다.

나의 영토에서는 아무도 해를 입지 말아야 한다. 나의 동굴은 좋은 항구가 되어야 한다. 그리고 내가 가장 바라는 것은 슬퍼하는 자 모두를 굳은 땅 위에 다시 서게 하는 것이다.

그러나 누가 **그대의** 슬픔을 어깨에서 내려줄 것인가? 그렇게 하기에 나는 너무 약하다. 진실로 오랜 세월을 우리는 기다려야 할지 모른다. 그대를 위해 누군가가 그대의 신을 다시 깨울 때까지.

말하자면 저 늙은 신은 더 이상 살아 있지 않다. 이 신은 완전히 죽었다."

차라투스트라는 이렇게 말했다.

가장 추악한 자

차라투스트라의 발은 다시 산을 넘고 숲을 지나 눈으로 계속 찾았다. 그러나 그의 눈이 보고 싶어 했던 커다란 곤경에 빠져 절박하게 외쳤던 사람은 어디에도 보이지 않았다. 그러나 길을 걷는 동안 그의 마음은 기쁨과 감사함으로 가득했다. 그가 말했다. "오늘은 내게 참으로 좋은 일이 많이 일어나는구나. 시작이 좋지 않았던 것의 대가이다! 나는 유별난 말 상대들을 만났다!

나는 이제 그들의 말을 잘 익은 곡식 낟알을 씹듯 오래 씹어야겠다. 그들의 말이 젖처럼 나의 영혼에 흘러들어 올 때까지 나의 이는 그것들을 잘게 부수고 갈아야 한다!"

그러나 바위를 한 개 돌아서니 갑자기 풍경이 돌변하며 차라투스트라는 죽음의 나라로 들어섰다. 검고 붉은 절벽들이 우뚝 솟아 있고 풀과 나무도 없으며 새소리도 들리지 않았다. 다시 말해 모든 동물, 심지어 맹수도 피해 가는 골짜기였다. 그저 추하고 몸통이 굵은 녹색의 뱀만이 늙어서 죽음을 맞으러 오는 곳이었다. 그래서 목자들은 이 골짜기를 '뱀의 죽음'이라고 불렀다.

차라투스트라는 어두운 기억 속으로 빠져들었다. 언젠가 한번 이 골짜기에 서 있었던 것 같은 느낌이 들었다. 그리고 이런 저런 생각이 그의 마음을 압박하여 걸음이 점점 느려지다 멈추어 섰다. 그 순간 눈을 뜨자, 길에 무엇인가 앉아 있는 것이 보였다. 그 모습은 인간과 비슷했지만 인간은 아니었고 말로 표현하기도 힘들었다. 이것을 눈으로 보았다는 사실 때문에 차라투스트라는 갑자기 커다란 수치심에 사로잡혔다. 백발까지 붉어질 정도로 얼굴이 달아오른 그는 눈길을 옆으로 돌린 채 이 불길한 장소를 떠나려고 걸음을 떼었다. 그러나 그때 죽어 있던 황야가 요란하게 소리를 질렀다. 마치 한밤중에 막혀 있는 수도관으로 물이 지나가면서 소리를 내는 것처럼 땅에서 소리가 솟아올라 왔다. 그리고 마침내 이 소리는 인간의 목소리가 되었다. 그 소리는 다음과 같았다.

"차라투스트라여! 차라투스트라여! 나의 수수께끼를 풀어라! 말하라, 말하라! **목격자에 대한 복수**는 무엇이어야 하는가?

나는 그대를 꾀어 돌아오게 한다. 여기는 얼음이 미끄럽다! 조심하라, 조심하라. 그대의 자존심이 여기서 다리를 부러뜨리지 않도록 하라!

그대는 스스로 지혜롭다고 생각한다, 그대 자부심 충만한 차라투스트라여! 그렇다면 이 수수께끼를 풀어라, 그대 냉혹한 호두까기여. 내가 바로 수수께끼이다! 그러니 **내가** 누구인지를 말하라!"

차라투스트라가 이 말을 들었을 때 그의 영혼에 어떤 일이 일어났겠는가? **동정심이 그를 덮쳤다.** 그는 갑자기 쓰러졌다. 오랫동안 많은 벌목꾼들에게 저항한 떡갈나무처럼 갑자기 말이다. 벌목꾼들을 놀라게 하면서 쓰러지듯이 그는 쓰러졌다. 그러나 그는 어느새 땅에서 일어났고 표정은 단호했다.

"나는 그대를 잘 알고 있다." 차라투스트라는 청동을 두드리는 목소리로 말했다. **"그대는 신을 죽인 자가 아닌가!** 나를 가게 해다오.

그대는 그대를 보았던 자, 즉 그대를 끊임없이 보고 또 꿰뚫어 보았던 자를 **참지** 못했다, 그대 가장 추악한 자여! 그대는 이 목격자에게 복수를 했다!"

차라투스트라는 이렇게 말하고 그 자리를 떠나려 했다. 그러나 말로 표현할 수 없는 자가 그의 옷자락을 붙들고 다시 소리며 내며 할 말을 찾았다. "멈추어라!" 그가 마침내 말했다.

"멈추어라! 지나가지 마라! 나는 무슨 도끼가 그대를 땅으로 쓰러뜨렸는지 알고 있었다. 오, 차라투스트라여, 그대가 다시 일어서다니!

신을 죽인 자가 어떤 기분이 되는지를 그대가 알고 있다는 것을 나는 안다. 멈추어라! 내 곁에 앉아라. 얻어갈 것이 있을 것이다.

그대가 아니라면 내가 누구에게 가려 했겠는가? 멈추어라, 앉아라! 그러나 나를 바라보지는 마라! 그렇게 나의 추함에 경의를 표하라!

사람들이 나를 쫓고 있다. 이제 **그대는** 나의 마지막 피난처이다. 그들은 증오를 가지고 뒤쫓는 것도 **아니고** 추적자를 시켜 뒤쫓는 것도 **아니다.** 아, 이런 추적이라면 나는 조롱하고 자랑하며 기뻐해도 되리라!

지금까지 보면 모든 성공은 제대로 쫓기는 자의 것이 아니었나? 그리고 뒤쫓는 자 또한 따라가는 것을 쉽게 배운다. 쫓는 자는 분명히 뒤에서 쫓아가기 때문이다! 그러나 이것은 그들의 **동정심**이다.

그들의 동정심 때문에 나는 도망쳐서 그대에게로 피난하는 것이다. 오, 차라투스트라여, 나를 보호해다오. 그대 나의 마지막 피난처여, 그대 나를 알고 있는 유일한 자여.

신을 죽였던 자가 어떤 기분일지 그대는 잘 알고 있다. 멈추어라! 그리고 그대도 떠나고 싶다면 그대 성미 급한 자여, 내가 왔던 길로 가지 마라. 그 길은 매우 험하다.

그대는 내가 더듬거리며 오랜 시간 횡설수설해서 화가 났는가? 게다가 충고까지 했기에? 그러나 이것을 알아두어라. 내가 더없이 추한 자이고,

가장 크고 무거운 발을 가진 자라는 사실을. 내가 걸어갔던 길은 험난해진다. 내가 모든 길을 가차 없이 짓밟으며 깔아뭉개기 때문이다.

그런데 그대는 아무 말 없이 내 곁을 지나가며 얼굴을 붉히는 것을 나는 분명 보았다. 그래서 나는 그대가 차라투스트라라는 것을 알아보았다.

다른 사람이었다면 그 누구든 눈길과 말로 나에게 그의 자선과 동정을 던졌을 것이다. 하지만 나는 거지가 아니며, 그대도 이 점을 알고 있었다.

거지가 되기에는 나는 너무도 **풍부하다.** 위대한 것, 무시무시한 것, 더없이 추하고 말로 표현하기 어려운 것을 많이 가지고 있다! 그대가 부끄러워한 것이, 아, 차라투스트라여, 나에게는 **영광**이었다!

나는 동정하며 몰려드는 민중들에게서 간신히 빠져나왔다. 오늘 '동정은 귀찮고 성가신 것이다' 이렇게 가르치고 있는 유일한 자인 그대를 찾기 위해서이다. 오, 차라투스트라여!

신이나 인간의 동정이든 간에 동정은 부끄러움을 모른다. 도와주지 않으려 하는 것이 돕겠다고 달려드는 덕보다 더 귀할 수 있다.

그러나 **그것**, 동정은 오늘날 작은 모든 인간들에 의해 덕 자체라고 불린다. 작은 인간들은 커다란 불행과 추악함, 커다란 실패에 대해 아무런 경외심이 없다.

마치 개 한 마리가 우글거리며 몰려 있는 양 떼 너머로 저 먼 곳을 바라보듯, 나는 이러한 모든 자들 너머로 먼 곳을 바라본다. 그들은 왜소하고 털이 부드러우며 마음이 따뜻한 회색 인간들이다.

마치 왜가리 한 마리가 머리를 뒤로 젖히고 경멸하듯 얕은 연못 너머로 바라보듯이 나는 잿빛의 작은 물결과 의지와 영혼들의 우글거림 너머로 먼 곳을 바라본다.

너무 오랫동안 사람들은 작은 인간들의 권리를 인정해주었다. **그리고** 그들에게 힘까지 주었다. 그리하여 이제 그들은 '작은 인간들이 선이라고 부르는 것만이 선하다'라고 가르친다.

자신이 작은 인간 출신인 저 설교자가 말했던, 자신을 두고 '내가 진리이다'라고 증언했던 저 기이한 성자이자 작은 인간들의 대변자가 말했던 것이 오늘 진리로 불리고 있다.

이 불손한 자는 이미 오랫동안 작은 인간들로 하여금 그들의 볏을 높이 세우게 했다. '내가 진리이다'라고 가르치며 이자는 많은 오류를 가르쳤다.

불손한 자로 지금까지 그보다 더 공손하게 대접받은 자가 있었는가? 하지만 그대는, 오, 차라투스트라여, 그의 곁을 지나가며 말했다. '아니다! 아니다! 세 번에 걸쳐 말하지만, 아니다!'라고.

그대는 그가 범한 오류를 조심하라고 경고했다. 그리고 그대는 동정을 조심하라고 경고한 첫 번째 사람이었다. 모든 사람에 대해서 경고한 것도 아니고 아무에게도 경고하지 않은 것도 아니고 그대와 같은 자들에게 경고했다.

그대는 심하게 고통받고 있는 자들의 부끄러움에 대해 부끄러움을 느낀다. 그리고 참으로 그대가 '동정에서 커다란 구름이 생긴다. 조심하라, 그대들 인간들이여!'라고 말할 때도 그렇다.

그대가 '모든 창조하는 자들은 냉혹하다 모든 커다란 사랑은 동정 너머에 있다'라고 가르칠 때, 오, 차라투스트라여, 나는 그대가 징후를 진실로 잘 배웠다고 생각했다!

그리고 그대도 **스스로** 동정에 빠지지 않게 자신에게 경고하라! 왜냐하면 많은 사람들이 그대에게 오고 있기 때문이다. 고뇌하고 의심하고 절망하고 물에 빠지고 추위에 얼어붙은 많은 사람들이 오고 있다.

나는 그대에게 나까지도 조심하라고 경고한다. 그대는 나의 골치 아픈 수수께끼, 즉 나 자신이 누구이고 내가 무엇을 했는지 알고 있다. 나는 그대를 쓰러뜨리는 도끼를 잘 알고 있다.

그러나 신은 죽어야**만 했다.** 그는 **모든 것**을 눈으로 보았다. 그는 인간의 깊이와 바닥, 인간의 숨겨진 모든 부끄러움과 추악함을 보았다.

그의 동정은 부끄러움을 몰랐다. 그는 나의 가장 더러운 구석까지 기어 왔다. 호기심이 왕성하고 도가 지나쳐 동정하는 자는 죽어야 했다.

그는 끊임없이 **나를** 지켜보았다. 나는 그런 목격자에게 복수를 하고 싶었다. 그러지 않고는 더 이상 살고 싶지 않았다.

모든 것을 보았던 신, **그래서 인간도** 보았던 신은 죽어야 했다! 인간은 그 목격자가 살아 있는 것을 견디지 못했다."

가장 추한 자는 이렇게 말했다. 그러나 차라투스트라는 자리에서 일어나 가려고 했다. 내장까지 서늘해지는 느낌이 들었기 때문이었다.

차라투스트라가 말했다. "그대, 말로 표현할 수 없는 자여, 그대는 자신이 걸어온 길로 가지 말라고 내게 경고해주었다. 그에 대한 감사로 나는 그대에게 나의 길을 권하겠다. 보아라, 저 위로 올라가면 차라투스트라의 동굴이 나온다.

나의 동굴은 크고 깊으며, 구석진 곳이 많다. 거기에는 자신을 가장 잘 숨기는 자도 만족시킬 만한 은신처가 있다.

그리고 동굴 바로 옆에는 기어 다니거나, 날개를 퍼덕거리거나, 뛰어다니는 동물들을 위한 백여 개의 구석진 곳과 샛길이 있다.

스스로를 내쫓아 추방된 자여, 그대는 인간과 인간의 동정 사이에서 살고 싶지 않단 말인가? 자, 그렇다면 나처럼 행동하라! 그렇다면 나에게서 배워라! 오직 행동하는 자만이 배운다.

무엇보다 나의 동물들과 이야기하라! 자부심이 높고 영리한 이 동물들은 우리를 위한 진정한 충고자가 될 것이다!"

차라투스트라는 이렇게 말했다. 그러고는 이전보다 더 깊이 생각에 잠겨 더 천천히 걸어갔다. 자신에게 이런저런 질문을 던졌으나 대답이 쉽게 나오지 않았기 때문이었다.

"인간이란 얼마나 가련한가!" 그는 마음속으로 생각했다. "진실로 추하고 숨겨둔 수치심으로 가득하구나!

사람들은 나에게 말한다, 인간은 자기 자신을 사랑한다고. 아, 이 자기애는 얼만큼 커야 하는가! 이 자기애는 얼만큼 자기를 경멸한단 말인가!

저기 있는 저자도 자기를 경멸하는 만큼이나 자기를 사랑했다. 내 눈에 그는 크게 사랑하는 자이며 크게 경멸하는 자이다.

저자보다 더 깊이 자기를 경멸하는 자를 나는 아직까지 보지 못했다. **그것**도 또한 높이가 아닌가. 슬프다. 어쩌면 **저 사람**은 내가 그 외침을 들었던 보다 높은 인간이 아닐까?

나는 크게 경멸하는 자들을 사랑한다. 그러나 인간은 일종의 극복되어야 할 어떤 존재이다."

스스로 거지가 된 자

차라투스트라는 가장 추한 자와 헤어지고 나서 몸이 얼어붙는 듯한 고독을 느꼈다. 마음속으로 추위와 고독감이 와서 손발이 차가워졌기 때문이었다. 그러나 오르내리면서 계속 앞으로 나아가고 때로는 푸른 목장을 지나가고 때로는 이전에 급하게 흐르는 개천이 바닥을 드러낸 돌무더기 황무지를 지나는 동안 그의 마음은 더 따뜻해지고 더 유쾌해졌다.

"나에게 무슨 일이 있었나?" 그는 자신에게 물었다. "일종의 따뜻하고 생생한 것이 나를 상쾌하게 한다. 그것이 내 가까이에 있는 것이 분명하다.

나는 이제 덜 외롭다. 미지의 길동무와 형제들이 내 주변에 있고 그들의 따뜻한 입김이 내 영혼에 다가온다."

그래서 그는 주변을 살피며 그의 외로움을 달래줄 자들을 찾았다. 그런데, 보아라, 그 언덕 위 암소들이 나란히 서 있었다. 가까이 있는 그 암소들 냄새로 인해 그의 마음이 따뜻해진 것이다. 그 암소들은 어떤 자의 말에 열심히 귀를 기울이고 있어 자기들 쪽으로 다가오는 사람에게 주의를 기울이지 않았다. 암소들 곁으로 바짝 다가갔을 때, 차라투스트라는 암소들 가운데서 말하는 자의 목소리를 분명히 들었다. 암소들이 모두 말하는 자 방향으로 머리를 돌리고 있는 모습이 보였다.

그러자 차라투스트라는 급하게 뛰어올라 가축들을 이리저리 헤집어놓았다. 동정으로는 쉽게 해결할 수 없는 고통을 암소에게 주는 것으로 생각했기 때문이다. 그러나 암소들 사이로 들어간 그는 자신의 생각이 틀린 것을 알았다. 왜냐하면, 보아라, 그는 평화를 구하며 자신의 눈으로 선 자체를 설교하는 산상의 설교자였다. 그자는 동물에게 자기를 두려워할 필요가 없다고 설득하고 있는 것처럼 보였다. "그대는 여기서 무엇을 찾고 있는가?" 차라투스트라는 당황하여 외쳤다.

산상의 설교자가 대답했다. "내가 여기서 무엇을 찾느냐고? 그대 방해꾼이여! 그대가 찾는 것과 같은 것을 찾고 있다. 이 지상에서 행복을 찾고 있다.

그러기 위해 나는 이 암소에게 배우려고 한다. 나는 아침의 절반을 할애하여 암소들을 설득해서 이제 막 암소들이 나에게 가르쳐주려던 참이었다. 그런데 왜 그대가 끼어들어 일을 방해하는가?

마음을 돌려 암소처럼 되지 않는 한, 우리는 하늘나라에 들어가지 못한다. 우리가 암소들로부터 배울 것은 되새김질이다.

진실로 인간이 온 세계를 얻어도 되새김질 하나를 배우지 못하면 무슨 소용이겠는가? 그런 자는 자신의 슬픔으로부터 해방되지 못한다.

자신의 커다란 슬픔에서 해방되지 못하는 것이다. 그리고 이 슬픔은 오늘날 **구역질**이라 불린다. 오늘날 그 마음과 입과 눈이 구역질로 가득 차 있지 않은 자가 있는가? 그대도 마찬가지이다! 그대도! 그러나 이 암소들을 보아라!"

산상의 설교자는 이렇게 말했다. 그는 눈을 차라투스트라에게 돌렸다. 지금까지 그의 애정 어린 눈길은 암소들만을 향했다. 그러나 차라투스트라를 보는 순간 그의 태도가 돌변했다.

"나와 이야기하는 이자는 누구인가?" 놀라 소리치며 그는 땅에서 벌떡 일어났다.

"이자는 구역질을 하지 않는 인간, 바로 차라투스트라이다. 큰 구역질을 극복한 자이다. 이것은 차라투스트라 자신의 눈이고 입이며 마음이다."

이렇게 말하며 그는 자기와 말하는 자의 두 손에 입을 맞추었다. 눈에서는 눈물이 넘쳐흘렀다. 그는 그야말로 하늘에서 갑자기 떨어진 귀한 선물과 보석을 받은 사람처럼 행동했다. 그러나 암소들은 이 일을 바라보며 이상하게 여겼다.

"나에 대해서는 말하지 마라, 그대 유별난 자여! 사랑스러운 자여!" 이렇게 말하면서 차라투스트라는 상대방의 애정을 담은 몸짓을 제지했다. "우선 그대 이야기를 들려달라! 그대는 일찍이 큰 재산을 포기하고 스스로 거지가 된 자가 아닌가?

자신의 재산과 부자임을 부끄럽게 여기고 자신의 충만함과 자신의 마음을 베풀기 위해 가장 가난한 자들에게로 도망친 자가 아닌가? 그러나 가장 가난한 자들은 그를 받아들이지 않았다."

"그대도 알다시피 그들은 나를 받아들이지 않았다." 스스로 거지가 된 자가 말했다. "그래서 마침내 나는 짐승들에게, 이 암소들에게로 온 것이다."

"그렇다면 그대는 제대로 배웠구나." 라고 차라투스트라가 말을 중간에 가로챘다. "올바로 주는 것이 올바르게 받는 것보다 더 어렵다는 것과 제대로 베푸는 것이 일종의 **재주**이며, 선의를 보이는 명장의 교묘한 궁극의 기술이라는 것을."

"요즈음은 특히 그렇다." 스스로 거지가 된 자가 말했다. "오늘날 모든 저질의 것이 폭동을 일으키고 겁을 내면서도 나름대로 천민의 방식으로 교만을 떨고 있는 요즈음이다.

그대도 잘 알다시피 거대하고 불길하며 긴 시간 동안 서서히 진행되는 천민과 노예의 폭동이 일어나고 있기 때문이다. 이 폭동은 점점 더 커지고 있다!

이제 그 모든 자선과 자그마한 기부는 저 저질스런 자들을 분개시킬 뿐이다. 그러므로 심하게 부유한 자는 조심해야 한다!

오늘날 배는 불룩하지만 지나치게 가느다란 목을 가진 병에서 물방울을 떨어뜨리는 자들, 오늘날 사람들은 그러한 병들의 목을 기꺼이 부러뜨린다.

이글거리는 탐욕, 노기에 찬 질투, 원망 어린 복수심, 천민의 자부심, 이런 모든 것이 나의 얼굴로 뛰어올랐다. 이제 가난한 자에게 복이 있다는 것은 진실이 아니다. 하늘나라는 암소들에게 더 가깝다."

"그런데 왜 부자들에게는 하늘나라가 없는가?" 차라투스트라는 평화를 갈구하는 자에게 다정하게 다가와 거친 숨을 몰아쉬는 암소들을 가로막고 시험하듯 물었다.

"그대는 왜 나를 시험하는가?" 그가 맞받았다. "그대는 이 일을 나보다 더 잘 안다. 무엇이 나를 가장 가난한 자들에게로 몰아갔는가, 아, 차라투스트라여? 우리들 가장 부유한 자들에 대한 구역질 때문이 아니었는가?

온갖 쓰레기로부터 그들의 이익을 긁어모으는 부유함의 죄수들에 대한 구역질 때문이 아니었던가? 차가운 눈과 음란한 사상으로 하늘에 악취를 풍기는 이 천민에 대한 구역질 때문이 아니었던가?

그들의 조상이 소매치기나 시체를 먹는 새, 쓰레기 줍는 자들, 기꺼이 세태를 추종하고 음행을 저지르고 쉽게 망각하며 모두 창녀 같은 아내들을 거느린, 저 금칠로 위장한 천민에 대한 구역질이 아니었던가?

위와 아래에도 천민! 오늘날 '가난하다'는 것과 '부유하다'는 것이 무슨 의미인가! 이러한 구분을 나는 잊어버렸다. 그래서 나는 달아났다. 멀리, 더 멀리로. 마침내 이 암소들이 있는 곳까지."

평화를 갈구하는 자는 이렇게 말했다. 그동안 그는 거칠게 숨을 몰아쉬며 땀을 뻘뻘 흘렸다. 그래서 암소들은 이것도 이상하게 여겼다. 그러나 차라투스트라는 평화를 갈구하는 자가 이렇게 냉정하게 말하고 있는 동안 미소를 지은 얼굴로 상대방을 바라보았고 침묵을 지키며 머리를 가로저었다.

"그대가 그처럼 냉혹한 말을 쓴다면, 그대 산상의 설교자여, 그대는 자신에게 폭력을 가하는 것이다. 그대의 입도, 그대의 눈도 그러한 냉혹함을 감당할 만큼 성장하지는 못했다.

내 생각에는 그대의 위장도 마찬가지다. 그러한 모든 분노와 미움과 끓어오르는 흥분은 **그대의 위장**에 해가 된다. 그대의 위장은 더 부드러운 음식을 원한다. 그대는 육식주의자가 아니다.

내가 보기에 그대는 채식주의자이며 뿌리를 캐는 자이다. 아마 그대는 곡물도 깨물어 부술 것이다. 분명 그대는 육식의 즐거움을 싫어하고 꿀을 좋아한다."

"그대는 나를 잘 알아보았다." 스스로 거지가 된 자가 홀가분한 마음으로 대답했다. "나는 꿀을 좋아하고 곡물을 씹는다. 나는 입맛에 맞고 숨을 맑게 하는 것을 찾고 있다.

또한 먹는 데 시간이 오래 걸리고 유연한 건달과 게으름뱅이에게 어울리는 씹을 것을 찾고 있었다.

물론 이런 일에는 암소들이 적격이다. 암소들은 되새김질과 일광욕을 하지 않는가. 게다가 암소들은 가슴을 부풀게 하는 모든 무거운 사상을 멀리한다."

"자!" 차라투스트라가 말했다. "그대는 **나의** 동물들을, 나의 독수리와 나의 뱀을 만나보아야 한다. 이들과 같은 것은 오늘날 지상에 존재하지 않는다.

보아라, 저기로 가면 나의 동굴이 나온다. 오늘밤에는 동굴에 묵도록 하라. 그리고 짐승의 행복에 관해 나의 동물들과 이야기하라.

내가 집으로 돌아올 때까지. 지금은 긴박한 외침이 빨리 그대 곁을 떠나라고 재촉한다. 그대는 나의 거처에서 새로운 꿀, 얼음처럼 신선한 금색 벌집의 꿀을 볼 것이다. 그것을 먹도록 하라!

그러나 지금은 빨리 그대의 암소들과 헤어져라, 그대 유별난 자여! 사랑스러운 자여! 이별이 힘들게 되었어도 그렇게 해야 한다. 암소들은 그대의 가장 마음씨 고운 벗이었고 스승이었다!"

"내가 더 사랑하는 한 사람을 제외하면 그렇다." 스스로 거지가 된 자가 말했다. "나는 그대가 좋다. 암소보다 더 좋다, 오, 차라투스트라여!"

"가라, 떠나라! 그대 고약한 아첨꾼이여!" 차라투스트라는 화가 나 소리쳤다. "그대는 왜 그런 칭찬과 아첨의 꿀로 내 기분을 망치는가?"

"가라, 내게서 떠나라!" 다시 한번 소리를 지르면서 그는 호의를 보이는 거지를 향해 자기 지팡이를 휘둘렀다. 그러자 거지는 재빨리 그곳을 떠났다.

그림자

스스로 거지가 된 자가 달아나고 차라투스트라가 다시 혼자 있게 되자, 그의 뒤쪽에서 새로운 목소리가 들려왔다. 이 목소리는 "멈추어라, 차라투스트라여! 기다려다오! 바로 나이다, 오, 차라투스트라여, 바로 나이다, 그대의 그림자이다!" 하고 외쳤다. 그러나 차라투스트라는 기다리지 않았다. 그의 산속으로 민중이 밀고 당기며 몰려드는 것을 보고는 갑자기 불쾌감이 들었기 때문이다. "나의 고독은 어디로 가버렸는가?" 그가 말했다.

"진실로 부담스럽다. 이 산이 인간으로 가득하다. **이런** 세계는 더 이상 나의 영토가 될 수 없다. 나에게는 새로운 산이 필요하다.

내 그림자가 나를 부른다고? 내 그림자가 무슨 상관이란 말인가? 쫓아오든 말든 마음대로 하라! 나는 그림자에게서 달아난다."

차라투스트라는 마음속으로 이렇게 말하고 그곳을 떠났다. 그러나 그의 등 뒤에 있던 자가 그의 뒤를 쫓아왔다. 그래서 곧 세 사람이 나란히 달리는 꼴이 되었다. 즉 맨 앞에는 제 발로 거지가 된 자, 그다음에는 차라투스트라, 그리고 세 번째이자 맨 뒤로 그의 그림자가 달렸다. 그들이 그렇게 달린 지 얼마 안 되어 차라투스트라는 자신의 어리석음을 깨닫고 불쾌감과 염증을 한 번에 모두 털어내버렸다.

"이런!" 그가 말했다. "우리 늙은 은둔자와 성자들에게도 지금까지 우스꽝스러운 일들이 종종 일어나지 않았는가?

진실로 산속에서 살다 보니 나의 어리석음이 높이 자랐구나! 지금 늙은 바보들의 여섯 개의 다리가 앞뒤로 서서 뛰어가며 덜거덕거리는 소리를 듣고 있는 꼴이라니! 차라투스트라가 그림자 따위를 두려워해도 된단 말인가? 어쨌든 그림자의 다리가 내 다리보다 더 긴가 보구나."

차라투스트라는 눈으로 웃고 창자로 웃으면서 이렇게 말하고는 멈추어 서서 재빨리 뒤돌아보았다. 그런데 보아라, 그 순간 그는 자기 뒤를 쫓아오던 그림자를 거의 땅바닥에 쓰러뜨릴 뻔했다. 그림자가 그의 발꿈치 뒤로 그만큼 바싹 쫓아왔기 때문이다. 그리고 그림자는 너무 약하게 보였다. 그래서 그림자를 자세히 살피던 그는 갑자기 나타난 유령을 본 것처럼 깜짝 놀랐다. 뒤를 쫓아온 자는 너무 얇고, 검고, 텅 비고, 지쳐 있는 것처럼 보였다.

"그대는 누군가?" 차라투스트라가 격앙된 목소리로 물었다. "그대는 여기서 무엇을 하고 있는가? 그리고 그대는 어째서 나의 그림자를 자청하는가? 그대는 내 마음에 들지 않는다."

그림자가 대답했다. "너그럽게 보아다오. 내가 그런 자에 불과하고 내가 그대의 마음에 들지 않는다 해도 말이다. 오, 차라투스트라여! 바로 그 때문에 내가 그대와 그대의 좋은 취향을 칭송하는 것이 아닌가.

나는 이미 오래전부터 그대의 발꿈치를 쫓아다니던 방랑자이다. 언제나 길 위에 있고 목적지도 없고, 고향도 없다. 진실로 내게는 영원한 유대인이 되기에 모자라는 점은 거의 없다. 내가 유한한 존재이고 유대인도 아닌 것을 제외하고 말이다.

뭐라고? 내가 언제나 길 위에 있어야 한다고? 온갖 바람을 맞으며 떠돈다고? 아, 대지여 그대는 내게 너무 둥글다!

나는 이미 모든 겉면에 앉아보고 피곤에 지친 먼지와 같이 거울과 유리창 위에서 잠을 잤다. 모든 것이 나로부터 빼앗기만 할 뿐, 아무것도 주지 않아 나는 얇아졌다. 그렇게 나는 그림자와 흡사한 모습을 가지게 된 것이다.

그러나, 오, 차라투스트라여. 나는 긴 세월 동안 그대의 뒤를 따라 날고 걸었으며 그대의 눈에 띄지 않게 숨기도 했지만 언제나 그대의 최고 그림자였다. 그대가 앉아 있는 곳은 어디든 나도 앉아 있었다.

그대와 함께 나는 스스로 겨울의 지붕과 눈 위를 달리는 유령처럼 가장 멀고 추운 세계를 헤맸다.

그대와 함께 나는 모든 금지된 것, 가장 사악한 것, 가장 먼 곳을 뚫고 들어갔다. 그러므로 내게 어떤 덕이 있다면 그것은 내가 어떤 금기도 두려워하지 않았다는 것이다.

그대와 함께 나는 나의 마음이 일찍이 존경하던 것을 부수고 모든 경계석과 우상을 쓰러뜨렸으며 가장 위험한 소망들을 좇아다녔다. 진실로 나는 웬만한 범죄의 위를 한 번은 지나갔다.

그대와 함께 나는 말과 가치와 위대한 이름에 대한 믿음을 잊어버렸다. 악마가 허물을 벗을 때면 그 이름도 따라 벗겨지지 않는가? 이름도 껍질이다. 어쩌면 악마 자신도 껍질일 것이다.

'참된 것은 따로 없다. 모든 것이 허용된다.' 나는 자신에게 이렇게 말했다. 차가운 물속으로 나는 머리와 심장과 함께 뛰어들었다. 아, 그래서 나는 얼마나 자주 빨간 게처럼 벌거벗은 채 서 있었는가!

아, 나의 모든 선함, 모든 수치, 착한 자들에 대한 그 모든 믿음은 어디로 갔는가! 아, 일찍이 내가 가지고 있었던, 저 거짓된 순진함, 선한 자들과 그들의 고상한 거짓말의 순진함은 어디로 갔는가!

참으로 너무도 자주 나는 진리의 발 뒤를 바싹 좇아갔다. 그러자 진리는 내 머리를 발로 찼다. 그리고 때때로 나는 거짓말을 하려고 했는데, 보아라! 그때서야 내가 진리를 명중시켰다.

나는 너무나 많은 것을 알게 되었다. 이제 아무것도 나의 관심을 끌지 못한다. 내가 사랑하는 것 가운데 살아남은 것은 하나도 없다. 그런데도 내가 여전히 나 자신을 사랑할 수 있단 말인가?

'내가 원하는 대로 살자. 그렇지 않으면 아예 살지 않겠다.' 나는 이것을 원하고 최고의 성자도 원한다. 그러나, 가슴 아프다! **내가** 어떻게 하면 소망을 계속하여 가질 수 있는가?

내게는 있는가, 아직도 목표가? 나의 돛이 달려가는 항구가?

순풍은 불어오는가? 아, 자기가 **어디로** 가는지 아는 자만이 어떤 바람이 적당하고 어떤 바람이 자신의 순풍인지 안다.

무엇이 내게 아직도 남아 있는가? 지치고 파렴치한 마음, 불안정한 의지, 퍼덕이는 날개, 부러진 척추가 있다.

고향에 대한 **나의** 이러한 추구. 아, 차라투스트라여, 그대는 잘 알고 있겠지만 이런 추구는 **나의** 불행이었고 그것이 나를 삼켜버린다.

'어디 있는가, **나의** 고향은?' 나는 이렇게 물으며 찾고 있다. 찾아보았지만 찾지는 못했다. 아, 영원히 모든 곳에 있고 아, 영원히 어디에도 없는, 아, 영원한 부질없음이여!"

그림자는 이렇게 말했다. 그리고 그림자의 말을 들은 차라투스트라의 얼굴은 슬픔이 가득했다. 마침내 그가 슬픈 목소리로 말했다. "그대는 나의 그림자이다!

그대의 위험은 결코 작지 않다, 그대 자유로운 정신이여, 방랑자여! 그대의 낮은 불길했다. 이제 그대에게 더 불길한 저녁이 찾아오지 않도록 조심하라!

그대처럼 떠도는 자들은 감옥도 행복한 곳이라고 여기게 된다. 감옥에 갇힌 죄인들이 잠자는 모습을 그대는 본 적이 있는가? 그들은 편안하게 자고 그들의 새로운 안전을 즐긴다.

그대는 옹졸한 신앙, 경직되고 엄한 망상에 사로잡히는 일이 없게 주의하라! 이제부터는 옹졸하고 굳어 있는 모든 것이 그대를 유혹하고 시험에 들게 할 것이다.

그대는 목적지를 잃었다. 가슴 아프다. 어찌하여 그대는 이런 상실을 농담으로 말하고는 잊어버리려 하는가? 이와 함께 그대는 길도 잃어버렸는데도!

그대 가련한 방랑자여, 떠돌이여 그대 지친 나비여! 그대는 오늘밤 휴식과 집의 아늑함을 누리겠는가? 그렇다면 나의 동굴로 올라가라!

저 길로 가면 나의 동굴이 나온다! 그러나 나는 당장은 일단 그대와 빨리 헤어지려 한다! 이미 그림자 같은 것이 내 몸 위에 누워 있다.

나의 주위가 다시 밝아지도록 나는 홀로 가고 싶다. 그러려면 아직도 오랫동안 즐거운 마음으로 다리에 의지해야 한다. 그러나 저녁이면 우리는 춤을 출 것이다!"

차라투스트라는 이렇게 말했다.

정오에

　그러고 나서 차라투스트라는 걷고 또 걸었다. 더 이상 아무도 만나지 않고 혼자 가며 끊임없이 자신을 다시 발견했다. 그리고 그의 고독을 즐기고 맛보았으며 좋은 기억을 떠올렸다. 몇 시간 동안 그렇게 했다. 그러나 정오가 되어 태양이 바로 차라투스트라의 머리 위로 왔을 때, 그는 굽고 울퉁불퉁 옹이가 많은 노목 옆을 지나가게 되었다. 이 노목은 한 그루 포도나무의 풍요로운 사랑에 감겨 자신의 모습을 숨기고 있었다. 이 나무는 노란 포도송이를 무성하게 매단 채 방랑자를 맞았다. 그는 약간의 갈증을 해결하려고 포도 한 송이를 따고 싶었다. 그러나 포도송이를 따려고 손을 뻗었을 때, 그는 또 다른 욕망이 더욱 강렬하게 이는 것을 느꼈다. 때가 바로 정오였으므로 이 나무 옆에 몸을 누이고 잠자고 싶었다.

　차라투스트라는 그렇게 했다. 알록달록한 풀의 고요함과 은밀함이 있는 땅에 몸을 누이자마자 자신이 느낀 갈증은 깜박 잊어버린 채 잠이 들었다. 왜냐하면 차라투스트라의 잠언 그대로, 한 가지 일이 다른 일보다 더 긴급했기 때문이다. 다만 그의 눈은 뜨고 있었다. 그의 눈은 노목과 포도나무의 사랑을 재차 보고 아무리 칭찬해도 싫증나지 않았다. 하지만 잠이 들면서 차라투스트라는 마음속으로 이렇게 말했다.

"조용! 조용히! 세계는 방금 완전해지지 않았는가? 내게 대체 무슨 일이 일어나고 있는가?

부드러운 바람이 평온한 바다 위에서 몰래 깃털처럼 가볍게 춤추듯이 잠이 내 위에서 춤추고 있다.

잠은 내 눈을 감겨주지 않으며 내 영혼을 깨어 있게 한다. 이 잠은 가볍다. 진실로! 깃털처럼 가볍다.

잠은 나를 달랜다. 그러나 어쩔 도리가 있는가? 잠은 안에서 나를 손으로 쓰다듬으며 가볍게 건드린다. 잠들라는 의미이다. 그렇다, 잠은 내 영혼이 늘어지도록 재촉한다.

내 영혼은 참으로 길게 늘어져 지쳐 있다. 나의 유별난 영혼은! 일곱 번째 날 저녁이 바로 정오에 내 영혼을 찾아왔다는 말인가? 내 영혼은 너무 오랫동안 선하고 성숙한 것들 사이를 행복에 넘쳐 방황했는가?

내 영혼은 길게 늘어진다. 길게, 점점 더 길게! 나의 놀라운 영혼은 말없이 누워 있다. 내 영혼은 좋은 것을 이미 너무 많이 맛보았다. 이 황금의 슬픔이 내 영혼을 짓누르며, 내 영혼은 입을 삐죽거린다.

고요가 감도는 만으로 들어선 배, 오랜 항해와 알 길 없는 바다에 지쳐 이제 물에 기대고 있는 배와도 같다. 물이 더 믿을 만하지 않은가?

그러한 배가 물에 정박하여 기댈 때에는 한 마리 거미가 뭍으로부터 배에 이르기까지 거미줄을 치는 것으로 충분하다. 더 강한 줄은 필요하지 않다.

이와 같이 지친 배가 너무도 고요한 만에서 쉬는 것처럼, 나도 지금 물 가까이에서 쉬고 있다. 참으로 가느다란 실로 물에 묶여 성실하게 믿음직하게 기다리면서.

아, 행복이여! 아, 행복이여! 그대는 노래하려는가, 아, 나의 영혼이여? 그대는 풀밭에 누워 있다. 하지만 지금은 어떤 양치기도 피리를 불지 않는, 은밀하고 엄숙한 시간이다.

조심하라! 뜨거운 정오가 초원에서 잠들어 있다. 노래하지 마라! 조용! 세계는 완전하다.

노래하지 마라, 그대 풀밭의 새여, 오, 나의 영혼이여! 속삭이지 마라! 자, 보아라, 조용! 늙은 정오가 잠을 자며 입맛을 다신다. 늙은 정오가 방금 한 방울의 행복을 마시고 있다.

황금빛 행복과 포도주의 해묵은 갈색 한 방울을 마신 것인가? 그의 얼굴 위로 무언가 스쳐 지나가며 그의 행복이 웃고 있다. 바로 신이다. 그가 웃는다. 조용히!

'행복해지려면 아주 적은 것만으로도 족하다, 행복해지려면!' 나는 일찍이 이렇게 말하며 내가 현명하다고 생각했다. 그러나 그것은 나쁜 생각이었다. 나는 이제 **그것을** 배웠다. 영리한 바보들이 말은 더 잘한다.

가장 적은 것, 가장 조용한 것, 가장 가벼운 것, 도마뱀의 바스락거림, 한 번의 입김, 한 번의 스침, 순간의 시선, 이렇게 **작은 것**이 **최고의 행복**을 만든다. 조용히!

내게 무슨 일이 일어났는가, 들어보아라! 시간이 날아가버렸는가? 내가 추락하고 있는 것은 아닌가? 내가 진 것은 아닌가. 들어보아라! 영원한 샘 속으로 떨어지지 않았는가?

내게 무슨 일이 일어나고 있는가? 조용히! 무언가 나를 찌른다. 슬프게도 나의 심장을 찌르는 것인가? 심장을! 아, 파괴하라, 파괴하라, 심장이여, 벌써 이렇게 행복하고 찔린 후에!

뭐라고? 세계는 방금 완전해지지 않았는가? 둥글게 무르익지 않았는가? 아, 황금의 둥근 고리여, 이 둥근 고리는 어디로 날아가버렸는가? 나는 그 뒤를 쫓아간다! 재빠르게!

조용!"(여기서 차라투스트라는 기지개를 켜고 자기가 잠들어 있었다는 것을 느꼈다.)

그가 자신에게 말했다. "일어나라! 그대 잠꾸러기여! 그대 낮잠 자는 자여! 자, 일어나라, 그대들 늙은 다리여! 때가 왔다. 때가 지났다. 갈 길은 아직도 멀다.

그대들은 이제 잘 만큼 잤다. 도대체 얼마나 잔 것인가? 영원의 절반이다! 자, 이제 일어나라, 나의 늙은 심장이여! 충분히 잤으니 이제 그대는 얼마나 오래 깨어 있을 수 있겠는가?"(그러나 그는 다시 잠이 들었다. 그의 영혼이 그에게 맞서 저항하다 누워버렸다.)

"제발 나를 내버려두어라! 조용히! 세계는 지금 막 완전해지지 않았는가? 오, 황금빛 둥근 공의 세계가!"

"일어나라!" 차라투스트라가 말했다. "그대 좀도둑이여, 그대 게으름뱅이여! 뭐라고? 여전히 늘어져 하품하고 탄식하며 깊은 샘으로 떨어지는가?

도대체 그대는 누구인가! 오, 나의 영혼이여!"(이때 그는 깜짝 놀랐다. 한줄기 햇살이 하늘에서 그의 얼에 비치고 있었기 때문이었다.)

"아, 내 머리 위의 하늘이여." 한숨 쉬고 말하며 그는 몸을 일으켰다. "그대는 나를 내려다보고 있는가? 그대는 나의 이상한 영혼에 귀를 기울이고 있는가?" 차라투스트라는 한숨을 쉬고 말하며 일어났다.

"그대는 언제 지상의 만물 위에 내린 이 이슬 방울을 마시는가? 그대는 언제쯤 이상한 영혼을 들이켜려는가?

언제쯤인가, 영원의 샘이여! 그대 명랑하면서도 소름끼치는 정오의 심연이여! 언제쯤 그대는 내 영혼을 그대 속으로 다시 들이키려는가?"

차라투스트라는 이렇게 말했다. 그리고 마치 이상한 취기에서 깨어나듯 나무 옆에 있던 그의 자리에서 일어났다. 그런데 보아라, 태양은 여전히 그의 머리 위에 있었다. 그러니 차라투스트라가 그리 오래 자지는 않았다고 봐도 옳을 것이다.

환영 인사

오랫동안 찾아 헤매고 다녔으나 헛수고만 하고 차라투스트라가 다시 그의 동굴로 돌아온 것은 늦은 오후였다. 그러나 그가 동굴에서 스무 걸음도 떨어지지 않은 곳에 멈추었을 때 전혀 예상치 못한 일이 벌어졌다. **긴박한 외침**이 다시 크게 들려온 것이다. 그리고 놀랍게도! 이번에는 그 외침이 바로 그의 동굴에서 들려왔다. 여러 개가 뒤섞인 길고도 묘한 외침이 차라투스트라의 귀에 분명하게 들렸다. 멀리서 들었다면 마치 한 사람의 외침처럼 들렸을 것이다.

차라투스트라는 동굴로 뛰어갔다. 그런데, 보아라! 이 함성 뒤에 그를 기다리는 것은 어떤 장관이었던가! 거기에는 낮 동안 그가 만났던 자들이 모두 한자리에 앉아 있었다. 오른편 왕과 왼편의 왕, 늙은 마술사, 교황, 스스로 거지가 된 자, 그림자, 정신의 양심가, 슬픔에 찬 예언자, 그리고 나귀가 거기에 있었다. 그중에서 가장 추한 자는 왕관을 머리에 쓰고 두 개의 자줏빛 허리띠를 두르고 있었다. 가장 추한 자는 모든 추한 자들과 마찬가지로 변장을 하고 아름답게 꾸미는 것을 좋아하기 때문이었다. 그런데 이 우울한 무리들 한가운데에서 차라투스트라의 독수리가 깃털을 곤두세운 채 불안하게 있었다. 독수리는 자신의 자부심으로는 대답할 수 없었던 수많은 물음에 답해야

459

했기 때문이었다. 영리한 뱀은 독수리의 목을 휘감고 있었다.

차라투스트라는 크게 놀라 이 광경을 바라보았다. 그리고 그는 손님 하나하나를 상냥하고 호기심 어린 눈길로 살피며 그들의 영혼을 읽었다. 그러고는 다시 한번 놀랐다. 거기에 모인 자들은 그동안 자리에서 일어나 차라투스트라가 무슨 말을 해주기를 존경스런 마음으로 기다렸다. 그래서 차라투스트라는 이렇게 말했다.

"그대들 절망한 자들이여! 그대들 이상한 자들이여! 내가 들었던 것이 **그대들의** 긴박한 외침이었는가? 내가 오늘 헛되이 찾아다닌 **보다 높은 인간**을 어디서 찾을 수 있는지 이제 알겠다.

보다 높은 인간이 바로 내 동굴에 앉아 있다! 그러나 놀랄 일은 아니다! 바로 나 자신이 제물로 바친 꿀과 행복에 대한 교묘한 꼬임으로 그를 꾀어내지 않았는가?

하지만 내가 보기에 그대들은 서로 어울려 지내는 일에 미숙하다. 여기 나란히 앉아 있으면서도 서로의 마음을 언짢게 하고 있다. 그대들 긴박하게 외치는 자들이여, 우선 한 사람이 와야 한다.

그대들을 다시 웃게 만들 자, 마음씨 좋고 유쾌한 광대, 춤추는 자, 바람, 난폭한 자, 늙은 바보 한 명이 와야 한다. 그대들 생각은 어떤가?

나를 용서하라, 그대들 절망한 자들이여! 내가 그대들 앞에서 진실로 이런 손님들에게 어울리지 않는 말을 하는 것을! 그러나 그대들은 **무엇이** 내 마음을 용기 있게 만드는지 모른다.

아마도 그대들 자신과 그대들의 모습이 그렇게 만드는 것 같다. 어찌되었든 나를 용서하라! 절망한 자를 보면 누구든 대담해진다. 절망한 자에게 말을 건네 격려할 만큼 모두 충분히 강하다고 생각하지 않는가.

나 자신에게도 그대들은 이런 힘을 주었다. 진실로 좋은 선물이었다. 그대 귀한 손님들이여! 훌륭한 선물이었다! 자, 그러니 내가 그대들에게 나의 것을 주어도 화내지 마라.

여기는 나의 영토이며 내가 지배하는 곳이다. 그러나 오늘 저녁과 밤에는 나의 것이 곧 그대들의 것이다. 나의 동물들이 그대들을 섬길 것이다. 나의 동굴이 그대들의 쉼터가 되기를!

나와 함께 내 집에 머물러 있는 한, 아무도 절망할 필요가 없다. 나의 영토에서 나는 모든 사람을 그의 맹수들에게서 보호해준다. 안전, 이것이 내가 그대들에게 내놓는 첫 번째이다!

그리고 두 번째 것은 나의 작은 손가락이다. 그대들은 우선 **손가락**을 잡은 다음에 손 전체를 잡아라. 좋다! 그리고 덧붙여 마음도 가져라! 여기에 온 것을 환영한다, 환영한다, 나의 손님들이여!"

차라투스트라는 이렇게 말하면서 사랑과 악의의 웃음을 지었다. 이렇게 환영 인사가 끝나자 손님들은 다시 한번 머리를 숙여 절을 하고 존경하는 마음으로 침묵을 지켰다. 오른편 왕이 그들을 대표하여 그에게 대답했다.

"아, 차라투스트라여, 그대가 내민 손과 그대의 환영 인사에서 우리는 그대가 차라투스트라임을 알아차렸다. 그대는 우리 앞에서 자신을 낮추며 몸을 굽혔다. 하마터면 그대는 우리의 공경을 금가게 할 뻔했다.

누가 그대처럼 자부심을 가지고 몸을 낮출 수 있는가? **그 점**이 우리들을 높이고 우리의 눈과 마음을 활기차게 만든다.

오직 이것을 보고 싶다는 한 가지 이유만으로 우리는 이 산보다 더 높은 산도 기꺼이 올랐을 것이다. 호기심에 넘치는 우리는 흐린 눈을 밝게 해주는 것이 무엇인지 보고 싶었다.

그리고 보아라, 우리의 긴박한 외침은 사라졌다. 우리의 마음과 가슴은 활짝 열려서 기쁨으로 충만하다. 잠시 후면 우리의 마음이 자유스러워질 것이다.

오, 차라투스트라여, 지상에서 자라는 것 중 높고 강한 의지보다 더 기쁜 것은 없다. 이 의지야말로 대지 위에서 자라는 가장 아름다운 식물이다. 이 나무 하나로 해서 땅 전체에 생기가 돈다.

오, 차라투스트라여, 그대처럼 자라는 자를 나는 소나무에 비한다. 말이 없고 엄격하며 외롭게 서 있는 더없이 좋고 유연하고 당당한 소나무이다.

마침내 **자신의** 지배를 즐기기 위해 억세고 푸른 가지들을 뻗고 바람과 폭풍, 그리고 언제나 높은 곳에 거처하고 있는 것들에게 힘차게 질문하는 소나무이다.

　명령하는 자, 승리에 승리를 거듭하는 자로서 더욱 강력하게 대답하는 소나무. 아, 이런 식물을 보기 위해 높은 산으로 오르지 않을 자가 어디 있겠는가?

　여기 있는 그대라는 나무 때문이다. 오, 차라투스트라여, 우울한 자도 패배한 자도 생기를 되찾고, 정처 없이 떠도는 자도 그대의 모습에 안심하며 마음을 치유한다.

　진실로 그대의 산과 그대라는 나무에 오늘날 많은 사람들의 눈길이 쏠려 있다. 어떤 큰 동경이 일어나 '차라투스트라는 누구인가?' 이 사람 저 사람이 묻고 있다.

　그리고 일찍이 그대가 그대의 노래와 꿀을 그 귓속으로 방울방울 떨어뜨려주었던 자들, 말하자면 숨어 지내는 자들, 혼자 사는 은둔자들, 둘이 지내는 사는 은둔자들 모두가 갑자기 마음속으로 이렇게 말했다.

　'차라투스트라가 아직도 살아 있는가? 살아간다는 것은 더 이상 보람 없고 모든 것은 똑같고 부질없다. 그게 아니면 이제 우리는 차라투스트라와 더불어 살아야 하지 않는가!'

　'그렇게 오래전에 예고해놓고도 그는 왜 오지 않는가?' 많은 사람들이 묻는다. '고독이 그를 삼켜버렸는가? 아니면 우리가

그에게 가야 하는가?'

이제 고독 자체가 시들해지고 부서졌다. 부서져서 시신을 더 이상 보존하지 못하는 무덤과 같다. 곳곳에 부활한 자들이 눈에 띈다.

이제 그대의 산 주위로 물결이 점점 더 높이 차오르고 있다, 오, 차라투스트라여. 그리고 그대가 어떤 높이에 있든, 많은 물결이 그대에게로 올라오고 말 것이다. 그러면 그대의 조각배도 더 이상 메마른 땅에 놓여 있지 못할 것이다.

우리, 절망한 자들은 지금 그대의 동굴에 와서 더 이상 절망하지 않고 있다. 하지만 이것은 보다 나은 자들이 그대에게로 오는 길 위에 있음을 말하는 참된 조짐일 뿐이다.

사람들 가운데서 신의 마지막 잔재라고 할 수 있는 커다란 동경과 커다란 구역질과 커다란 권태를 가진 모든 자들이 그대에게로 오는 길 위에 있기 때문이다.

다시 **희망하는 것**을 배우지 못하면 오, 차라투스트라여, 그대에게서 큰 희망을 배우지 못하면 더 이상 살고 싶지 않을 모든 자들이 오고 있다!"

오른편 왕은 이렇게 말했다. 그러고는 차라투스트라의 손을 잡고 입맞춤을 하려 했다. 그러나 차라투스트라는 그의 공손한 몸짓을 물리치고 깜짝 놀라 마치 먼 곳으로 달아나기라도 하려는 것처럼 말없이 갑자기 뒷걸음질 쳤다. 그러나 그는 잠시 후 다시 손님들 곁으로 와서 밝고 섬세한 눈으로 그들을 보며 말했다.

"나의 손님들이여, 그대들, 보다 높은 인간들이여, 나는 독일식으로 분명하게 말하고자 한다. 내가 여기 이 산속에서 기다린 것은 **그대들이** 아니었다."

("독일식으로 분명하게라고? 맙소사!" 왼편 왕이 중얼거렸다. "동방의 이 현자는 독일인을 잘 모르고 있나 보다!

그는 아마 '독일식으로 투박하게'라고 말하려 했을 것이다. 좋다! 그것이 오늘날 최악의 취향은 아니다!")

차라투스트라가 계속해서 말했다. "진실로 그대들 모두는 보다 높은 인간일지도 모른다. 그러나 내가 보기에 그대들은 충분히 높지도 강하지도 못하다.

내가 보기에, 다시 말해 내 속에서 침묵하고 있으나 언제까지나 침묵하고 있지는 않을, 가차 없는 자가 보기에는 말이다. 그리고 그대들이 내게 속한다 하더라도 나의 오른팔로서는 아니다.

말하자면 그대들처럼 병들고 연약한 다리로 서 있는 자는 스스로 알고 있든 숨기고 있든 무엇보다 **위로받기**를 바란다.

그러나 나는 나의 팔과 다리를 아끼지 않는다. **나는 나의** 전사들을 아끼지 않는다. 그러니 어찌 그대들이 **나의** 전쟁에 도움이 되겠는가?

그대들과 함께라면 내 모든 승리도 망칠 것이다. 그리고 그대들 중 대다수는 요란하게 울리는 내 북소리를 듣기만 해도 쓰러지고 말 것이다.

또한 내가 보기에 그대들은 충분히 아름답지도 못하며 좋은 혈통을 타고난 것도 아니다. 나는 나의 가르침을 비춰줄 맑고 매끄러운 거울이 필요하다. 그대들의 표면 위에서라면 자신의 모습도 일그러지기 때문이다.

많은 짐과 많은 추억이 그대들의 어깨를 짓누르고 있다. 여기저기 고약한 난쟁이들이 그대들의 몸 구석구석에 쪼그리고 앉아 있다. 그대들의 안에도 천민이 숨어 있는 것이다.

그리고 그대들이 높고 또 더 높은 종족이라 하더라도 그대들에게서는 많은 것이 굽어 있고 기형적이다. 그대들을 두들겨서 곧바로 펴줄 대장장이는 이 세상에 없다.

그대들은 다리에 불과하다. 더 차원 높은 자들이 그대들을 딛고 저 너머로 건너가기를! 말하자면 그대들은 계단이다. 그러므로 그대들을 딛고 저 너머 **자신의** 높이로 오르는 자들에게 화를 내지 마라!

그대들의 씨앗에서 언젠가 나의 진정한 아들과 완전한 상속자가 자라날 수도 있을 것이다. 하지만 그건 먼 훗날의 일이다. 그대들 자신은 나의 유산과 이름을 물려받을 자들이 못 된다.

내가 여기 이 산속에서 기다려온 것은 그대들이 아니다. 내가 그대들과 함께 마지막으로 산을 내려가서도 안 된다. 그대들은 보다 높은 인간들이 나에게로 오고 있다는 예고처럼 나에게 왔다.

그대들은 커다란 동경, 구역질, 권태를 가진 인간들이 아니며 그대들이 신의 잔재라고 부른 자들도 **아니다.**

아니다! 아니다! 세 번에 걸쳐 말하지만, 아니다! 나는 이 산속에서 **다른 사람들**을 기다리고 있다. 그들이 오지 않으면 나는 여기서 단 한 발짝도 떼지 않을 것이다.

보다 높은 인간, 더 강한 인간, 승리를 거듭하는 인간, 더 쾌활한 인간, 몸과 영혼이 반듯한 자들을 기다리고 있다. **웃는 사자**들은 오고야 말 것이다.

아, 나의 손님들이여, 그대들 유별난 자들이여. 그대들은 내 아이들에 대해 아직 아무것도 듣지 못했는가? 그들이 내게로 오고 있다는 것도?

말해다오, 나의 정원, 나의 행복에 넘치는 섬, 나의 새롭고 아름다운 혈통에 대해 말해다오. 어찌하여 그대들은 그것들에 대해 이야기하지 않는가?

내 그대들의 사랑에 호소하건대, 부디 이 선물을 잊지 말아다오. 내 아이들에 대해 이야기해달라는 것이다. 그 아이들 때문에 나는 부유하며, 또 그 아이들 때문에 나는 가난해졌다. 내 무엇을 주지 않았던가.

이 하나를 얻기 위해 무엇인들 주지 못할 것인가. **이** 아이들, **이** 살아 있는 식물, 내 의지와 최고의 희망인 **이** 생명의 나무를 얻기 위해서라면!"

차라투스트라는 이렇게 말하고 갑자기 말을 멈추었다. 그의 동경이 그를 덮쳤기 때문이었다. 그는 마음의 동요한 나머지 눈을 감고 입을 다물었다. 손님들도 모두 말없이 당황하여 가만히 서 있었다. 늙은 예언자만이 손과 몸짓으로 신호를 했다.

만찬

여기서 예언자가 차라투스트라와 그의 손님들이 나누는 인사를 중단시켰다. 그는 지체할 시간이 없다는 듯 무턱대고 앞으로 나와 차라투스트라의 손을 잡고 외쳤다. "그러나 차라투스트라여!

그대는 한 가지 일이 다른 일보다 더 필요하다고 말했다. 자, 이제 **내게는** 다른 모든 일보다도 더 급한 일이 하나 있다.

이쯤에서 한마디 하자면, 그대는 나를 **만찬**에 초대하지 않았는가? 여기에는 먼 길을 걸어왔던 자들이 많이 있다. 설마 말로만 대접하고 떠나보내려는 것은 아니겠지?

또한 그대들 모두는 얼어 죽는 것, 물에 빠져 죽는 것, 숨이 막혀 죽는 것, 그리고 또 다른 신체적 고통에 대해 너무 많은 이야기를 나누었다. 그러나 **나의** 고통인 굶주림에 대해서는 아무도 생각해주지 않았다."(예언자는 이렇게 말했다. 차라투스트라의 짐승들은 이 말을 듣고는 놀라 흩어졌다. 그들이 낮 동안에 동굴로 가져다둔 것으로는 예언자 한 사람의 배를 채우기에 부족하다고 보았기 때문이었다.)

예언자가 계속해서 말했다. "목도 마르구나. 여기에는 이미 지혜로운 말씀처럼 찰랑거리는, 다시 말해 지칠 줄 모르고 넘쳐흐르는 물소리가 들리지만 내가 마시고 싶은 것은 포도주이다! 모든 사람이 차라투스트라처럼 물만 마시는 것은 아니다. 게다가 물은 지쳐 늘어진 자에게는 맞지 않다. **우리한테는** 포도주가 제격이다. **포도주**야말로 순식간에 회복시켜주며 즉석에서 건강을 되찾아준다!"

예언자가 포도주를 내놓으라고 조르고 있는 사이에 말수가 적은 왼편 왕도 말문을 열었다. "포도주라면 **우리가**, 나와 내 형제인 오른편의 왕이 준비한 것이 있다. 포도주는 충분하다. 나귀에 가득 실려 있다. 다만 빵이 없구나."

"빵이라고?" 차라투스트라가 대답하며 웃었다. "은둔자들에게 없는 것이 바로 빵이다. 하지만 인간은 빵만이 아니라 부드러운 새끼 양고기도 먹고산다. 내게는 새끼 양 두 마리가 있다. 그것들을 서둘러 잡고 샐비어 향료를 넣어 요리를 하자. 나는 그것을 좋아한다. 뿌리와 열매도 충분하다. 미식가나 식도락가도 만족시킬 만큼 충분히 있다. 또한 깨뜨릴 호두와 그 밖의 수수께끼 놀이도 있다.

어서 신나는 잔치를 벌이자. 그러나 함께 먹으려는 자는 왕이라도 손을 보태야 한다. 차라투스트라의 집에서는 왕도 요리사가 되어야 한다."

이 제안을 모두들 진심으로 반겼다. 다만 스스로 거지가 된 자만이 고기와 포도주와 양념에 반대했다.

그가 빈정거리며 말했다. "자, 이제 미식가 차라투스트라의 말을 들어보자! 이런 잔치나 벌이려고 동굴과 높은 산으로 올라왔는가?

이제야 이해가 간다. 그가 언젠가 우리에게 '소박한 가난을 찬양하라!'고 가르치고 또 거지들을 쫓아버리려 했던 그 이유를."

그러자 차라투스트라가 그에게 말했다. "즐거워하라, 나처럼. 그대가 하던 대로 하라. 그대 훌륭한 자여, 그대의 곡물을 잘게 씹고 그대의 물을 마시고 그대의 요리를 칭찬하라. 그렇게 해서 그대의 기분이 좋아진다면!

나는 나와 같은 자들을 위한 율법일 뿐, 모든 자를 위한 율법은 아니다. 그러나 내게 속하는 자들은 강한 골격과 가벼운 발을 가져야 한다.

전쟁과 축제를 즐기는 자여야 하고 우울하거나 몽상가가 아니어야 하며 아무리 어려운 일도 마치 축제를 대비하듯이 건강하고 활달한 자가 아니면 안 된다.

최상의 것은 우리에게 속해 있다. 사람들이 우리에게 주지 않으면 우리는 그것을 빼앗는다. 최고의 음식, 아주 맑은 하늘, 가장 강한 사상. 더없이 아름다운 여자를!"

차라투스트라는 이렇게 말했다. 그러자 오른편 왕이 대답했다. "놀라운 일이다! 일찍이 현자의 입에서 이렇게 논리 정연한 말을 들은 적이 있는가?

그리고 진실로 모든 일에 지혜로우며 나귀가 아닌 현자는 드물다."

오른편 왕은 이렇게 말하고는 머리를 의아해했다. 그러자 나귀는 악의를 가지고 "이아" 하고 외치면서 그의 말에 응답했다. 하지만 이것은 여러 역사책들이 최후의 만찬이라고 부르는 긴 잔치의 시작이었을 뿐이다. 그리고 이 잔치에서는 오직 **보다 높은 인간**에 대해서만 이야기했다.

보다 높은 인간에 대하여

I

내가 처음으로 인간들에게 갔을 때 나는 홀로 있는 자의 어리석음, 커다란 어리석음을 저질렀다. 시장으로 갔기 때문이다.

나는 모든 사람들에게 말을 했지만 사실 그 누구에게도 이야기하지 않은 것이었다. 그날 저녁 줄타기 광대와 시체만이 나의 길동무가 되었는데, 나 자신도 거의 시체나 다름없었다.

그러나 새로운 아침과 함께 내게는 새로운 진리가 찾아왔다. 그때 나는 "시장과 천민, 그리고 천민의 소음과 천민의 기다란 귀가 나와 무슨 상관인가!"라고 말할 수 있게 되었다.

그대들, 보다 높은 인간들이여, 시장에서는 보다 높은 인간을 아무도 믿지 않는다는 사실을 배워라. 그러나 그대들이 거기서 말하고 싶다면 마음대로 하라! 그러나 천민은 눈을 깜박이며 말한다. "우리 모두는 평등하다."

"그대들, 보다 높은 인간들이여." 천민은 이렇게 눈을 깜박이며 말한다. "보다 높은 인간 같은 것은 없다. 우리는 모두 평등하다. 인간은 인간일 뿐이다. 신 앞에서 우리 모두는 평등하다!"

'신 앞에서!' 그러나 이제 이 신은 죽었다. 천민 앞에서 우리는 평등해지기를 바라지 않는다. 그대 보다 높은 인간들이여, 시장을 떠나라!

2

'신 앞에서!' 그러나 이제 이 신은 죽었다! 그대보다 높은 인간들이여, 이 신은 그대들의 가장 큰 위험이었다.

신이 무덤 속에 드러눕고 나서 그대들은 부활했다. 이제 위대한 정오가 오고 있고 이제 보다 높은 인간이 주인이 된다!

그대들은 이 말을 알아들었는가, 오, 나의 형제들이여? 그대들은 놀랐구나. 그대들의 마음이 어지러운가? 여기서 심연이 그대들에게 입을 벌렸는가? 여기서 지옥의 개가 그대들에게 짖고 있는가?

그래! 좋다! 그대보다 높은 인간들이여! 이제 비로소 인간의 미래라는 산이 진통을 시작한다. 신은 죽었다. 이제 **우리**는 초인이 살아가기를 바란다.

3

자나 깨나 근심하는 자들은 오늘날 이렇게 묻는다. "어떻게 인간은 계속 살아남을 수 있는가?" 그러나 차라투스트라는 유일한 자, 첫 번째 인간으로서 이렇게 묻는다. "어떻게 인간이 **극복**될 수 있는가?"

내 가슴에는 초인이 있다. 인간이 아닌 **초인**이 나의 첫 번째이자 유일한 목표이다. 가장 가까운 이웃도, 가장 가난한 자도, 가장 고통받는 자도, 가장 착한 자도 나의 목표는 아니다.

오, 나의 형제들이여, 내가 인간을 사랑할 수 있는 것은 인간이 하나의 과정일 뿐 몰락하는 존재라는 점이다. 그리고 또한 그대들에게도 내가 사랑하고 희망을 품게 하는 많은 부분이 있다.

그대들이 경멸했다는 것, 그대 보다 높은 인간들이여, 그것이 나에게 희망을 가지게 한다. 크게 경멸하는 자들은 크게 존경하는 자들이기 때문이다.

그대들이 절망했다는 것에는 존경할 만한 점이 많다. 그대들은 참고 견디는 것도 가소롭게 재치를 부리는 것도 배우지 않았기 때문이다.

오늘날에는 작은 자들이 주인이 되었다. 그들 모두는 인종과 겸손과 재치와 성실함과 주의, 그리고 그 밖의 소소한 덕을 설교한다.

여자 같은 자, 노예 출신인 자, 특히 천민이라는 잡다한 자들, **이런 자**들이 이제 모든 인간의 운명의 주인이 되려고 한다. 아, 역겹다! 역겹다! 역겹다!

이런 자들은 지치지 않고 계속 묻는다. "어떻게 해서 인간은 가장 잘, 가장 오래, 가장 즐겁게 살 수 있는가?" 이렇게 물음으로써 그들은 오늘의 주인이 된다.

오늘을 지배하는 이들 주인을 극복하라, 오, 나의 형제들이여, 이 작은 자들을. **이런 자들이** 초인에게 가장 큰 위험이 된다!

극복하라, 그대보다 높은 인간들이여, 소소한 덕을, 가소로운 재치를, 모래알 같은 신중함과, 개미 같은 초조함, 비참한 자기만족, '최대 다수의 행복'을!

그리고 굴종하느니 차라리 절망하라. 참으로 나는 그대들이 오늘을 살 줄 모른다는 점 때문에 **그대들을** 사랑한다. 그대들, 차원 높은 인간들이여! 그래서 그대들은 가장 잘 살고 있는 것이다!

4

그대들은 용기가 있는가, 오, 나의 형제들이여? 그대들은 용 감한가? 목격자 앞에서의 용기가 **아니라,** 그 어떤 신도 더 이상 봐주지 않는 은둔자의 용기, 독수리의 용기를 가지고 있는가?

차가운 영혼, 노새들, 눈먼 자들, 술주정뱅이를 용감하다고 하지는 않는다. 공포를 알되 공포를 **제어하는** 자, 심연을 보지만 **자부심을** 가지고 보는 자가 용감하다.

심연을 보지만 독수리의 눈으로 보는 자, 독수리의 발톱으로 심연을 **붙잡는 자**가 용감한 자이다.

5

"인간은 악하다." 최고의 현자들이 모두 나를 달래기 위해 이렇게 말했다. 아, 이 말이 오늘날에도 참되기를! 악이야말로 인간의 최상의 힘이기 때문이다.

"인간은 더욱 선하고 더욱 악해져야 한다." **나는** 이렇게 가 르친다. 초인이 최선을 위해서는 최고의 악이 필요하기 때문이다.

인간의 죄를 괴로워하면서 그 죄를 짊어지는 것은, 저 작은 자들을 위한 설교자에게나 어울리는 일이다. 그러나 나는 커다란 죄를 나의 커다란 **위안**으로 즐긴다.

내가 이런 말을 한 것은 기다란 귀들을 향해서가 아니었다. 모든 말이 모두의 입에 맞는 것은 아니다. 그것은 미묘하고도 심원하다. 양의 발톱은 그것을 붙잡을 수 없다!

6

그대보다 높은 인간들이여, 그대들은 내가 여기에 있는 이유가 그대들이 저지른 잘못을 바로잡기 위해서라고 생각하는가?

아니면 내가 이제부터 그대들 고뇌하는 자들에게 보다 편안한 잠자리를 주기 위해서인가? 아니면 그대들 방황하는 자들, 길 잃은 자들, 사다리를 잘못 타고 올라온 자들에게 새롭고 더 편안한 길을 보여주려 한다고 생각하는가?

아니다! 아니다! 세 번에 걸쳐 말하지만, 아니다! 그대들 족속들 중의 더 많은, 더 뛰어난 자들이 파멸해야 한다. 그대들은 더욱 힘들고 더욱 처절한 상황에 놓여야 하기 때문이다.

오직 그럼으로써만,

오직 그럼으로써만 인간은 번개에 맞아 부서질 만한 높이, 번개를 맞기에 충분한 높이로 성장한다!

나의 마음과 나의 동경은 드문 것, 긴 것, 머나먼 것을 향한다. 그대들의 작고 사소하고 짧은 불행에는 관심 없다!

내 눈에 그대들은 아직 충분히 고통받고 있지 않다! 그대들은 자신 때문에 고통받을 뿐이다. 아직 **인류** 때문에 고통받고 있지 않는다. 그 점을 부인한다면 그대들은 거짓을 말하는 것이다. 그대들 모두는 **내가** 괴로웠던 것 때문에 괴로워하지는 않는다.

7

번개가 더 이상 해를 입히지 않는 정도로는 충분치 않다. 나는 번개를 빗나가게 하고 싶지는 않다. 오히려 번개가 **나를** 위해 일하는 것을 배워야 한다.

나의 지혜는 이미 오래전부터 구름처럼 모이고 있고 더 조용해지고 어두워지고 있다. **언젠가** 번개를 낳게 될 모든 지혜는 이렇게 된다.

오늘을 살고 있는 이 인간들에게 나는 **빛**이 되거나 빛으로 불리고 싶지 않다. 나는 **그들의** 눈을 멀게 하고 싶다. 나의 지혜의 번개여! 그들의 눈을 **뽑**아내라!

8

그대들의 능력 이상의 것을 바라지 마라. 자기 능력 이상의 것을 바라는 자들에게는 사악한 속임수가 있다.

그들이 위대한 것을 원할 때에는 특히 그렇다! 왜냐하면 그들은, 이 교묘한 화폐 위조범들, 연극배우들은 위대한 것에 불신을 일으키기 때문이다.

그러다가 마침내 거친 말과 주렁주렁 매달린 덕, 번쩍이는 거짓 작품으로 꾸며 스스로를 속이고 사팔뜨기가 되어 회칠한 벌레 같은 자가 되는 것이다.

그대보다 높은 인간들이여! 그대들이 그렇게 되지 않도록 조심하라. 다시 말해 오늘날 내게는 정직함보다 더 비싸고 진귀한 것은 없다.

요즘 세상은 천민들의 것이 아닌가? 그러나 천민들은 무엇이 크고, 무엇이 작고, 무엇이 곧고, 무엇이 정직한지 모른다. 천민은 자기도 모르는 사이 구부러져서 언제나 거짓말을 한다.

9

오늘을 맞아 건전한 불신을 가지도록 하라, 그대보다 높은 인간들이여, 그대들 용감한 자들이여! 그대들 솔직한 자들이여! 그리고 그대들의 근거를 비밀로 하라! 요즘 세상은 천민의 것이기 때문이다.

천민이 한때 근거 없이 믿게 된 것을, 누가 천민에게 근거를 제시하여 뒤엎겠는가?

시장에서 사람들은 몸짓으로 상대를 설득한다. 하지만 근거는 천민에게 불신을 줄 뿐이다.

그리고 시장에서 진리가 승리할 때가 있다고 해도 그대들은 건전한 불신으로 이렇게 물어보아라. "얼마나 강력한 오류가 그 진리를 위해 싸웠는가?"

또한 학자들을 조심하라! 그들은 그대들을 미워한다. 왜냐하면 그들은 창조 능력이 없기 때문이다! 그들은 차갑고 메마른 눈을 가졌고 그들 앞에서 모든 새는 깃털이 뜯긴 채 누워 있다.

이자들은 거짓말하지 않는다는 것을 자랑스러워한다. 하지만 속일 줄 모르는 무력한 자가 진리에 대한 사랑에 도달하려면 아직 멀었다. 부디 조심하라!

열정에서 오는 자유도 깨달음과 거리가 멀다! 나는 얼어붙은 정신을 믿지 않는다. 거짓말할 줄 모르는 자는 진리가 무엇인지 모른다.

IO

높이 오르고자 한다면 그대 자신의 다리를 사용하라! 그대들은 위쪽으로 **실려서** 올라가는 일이 없도록 하라. 다른 사람의 등이나 머리에 올라타지도 마라!

그대는 말을 타고 왔는가? 그대는 이제 말을 타고 서둘러 목적지로 가는가? 좋다, 나의 친구여! 그런데 그대의 절름거리는 다리도 함께 말을 타고 있구나!

그대가 목적지에 닿아 그대의 말에서 뛰어내릴 때 그대의 바로 그 **높이**에서 그대, 보다 높은 인간이여, 그대는 비틀거리게 될 것이다!

II

그대들, 창조하는 자들이여! 그대보다 높은 인간들이여! 사람이란 오직 자신의 아이만을 임신할 뿐이다.

무엇이든 속아 넘어가 설득당하는 일이 없게 하라! **그대들의 이웃**은 도대체 누구인가? 그리고 그대들이 '이웃을 위해' 행동하는 일은 있어도 이웃을 위해 창조하는 일은 결코 없도록 하라!

그대들, 창조하는 자들이여, 부디, '무엇을 위해'라는 것을 잊어버려라. 그대들의 덕이 바라는 것은 그대들이 바로 '무엇을 위해서', '무엇을 목표로', '무엇 때문에' 어떤 일을 하는 일이 없는 것이다. 이러한 거짓되고 자잘한 말들에 대해서 그대들은 귀를 막아야 한다.

'이웃을 위해서'는 다만 작은 자들의 덕일 뿐이다. 왜소한 자들 사이에서는 '유유상종'이나 '가는 정 오는 정' 같은 말이 통한다. 작은 자들은 그대들의 이기심을 누릴 권리나 힘도 없다!

그대들 창조하는 자들이여, 그대들의 이기심에는 임산부의 조심과 배려가 있다! 아직 누구도 눈으로 보지 못한 것, 즉 과실을 그대들의 온전한 사랑이 보호하고 돌보아 기른다.

그대들의 온전한 사랑이 있는 곳, 즉 그대들의 아이 곁에 그대들의 온전한 덕도 있다! 그대들의 일, 그대들의 의지가 그대들의 이웃이다. 거짓 가치에 현혹되지 말라!

I2

그대 창조하는 자들이여, 그대보다 높은 인간들이여! 아이를 낳아야 할 자는 병들고 이미 아이를 출산한 자는 불결하다.

여인들에게 물어보아라, 즐거워서 아이를 낳는 것은 아니다. 산통 때문에 수탉과 시인들로 하여금 꽥꽥거리며 울음소리를 내게 한다.

그대 창조하는 자들이여, 그대들에게도 불결한 것이 많다. 그대들이 어머니가 되어야 하기 때문이다.

아, 새로운 아이의 탄생과 함께 새로운 오물이 얼마나 많이 이 세상에 태어났는가! 저리 물러서라! 아이를 낳은 자는 자신의 영혼을 깨끗이 씻어야 한다!

I3

그대들의 능력 이상으로 덕을 가지려 하지 마라! 가능하지 않은 일은 바라지 마라!

그대들의 선조의 덕이 이미 갔던 발자취를 따르라!

그대들의 선조의 의지가 더불어 올라가지 않는다면 그대들은 어떻게 높이 올라가겠는가?

맏이가 되려는 자는 막내가 되지 않게 주의하라! 그리고 그대들의 선조의 악덕이 있는 곳에서 성자처럼 행세하지 마라!

여자와 독한 포도주와 멧돼지 고기를 좋아한 선조를 가진 자가 자신의 순결을 고집하는 것이 말이 되는가?

멍청이 같은 짓이다! 이자가 한 여자, 또는 두 여자, 또는 세 여자를 거느린 남편이라면 내 생각에 참으로 큰 문제이다!

그리고 이자가 수도원을 세우고 그 문에다가 '성인에 이르는 길'이라고 써놓는다면 나는 이렇게 말하리라. "무슨 짓인가! 그저 또 다른 어리석은 짓이다!"

그는 자신을 위한 교도소와 피난처를 만든 것이다. 그에게 도움이 되기를! 그러나 그렇게는 안 될 거라 믿는다.

고독 속에서는, 이 고독 속으로 끌려온 모든 것이 성장하며 내면의 동물도 성장한다. 이렇게 많은 자들은 고독과 헤어진다.

지금까지 황야의 성자들보다 더 더러운 것이 이 지상에 있었는가? **이 성자들**의 주변에는 악마뿐만이 아니라 돼지도 날뛰었다.

14

그대보다 높은 인간들이여, 뛰어오르기에 실패한 호랑이가 부끄러워 어색하게 슬금슬금 옆길로 새어 달아나는 것을 나는 자주 보았다. 그대들의 **주사위**가 잘못 던져진 것이다!

그러나 그대 주사위 놀음을 하는 자들이여, 그게 무슨 문제인가! 그대들은 어떻게 놀이를 하고 조롱해야 하는지를 배우지 못했다! 우리는 언제나 조롱과 놀이를 위해 마련된 커다란 테이블 위에 앉아 있지 않은가?

그리고 그대들이 커다란 일을 망쳤어도 그 때문에 그대들도 실패했는가? 그리고 그대들 자신이 실패했고 해도 그 때문에 인류 자체도 실패했다는 말인가? 비록 인류 자체가 실패했다고 해도 좋다! 상관없다!

15

한 사물이 귀한 종에 속할수록 그것이 성공할 가능성은 더 희박해진다. 그대 여기 있는 보다 높은 인간들이여, 그대들 모두는 실패한 것이 아닌가?

용기를 내라, 그게 무슨 상관인가! 얼마나 많은 일이 아직도 가능한가! 마땅히 비웃어야 하듯이 그대들 자신을 비웃는 것을 배워라!

그대들이 실패했고 반밖에 성공하지 못했다 해도 무엇이 이상한가, 그대들 반쯤 파멸한 자들이여! 그대들 안에서 인간의 **미래**가 치열하게 몸부림치지 않는가?

인간의 가장 멀고 가장 깊고 별처럼 가장 높은 것, 인간의 엄청난 힘, 이러한 모든 것이 그대들의 항아리 속에서 서로 부딪치며 거품을 내고 있지 않은가?

수많은 항아리가 깨져도 무엇이 이상한가! 마땅히 비웃어야 하듯 그대들 자신을 비웃는 것을 배워라! 그대보다 높은 인간들이여, 아, 얼마나 많은 일이 아직도 가능한가!

그리고 진실로 얼마나 많은 일이 성공했는가! 이 대지에는 작고, 훌륭하고, 완전하고, 잘 조화된 것이 얼마나 풍성하게 널려 있는가!

그대들의 둘레에 작고 훌륭하며 완전한 사물들을 놓아두어라, 그대보다 높은 인간들이여! 이 사물들의 황금 같은 성숙은 마음을 치유한다. 완전한 것은 희망을 갖도록 가르친다.

16

여기, 대지 위에 지금까지 있었던 가장 큰 죄악은 무엇이었던가? 그것은 "웃고 있는 자에게 재앙이 내리리라!"라고 말한 자의 발언이 아니었는가.

그는 대지 위에서 웃어야 사소한 이유도 못했단 말인가? 그렇다면 그는 서투르게 찾은 것이다. 아이 여기 이 대지에서 그 이유를 찾을 수 있다.

그는 충분히 사랑하지 않았다. 그랬더라면 그는 우리 웃는 자들도 사랑했을 것이다! 그러나 그는 우리를 미워하고 비웃었으며 우리에게 울부짖고 이를 가는 것을 보여주겠다고 약속했다.

사랑하지 않는다고 곧바로 저주한단 말인가? 이것은 내가 보기에 나쁜 취향이다. 그러나 무조건적인 자는 천민 출신이었으므로 그렇게 했다.

사실은 그 자신이 충분하게 사랑하지 않았을 뿐이다. 그랬다. 사람들이 그를 사랑하지 않는다고 해서 그가 그토록 화를 내지는 않았을 것이다. 모든 위대한 사랑은 사랑을 **원하지** 않으며, 위대한 사랑은 더 이상의 것을 원하기 때문이다.

이 무조건적인 자들을 모두 피하라! 그들은 가련하고 병든 방식, 천민의 방식으로 산다. 그들은 이 삶을 좋지 않게 바라보고, 이 지상을 사악한 눈길로 본다.

이 무조건적인 자들을 모두 피하라! 그들의 발걸음은 무겁고 그들의 마음은 후텁지근하다. 그들은 춤출 줄 모른다. 이러한 자들에게 대지가 어떻게 가벼울 수 있겠는가!

17

모든 좋은 사물들은 둥글게 곡선을 그리며 목표에 접근한다. 그것들은 고양이처럼 등을 둥글게 하고 가까이 있는 행복 앞에서 속으로 기분 좋아한다. 모든 좋은 사물들은 웃고 있다.

어떤 자가 **자신의** 길을 가고 있는지 아닌지는 그 걸음걸이가 보여준다. 자, 내가 걷는 것을 보라! 그러나 자신의 목표에 접근한 자는 춤을 춘다.

참으로 나는 지금까지 입상처럼 서 있었던 적은 없다. 지금도 나는 딱딱하고 둔하고, 돌로 만든 기둥처럼 여기에 서 있지 않다. 나는 빠르게 달리는 것을 좋아한다.

그리고 대지 위에 수렁과 짙은 슬픔이 있어도 가벼운 발을 가진 자는 진창 위를 쉽게 달려가며 마치 깨끗하게 쓸어놓은 얼음판 위인 양 춤을 춘다.

그대들의 마음을 높여라, 나의 형제들이여, 높게! 더 높이! 그리고 다리도 잊지 마라! 그대들의 다리도 높이 들어 올려라, 그대들 멋진 춤을 추는 자들이여. 더욱 좋은 것은 물구나무를 서는 것이다!

18

웃는 자의 이 면류관, 이 장미 화관. 나 스스로 이 화관을 내 머리 위에 씌웠다. 나의 커다란 웃음을 스스로 신성하다고 말했다. 오늘날 나는 이렇게 할 만한 어떤 다른 강한 자를 보지 못했다.

춤추는 차라투스트라, 날개로 신호를 보내는 자, 경쾌한 차라투스트라, 모든 새들에게 신호를 보내며 날아갈 준비를 갖

춘 자, 각오가 준비가 된, 더없이 행복하고 마음이 가벼운 자,

예언자 차라투스트라, 참되게 웃는 차라투스트라, 성급하지도 강압적이지도 않은 자, 도약을 사랑하는 자, 나 자신이 이 화관을 내 머리 위에 씌웠다!

19

그대들의 마음을 높여라, 나의 형제들이여, 높게! 더 높이! 그리고 다리도 잊지 마라! 그대들의 다리도 높이 들어 올려라, 그대들 멋진 춤을 추는 자들이여. 더욱 좋은 것은 물구나무를 서는 것이다!

행복하지만 둔한 짐승들도 있다. 처음부터 느린 발을 가진 자들도 있다. 그들은 코끼리가 물구나무를 서기 위해 애쓰듯 이상한 시도를 한다.

그러나 불행 때문에 바보가 되기보다는 행복 때문에 바보가 되는 것이 낫다. 절뚝거리며 걷는 것보다 둔하게나마 춤을 추는 것이 낫다. 그러므로 나에게서 지혜를 배워라. 가장 나쁜 것도 두 가지의 좋은 이면을 가지고 있다는 것을 알아두어라.

가장 나쁜 것도 춤추기 좋은 다리를 갖고 있다는 것을 알아두어라. 그러니 부디 배우라, 그대보다 높은 인간들이여, 그대들의 곧은 다리로 바로 서는 것을!

그러니 털어내고 잊어라, 슬픔에 빠지는 것을, 모든 천민의

슬픔을! 아, 나에게는 오늘날 천민 광대도 진실로 슬프게 보인다! 그러나 요즘 세상은 천민의 것이 아니던가.

20

바람, 산 위의 동굴에서 불어오는 바람처럼 행동하라. 바람은 자신의 피리 곡조에 맞춰 춤추려 하며, 이 바람의 발자국 아래에서 바다는 몸부림치며 뛰논다.

나귀들에게 날개를 달아주고 암사자들에게서 젖을 짜는 이 멋지고 자유분방한 정신, 모든 오늘과 모든 천민에게 폭풍처럼 불어 닥치는 이 정신을 칭송하라.

엉겅퀴 같은 머리, 사소한 일에 매달리는 머리, 그리고 모든 시든 잎과 잡초에게 적의를 품는 이 정신, 마치 풀밭인 것처럼 늪지대와 슬픔 위에서 춤을 추는 이 거칠고 멋지고 자유로운, 폭풍의 정신을 찬양하라!

천민이라는 비쩍 마른 개와 모든 일그러진 음침한 무리를 미워하는 이 정신, 모든 비관론자들과 궤양 환자들의 눈에 먼지를 불어 넣는 모든 자유로운 정신 중에서도 가장 자유로운 이 정신, 이 웃음 짓는 폭풍을 찬양하라!

그대보다 높은 인간들이여, 그대들의 가장 나쁜 점은 그대들 모두가 자신을 넘어서 춤추는 것을 배우지 않았다는 것이다! 그대들이 실패했다고 해서 무슨 문제란 말인가!

아직 많은 일이 가능하다! 그러니 그대들 자신을 넘어서서 웃는 것을 **배워라!** 그대들의 마음을 높여라. 그대들 멋진 춤을 추는 자들이여, 높게! 더 높이! 그리고 멋지게 웃음 짓는 것도 부디 잊지 마라!

웃는 자의 이 면류관, 이 장미꽃 화관, 그대들에게, 나의 형제들이여, 이 화관을 던진다! 나는 웃음을 신성하다고 말했다. 그러므로 그대보다 높은 인간들이여, 웃는 것을 **배워라!**

우울의 노래

I

이렇게 말했을 때 차라투스트라는 그의 동굴 입구 가까이 서 있었다. 그러나 마지막 말을 하고는 그의 손님들에게서 **빠져** 나와 잠시 동안 넓은 바깥으로 몸을 피했다.

"아, 나를 둘러싼 맑은 향기여!" 하고 그가 외쳤다. "아, 나를 둘러싼 축복받은 고요함이여 그런데 나의 동물들은 어디 있는가? 오라, 이리 오라, 나의 독수리여, 뱀이여!

말해다오, 나의 동물들이여! 보다 높은 인간 모두가 나쁜 **냄새를 풍기고** 있는 건 아닌가? 아, 나를 둘러싼 맑은 향기여! 이제야 나는 알고 느낀다, 나의 짐승들이여, 내가 그대들을 얼마나 사랑하는지를."

그러고 나서 차라투스트라는 다시 말했다. "나는 그대들을 사랑한다, 나의 동물들이여!" 그가 이렇게 말하자 독수리와 뱀이 그에게 가까이 와서 그를 올려다보았다. 이처럼 그들 셋은 말없이 나란히 모여서 좋은 공기를 냄새 맡고 좋은 공기를 마셨다. 보다 높은 인간들과 함께 있을 때보다 바깥 공기가 더 상쾌하기 때문이었다.

<h2 style="text-align:center">2</h2>

그러나 차라투스트라가 자신의 동굴을 떠나자마자 늙은 마술사가 자리에서 일어나 교활하게 이리저리 둘러보며 말했다. "그는 나가버렸다!

그대보다 높은 인간들이여, 차라투스트라처럼 나도 이 칭찬과 아첨의 이름으로 그대들을 간질이고 비위를 맞춘다. 어느새 나의 사악한 기만과 마술의 정신, 나의 슬픔의 악마가 나를 덮치고 있다.

이 악마는 저 차라투스트라에 대해 철저하게 적대자이다. 그러나 이 악마를 용서하라! 지금 이 악마는 그대들 앞에서 마술을 부리고 **싶어 한다.** 지금 이 순간 그는 **자신의** 시간을 가지게 된 것이다. 내가 이 사악한 정신과 싸우는 것은 의미가 없다.

그대들이 말로써 자신에게 어떠한 명예를 수여하든지 그대들이 자신을 '자유의 정신' 또는 '진실한 자', 또는 '정신의 참회

자', 또는 '사슬에서 풀려난 자', 또는 '커다란 동경을 품은 자'라고 부르는 것과 상관없이,

그대들 모두는 나의 사악한 정신, 마술의 악마를 좋아한다. 나와 마찬가지로 **심한 구역질**에 시달리고 있고 신의 죽음을 받아들이며 포대기에 싸여 요람에 누워 있는 어떤 새로운 신도 인정하지 않는 그대 모두가 말이다.

그대보다 높은 인간들이여, 나는 그대들을 잘 알고 있다. 나는 또한 그에 대해서도 잘 알고 있다. 본의 아니게 내가 사랑하고 있는 이 괴물, 이 차라투스트라에 대해서도 말이다. 내 생각에는 그가 종종 성자들의 아름다운 가면처럼 보인다.

나의 사악한 정신, 즉 슬픔의 악마가 마음에 들어 하는 새롭고 기이한 가장 무도회 같다는 생각이 든다. 나는 나의 사악한 영의 의지 때문에 차라투스트라를 사랑한다, 라고 나는 이따금 그렇게 생각한다.

어느새 **이 정신**이 나를 습격하여 나를 몰아세운다, 이 슬픔의 정신, 이 저녁 어스름의 악마가. 그리고 참으로 그대들, 차원 높은 인간들이여. 그는 갈망하고 있다.

자, 눈을 뜨고 보기만 하라! 이 정신은 **발가벗은 채** 오기를 갈망한다. 남자인지 여자인지 나는 아직 모른다. 하지만 이 정신은 온다. 이 정신은 나를 몰아세운다. 가슴 아프다! 그대들의 감각을 활짝 열어라!

날은 저물고 만물과 가장 좋은 사물에도 이제 저녁이 찾아온다. 이제, 듣고 보아라, 그대보다 높은 인간들이여, 남자든 여자든 이 저녁 무렵의 슬픔의 정신이 어떤 악마인지를!"

늙은 마술사는 이렇게 말했다. 그리고 교활하게 이리저리 둘러보고 나서는 그의 하프를 손에 잡았다.

3

대기는 맑게 개고,

이슬이 주는 위안이

보이지도 들리지도 않게

대지에 내려앉을 때,

위로하는 이슬은

모든 온화한 위로 자처럼 부드러운 신발을 신고 있다.

그대는 기억하는가, 기억하는가, 뜨거운 마음이여,

일찍이 그대가 얼마나 목말라 했는지,

하늘의 눈물, 맺히는 이슬방울을,

햇볕에 그을리고 지쳐 얼마나 목말라 했는지,

노란 풀밭의 오솔길에서

저녁 태양의 짓궂은 시선이,

눈부신 태양의 이글거리는 눈길이, 남의 불행을 기뻐하는 눈

길이

검은 나무들 사이를 뚫고 그대의 주위로 흘러들었지 않은가,
저 타오르는 태양의 시선이?

"**진리**의 구혼자라고? 그대가?" 태양의 시선은 이렇게 비웃었
다.

"아니다! 그저 한 명의 시인에 불과하다!

한 마리의 동물, 교활하고, 먹이를 훔치러 살금살금 돌아다
니고,

속임수를 써야 하고,

알면서도 일부러 거짓말해야 하는 한 마리의 동물이다.

먹이를 탐내고,

알록달록한 가면을 쓰고,

자기 자신에게 가면이 되고,

자기 자신에게 먹이가 되는,

이러한 자가 진리의 구혼자라고?

그렇지 않다! 어리석은 자이다! 시인일 뿐이다!

오직 알록달록한 것만을 말하면서,

어릿광대의 가면을 쓰고 알록달록하게 소리 지르면서,

거짓말의 다리 위로 이리저리 돌아다니고,

알록달록한 무지개 위로,

가짜 하늘과

거짓 대지 사이를,

헤매고 이리저리 떠도는

어리석은 자일 **뿐**이다! 시인일 **뿐**이다!

이런 자가 진리의 구혼자라고?

시끄럽고, **뻣뻣**하고, 매끈하고, 차가운

조각상이나

신의 입상이 되지도 않았으며,

신전 앞에 세워진

신의 문지기가 되지도 않았다.

아니! 이 진리의 입상들에게 오히려 적대적이고,

신전 앞에서보다 황야에서 마음이 편안했고,

고양이 같은 변덕으로 가득 차서

모든 창문으로부터

훌쩍! 모든 우연 속으로 뛰어들고,

온갖 원시림의 냄새를 맡고,

병적인 동경으로 냄새 맡으며 돌아다닌다.

그것은 그대가 원시림 속,

알록달록한 반점 있는 맹수들 사이에서

죄스러운 건강으로, 알록달록하고 멋지게 달리기 위해서이다.

탐스럽게 입술을 내밀고,

복에 넘치도록 조롱하고, 복에 넘치도록 지옥이 되고, 복에
넘치도록 피에 굶주린 채,

약탈하고, 살금살금 돌아다니고, 거짓말하며 달리기 위해서
이다.

혹은 독수리처럼 오랫동안,

오랫동안 심연을,

자신의 심연을 응시한다.

아, 여기에서 심연은 더 아래로,

더 밑으로, 안쪽으로

더 깊은 심연으로 어지럽게 맴돌며 떨어진다!

그러다

갑자기 일직선으로,

날개를 펴고

어린 양들을 습격한다,

눈 깜박할 새에 내려와, 심한 굶주려 하며

어린 양들을 탐낸다.

모든 어린 양들의 영혼을 지닌 모든 것을 미워하고,

양처럼, 어린 양의 눈으로 바라보며,

털이 곱슬곱슬하고 잿빛이며,

어린 양과 양의 다정함을 가진
모든 것에 증오를 드러낸다!

이렇게
시인의 동경은,
천 개의 가면을 쓴 **그대의** 동경은
독수리와 표범과 같다.
그대 어리석은 자여! 그대 시인이여!

이런 그대는 인간을
신으로도, 양으로도 보았다.
인간 내면에 있는 신을
인간 내면에 있는 양과 마찬가지로 **찢어버리는 것**,
그리고 찢어버리며 **웃는 것**.

바로 이것이야말로 그대의 더없는 행복이다!
표범이요 독수리인 자의 행복이다!
시인이고 어리석은 자의 행복이다!"

대기는 맑게 개고,
초승달은 어느새

진홍색 저녁놀 사이에서 녹색으로 물들이고,

시기하면서 살금살금 걸어가고,

낮에게 적의를 품은 채,

걸음걸음마다 몰래

장미의 해먹을 베어낸다.

마침내 그것은 가라앉는다,

밤의 어둠 아래로 창백하게 가라앉는다.

이렇게 나 자신도 일찍이 가라앉았다.

나의 진리에 대한 망상에서 벗어나,

나의 대낮의 동경에서 벗어나,

낮에 질리고 빛 때문에 병들어,

아래로, 저녁 쪽으로, 그림자 쪽으로 가라앉았다.

하나의 진리 때문에

불태워지고 목말라 하면서.

그대는 아직도 기억하는가, 기억하는가, 뜨거운 가슴이여,

그때 그대가 얼마나 목말라 했던가를?

그 하나의 진리란 곧 내가 **모든** 진리에게서

추방된 것이 아닌가,

어리석은 자일 뿐이다!

시인일 뿐이다!”

학문에 대하여

마술사는 이렇게 노래했다. 그리고 함께 있던 자들은 모두 새처럼 자기도 모르는 새에 그의 교활하고도 우울한 욕망의 그물에 걸려들었다. 오직 정신의 양심가만 걸려들지 않았다. 그는 마술사로부터 재빨리 하프를 빼앗으며 소리쳤다. "공기를! 신선한 공기를 들여보내라! 차라투스트라를 불러오라! 그대는 이 동굴을 후텁지근하고 유독하게 만든다, 그대 사악한 늙은 마술사여!

그대 사기꾼이여, 간교한 자여, 그대는 미지의 욕망과 황폐함으로 유인한다. 슬프다, 그대 같은 자가 **진리**에 대해 떠들며 소동을 벌이다니!

슬프구나, **이러한** 마술사 앞에서 경계하지 않는 모든 자유로운 정신들이여! 그들의 자유는 이렇게 끝난다. 그대는 감옥으로 되돌아가라고 가르치며 유혹하는구나.

그대 슬픔의 늙은 악마여, 그대의 비탄으로부터는 유혹의 피리소리가 들려나온다. 그대는 순결을 찬양함으로써 몰래 육욕을 부추기는 자와 마찬가지다!"

양심을 지닌 자가 이렇게 말했다. 하지만 늙은 마술사는 주위를 둘러보며 자신의 승리를 즐겼으며 양심을 가진 자가 준불쾌감을 삼켜버렸다. "조용히!" 그는 겸손하게 말했다. "좋은 노래는 좋은 반응을 원한다. 좋은 노래를 듣고 나서는 한참 동안 침묵해야 한다.

여기 있는 자들, 보다 높은 인간들은 모두 그렇게 하고 있지 않은가. 그러나 그대는 나의 노래를 제대로 이해하지 못했는가? 그대에게는 마술의 정신이 없구나."

그러자 양심을 지닌 자가 대답했다. "그대의 말은 나와 그대 사이에 거리를 두는 것으로 들려 나에게 칭찬으로 들리는구나. 좋다! 그런데 그대 다른 사람들은 왜 그런가? 그대들 모두 탐욕스런 시선을 하고 앉아 있다.

그대 자유로운 영혼들이여, 그대들의 자유는 어디로 갔는가! 내 눈에 그대들은 발가벗고 춤추는 못된 소녀들을 오랫동안 바라보던 자들처럼 보인다. 그대들의 영혼 스스로 춤추고 있다!

그대보다 높은 인간들이여, 그대들 속에는 저 마술사가 사악한 마술의 정신과 사기군의 전신이라는 것이 더 많이 들어 있는 게 분명하다. 우리는 진실로 서로 너무나 다르다.

그리고 차라투스트라가 자신의 동굴로 돌아오기 전 우리는 서로 충분히 이야기를 나누며 생각했다. 그래서 나는 우리가 서로 **다른** 존재라는 사실을 약간 받아들였다.

그대들과 나, 우리는 여기 산 위에서도 서로 다른 것을 **구하고 있다**. 나는 더 많은 **안전**을 구하려 차라투스트라에게로 왔다. 그자는 아직까지 가장 견고한 탑이고 의지이기 때문이다.

오늘날 모든 것이 흔들거리고 대지 전체가 진동하는 때에 말이다. 하지만 그대들의 눈빛만 보아도 대충 알 수 있다. 그대들은 더 많은 **불안**을,

더 많은 전율을, 더 많은 위험을, 더 많은 지진을 구하고 있는 것 같다. 보건대 그대들은 갈망하고 있다. 나의 주제넘음을 너그러이 보아다오, 그대보다 높은 인간들이여,

그대들은 **내가** 가장 두려워하는 더없이 사악하고 더없이 위험한 삶을 갈망하고 있다. 야수의 삶을, 숲과 동굴과 가파른 산과 미로 같은 골짜기를 갈망한다.

그리고 그대들이 제일 마음에 들어 하는 자는 위험에서 **벗어나게 하는** 지도자가 아니라, 그대들을 모든 길에서 빗나가도록 유혹하는 자이다. 그러나 이 욕망이 그대 마음속에 **실제로 있어도** 나는 이것이 **이루어질 수 없다**고 생각한다.

공포는 인간의 타고난 감정이고 근본적 감정이다. 공포에게서 모든 타고난 죄와 타고난 덕이 설명된다. 또한 **나의** 덕도 공포로부터 자라났으니, 그것을 학문이라고 부른다.

말하자면 맹수에 대한 공포는 인간의 마음속에서 가장 오랜 세월 동안 자라났던 것이며, 인간이 자신 속에 숨겨두고 두려워하고 있는 동물도 여기에 포함된다. 차라투스트라는 이것을 '내면의 동물'이라고 부른다.

이 길고 오랜 공포가 마침내 세련되게 다듬어지고 영적으로 해석되고 정신적인 것으로 성장하며 오늘날 **학문**이라 불린 것으로 보인다."

양심가가 이렇게 말했다. 그러나 방금 자신의 동굴로 돌아와 그 마지막 말을 듣고 그 뜻을 짐작한 차라투스트라가 양심가에게 한 손 가득 장미를 주고 그가 들은 진리에 대해 비웃었다. "뭐라고!" 그가 소리쳤다. "내가 여기서 방금 무슨 말을 들었는가? 진실로 그대가 바보거나 내가 바보라는 생각이 든다. 그러나 나는 그대의 진리를 당장에 물구나무서게 하겠다.

공포는 우리들에게 예외이다. 그러나 용기와 모험, 미지의 것이나 아직 시도되지 않은 것에 도전하는 기쁨, 이런 **용기**란 인간 역사의 전부나 다름이 없다.

인간은 가장 사납고 가장 용기 있는 동물들을 시기하여 그것들로부터 모든 덕을 강탈했다. 이렇게 하여 인간은 비로소 인간이 되었다.

이 용기, 독수리의 날개와 뱀의 지혜를 가진 이 인간의 용기가 마침내 세련되게 다듬어지고 영적으로 해석되고 정신적인 것으로 성장한 것이다. 내 생각에는 **이것이** 오늘날 이것은,"

"**차라투스트라!**" 그 순간 함께 앉아 있던 모든 자들이 함께 외치며 커다란 소리로 웃음을 터뜨렸다. 그러자 그들로부터 무거운 구름 같은 것이 피어올랐다. 마술사도 웃으면서 재치

있게 말했다. "좋다. 나의 사악한 정신은 사라졌다!

그자는 사기꾼이며 거짓과 기만의 정령이라고 내가 말했을 때, 나 자신이 이미 그대들에게 이 정신을 조심하라고 경고한 것이 아니었던가?

특히 그가 발가벗은 채 모습을 드러냈을 때는 **내가** 이 정신의 간계를 어떻게 꿰뚫어 볼 수 있단 말인가! **내가** 이 정신을 만들고 세계를 창조했단 말인가?

자! 차라투스트라가 성난 눈길로 바라보고 있지만 우리 다시 긴장을 풀고 즐거운 시간을 보내자! 그를 보아라! 그가 나를 원망하고 있다!

그러나 밤이 오기 전에 그는 다시 나를 사랑하고 칭송하게 될 것이다. 그런 어리석음마저 없다면 그는 오래 살지 못할 것이기 때문이다.

그는 자신의 적들을 사랑한다. 내가 보았던 모든 사람들 중에서 그가 이 기술에 가장 익숙하다. 하지만 대신에 그는 자기 친구들에게 복수한다!"

늙은 마술사는 이렇게 말했고 보다 높은 인간들은 그에게 박수를 쳤다. 차라투스트라는 청중을 한 바퀴 돌고 악의와 사랑으로 그의 친구들과 악수를 나누었다. 마치 모든 자들에게 무언가를 보상하고 사죄해야 하는 자이기라도 한 것처럼 그렇게 했다. 하지만 그러다가 동굴 입구 쪽으로 오게 되었을 때, 보아라, 그는 다시 바깥의 신선한 공기와 자신의 동물들이 그리워져서 바깥으로 빠져나가려 했다.

사막의 딸들 사이에서

I

"가지 마라!" 그때 차라투스트라의 그림자를 자처했던 방랑자가 말했다. "우리 곁에 머물러라. 그렇지 않으면 저 오랜 눅눅한 슬픔이 다시 우리를 덮칠지 모른다.

저 늙은 마술사가 최악의 것으로 우리를 이미 극진히 대접했다. 그러니 보아라, 저 선하고 경건한 교황은 눈에 눈물이 가득한 채 다시 마음을 가다듬고 슬픔의 바다로 출항하고 있다.

저 왕들은 우리 앞에서 태연한 표정을 지으려고 하는 것 같다. 오늘날 우리 중 **그들이** 가장 태연한 표정으로 지내는 법을 잘 배우지 않았는가! 그러나 보는 자가 없다면, 그들의 마음속에서 사악한 움직임이 다시 움직인다. 내기를 해도 된다.

떠도는 구름, 눅눅한 슬픔, 가려진 하늘, 훔친 태양, 울부짖는 가을바람의 사악한 유희가 다시 시작될 것이다!

우리의 울부짖음과 긴박한 외침이라는 사악한 놀이가 다시 시작될 것이다. 우리 곁에 머물러라, 오, 차라투스트라여! 이곳에는 말하고 싶은 수많은 불행이 숨겨져 있다. 많은 저녁, 많은 구름, 많은 눅눅한 공기가 있다!

그대는 사나이의 거친 음식과 강한 잠언으로 우리를 먹여주었다. 그러므로 후식으로 저 연약하고 여성 같은 정령이 다시 우리를 덮치는 일이 없게 해라!

그대만이 주위의 공기를 맑고 강인하게 만든다! 지금까지 내가 지상에서 그대의 동굴 안 그대 곁에서보다 더 좋은 공기를 마신 적이 있었던가?

나는 많은 나라들을 보았고 나의 코는 여러 종류의 공기를 맛보고 평가할 줄 알게 되었다. 하지만 그대 곁에서 나의 코는 가장 큰 기쁨을 누린다.

다만 예외로, 아, 나의 옛 추억을 말하는 것을 용서하라. 내가 그 옛날 사막의 딸들 사이에서 지었던, 후식을 위한 옛 노래 하나를 부르는 것을 용서하라.

사막의 딸들이 있는 곳에도 여기와 마찬가지로 신선하고 맑은 동방의 공기가 있었다. 거기서 나는 구름 끼고 눅눅하고 슬픔에 젖은 늙은 유럽으로부터 가장 멀리 떨어져 있었던 것이다!

그때 나는 그 동방의 소녀들을 사랑했다. 한 점의 구름도, 한 점의 사상도 끼지 않은, 또 다른 푸른 하늘을 사랑했다.

그대들은 믿지 못하리라. 그녀들이 춤추지 않을 때는 얼마나 귀엽게 앉아 있었는지 모른다. 깊이, 그러면서 아무런 생각도 없이, 작은 비밀처럼, 리본을 단 수수께끼처럼, 후식용 호두처럼 말이다.

진실로 알록달록하고 이국적이었다! 한 점의 구름도 없이, 풀어보라고 주어진 수수께끼처럼. 이 소녀들을 즐겁게 해주기 위해 그때 나는 후식을 위한 시 한 편을 지었다."

방랑자이자 그림자인 자가 이렇게 말했다. 그리고 대답을 듣기도 전에 그는 재빨리 늙은 마술사의 하프를 손에 들고 다리를 꼬고 앉아 차분하고 지혜롭게 주위를 둘러보았다. 그리고는 천천히 음미하듯 공기를 들이마셨다. 새 나라에서 새롭고 낯선 공기를 맛보는 자와도 같았다. 그러고 나서 그는 포효하듯 노래하기 시작했다.

2

"사막은 성장한다. 사막을 품고 있는 자에게 재앙이 내려라!"

아! 장엄하다!
참으로 장엄하다!
위엄 있는 시작이여!
아프리카처럼 장엄하구나!
사자와도 같은,
또는 울부짖는 도덕적인 원숭이와 같은
그러나 그대들과는 아무 상관없는,

그대 너무 사랑스러운 여자 친구들이여,
그대들의 발밑에 내가
처음으로,
유럽인으로서, 야자나무 밑에
앉아도 좋다는 허락을 받았다. 셀라.

진실로 놀랍다!
지금 내가 여기 앉아 있다니.
사막 가까이에, 그리고 이미
사막에서 다시 이렇게 멀리 떨어져 있다니,
조금도 황폐해지지 않은 채,
이 작은 오아시스에
파묻혀 있다.
이 오아시스는 방금 하품하면서
그 사랑스런 입을 벌렸다,
모든 작은 입들 중에서 가장 좋은 냄새가 나는 입을.
나는 그 입속으로 떨어졌다,
아래로, 한가운데로, 그대들 사이로,
그대 너무도 사랑스러운 여자 친구들이여! 셀라.

만세, 만세, 저 고래여,

자신의 손님을 이토록

잘 대접해주다니! 나의 교양이 넘치는 암시를

그대는 이해하는가?

저 고래의 배에 축복을,

그것이 이렇게나

사랑스런 오아시스의 배라면,

이 오아시스의 배와 같다면, 그러나 나는 그것을 믿지 않는다.

내가 유럽에서 왔기 때문이다.

모든 늙은 아내들보다 더 의심 많은 유럽에서 왔기에

신이여, 제발 고쳐주소서!

아멘!

지금 나는 여기에 앉아 있다.

이 작은 오아시스에

대추야자 열매처럼

갈색으로, 달고, 금빛으로 익어

소녀의 동그란 입을 갈망하며,

그러나 그보다는 소녀답고,

얼음처럼 차고, 눈처럼 희고, 칼날 같은,

모든 뜨거운 대추야자 열매의 마음은

이런 앞니를 갈망하고 있다. 셀라.

방금 말한 남쪽의 열매와

비슷한, 아주 비슷하게,

나는 여기 누워 있다. 날아다니는 작은

딱정벌레가

어지럽게 춤추고 살랑거리며 돌아다니고,

그와 같이 더욱 작고,

더욱 어리석고 더욱 심술궂은

소망과 생각이 나풀거리는 가운데,

그대들에게 둘러싸여서,

그대들, 말없이 예감에 넘치는

소녀 고양이들이여,

두두와 줄라이카여!

많은 감정을 한마디에

담아 표현하니, **스핑크스에 둘러싸여**

(신이여, 이렇게 말로 죄를 짓는 것을 용서하라!)

나는 여기에 앉아 있다. 더없이 상쾌한 공기를 마시며,

진정한 낙원의 공기,

밝고 가볍고, 금빛으로 빛나는 공기를 마시며,

아마도 이처럼 상쾌한 공기는 언젠가 달로부터 내려왔을 것

이다.

그것은 옛 시인이 말하듯

우연히 그런 것인지,

아니면 자유 때문에 일어난 일인가?

그러나 나, 회의하는 자는 이 이야기를

의심하건대, 내가 유럽에서

왔기 때문이다,

모든 늙은 아내들보다

더 의심 많은 유럽에서.

신이여, 제발 고쳐주고서!

아멘!

너무도 상쾌한 이 공기를 마시고,

코를 술잔처럼 부풀게 하고,

미래도 없고, 기억도 없이

나는 여기에 앉아 있다, 그대들

너무 사랑스러운 여자 친구들이여,

나는 야자나무를,

그것이 어떻게, 마치 무희처럼

몸을 굽히고 뒤틀어 허리를 흔드는지 바라본다.

그렇게 오래 구경하다 보면 어느새 따라하게 되는 법!

나에게 그렇게 보이듯이 야자나무는 무희처럼

너무 오랫동안, 위험할 정도로 너무 오랫동안

쉬지도 않고 오직 한쪽 다리로만 서 있었던가?

그래서 나에게 그렇게 보이던 야자나무는

다른 쪽 다리를 잊어버렸단 말인가?

헛되긴 했으나

나는 잃어버린 한 쌍의 보석 중 다른 하나를

말하자면 다른 쪽 다리를 찾고 있었다.

야자나무의 그지없이 사랑스럽고 너무도 우아한

부채 모양의, 펄럭이고 반짝이는 치마,

근처의 성스러운 곳에서,

그렇다, 그대 아름다운 여자 친구들이여,

그대들이 나의 말을 온전히 믿는 것으로 보여 하는 말이다,

실은 야자나무가 그것을 잃어버렸다!

그것은 없어졌다!

영원히 사라져버렸다!

다른 쪽 다리는!

아, 슬프구나, 이 사랑스러운 한쪽 다리여!

어디에서 버림받은 것을 슬퍼하고 있을까?

저 외로운 다리는?

어쩌면 으르렁거리고 있는

누런 금발의 사자 같은 맹수 앞에서

두려움에 떠는 것일까? 아니면 이미

물어 뜯겨버렸는가.

가엾구나, 슬프고! 슬프다! 물어 뜯겨버렸구나! 셀라.

아, 울지 마라,

연약한 마음이여!

울지 마라, 그대들

대추야자 열매의 마음이여! 젖가슴이여!

그대 감초의 마음을 가진

작은 주머니여!

더 이상 울지 마라,

창백한 두두여!

사나이가 되어라, 줄라이카여! 용기를 내어라! 용기를!

아니 어쩌면

기운을 주는 것, 마음을 강하게 해주는 것이

이 자리에 있어야 하지 않는가?

엄숙한 잠언이?

엄한 격려의 말이?

자! 나타나라, 위엄이여!

덕의 위엄이여! 유럽인의 위엄이여!

바람을 불게 하라, 다시 바람을 불어라,

덕의 풀무여!

오!

다시 한번 울부짖어라!

덕에 넘치게 울부짖어라!

도덕의 사자로서,

사막의 딸들 앞에서 울부짖어라!

덕의 울부짖음은,

그대 너무 사랑스런 소녀들이여,

유럽인의 열정, 유럽인의 뜨거운 열망 그 이상이기 때문이다!

그리고 나는 지금 여기 서 있다.

유럽인으로서.

나는 어찌할 방법이 없다, 신이여, 나를 도와주소서!

아멘!

"사막은 성장한다. 사막을 품고 있는 자에게 재앙이 내려라!"

깨우침

I

방랑자이고 그림자인 자의 노래가 끝나자 동굴 안은 갑자기 소음과 웃음소리로 가득 찼다. 모여 있던 손님들 모두가 한꺼번에 말을 하고 나귀도 이 분위기에 따라 가만히 있지 않았기 때문에 차라투스트라는 자기 손님들에게 약간의 혐오와 조롱의 감정을 느꼈다. 손님들이 즐거워하는 것이 기뻤지만 그런 감정이 들었다. 손님들이 즐거워하는 것은 그에게는 회복의 징후였다. 그래서 그는 바깥으로 나와서 그의 동물들에게 말했다.

"그들의 절박함은 이제 어디로 가버렸는가?" 이렇게 말하고 그는 어느새 미미한 불쾌감을 털어내려고 깊이 숨을 들이마셨다. "그들은 내게 오더니 긴박한 외침을 잊어버린 모양이다!

유감스럽게 소리를 지르는 것은 아직 잊지 않았다." 그리고 차라투스트라는 귀를 막았다. 그때 나귀의 "이아" 하는 소리가 보다 높은 인간들의 환호성 사이에 섞여 들려왔기 때문이었다.

"그들은 유쾌하구나." 그가 다시 말하기 시작했다. "그러나 자신들이 주인에게 폐를 끼치는 것을 어떻게 알겠는가. 내게 웃음을 배우긴 했어도 그들이 배운 건 **나의** 웃음이 아니다.

하지만 그게 무슨 상관인가! 그들은 늙은이일 뿐이다. 그들은 그들 방식대로 회복 중이고, 그들 나름대로 웃는다. 나의 귀는 이미 더 나쁜 일도 견디고 화를 내지 않았다.

오늘은 승리의 날이다. 그는, 나의 숙적인 **무거운 정신**이 물러나 달아나고 있다! 그 불길하고 무겁게 시작된 오늘이 얼마나 훌륭하게 끝나가고 있는가!

오늘이 **끝나간다**. 어느새 저녁이다. 훌륭한 기사인 저녁이 바다를 넘어 말을 타고 온다! 복된 자, 집으로 돌아오는 자인 저녁이 자신의 자줏빛 안장에 앉아 흔들거리는 모습을 보아라!

하늘은 맑은 눈으로 그 모습을 보고, 세계는 깊이 누워 있다. 아, 그대 나를 찾아온 모든 유별난 자들이여, 나와 더불어 산다는 것만으로 이미 보람 있는 일이 아닌가!"

차라투스트라는 이렇게 말했다. 그때 동굴에서 보다 높은 인간들의 고함과 웃음소리가 다시 들려왔다. 그래서 그는 다시 말하기 시작했다.

"그들은 미끼를 물고 있다. 나의 미끼가 효과를 보인다. 그들에게서도 그들의 적이, 중력의 영이 물러나고 있다. 그들은 이미 자신을 조롱한다. 내가 제대로 들은 것인가?"

사나이를 위한 나의 음식이, 즙이 흐르고 힘에 넘치는 나의 잠언이 효과를 나타내고 있다. 그들에게 배나 부풀게 만드는 야채를 내놓지는 않았다! 전사의 음식, 정복자의 음식을 먹였던 것이다. 그리하여 나는 그들에게 새로운 욕망을 일깨웠다.

새로운 희망이 그들의 팔과 다리에서 솟아나고 그들의 가슴은 기지개를 편다. 그들은 새로운 말을 찾아내고 그들의 정신은 곧 자유를 호흡하게 될 것이다.

이 음식은 분명 아이들을 위한 것은 아니고 그리움에 지친 늙은 여인, 젊은 여인에게는 더 어울리지 않는다. 이들의 내장은 다른 방식으로 달래야 한다. 그러나 나는 이들의 의사도 교사도 아니다.

보다 높은 인간들로부터 **구역질**이 물러나고 있다. 그렇다! 이것은 나의 승리이다. 나의 영토에서 그들은 안전해지고 어리석은 부끄러움을 온전히 이겨내 마음껏 속을 털어놓는다.

그들은 자신의 마음속을 한껏 드러낸다. 좋은 시간이 그들에게 되돌아온 것이다. 그들은 축제를 열고 다시 그 맛을 되씹는다. 그들은 **고마움을 알게** 된다.

그들이 **고마움을 알게 된 것**을 나는 최선의 징후로 생각한. 그들은 조만간 축제를 생각하고 그들이 누린 옛날의 기쁨이 기록된 기념 비석을 세울 것이다.

그들은 **치유되고 있는 자들**이다!" 차라투스트라는 마음속으로 기뻐하며 이렇게 말하고는 먼 곳을 바라보았다. 그의 짐승들은 그에게로 다가와 그의 행복과 그의 침묵에 경의를 표했다.

2

그러나 차라투스트라의 귀는 깜짝 놀랐다. 지금까지 소음과 웃음소리로 가득하던 동굴이 순식간에 쥐 죽은 듯 조용해졌기 때문이었다. 그의 코는 솔방울을 태울 때 나는 자욱한 연기와 향내를 맡았다.

"무슨 일인가? 그들이 무슨 일을 벌이고 있는가?" 그는 이렇게 혼잣말로 묻고 손님들이 눈치 채지 못하게 동굴 입구로 슬쩍 다가가 들여다보았다. 아주 놀라운 일이 벌어지고 있었다. 그는 자기 눈을 믿을 수 없었다!

"그들이 모두 다시 **경건해지고 기도하고** 있다. 이럴 수가!" 그는 놀란 나머지 입을 다물 수가 없었다. 어이가 없었다! 보다 높은 모든 인간들, 곧 두 명의 왕, 일자리를 잃은 교황. 사악한 마술사. 제 발로 거지가 된 자. 방랑자이고 그림자인 자, 늙은 예언자, 정신의 양심가, 그리고 가장 추한 자 모두가 아이들이나 믿음이 깊은 노파처럼 무릎을 꿇고 앉아 나귀에게 예배를 드리고 있었다. 그리고 바로 그때 가장 추한 자가 내면에서 뭔가 치밀어 오르는 것처럼 그르렁거리고 헐떡이기 시작했다. 그러나 그가 이것을 말로 표현했을 때, 보아라, 그것은 나귀에게 예배하고 향을 피워두고 찬양하는 경건하고 기이한 기도였다. 기도는 다음과 같이 울렸다.

아멘! 우리 하느님에게 찬미와 영광과 지혜와 감사와 영광과 권능이 영원무궁토록 있기를!

그러자 나귀는 "이아" 하고 외쳤다.

우리의 신은 우리 짐을 짊어지고 종의 형상으로 나타나 진심으로 인내하고 결코 '아니다'라고 말하지 않는다. 그리고 자신의 신을 사랑하는 자는 자기의 신을 핍박한다.

그러자 나귀는 "이아" 하고 외쳤다.

우리의 신은 자신이 창조한 세상에 대해 '그렇다'고 말하는 것을 제외하고 아무 말도 하지 않는다. 우리의 신은 이렇게 자신의 세상을 찬양한다. 말하지 않는 것이 신의 교묘함이다. 그러므로 신이 잘못하는 경우는 거의 없다.

그러자 나귀는 "이아" 하고 외쳤다.

우리의 신은 눈에 띄지 않고 세상을 돌아다닌다. 신의 몸은 잿빛이며, 신은 이 잿빛으로 당신의 덕을 감싸고 있다. 신은 정신을 가졌지만 이를 숨긴다. 그러나 우리는 모두 신의 기다란 귀를 믿는다.

그러자 나귀는 "이아" 하고 외쳤다.

기다란 귀를 가진 우리의 신이 오로지 '그렇다'고 할 뿐, 결코 '아니다'라고 말하지 않는 것은 얼마나 숨겨진 지혜인가 신은 당신 모습에 따라, 다시 말해 가능한 한 어리석게 이 세상을 창조하지 않았는가?

그러자 나귀는 "이아" 하고 외쳤다.

그대는 곧바른 길과 굽은 길을 간다. 우리 인간들이 무엇을 곧고 굽은 것으로 여기든지 그대는 신경 쓰지 않는다. 선과 악의 건너편에 그대의 나라가 있기 때문이다. 순진함이 무엇인지 모르는 것이 그대의 순진함이다.

그러자 나귀는 "이아" 하고 외쳤다.

보아라, 그대는 아무도 거절치 않는다, 거지나 왕이든 상관없다. 어린아이도 자신에게 오게하여 악동들이 그대를 유혹할 때도 그저 "이아" 하고 말한다.

그러자 나귀는 "이아" 하고 외쳤다.

그대는 암나귀와 싱싱한 무화과나무 열매를 좋아한다. 그대는 식성이 까다롭지 않다. 그대가 한창 배고플 때는 엉겅퀴도 마음이 끌린다. 여기 신의 지혜가 있다.

그러자 나귀는 "이아" 하고 외쳤다.

나귀 축제

I

여기까지 기도하자 차라투스트라는 더 이상 참을 수가 없어 직접 나귀보다 더 크게 "이아" 하고 외쳤다. 그러고는 미쳐버린 자기 손님들 가운데 뛰어 들어갔다. "이게 무슨 짓인가, 사람의 자식들이여?" 그는 기도하는 자들을 바닥에서 일으켜 세우며 소리쳤다. "차라투스트라가 아닌 다른 자가 그대들을 보았다면 어쩔 뻔했는가.

누구든지 이렇게 판단할 것이다. 그대들은 새로운 신앙으로 가장 악한 신성을 모독하는 자가 되었거나 모든 노파들 중 가장 어리석은 노파가 되었다고 말이다.

그리고 그대 늙은 교황이여, 나귀 한 마리를 이렇게 신으로 경배하는 것이 어울리는 일인가?"

교황이 대답했다. "아, 차라투스트라여, 용서하라. 그러나 신의 일에 있어서는 내가 그대보다는 더 잘 알고 있다. 당연하지 않은가.

형상도 없는 신을 경배하는 것보다 이 나귀의 모습을 한 신을 경배하겠네! 이 잠언을 생각해보아라, 나의 귀한 친구여, 그대는 이 잠언 속에 지혜가 숨겨져 있는 것을 금방 알아차릴 것이다.

'신은 일종의 정신이다'라고 말한 자는 이 지상에서 무신론으로 나가는 가장 커다란 걸음을 딛고 뛰어올랐다. 그 말은 이 지상에서 쉽게 주워 담을 수 있는 게 아니다!

나의 늙은 심장은 이 지상에 경배할 것이 있다는 사실 때문에 마구 뛴다. 용서하라. 아, 차라투스트라여, 늙고 경건한 교황의 마음을!"

"그런데 그대는," 차라투스트라가 방랑자이고 그림자인 자에게 말했다. "스스로를 자유로운 정신이라고 부르며 착각하는가? 그리고 여기서 그렇게 우상을 섬기며 성직자 행세를 하는 것인가?

진실로 그대는 갈색 피부의 못된 소녀들과 있을 때보다 여기서 더 나쁜 짓을 벌이고 있다. 그대, 못된 새 신자여!"

"아부는 나쁜 것이다." 방랑자이고 그림자인 자가 대답했다.

519

"그대의 말이 맞다. 그러나 나도 특별한 방법이 없다! 예전의 신이 다시 살아났으니, 아, 차라투스트라여, 그대가 무슨 말을 해도 소용없다.

가장 추한 자가 모든 일에 책임이 있다. 그자가 신을 다시 살렸다. 그리고 그자가 자신이 일찍이 신을 죽였다고 말했지만, **죽음**이란 늘 언제나처럼 신들에게는 편견이다."

그러자 차라투스트라가 말했다. "그리고 그대 늙고 고약한 마술사는 무슨 짓을 했는가! 이 자유로운 시대에 앞으로 누가 그대를 믿겠는가? **그대**가 그 나귀를 신으로 모시고 믿으니 말이다.

그대는 멍청한 짓을 했다. 그대가, 그대 현명한 자가 그런 멍청이 짓을 하다니!"

영리한 마술사가 대답했다. "아. 차라투스트라여! 그대의 말이 옳다. 어리석은 짓이었다. 내게도 그 일을 하는 것이 매우 어려웠다."

"그리고 그대는," 차라투스트라가 정신의 양심가에게 말했다. "깊이 생각하고 또 하라. 그리고 손가락을 코끝에 대어보아라. 양심에 걸리는 것이 아무것도 없는가? 그대의 정신은 이 기도와 이 같은 신도가 뿜는 안개에 빠지기에는 너무 명료하다."

"그 무엇인가가 있다." 지적인 양심을 가진 자는 이렇게 대답하면서 손가락을 코끝으로 가져갔다. "이런 연극에는 내 양심에 거슬리지 않는 어떤 것이 있다.

아마도 나는 신을 믿어서는 안 되는 것이다. 그러나 확실한 사실은 신이 이 모습으로 나타날 때 가장 믿을 만하다는 것이다.

가장 경건한 자들의 증언에 따르면 신은 영원한 존재여야 한다. 그토록 많은 시간을 가졌으니 여유가 있을 수밖에. 가능한 한 아주 천천히, 그리고 무심하게, **이렇게 해도** 그와 같은 존재는 수많은 것을 이룬다.

그리고 정신을 너무 많이 소유한 자는 우둔함과 우매함에 빠져 오히려 어리석어지기도 한다. 아, 차라투스트라여, 그대 자신을 생각해보아라!

진실로 그대 자신을! 그대 또한 그 충만함과 지혜로 말미암아 나귀가 될 수도 있는 것이다.

완전한 현자는 가장 굽은 길도 기꺼이 가지 않는가? 겉모습이 그것을 말해준다, 아, 차라투스트라여. 바로 그대의 겉모습이!"

"그리고 마지막으로 그대는." 차라투스트라는 이렇게 말하며 아직도 바닥에 누워 나귀를 향해 손을 높이 치켜들고 있는 가장 추한 자에게(그는 나귀에게 마실 포도주를 바치고 있었다.) 몸을 돌렸다. "말해보아라, 그대, 말로 표현할 수 없는 자여, 그대는 여기서 무엇을 했는가!

내 눈에 변했다. 그대의 눈은 불타고, 고매함이라는 외투가 그대의 추악함을 덮어주고 있다. 그대는 **무슨** 일을 했는가?

그대가 다시 신을 살렸다는 것이 사실인가? 무엇 때문에 그랬는가? 신은 합당하게 살해당하고 제거되지 않았는가?

내 눈에는 바로 그대 자신이 깨어난 자이다. 무슨 일을 했는가? 왜 **그대**는 생각을 바꾸었는가? 무엇이 **그대가** 개종하게 했는가? 말해보아라, 그대 말로 표현할 수 없는 자여!"

"아, 차라투스트라여," 가장 추한 자가 대답했다. "그대는 불한당이다!

그대에게 묻는다. 신이 아직 살아 있는지, 부활했는지 아니면 완전히 죽었는지 우리 둘 중 누가 더 잘 알겠는가?

그러나 나는 한 가지를 알고 있다. 가장 완벽하게 살해하려 하는 자는 **미소 짓는다는 사실을**. 오, 차라투스트라여, 나는 그것을 언젠가 그대에게 배웠다.

'사람들은 분노가 아닌 웃음으로 살해한다.' 언젠가 그대가 말했다. 오, 차라투스트라여, 그대 숨어 있는 자여, 분노 없이 파괴하는 자여, 그대 위험한 성자여, 그대는 불한당이다!"

2

이렇게 아주 무례한 대답에 놀란 차라투스트라는 동굴 입구의 문까지 뛰어 되돌아갔다. 그리고 모든 손님에게 힘찬 목소리로 외쳤다.

"아, 그대 무례한 바보들이여, 광대들이여! 어째서 그대들은 내 앞에 위장하고 자신을 숨기는가!

그대들 각자의 마음은 모두 쾌락과 악의로 몹시 뒤척인다. 그것은 그대들이 마침내 아이처럼 되었기 때문이다. 경건해졌기 때문이다.

그대들이 다시 아이들처럼 기도하고, 손을 모으고, '사랑하는 신이여' 하고 불렀다!

그러나 이제 이 아이들의 방을 떠나라. 오늘 온갖 유치한 일이 벌어지고 있는 나의 동굴을 떠나라. 그리고 여기 바깥으로 나와 그대들의 열정적이고 아이 같은 성질과 마음의 소란을 냉정히 가라앉혀라!

물론 아이들처럼 되지 않고서는 그대는 저 하늘나라에 들어갈 수 없다. (그리고 나서 차라투스트라는 두 손으로 위를 가리켰다.)

하지만 우리는 전혀 하늘나라로 가고 싶지 않다. 우리는 성숙한 어른이 되었다. **우리는 지상의 나라를 원한다.**"

3

차라투스트라는 다시 말하기 시작했다. "아, 나의 새로운 친구들이여, 그대 놀라운 인간들이여, 보다 높은 인간들이여, 그대들은 내 마음에 꼭 든다.

이제 그대들은 즐겁구나! 진실로 그대들은 모두 활짝 피어났다. 내 생각에 그대들과 같은 꽃에게 **새로운 축제**가 필요하다.

실없고 작은 용감한 행동, 어떤 예배와 나귀 축제, 노련하고 즐거운 차라투스트라, 어리석은 자, 그대들에게 불어와 영혼을 맑게 하는 바람이 무섭게 불어야 한다.

이 밤과 이 나귀 축제를 잊지 마라, 그대보다 높은 인간들이여! 그대들은 **이것을** 내 곁에서 생각해냈고 나는 그것을 좋은 징후로 생각한다. 치유되고 있는 자만이 이와 같은 것을 생각해낼 수 있으니 말이다!

이 나귀 축제를 다시 한번 열어라. 그대들과 **나를** 위해! 그리고 나를 기억하기 위해!"

차라투스트라는 이렇게 말했다.

도취한 자의 노래

I

그러는 동안 한 사람씩 바깥으로 서늘하고 생각에 잠긴 밤 속으로 걸어갔다. 차라투스트라도 가장 추한 자의 손을 잡고 이끌었다. 밤의 세계와 크고 둥근 달과 동굴 옆 은색 폭포를 보여주기 위해서였다. 그렇게 이들 모두는 나란히 말없이 서 있게 되었다. 모두 노인들이었지만 마음은 위로받은 용기로 넘쳤고 그들은 지상에서 행복의 가능성을 믿을 수 없이 많이 보았다. 어느새 밤의 은밀함이 그들의 마음속으로 점점 다가왔다. 그래서 차라투스트라는 다시 마음속으로 생각했다. "아, 이들은 이제 내 마음에 든다, 보다 높은 인간들이!" 하지만 그는 이 말을 내뱉지는 않았다. 그들의 행복과 그들의 침묵을 존중하기 때문이었다.

그런데 그때 놀랍고 길었던 날 일어난 일 가운데서 가장 놀라운 일이 벌어졌다. 가장 추한 자가 다시 한번, 그리고 마지막으로 그르렁거리며 헐떡이기 시작했다. 그가 마침내 말을 할 때, 보아라, 그의 입에서 맑고도 부드럽게 하나의 물음이 튀어나왔다. 그의 말에 귀 기울이고 있던 모든 사람들의 마음을 움직인, 훌륭하고 심원하고 명확한 물음이었다.

"나의 친구들이여," 가장 추한 자가 말했다. "그대들 생각은 어떤가? 오늘 하루 덕분에 **나는** 처음으로 지금까지 살아왔던 것이 만족스럽게 느껴졌다.

그러나 이 정도 증언만으로는 충분하지 않다. 어쨌든 이 대지 위에 사는 것은 보람 있는 일이다. 차라투스트라와 함께 보낸 하루와 축제는 대지를 사랑하는 법을 가르쳤다.

'바로 이것이 삶이 아닌가?' 나는 죽음을 향해 말하고자 한다. '자, 다시 한번!'

벗들이여, 그대들 생각은 무엇인가? 그대들도 나처럼 죽음을 향해 말하고 싶지 않은가? **'바로 이것이** 삶이 아니었는가? 차라투스트라를 위해, 자! 다시 한번!'이라고."

더없이 추악한 자가 이렇게 말했을 때는 자정이 가까웠을 때였다. 그런데 그때 무슨 일이 일어났던가? 차원 높은 인간들은 그의 질문을 듣는 순간, 갑자기 그들이 변화되고 회복했음을, 그리고 누가 그들을 이렇게 만들어주었는지 깨닫게 되었던 것이다. 그래서 그들은 차라투스트라에게로 뛰어와 감사해하고 존경하고 어루만지고 그의 손에 입을 맞추었는데, 그 방식은 다채로워서 누군가는 웃었고, 누구는 울었다. 그중에서 늙은 예언자는 심히 만족하여 춤을 추었다. 많은 이야기꾼들이 생각하는 것처럼, 그는 달콤한 포도주에 취했지만 분명 달콤한 삶에 더 취해 있었고 모든 권태를 이미 이겼다. 게다가 그때 나귀도 춤을 추었고 가장 추한 자가 앞서 나귀에게 포도주를 마시도록 한 게 헛되지 않았다고 말하는 자들도 있다. 이것은 사실일 수도 그렇지 않을 수도 있다. 그리고 그날 저녁 나귀가 춤을 추지 않았어도 그때 나귀의 춤보다 더 엄청나고 더 신기한 일들이 일어났다. 차라투스트라가 습관적으로 이렇게 말하듯이 그랬다. "그게 무슨 상관이란 말인가!"

2

가장 추한 자에 의해 이런 일이 벌어졌을 때, 차라투스트라는 취객처럼 거기 서 있었다. 그의 시선은 빛을 잃었고 그의 혀는 웅얼거렸으며 발은 비틀거렸다. 그때 차라투스트라의 영혼

속으로 어떤 사상이 스쳐 지나갔는지 누가 알겠는가? 그러나 분명 그의 정신은 자신의 머물던 곳을 떠나 앞서 달려가 먼 곳, 기록에 있는 대로 말하면 두 바다 사이의 높은 산등성이 위쪽에서,

과거와 미래 사이에서 무거운 구름처럼 떠돌았다. 그러나 보다 높은 인간들이 그를 팔에 안고 있는 동안 그는 서서히 제 정신을 찾았다. 그리고는 그를 존경하고 걱정하는 자들이 몰려드는 것을 양손으로 막았다. 그러나 말은 하지 않고 갑자기 머리를 돌렸다. 무슨 소리가 들려왔기 때문이다. 그는 손가락을 입에 갖다 대고 말했다. **"와라!"**

그러자 주위는 더 조용해지고 비밀스러워졌다. 가운데 깊은 곳에서 천천히 종소리가 들려왔다. 보다 높은 인간들처럼 차라투스트라는 이 소리에 귀를 기울였다. 그러다 그는 한 번 더 손가락을 입에 갖다 대고 말했다. **"와라! 오거라! 이제 한밤중이 다가온다!"** 그의 목소리는 변해 있었다. 그러나 그는 자리에서 꿈쩍도 하지 않았다. 주위는 더 조용하고 더 비밀스러워졌다. 모든 것이 귀를 기울였다. 나귀도, 차라투스트라의 영광스러운 동물인 독수리와 뱀도, 차라투스트라의 동굴, 크고 서늘한 달과 밤도 귀를 기울였다. 차라투스트라는 세 번째로 손을 입에 갖다 대고 말했다.

"자! 자! 자! 이제 떠나자! 때가 왔다. 밤 속으로 떠나자!"

3

그대보다 높은 인간들이여, 한밤중이 다가온다. 나는 저 낡아버린 종이 내 귀에 대고 말하는 것처럼 그대들의 귀에 들려주겠다.

어떤 인간보다 다양한 경험을 해온 저 한밤중의 종이 내게 말하는 것처럼 비밀스럽고 놀랍고 진지하게 들려줄 것이다.

저 종은 이미 그대들의 선조의 고통스런 심장의 박동을 생각했다. 아! 아! 그 탄식을 들어라! 꿈속에서 웃는 것을 들어라! 이 늙고 깊은 한밤이!

조용! 조용히 하라! 낮에는 들을 수 없던 많은 것이 이제 들린다. 서늘한 바람으로 그대들 마음속 모든 소음이 조용해진 지금에서야, 이제야 그것이 말을 하고, 그 말이 들리고, 그것이 밤마다 깨어 있는 영혼 속으로 살금살금 기어들어 간다! 아! 아! 한밤중의 탄식을 들어보아라! 한밤중은 꿈속에서 웃고 있다!

한밤중이, 저 늙고 깊은 한밤이 **그대들에게** 비밀스럽고도 놀랍고 진지하게 말하는 것을 듣지 못하는가?

아, 인간이여, 주의 깊게 잘 들어보아라!

4

슬프구나! 시간은 어디로 가버렸는가? 나는 깊은 샘에 가라앉지 않았는가? 세계는 잠들어 있다.

아! 아! 개는 짖고 달은 빛난다. 나의 한밤중의 마음이 방금 생각한 것을 그대들에게 말한다. 나는 그저 되풀이하여 죽고 싶다.

이제 나는 이미 죽은 존재다. 모든 것은 끝났다. 거미여, 너는 왜 내 주변으로 거미줄을 치는가? 피를 원하는 것인가? 아! 아! 이슬이 내린다, 때가 되었다.

내가 추위에 떨고 언 상태로 계속해서 묻고 또 묻는 때가 왔다. "이것을 감당할 마음의 소유자는 누구인가?

누가 대지의 주인이어야 하는가? 그대 크고 작은 강물들이여, 그대들은 **그렇게** 흘러가야 한다!고 누가 말하는가?"

때가 가까워왔다, 아, 인간이여, 그대보다 높은 인간이여, 주의 깊게 들어라! 이 말은 섬세한 그대의 귀를 위한 것이다. **깊은 한밤중은 무엇을 말하는가?**

5

나는 저 멀리로 가고 영혼은 춤을 춘다. 매일의 일이여! 나날의 일이여! 누가 대지의 주인인가?

달은 서늘하고 바람은 말이 없다. 아! 아! 그대들은 이미 충분히 높게 날았는가? 그대들은 춤을 춘다. 그러나 다리는 절대 날개가 될 수 없다.

그대 멋진 춤꾼들이여, 이제 모든 즐거움은 사라졌다. 포도주는 찌꺼기만 남고, 모든 술잔은 늘어지고, 무덤은 더듬거리며 말한다.

그대들은 충분히 높이 날아오르지 못했다. 이제 무덤이 더듬거리며 말한다. "죽은 자들을 구원하라! 밤은 왜 이렇게 긴가? 달이 우리를 취하게 하였나?"

그대보다 높은 인간들이여, 무덤을 구원하고, 시체를 깨워라! 아, 벌레는 여태 무엇을 파내는 것인가? 가까이 왔다. 때가 가까워 왔다.

종이 울리고 마음은 웅얼대고 나무와 마음을 파먹는 벌레는 아직도 파내는 중이다. 아! 아! **세계는 깊다!**

6

감미로운 하프여! 감미로운 하프여! 나는 그대의 곡을 사랑한다, 그대의 술 취한 두꺼비의 가락을! 얼마나 오래전부터 멀리서 그대의 가락은 나에게 들렸는가. 가장 먼 사랑의 연못으로부터!

그대 낡은 종이여, 그대 감미로운 하프여! 모든 고통이 그대의 마음을 아프게 한다. 아버지의 고통이, 선조의 고통이, 태고의 선조의 고통이 그대의 마음을 아프게 한다. 그렇게 그대의 말은 성숙해졌다.

황금의 가을과 오후처럼, 그리고 나 은둔자의 마음처럼 성숙해졌다. 이제 그대는 세계가 성숙했고 포도송이는 갈색으로 익었다고 말한다.

이제 그것은 죽기를 바란다, 행복에 겨워 죽기를 바란다. 그대보다 높은 인간들이여, 그대들은 비밀스런 이 냄새를 맡지 못하는가?

영원의 안개와 향기, 지난날의 장밋빛 행복을 담은 누런 황금 포도주의 향기가 피어오른다.

한밤중에 죽음을 맞이하는 도취의 행복을 알리는 향기가 피어오른다. 그것은 이렇게 노래한다. 세계는 깊고 **낮이 생각했던 것보다 더 깊다!**

7

나를 내버려두어라! 그대로 내버려두어라! 그대가 관련되기에 나는 너무 깨끗하다. 나를 건드리지 마라! 나의 세계는 방금 완성되지 않았는가?

나의 피부는 그대의 손이 닿기에 너무 깨끗하다. 나를 내버려두어라, 그대 어리석고 둔한 낮이여! 한밤중이 더 밝지 않은가?

가장 깨끗한 자들이 대지의 주인이 되어야 한다. 가장 알려지지 않은 자들, 가장 강한 자들, 모든 낮보다 더 밝고 깊은 한밤중의 영혼들이 주인이 되어야 한다.

오, 낮이여, 그대는 나를 손으로 만지고 찾는 중인가? 그대는 나의 행복을 손으로 더듬거리며 찾는가? 그대의 눈에 나는 풍요롭고 고독하며 보물의 구덩이고 황금 창고인가?

오, 세계여, 그대는 **나를** 원하는가? 그대에게 나는 세속적으로 보이는가, 종교적으로 보이는가? 신성하게 보이는가? 그러나 낮과 세계여, 그대들은 너무 굼뜨다.

더 영리한 손을 가져야 한다. 더 깊은 행복과 불행에 손을 뻗쳐라. 어떤 신에게 손을 뻗치지만 나에게는 손을 뻗치지 말라.

나의 불행과 행복은 깊다, 그대 유별난 낮이여. 나는 신이나 그의 지옥이 아니다. **신의 지옥의 고통은 깊다.**

8

신의 고통은 더 깊다, 그대 기묘한 세계여! 신의 고통에는 손을 뻗치지만 나에게는 손을 뻗치지 말라! 나라는 존재는 무엇인가! 술 취한 감미로운 하프인가.

아무도 이해하지 못하지만 귀머거리 앞에서 **말해야만 하는** 한밤중의 리라이며 두꺼비처럼 웅얼거리는 종이 아닌가, 그대들, 차원 높은 인간들이여! 그대들은 나를 이해하지 못한다!

가버렸구나! 가버렸구나! 아, 청춘이여! 아, 정오여! 아, 오후여! 이제 저녁이, 밤이, 한밤중이 왔다. 개와 바람이 짖는다.

바람은 개가 아닌가? 바람은 낑낑대고 멍멍거리며 짖는다. 아! 아! 저 탄식하는 것을 보아라! 그르렁대고 헐떡이는 것을 보아라, 이 한밤중이!

가장 맑은 정신으로 말하는 것을 보아라, 이 술 취한 여류 시인이! 자신의 취기에 너무 취한 것인가? 완전히 깨어버린 것인가? 되새김질하고 있는가?

꿈속에서 이 늙고 깊은 한밤중은 자신의 고통을 되새김질하고 있다. 그리고 자신의 쾌락까지도 되새김질하고 있다. 이미 고통이 깊어진 상태라도 **쾌락은 마음의 고통보다 더 깊다.**

9

그대 포도나무여! 그대는 왜 나를 찬양하는가? 내가 그대를 베어내었다! 나는 잔인하고 그대는 피를 흘린다. 어째서 그대는 나의 술 취한 잔인함을 찬양하는가?

"완전해진 것, 성숙한 모든 것은 죽기를 원한다!" 그대는 이렇게 말한다. 축복이 있기를, 축복이 있기를, 가지 치는 가위여! 하지만 성숙하지 못한 모든 것은 살기를 바라는 것이 슬프구나!

고통은 말한다. "가라! 사라져라, 그대 고통이여!" 그러나 모든 고통받는 자들은 살기를 바란다. 성숙하고 즐거워하고 그리움으로 넘치기 위해,

더 먼 곳에 있는 것, 보다 높은 것, 보다 밝은 것을 그리워하기 위해 고통받는 자들은 모두 이렇게 말한다. "나는 상속인을 원한다. 아이들을 원한다. 나는 나를 바라지 않는다."

그러나 쾌락은 상속인도 아이도 바라지 않는다. 쾌락은 자기 자신, 영원, 회귀를 원하고 모든 것이 영원이 같아지기를 바란다.

고통은 말한다. "찢겨 피를 흘려라, 마음이여! 방황하라, 다리여! 날개여, 날아라! 앞으로! 위쪽으로! 고통이여!" 좋구나! 좋아! 오, 나의 늙은 마음이여! **고통은 말한다. "사라져버려라!"**

IO

그대보다 높은 인간들이여, 그대들의 생각은 어떠한가? 나는 예언자인가? 꿈꾸는 자인가? 술 취한 자인가? 해몽하는 자인가? 한밤중에 울리는 종인가?

한 방울의 이슬인가? 영원의 안개이고 향기인가? 그대들은 듣지 못하는가? 냄새를 맡지 못하는가? 방금 나의 세계는 완전해졌고 한밤중임과 동시에 정오이다.

고통도 쾌락이고, 저주도 축복이며 밤 또한 한낮의 태양이다. 가거라, 가지 않는다면 현자 또한 바보라는 사실을 배워라.

그대들은 지금까지 하나의 쾌락을 두고 '그렇다'고 말한 적이 있는가? 오, 나의 친구들이여,

그렇게 했다면 그대들은 또한 모든 고통에 대해서도 '그렇다'라고 말한 것이나 다름이 없다. 만물은 쇠사슬로 연결돼 있고 실로 엮이고 사랑으로 이어져 있다.

"그대들이 일찍이 한 순간을 향해 "다시 한번!" 하고 원한 적이 있다면 그대가 일찍이 "너는 내 마음에 든다, 행복이여! 찰나여! 순간이여!"라고 말한 적이 있다면 그대들은 **모든 것**이 되돌아오기를 바란 것이다!

오, 그대들은 모든 것이 새롭고, 영원하며, 사슬로 연결되어 있고, 실로 엮여 있고, 사랑으로 이어진 세계를 **사랑한** 것이다.

그대 영원한 자들이여, 이 세계를 영원히 그리고 끊임없이 사랑하라. 그리고 고통을 향해 이렇게 말하라. "사라져라, 그리고 되돌아서 와라!" **왜냐하면 모든 쾌락은 영원을 원하기 때문이다!**

II

모든 쾌락은 만물의 영원함을 바라고 꿀과 찌꺼기와 술 취한 한밤중을 원하고 무덤과 무덤의 눈물의 위로와 황금 저녁놀을 원한다.

쾌락이 **무엇이라도** 원하지 않겠는가! 쾌락은 모든 고통보다도 더 목마르고, 간절하고, 굶주리고, 놀랍고, 비밀스럽다. 쾌락은 **자신**을 원하고 **자신**을 물어뜯으며 그 속에서는 '둥근 고리의 의지'가 소용돌이친다.

쾌락은 사랑을 원하고, 쾌락은 증오를 원하며, 쾌락은 넘치도록 풍요하며 선사하고 내던져버리고 누군가 자기를 받아들이도록 애원하며, 받아주는 자에게 감사한다. 쾌락은 미움받기를 즐긴다.

쾌락은 너무 풍요로워서 고통을, 지옥을, 증오를, 치욕을, 불구자를, **세계를** 갈망한다. 왜냐하면 이 세계는 그대들이 알고 있는 그대로이기 때문이다!

그대보다 높은 인간들이여, 쾌락은, 제멋대로 날뛰는 이 복된 쾌락은 그대들을 그리워한다. 그대들의 슬픔을 그리워한다, 그대 실패자들이여! 모든 영원한 쾌락은 실패자들을 동경한다.

왜냐하면 모든 쾌락은 자신을 원해서 마음의 고통도 원하기 때문이다! 오, 행복이여, 오, 고통이여! 오, 부서져라, 마음이여! 그대보다 높은 인간들이여, 쾌락은 영원을 원한다는 것을 부디 배워라.

쾌락은 **만물이** 영원하기를 원하고 **깊고 깊은 영원을 원한다!**

12

이제 그대들은 나의 노래를 배웠는가? 그대들은 이 노래가 무엇을 뜻하는지 알았는가? 좋다! 그대보다 높은 인간들이여, 그럼 이제 나의 돌림 노래를 불러다오!

이제 직접 노래를 불러다오. 노래의 제목은 '다시 한번'이다. 노래의 의미는 '모든 영원에게!'이다. 노래하라, 그대보다 높은 인간들이여, 차라투스트라의 돌림 노래를!

아, 인간이여! 주의를 기울여라!
깊은 한밤중은 무엇을 말하는가?
"나는 잠들어 있었다, 나는 잠들어 있었다,
깊은 꿈에서 나는 깨어났다.
세계는 깊다,
낮이 생각했던 것보다 더 깊다.
세계의 고통은 깊다.
쾌락은 마음의 고통보다 더 깊다.
고통은 말한다. '사라져버려라!'
그러나 모든 쾌락은 영원을 원한다.
깊고 깊은 영원을 원한다!"

징후

밤이 지나 아침이 오자 차라투스트라는 침대에 벌떡 일어나 허리띠를 매고 어두운 산에서 솟아오르는 아침 태양처럼 타오르듯 힘차게 동굴 밖으로 나왔다.

"그대 위대한 별이여," 그는 일찍이 말했던 것처럼 말했다. "그대 심오한 행복의 눈이여, 그대가 빛을 비추어도 그것을 받아들일 **존재**가 없다면 그대의 행복이 무엇이겠는가!

그대가 이미 잠에서 깨어나 나누어주는 동안 그것이 자기 방에 머물러만 있다면 그대의 자존심 강한 수치심은 얼마나 분노할 것인가!

좋다! **내가** 깨어났어도 보다 높은 인간들은 아직 자고 있다. **그들은** 나의 참된 길동무가 될 수 없다! 내가 여기 나의 산에서 기다리고 있는 것도 그들이 아니다.

나는 나의 일, 나의 낮을 향해 가려 한다. 그러나 그들은 나의 아침의 징후가 무엇인지 모른다. 나의 발자국 소리는 그들에게 기상을 알리는 소리가 아니다.

그들은 아직 나의 동굴에서 자고 있고 그들의 꿈은 도취한 자의 노래를 되풀이하고 있다. 그들의 몸에는 **나의 말**을 듣는 귀, **순종하는 귀**가 없다."

태양이 떠올랐을 때 차라투스트라는 마음속으로 이렇게 말했다. 그리고 의아하게 공중의 높은 곳을 보았다. 그의 머리 위에서 그의 독수리가 날카롭게 우는 소리를 들었기 때문이었다. "좋아!" 그는 위쪽을 향해 소리쳤다. "마음에 들어. 나에게 합당하구나. 내가 잠에서 깨어나니, 나의 동물들도 일어났다.

나의 독수리는 잠에서 깨어 나처럼 태양에게 경의를 표한다. 독수리는 자신의 발톱으로 새로운 빛을 움켜잡는다. 그대들은 나의 진정한 동물들이다. 나는 그대들을 사랑한다.

그러나 나에게는 아직 진정한 인간들이 없구나!"

차라투스트라는 이렇게 말했다. 그때 갑자기 무수한 새가 그의 주위에 몰려들어 날개를 퍼덕이는 소리를 들었다. 수많은 날개들이 퍼덕거리는 소리와 그의 머리 주위로 모여드는 소리가 너무 요란해서 그는 눈을 감았다. 그리고 진실로 그것은 구름처럼 머리 위로 덮쳐 왔다. 새로운 적을 발견하고 적의 머리 위로 쏟아지는 화살의 구름 같았다. 그러나 보아라, 이번에는 사랑의 구름으로 새로운 친구의 머리 위로 몰려들었다.

"나에게 무슨 일이 일어나고 있는가?" 마음속으로 깜짝 놀란 차라투스트라는 이렇게 생각하고 동굴 입구 옆의 큰 바위 위에 천천히 앉았다. 그리고 두 손을 주위로 위 아래로 뻗으며 달려드는 귀여운 새들을 물리치고 있을 때였다. 보아라, 더 기이한 일이 그에게 일어났다. 그는 자신도 모르는 사이 어떤 풍성하고 따뜻한 털 뭉치 속으로 손을 집어넣었다. 동시에 그의 앞에 울부짖는 소리가 울려 퍼졌다. 그것은 부드럽고 기다란 사자의 울부짖음 소리였다.

"징후가 나타났다." 이렇게 말하는 차라투스트라의 마음에 변화가 생겼다. 그리고 진실로 그의 눈앞이 밝아졌을 때, 그의 발치에는 노랗고 힘센 짐승이 엎드려 있었다.

이 짐승은 머리를 그의 무릎에 기대고 떨어지지 않으려 했다. 마치 옛 주인을 다시 찾은 개처럼 굴었다. 그러나 비둘기들도 사랑을 표현하는 데 사자 못지않게 열광적이었다. 비둘기들이 사자의 코끝을 스쳐 지나갈 때마다 사자는 머리를 흔들고 의아해하며 웃었다.

이 모든 일에 대해 차라투스트라는 한마디 말만 했다. **"나의 아이들이 가까이 있구나. 나의 아이들이."** 그리고 그는 완전한 입을 다물었다. 그러나 그의 마음은 풀리고 눈에서는 눈물이 흘러 손에 떨어졌다. 그는 아무것에도 주의를 기울이지 않고 꼼짝도 하지 않은 채, 짐승을 물리치지도 않고 그대로 앉아 있었다. 비둘기들은 이리저리 날아다니며 그의 어깨 위에 앉기도 하고 그의 백발이 된 머리카락을 어루만지기도 하면서 지치지 않고 애정과 기쁨을 표현했다. 힘센 사자는 차라투스트라의 손으로 떨어지는 눈물을 계속 핥으면서 조심스레 으르렁거렸다. 이 짐승들은 이렇게 행동했다.

이 광경은 한동안 계속되었다. 혹은 잠시 동안이었는지도 모른다. 왜냐하면 정확히 말해 지상에는 이러한 일을 잴 수 있는 **어떤** 시간도 존재하지 **않기** 때문이다. 그사이 차라투스트라의 동굴 안에서는 보다 높은 인간들이 잠에서 깨어 나란히 줄을 서 있었다. 차라투스트라에게로 가서 아침 인사를 하기 위해서였다. 잠에서 깨어보니 그가 이미 그들 사이에 없었다. 그러나 그들이 동굴 입구에 도달하여 그들의 요란한 발소리가 그들보다 앞서 나갔을 때, 깜짝 놀란 사자는 갑자기 차라투스트라에게서 등을 돌리고 사납게 울부짖고 동굴 쪽으로 달려갔다. 보다 높은 인간들은 사자가 울부짖는 소리를 듣자 모두 똑같이 소리 지르며 달아나 순식간에 사라졌다.

멍하고 낯선 상태에 빠져 있던 차라투스트라는 자리에서 일어나 주위를 둘러보았다. 놀란 표정으로 그 자리에 서서 마음속으로 묻고 또 생각해보았다. 그는 혼자였다.

"무슨 소리를 들었던가?" 그가 마침내 천천히 말했다. "방금 내게 무슨 일이 일어났는가?"

어느새 기억이 되살아난 그는 어제와 오늘 사이 일어났던 모든 일을 한꺼번에 떠올렸다. "그렇다, 여기에 바위가 있다." 그는 말하면서 수염을 쓰다듬었다. "어제 아침 나는 **이 바위 위에** 앉아 있었다. 그때 그 예언자가 여기, 나에게 걸어왔다. 그리고 여기서 처음으로 내가 방금 들었던 외침을 들었다. 그 긴박하고 커다란 외침을.

아, 그대들, 보다 높은 인간들이여, 어제 아침 저 늙은 예언자가 내게 예언한 것은 바로 **그대들의** 고통이었다.

그는 그대들의 고통으로 나를 꾀어내 시험하려 했다. 그가 나에게 말했다. '오, 차라투스트라여, 내가 온 것은 그대가 최후의 죄를 짓도록 유혹하기 위해서이다.'

이에 나는 '나의 최후의 죄라고?' 되묻고 화가 나서 자신의 말을 비웃었다. 나의 최후의 죄로 아직까지 내게 남아 있는 것이 무엇인가?"

차라투스트라는 다시 한번 자신 속에 파묻혀 다시 그 커다란 바위 위에 앉아 곰곰이 생각했다. 그러다 갑자기 자리에서 벌떡 일어났다.

"동정이다! 보다 높은 인간들에 대한 동정이다!" 그는 이렇게 소리쳤고 그의 얼굴은 청동 빛으로 변했다. "좋다! **그것도** 이제 끝이다!

나의 고통과 나의 동정이 어쨌다는 것인가! 내가 **행복**을 얻으려고 열망하는가? 나는 나의 **과업**에만 뜻을 두고 있다!

자! 사자가 왔다. 나의 아이들이 가까이 왔다. 차라투스트라는 성숙했다. 나의 때가 온 것이다.

이것이 나의 아침이다. **나의** 하루가 시작된다. **"자, 솟아라, 솟아올라라, 그대 위대한 정오여!"**

차라투스트라는 이렇게 말했다. 그리고 자신의 동굴을 떠났다. 어두운 산에서 솟아오르는 아침 태양처럼 타오르는 듯 힘차게.

옮긴이 박제헌

한국외국어대학교 독일어과를 졸업했다. 독일에서 오랫동안 생활하면서 다양한 통역, 번역 활동을 했으며 현재 출판번역에이전시 베네트랜스에서 번역가로 활동하고 있다.

차라투스트라는 이렇게 말했다

초판 1쇄 발행 | 2020년 3월 5일

지은이 | 프리드리히 니체
옮긴이 | 박제헌

펴낸이 | 이삼영
펴낸곳 | 별글
블로그 | http://blog.naver.com/starrybook
등록 | 제 2014-000001호
주소 | 경기도 고양시 덕양구 고양대로 1393, 2층 3C호(성사동)
전화 | 070-7655-5949   팩스 | 070-7614-3657

• 이 책은 저작권법에 따라 보호를 받는 저작물이므로 무단 전재와 복제를 금지하며, 이 책 내용의
  전부 또는 일부를 사용하려면 반드시 저작권자와 별글 출판사의 서면 동의를 받아야 합니다.

• 책값은 뒤표지에 있습니다. 잘못된 책은 바꾸어 드립니다.

ISBN 979-11-89998-17-2
      979-11-89998-14-1(세트)

• 별글은 독자 여러분의 책에 대한 아이디어와 원고 투고를 기다리고 있습니다. 책 출간을 원하시는 분은
  이메일 starrybook@naver.com으로 간단한 개요와 취지, 연락처 등을 보내주세요.